暮亭醒来不知路

方晗——著

百花洲文艺出版社
BAIHUAZHOU LITERATURE AND ART PRESS

图书在版编目（CIP）数据

暮亭醒来不知路 / 方晗著. -- 南昌：百花洲文艺
出版社，2024. 12. -- ISBN 978-7-5500-5795-1

Ⅰ. I247.7

中国国家版本馆 CIP 数据核字第 2025WD3100 号

暮亭醒来不知路
MUTING XINGLAI BU ZHI LU

方　晗／著

出 版 人	陈　波
责任编辑	蔡央扬　郝玮刚
装帧设计	书香力扬
制　　作	书香力扬
出版发行	百花洲文艺出版社
社　　址	南昌市红谷滩区世贸路 898 号博能中心一期 A 座 20 楼
邮　　编	330038
经　　销	全国新华书店
印　　刷	四川科德彩色数码科技有限公司
开　　本	880mm×1230mm　1/32　　印张　11.625
版　　次	2024 年 12 月第 1 版
印　　次	2024 年 12 月第 1 次印刷
字　　数	270 千字
书　　号	ISBN 978-7-5500-5795-1
定　　价	78.00 元

赣版权登字　05-2025-10

网址　http://www.bhzwy.com

图书若有印装错误，影响阅读，可与承印厂联系调换。

前　言

虽然在几番筛选的过程当中斩掉了大部分内容，但整部短篇小说集仍然不是稍显冗赘，便是虎头蛇尾。有时候是因为主旨重复的问题，有时候则因技巧有限而未充分表达出意境。

几年前，我也曾顺着灵感的电光石火，抓住了一些仅有模糊雏形的小说题材，暂时记在本子上，可随着时间推移，它们竟然全都变作了"蓄谋已久"。即使到后来篇数日渐扩展，只要一想到它们是从多么幼小的嫩芽上长出来的，我便会有种"跬步至千里"的欣慰。

当写完头几篇时，我并未认识到它们有这样那样的不足，而是沉浸在创造出久违的虚构世界的满足里。那些文字纵然也有可取之处，但总体来说是不太合格的。于是，我一边拓展写作范围，一边打乱旧有的写作顺序，将更可发挥的篇章优先修改乃至定稿。

每天需要完成任务方可休息，这成了今年一以贯之的生活模式。在反复发作的头疾影响下，我不得不将原来混乱的作息调整回规律状态，这也让我有余暇去构思一些没有心魔作祟的小故事

（虽然还是难以摆脱全部阴影），不过我认为这样略紧绷的强度更适合自己。

我曾经将一部分作品发给朋友或长辈以集思广益，尤其是两位亦师亦友的网友浪子与不灭，更是与他们讨论得不亦乐乎。所幸文字并不晦涩难懂，才让我用不着专门为他们诠释解读。只是大家给出的意见总是趋向于两极，同一篇作品既可以收获好评，也可以备受冷落，让我一度对不同或相同作品的水平高低与良莠不齐产生了怀疑。

我对这本小说集的要求算不上苛刻，除了希望能将所思所想尽量付诸笔端，再就是引起读者们小小的感动。或许在这点上我将失败，又或许能在进步的过程中离这个目标稍近一些。

我还曾异乎寻常地热烈渴望过让那些在我生命中举足轻重的人物某天看到我的作品付梓，不管那时候我们是疏远还是亲近。我的文字中将永远藏有他们的影子，就像雨云内部负载着沉甸甸的暴雨寒霖。

总之，这是一部理想主义略微过头了的短篇小说集，因为著者的孤陋寡闻，难免导致了这样那样的败笔，然而我愿意承担由此带来的种种评价或者意见。

目录

历史古风

童话寓言

亲情友情

历史古风

暮午醒来

不知路

暮亭醒来不知路

站在京口（今镇江）毗邻滔滔长江水的山岗上，是既看不见婺州（今属浙江）的叠叠故镇，也看不见北方被金人占领的"腥膻无际"的沦陷区的。

那一年，还未有状元头衔的陈亮正在建康（今南京）周遭察山阅势。年近半百的他骑着一匹瘦马，在萧萧落木下等待着好朋友辛弃疾自山阴道赶来与自己会合。面对着曾令诗豪刘禹锡吟出"人世几回伤往事，山形依旧枕寒流"的这片千百年来都未逢剧变的风景，即使是一向以"积极乐观"自诩的他，心底仍然难免充满壮志未酬的挫败感与物是人非的无常感。

随着山势渐高，可望之地也愈发开阔了。远波近枝笼罩在暖烟暝日当中，旷处似简墨，密处若淡工。山坳内怀拥着几户以茅草作屋顶的贫居，那是山野樵夫们赖以蔽身的家。他们日日夜夜临望这条逝川与满城繁华，是否早就忘了兵戎相见？这真是"太平最善钝锋锐，浮云易忘旧伤痂"！

待到需要系马登阶，已经离山顶颇近了。草木在此处更显凋零，两三行雁阵横江渺去，江心舟如芥子。陈亮未登攀多久，便稍觉汗洽股栗，壮年时代数次因冤狱而饱尝的刑杖旧伤也在隐隐作痛，如同痈疽发背、水蛭吮血一般。

当他在山亭内坐定，便开始听金风过耳，看乱云裁剪，闻秋芦涤味。即使已百病缠身，这对他来说也仍是极美好的一天。只是不知是天气影响心情多些，还是心情决定了眼界。

陈亮对自己的老友辛弃疾当然是再熟悉不过了：辛弃疾豁达率性，是那种可以在深夜仅仅因为"兴之所至"便纵马泛舟数十里去看望故交的人，也是可以为了路边的一幕天真景趣而耽误赴应酬宴饮之约的人。虽然他们已经许久未见面，但陈亮从来不曾怀疑老朋友是否潇洒不羁如初。

陈亮至今仍能一字不差地回想起那首《破阵子·为陈同甫赋壮词以寄之》。他与辛弃疾有过不少诗文唱和，唯独这首，不但被广为传诵，而且见证了他们的友情如何由泛泛转为至深。关于个中细节，大家不妨去翻一翻稗官野史。每当陈亮重温起那些慷慨豪迈的词句，便会想起他们抵足而眠的那些夜晚，以及令他们的隔阂冰消雪融的温暖举措。

这首词亦曾像一根荆棘般鞭策着陈亮，告诉他，时不我待，别停止去实现人生的价值，更让他未敢将以天下为己任的壮心稍事懈怠。然而，每当想起末句"可怜白发生"的时候，他总是会摇着头心领神会地笑起来——这是老战友间的无声默契。这首词作足以流传千古，但这并不妨碍作者流露出一时的真性情，即使这真性情中也有"歧路亡羊"的悲愤一面。

"是啊，我们都不是完美无缺之人，也不愿将自己雕饰成道德楷模，这不正是人生吗？虽然拼了命地追求也得不到，可那种在浓重的悲剧色彩下还依然反抗不止、探索不息的精神不正是令你'赢得生前身后名'的源泉吗?!"

"可怜白发生"——是啊，鬓边添霜，而实现理想之期却日远……

当斜阳西沉转为暮色的时候，陈亮总算眺见了辛弃疾那挺直伟岸的身板在山径间缓移。为了赴今日之约，他肯定在马背上颠簸了一整日，并以"携酒挎剑，游历山川"为由推掉了诸多冗务。须知，他可是那些肚子里只有半瓶子墨水的达官显贵们争相结交的对象。

"稼轩，今日风高气佳，正是个临江把酒、谈古论今的好日子！"陈亮高声招呼道。

"哈哈，我专门带了村醪过来——亦是烧灼喉咙的烈酒。不知今时今日，你还敢不敢与辛某一醉方休？"辛弃疾隔着老远便扬起酒葫芦，同样高声回应。

"有何不敢！我们在年轻时难道痛饮得还少吗?!"陈亮比起适才简直就像是换了一个人。

"好，好！好战友！好知己！"就算仅仅为了这句话，陈亮也觉得即使付出自己的全部也心甘情愿，而余生更是再无憾事了。

辛弃疾比起两人上回见面时明显沧桑与疲惫了许多，然而他的乐天气质却丝毫未有削减。在这一点上，陈亮从来不曾动摇乃至怀疑过：他还是那个"醉里挑灯看剑，梦回吹角连营"的爱国义士，至真豪杰，是离弦之箭，亦是不折之松。除了鬓衰身秋以外，他顷刻也未改变过初衷，背离过本志。

"看来不将这腔碧血丹心捐予国家，你是不会有安逸下来的那一天的。"

"你还不了解我吗？生平唯对这一点微薄志向最为看重，并且自恃，然而这份志向难道不也是古往今来所有热血男儿孜孜不倦所追求的吗?!"

"哈哈，你这话是要置那些尸位素餐、谋一己私利的蠹虫青蝇于何地呢?"

"他们?只要这群家伙别将国家大事当成牟利的本钱,我就谢天谢地了。"

"朝中最近气象如何?"

"还不是像一株停满了聒噪燕雀的秃枝丫树。不过事到如今,我倒是害怕有朝一日他们会突然安静下来,那时才真是了无生趣呢!"

"诗兴可还经常泉涌?"

"天幸得赐佳句一二,不过是勉强摆脱了莺莺燕燕、无由堆愁的窠臼。弃疾当然想开宗立派,独树一帜,只是不知道有无关东大汉执铜琵琶、铁绰板来唱我的一词半阕。"

"稼轩,这不是你的心里话!那句'恨古人不见吾狂耳'才是!就算子瞻与子美这样的诗词大家,也得博采众家之所长,何况我们这些时代的弄潮儿,又怎能不推陈出新,另辟蹊径呢?!"

两位故友久别重逢,便一迭连声地说了那么许多,然而待要提起如烟往事时,他们面朝满江的暮色,却陷入了略带感伤的沉默之中。

两人一口接一口地续饮,眼波内饱含着无限怀念。陈亮忽然记起了自己曾对他人说过的一段话:"吾与稼轩俱为人杰,然吾狂不及稼轩,天资亦稍逊半筹。至于匡国济民之抱负,则差可比拟。"也许将两人的心紧紧拴系在一起的,便是这份忧国忧民。

只是如今他们面对终将老去的结局,国事却毫无转圜的余地,这难道不是最苦最深的折磨吗?!

陈亮无法揣度出辛弃疾此刻在心中想什么,虽然他们早已心意相通。也许他是在遥忆当年率数十骑出入千军万马取叛将首级的"气吞万里如虎",也许是在回味"蓦然回首,那人却在灯火阑珊处"一句中的失落以及慰藉。

而陈亮自己，则是在追思年少时错过的一位佳人，追思繁花似锦的青春韶华。

他并不觉得其中有什么羞耻的地方。他是性情中人，而相知相交者亦是，如此，难道不就足够了吗？

"同甫，你还记得我们第一次见面时的情景吗？"

"当然，怎么可能忘记？"

如此，便足够了。

辛弃疾走后的头几天，陈亮仍然沉浸在那日黄昏任烈酒浇化胸中块垒的情绪里。后来，那些清欢寡味的交际逐渐替代了对下回重聚的念想，然而又不能完全替代。陈亮只好望着瓦楞寒雀踽踽独行，借以暂忘对这场深厚交情的一切回忆。

是年冬，陈亮第一次察觉到了漫长岁月对身体的摧残——他既无法冒雪出猎，也不能凤夜苦读了。隆冬的大雪覆盖了大地，没有一寸能够幸免。他戴着裘帽，乘船回到了婺州。几乎每年此时，他都会仰面观雪，看它们在太虚间飘旋，恍如无数的仁人志士在前赴后继。江上寒气甚剧，只是这些全都比不上戍边将士的艰辛与沦陷区的百姓们备历的苦难。

他还有机会再回来吗？天下何时才能重新回到汉唐那样的盛世？若如此，他将不再执念于国家大事，转而选择游历四方：或放浪形骸于青楼画舫，或寄情肆兴于名山大川。谁能知道呢？可如今关于他人生的传记早已写定，那就是不断犯颜上疏，力主抗战……日后若得以由野入朝，一朝列在君王侧，也当继续谏诤，以求实现生平所愿才是！

这样的一生可悲吗？愚蠢吗？不！陈亮反而感到了满足：既

可以为理想而奋战，也能令自己无愧于九泉下的先烈英魂，不用再枨然抱惭了。

翌年的春分，婺州的群山间莺啼苞绽，云淡风轻，正如一长卷宣纸被墨色所饱染，并且动笔者胸怀丘壑，成竹已久了。

陈亮的健康状况虽然每况愈下，但近日来的心情却颇佳。在故乡的丛山上远眺，与在京口形销骨立的空山上望遍千帆竞过，有完全不同的两种心境，前者若小鱼游池，后者则似惊隼入云，各有千秋。

当他走过怪萝松涛下时，它们条条株株似乎都想牵扯住他的袍袖来做挽留。春山中雾深露重，山道崎岖盘绕，行于其间如读王摩诘之禅意，如赏李长吉之奇谲。若走得更远一些，更是如堕仙境，寂误了人心。

这是与世道截然迥异的自然之道。有的人最终选择了放荡其间以求独善其身；有的人却选择为天下苍生而毕生奔走，燃烧生命的火焰，不遗余力地贡献自己绵薄的力量！

前方出现了一座碑亭，上书"醉北亭"三字，并撰有碑文若干行。其名浑似眼下的局面。是啊，自己在余生残年，或许再也无法在长城脚下策马狂驱，追鹰猎鹿了，同样，更无法在旧都见证曾经泣血胡尘下的遗民们箪食壶浆地迎接王师了，然而要醉得不省人事，却是最容易不过的事情。

陈亮步入亭内，抚摩起了石桌上的裂纹。若值阴雨天，此际四角飞檐上的滴垂坠雨早就如同漫卷珠帘一般了。他再次想起了一些往事。它们虽然无法百读不厌，但偶尔回翻，还是能令人思绪万千。

他端坐了良久，终于抵挡不住春困，在石桌上支颐小眠了起来。

有一团巨大的云团，遥远而模糊，缓慢地向自己靠近，然后笼罩住了周身——

陈亮又回到了那具幼小的身躯当中。他走过祖宅斑驳的砖墙根，运河方向传来了喧哗的人语声与敲锣打鼓的奏乐声。陈氏全族正在观赏舞龙灯以庆祝佳节，华灯在暮色下显得清冽隽永，映入瞳仁，似满天星河落在了井中。祖父与父亲的身影在前方隐现，无数仆从与同族从自己的身畔跑过，涌向仿佛没有尽头的重重坊间。那时候的他，尚不识人间"愁滋味"，生活对他而言，仍然停留在友善与神秘的交相映衬中。

光云亮而复暗，转瞬又跳跃到了他十八岁那年，自己正手持亲著的《酌古论》二十篇，去拜会婺州的知州周葵。虽然当时的自己已小有名气，但却并不满足于扬名乡邑，一心打算到更为广袤的天地去试着闯荡。他最初的伯乐周葵在品读这二十篇《酌古论》时，他怀着泰然自若的信心，沉默地站立于一侧。时逢夏昼的午后，蝉鸣倾泻如瀑，当周葵做出"他日国士也"的评价时，他的虚荣心得到了满足。但他又极为蔑视这样的自己：因为些小赞誉而故作骄矜姿态。

光芒再次闪亮，不过已经翻越到了他二十五岁那年的初冬：他与辛弃疾正坐在军帐中拭剑，互诉衷肠。辛弃疾马上要去展开一场军事行动，危险系数颇高，而陈亮怀着小小的嫉妒与深切的担心，却不愿表露。当时，他们的城府尚未完全对彼此洞开，却早已确定好了自己的志向，那就是诗酒趁年华，暂时搁置儿女私情。

然后便是三十五岁那年。陈亮因被小人诬告而身陷囹圄，刑具加诸身上，如霜雪扑面，炽炭入怀。他大呼痛快，直至免罪诏下，家人前来搀扶他出牢狱。他笑着安慰糟糠之妻，说受刑是种光荣，否则何以振聋发聩，警醒君臣。殊不知这仅仅是个开端。

接着又来到了和朱熹他们辩论的时空。陈亮慷慨激昂，挥斥方道，恨不得字字如匕，句句似刀。那群误国竖儒的嘴脸再度出现在眼前，虽说"道不同不相为谋"，可若是这世上人人都能一点即通，谬论无处传播，将会少却多少针锋相对的乐趣啊！

最后，是他三年前滞留建康期间，面对着山形与寒流，口占《念奴娇·登多景楼》一首时的场面。至今那铿锵似金石的字句，豪迈有力的手笔仍能一撇一捺不差地在脑海中形成墨迹：

危楼还望，叹此意，今古几人曾会？鬼设神施，浑认作，天限南疆北界。一水横陈，连岗三面，做出争雄势。六朝何事，只成门户私计！

因笑王谢诸人，登高怀远，也学英雄涕。凭却长江管不到，河洛腥膻无际。正好长驱，不须反顾，寻取中流誓。小儿破贼，势成宁问强对！

再次睁开眼睛的时候，春山已暮，薄衾也不耐初寒了。虽然今日并没有贪杯，但陈亮仍生出了隔世之感。他昏昏沉沉地站起身来，林外幽暗，而几抹残阳就像是抵挡不住这大势所趋，却仍要负隅顽抗。

即便是春寒料峭，又遭逢迟暮，陈亮依旧没有抱臂取暖。他固执地认为：男子汉无论何时，都不应展露出失仪畏怯的一面。他踉跄地走出亭子，似乎短暂地被迷惘所征服。不是那种不知道欲走何路的困惑，仅仅是回忆无处放置，预感人生这场大梦即将迎来谢幕时刻的悲凉以及酸楚。

亭子外慢悠悠地走来一位老妪，挽着装满了祭品的竹篮，布衣上补丁累累。她拄着拐杖颤巍巍地走过近旁，陈亮甚至能够从她身上闻到皮肉腐朽的气味，同时也是朱颜辞镜的无奈叹息。陈亮记不起离寒食或者清明还有多久了，遂好奇地问了一句：

"老人家要去祭拜何人？"

老妪转过身来，用老掉了牙齿的干瘪嘴巴回答道："老妇要去祭拜的是一位叫作陈亮的亡友。他生前是位贵胄公子，只是如今也已埋骨销作地底泥了。"

"难不成我仍在梦中?！竟然听到有人要生祭我……"陈亮自语道。

"想必老爷您有什么误会吧，老妇要祭拜的是亡友陈亮——他曾经是位贵公子，不是什么闲杂人等。"老妪眯起双眼笑吟吟地说，皱纹挤成了一堆。

"那您听说过龙川先生陈同甫吗？"

"未曾。他是何方神圣？"

"没什么。叨扰了，老人家。"陈亮终于确认墓中人只是与自己同名同姓。

望着老妪佝偻的身影嵌合进苔阶肠径，逐渐变小、变远，最后在遮叠中消失不见，陈亮揉了揉太阳穴，生出恍然大悟一般的感触。他倚着竹影薄暮下的石碑，暗自想道：

"所谓的功名，不过全是虚幻的浮云而已，所有人都将殊途同归——成为一抔黄土，概莫能外。虽然此陈亮并非彼陈亮，然而能证明其到世上走过一遭的，绝不是生前的煊赫显耀，而是他可以活在多少人心中……即使人生的意义只不过是为时代添上一粒筑基的沙石，我也要秉持心中永不动摇的信念，不但要添得漂亮，更要添得坚固！"

眼前一片乱象，看起来似乎无路可走，然而只要肯闯，肯受伤，终究能给后人拓出一条新路来的。陈亮摇了摇头，爽朗地大笑起来。这笑声惊破了越来越深的春暮，仿佛是给过往岁月的最佳祭品。他旋即移步出林，踏上了归路——亦是不归路！

一年之后，也就是绍熙四年（1193），陈亮高中了状元。

绍熙五年（1194），陈亮在某天夜里溘然长逝，死状一如生前伏案稍寤。嘉熙二年（1238），朝廷赐谥他"文毅"，从祀庠庙。

当然，他的好友辛弃疾也为他撰写了一纸祭文。不过纵使祭文字字珠玑，也还是抵不上两人在陈亮生前共同饮过的一壶烈酒的滋味。

指 南 车

在溽热而漫长的夏季里，黄帝经常驾驭着自己的那辆指南车，载着他心爱的幼子混沌，奔驰在山林河泽之间。黄帝听任混沌牵着自己的衣袂，随他好奇而专注地欣赏野外的一幕幕风景，偶尔发出一声短促的惊叹。他们从不循照特定的路径，因为在指南车的引导下，永远都不会迷路。至于族中事务，黄帝将它们暂时交予了手下的大臣们，只不过划归"重要"级别的决断仍需要等他回到部族的定居地后方能做出裁定。

现在，黄帝正微微眯缝起眼睛，周围摇曳的林木随着车轮鳞鳞的滚动声而愈显苍郁茂盛了。瘴烟四起，飞禽走兽们的矫健身姿出没于旷野大泽。黄帝知道剩下的时隙并不宽裕了，于是打算掉转车头，却听见混沌"咦"了一声，指着远处问道："爹爹，那不是食铁兽吗？"

黄帝凝目注视，随即点了点头："嗯，没错，是那帮家伙。自从蚩尤战败以后，它们便流落荒野，隐遁僻壤了，据说正在朝这片土地的西南方向迁徙。"

"爹爹，你的敌人——蚩尤真是传说中描述的那种穷凶极恶之徒吗？"

"对我们来说，的确是如此；但对于这位对手所保护的其族人来说，他说不定还是英雄呢。"黄帝目光深邃，虽然是在评价敌人，但仍尽量保持客观公正。他刚说完，拉辇的那只花豹拱起脊背开始往回迈步，只是酷夏的灼烫烈日让它有些无精打采。

"不再往前走了？"混沌有些失望，"每次来到这附近总是止步不前。"

"别胡闹了。更远处的土地归蛮夷所有，我们绝对不能擅自越境。即使真的有了觊觎心，也该堂堂正正宣战，躬行天讨，伐以王师！"或许是觉得这番话对爱子来说太过严肃深奥，黄帝不再十分严肃，抚摸着混沌的鬐发说道，"这个天下做任何事都有着顺与逆的区别：以顺伐逆，则无往不利；以逆抗顺，则上天不佑。"

"父亲总是说些孩儿听不懂的话呢。"混沌做了个鬼脸，"听说在涿鹿之战中，父亲曾经驱使了十方神兽，现在您能将它们召唤出来，让孩儿也一饱眼福吗？"

谁知黄帝却赏了心爱的幼子当头一个栗暴，并伴作生气道："它们可都是各部落的图腾象征，且有功于万民，岂能为了让你这样乳臭未干的小娃儿过眼瘾，便轻易劳烦它们？"

混沌眼眶里瞬间噙满了清澈的泪水，带着顽童特有的执拗劲儿顶嘴道："不就是些有毛没毛的兽类吗？！岂能与我们人族平起平坐？"

"小子，你给我听好咯：兽类亦有瑞兽与凶兽的区别，凡事都要讲求个名正言顺。"

混沌低头思索了一会儿，接着问道："您跟兄长们也是这么说的？"

黄帝怔了怔，便笑起来："不，你的兄长们从来不会问这样的怪问题与傻问题。"

　　于是父子俩又和睦如初了。混沌在威严与慈爱兼具的父亲的庇荫下，望着残日西薄，群郊烟直，清凉如岸汐回涌，心里遂不再向往远方，而是贪恋起了一方归宿。

　　黄帝的几个儿子正私下里聚凑在一堆，议论他们的父亲是如何独独宠爱混沌。

　　"须知那辆指南车可是我们在征讨蚩尤时引领我们突破迷雾的重要发明呀，父亲竟用它来逗混沌那小子开心，实在是有些本末倒置，轻重不分了。"

　　"谁说不是呢！听说那小子的母亲，还是父亲从蛮夷地区虏获的，绝不是什么正儿八经的人家。"

　　"难怪他长得跟我们一点儿也不像。"

　　这时，黄帝的长子少昊走了过来。他严厉地瞪了弟弟们一眼，用略带责备的口气训斥他们："父亲平时就教会了你们这些吗?! 管好自己的喉舌吧。"

　　"可是，大哥……"

　　"你们只需扪心自问：平日里是否做到了父慈子孝，兄友弟恭? 至于在背后说人长短，可不是什么光彩的事情!"少昊打住了话头片刻，再次警告诸弟，"别当着混沌的面暴露你们的不满，那会伤了我们这位幼弟的心的!"

　　于是众公子唯唯诺诺，不敢再随便乱嚼舌根了。而这时，恰好造字的仓颉也走了过来，少昊便问他："圣人啊，是否造出新字来了?"

　　"你也知道，这不是一件轻松的活儿。我必须得先观察鸟儿们留下的爪痕，再融合自己独特的创造性在里面……不过一想到后世的子孙能够明鉴善恶，了解他们的先祖有哪些光耀千古的成就，我就不觉得累了。"仓颉眼布血丝，想必是通宵造字所致。

"这当然是一桩前无古人、令全体族人为之振奋的伟大壮举，不过何谓善恶，光凭我们这两张嘴能说得清吗？"少昊从鼻子里发出一声哼笑，他是个跟谁都保持适当距离的青年，喜怒极少形于色。

"老朽虽已年迈昏聩，但自忖并不迂腐。所谓'善'，当然是指恩泽万民，有功于社稷，并且俯仰无愧了；而所谓'恶'，则是表现在只顾一己之私欲，漠视他人疾苦，愚诈违情上了。"仓颉侃侃而谈，仿佛对这个问题的答案钻研已久。

"然而我始终还是觉得——善中有恶，恶中有善。"少昊不为所动，信心满满地说道。

随后，便有黄帝的侍从来传令了："大公子，首领宣召你前去效命。"

于是少昊辞别了诸弟与仓颉，往黄帝办公兼起居的殿址走去。当他走进黄帝召见群臣的屋宇时，已是群火燃举的黄昏了。黄帝一边聆听着臣下上报民情，一边抽空对长子颔首道："明天你代我出使一趟炎帝的部落，我有礼物要送给他。"

"没想到，最后你还是死乞白赖地跟来了。"少昊坐在父亲让给他乘驭的指南车上，对着同乘的幺弟——混沌毫无拘束地说道。晨光透过雾霭洒照在整支队伍的头顶，空气里有一股温暖芳馥的大自然的气息。

"都已经缺少指南车的陪伴了，如果大哥再不在身旁，那混沌指不定有多寂寞呢！"混沌挠着自己的脚底板，朝车舆上那尊指路的小木人望去，百无聊赖道，"我们往这个方向一直前进，就能抵达炎帝部族所定居的流域吗？"

"是啊，两个部族交好，日后便能互相融合，取长补短呢！"

"融合？那又是什么？"混沌天真到近乎无知地问道。

"也就是说，两个部族之间也许会被允许通婚，而双方的首领也不会禁止各自的百姓徙居、易物并进行文化上的交流。到后来，说不定炎黄二族还可以合并为一个部族。"少昊的远见超越了时代。

"也就是说，双方准备各取所需，互惠共利咯？"混沌再次打了个哈欠。

"你不是挺聪明的嘛。"

"兄长你实在太小看我了，虽然我没有跟随父亲与诸位兄长参加过那场决定部族兴衰的涿鹿大战，但毕竟饱受你们的耳濡目染，到底是有些见地的！"混沌流露出一副"其实我很了不起"的骄傲神态。

"啧啧，刚夸完你你就飘飘然起来了。"少昊回头瞄了一眼阵势浩浩荡荡的车队以及步列，侍从们或载或抬着丰厚的赠礼，在光线逐渐清亮起来的林木间不紧不慢地循路前进。几乎无人说话，因为他们怀着使命感，深知眼下还没到放松身心的时候。

"炎帝是个怎样的人呢？"混沌忽然问道。

"反正几天以后我们就能见到本尊了，届时再用自己的眼睛来进行鉴别不好吗？你千万要记住：道听途说之言不足采信，凡事都必须自己去听，去看，去思考，才不至于受人蒙蔽，甚至被利用。"少昊语重心长地叮嘱道。

"嗯……"混沌咬住了下唇，拖长鼻音，半晌方道，"我们要这样没有任何消遣地走上好几天吗？"

"就知道你途中会耐不住性子，因此临行前为兄特地找伶伦创作了一首乐曲《凤鸣》，你且听上一听。"说着，少昊便摸出骨笛吹奏了起来。但见指南车后的那些随从也跟着扭舞起来。再跟着，混沌也拍起了小手，给这首乐曲谱上了唱词：

"华夏泱泱，日出其东，凤栖于桐，羽化为霞。华夏潺潺，志存吾怀，凤鸣于山，啼泣作血……"

唱着唱着，少昊发现混沌居然已经泪流满面，于是停下吹奏，温柔地问道："怎么了？"

混沌抹拭着眼泪，却依然停不下来，只能哽咽着回答长兄："没有，只是感到开心，好久都没这么开心过了。其实，既有疼爱自己的父亲，更有兄长你这样的良师益友，混沌还有什么理由不开心呢？"

少昊没有刨根究底，他知道，在这位幺弟叛逆的外表下，其实藏着一颗敏感而细腻的心，以及不为众人所知晓的悲伤。眼前的风景更加陌生了，他们见识了许多此前从未见过的新奇物种。只是在探索欲得到满足的同时，有时难免要在崎岖的山间小道上小心翼翼地推车行进，或是在烟锁龟蛇的江畔伐木以为舟船。

炎帝是位看起来像老农那样劬劳的随和男人，他收下了黄帝差遣自己的两位公子送来的一应礼物，同时盛情款待了所有与他们同行的使节。在少昊与混沌作为贵客逗留期间，他们亲见炎帝的勤政程度丝毫也不逊色于父亲，更听闻他在尝百草时几番遭遇中毒的危险，这才明白了他为何受到全族上下的一致爱戴。

"就让我的小女儿——女娲陪同二位游山玩水吧，你们年纪相仿，尤其是混沌公子，一定会有很多共同话题的。"炎帝慈祥地说道，眼角的皱纹如丘壑上的裸岩般叠聚起来。

"您的女儿？那么想必她的聪慧劲儿不至于差我太远咯？那好，在同游期间，我会好好考校考校她的。"混沌故作老成地说道。

"小女谈不上聪慧，但的确心气极高。有时候我也会无端地担忧：要是让她碰上了什么堪称'沉重'的打击，不知她会以何种心态去面对，并最终接受它呢？"

"人总是要在经历困厄以后才能够看清自己，您就莫要多虑了。"少昊劝慰道。

"她要是认准了什么事，那么就算八头牛也拉不回来。"炎帝苦笑道。

"到那时，您告诉我，我一定替您将她拉回来！"混沌拍着胸脯保证道。

"哈哈，那可真是谢谢你了，好孩子。"炎帝的皱纹复又舒展开来，恰如雨瓣逢阳。

女娃果然如其父亲所言，是一个倔强、坚毅且内心无比骄傲的小姑娘。她也挤坐上了指南车，并给驽马套上挽具，然后指引着少昊与混沌两兄弟在炎帝部族繁衍生息的境内尽情地驰骋。指南车驶过黄色的滩涂、墨绿的原野、五彩的岗阜，还有黑色的峻崖，一个血气方刚的青年与两个才认识的稚气未脱的孩子，沐浴着夏昼温热的野风，在缭乱云光下聊起了许多率性的话题。那个时代神秘、淳朴、崇尚自然，既充满反抗精神，又缺少既定秩序。混沌在连续奔波之后有些困乏，便依靠住指南车的围栏，在颠簸中小睡了过去。

待醒来时，他于睡眼蒙眬中看见女娃正在火把的映照下研究指南车的背影。夜色纯净，野兽的噪叫像是隐秘的暗喻，林木被晚风不断拨开又屡番还原。指南车恰好停靠在一座明暗交杂的要津前面，混沌揉着眼睛，带着醒后的疏懒不无得意地介绍道："巧夺天工吧？这是由我父亲与他手下的匠造大臣们协力发明出来的，曾经受住了千钧一发的考验呢！"

女娃转过脸来，略显黧黑的脸膛上升起了一抹红云："又不是你发明的，何况……"

"何况什么？"

"何况……"女娃稍稍犹豫后才下定了决心说出来，"何况我父亲发明的东西才叫数不胜数呢，至于其他人，都得往后排排。"

"切，我父亲才是天下首屈一指的大发明家呢！你知道历法是由谁所创吗？知道百姓们襟袖的款式是由谁设计的？还有形形色色的乐器、器皿、车船、阵法……甚至连取水灌溉用的掘井也跟我父亲撇不开关系。"

"你怕是还不知道吧，早在许多年前，我父亲便尝遍了百草，那可是造福苍生独一份的功劳！再看看我们部落内繁荣的集市与硕果累累的谷地，还有用途各异的农具——哪一样少得了我父亲的呕心沥血。"

结果两个孩子吵着吵着便动起手来，直到返回车上的少昊勉强将他们分开，才发现两人的脸上已被挠破了数道血痕，就像原本无瑕的白璧被猫爪子给挠过了似的。

"可真叫人不省心，回去我该怎么向炎帝大人交代。"少昊哭笑不得。

两个孩子气鼓鼓地各朝一面。夜空时被浓厚的乌云遮住辉光，俄顷众云又悉数散尽。指南车上的小木人仍一意指向南方，那尽职尽责的模样就像是某位虽向往着喧嚣尘世，面对冷遇与遗忘却毫无怨言，甘愿永远庇佑一方百姓的守护神。

仅仅因为炎帝的一句"你父亲并不伟大，伟大的乃是群策群力"，女娃觉得脸上挂不住继而离家出走了。当着心急如焚的炎帝的面，混沌自告奋勇要去寻她："说来责任也在我，我不该跟女娃斤斤计较的。"炎帝本来还十分犹豫，但看见混沌那副"你不答应我便私自去寻"的架势，知道这是个与爱女几乎同样执拗的孩子，遂只好答应下来。

少昊也清楚自己劝阻不了年幼的弟弟，如果这次他非随行不可，那么混沌定会对他生出芥蒂，会觉得这位长兄妨碍了自己担负起男子汉的责任来。他亲手替混沌打点好干粮与水囊，并交代炎帝派来保护弟弟的两位随从道："舍弟便麻烦二位多多照顾了，平常不用惯着他的性子。"

"什么嘛，这次我可是为了道歉才大费周章去寻人的。"混沌不满地嘟囔道。

混沌一行三人去了所有女娃爱去的地方，可是每一处都不见那个鬏发大眼、脸膛黧黑的小姑娘。混沌一路上打听了好多女娃日常生活里的趣事，他的内心也跟着变得羞愧了起来——他竟然跟这样一个单纯可爱的小姑娘吵架，实在是生平所做的第一件没有气度之事！

当入夜后他们坐在林中的树桩上休憩时，一个随从说道："看来女娃殿下在跟我们玩捉迷藏的游戏呢，不过首领曾这样交代，如果在这些熟悉的地方都找不到，便即刻返回。"

混沌颇感惊讶："就不再找下去了？说不定女娃妹妹就在稍远些的某处。"

"首领说了，不能因为自己女儿的不懂事，就将客人与我们这些部属推置于险地，占用您与我们的宝贵时间。"这位随从遗憾地说道。

"可我并未觉得时间被占用呀。"

"请理解我们所站的立场。"

混沌缄口不言了。当晚，他趁着两位随从睡去，偷偷离开了宿营地，在心里抱怨着炎帝不近人情的同时，踏上了更远也更危险的"寻找女娃"之旅。

他走在鬼蜮森森的密林当中，生平第一次冒失地闯进离文明流域那么远的蛮境。在满怀新奇的同时，他也因为前路凶险莫测而感到忐忑不安。第一晚，他在树洞里度过了一宿，蚊虫纠缠成模糊扰人的云团，直追进梦境中去。翌日醒来，他发现身上隆起了许多肿包，但清晨沁人心脾的空气却令他暂时忽视了这种糟糕的处境。

在继续寻找女娃的旅途中，混沌误掉进了为捕获野兽而设的陷坑。还好陷坑底部没有竹钉，但他仍然无法凭借自己的力量爬上平地。他徒劳地尝试了大半天，在时间无声的流逝下几近绝望，忽然两张看起来完全未曾经过文化熏陶的脏脸从洞口处探了进来。当他们用自己听不懂的语言交谈时，混沌重新燃起了希望，在此前萌生的种种无用念头——对父亲的愧怍、对生命的留恋、对未来的不甘、对其他兄长心照不宣孤立自己的悲伤，还有对炎帝父女的歉疚——被渐渐驱散。

获救以后，混沌发现这两个野蛮人的眼睛虽然因为疾病、愚昧或者茹毛饮血等而略显浑浊，笑容却清澈见底，毫无杂质。他跟随这两个围着兽皮裙的新朋友回到了他们的部落，一切事物竟如同鬼神之说那般，以最欲拒还迎的方式在他眼前陆续呈现。

混沌颇有语言学习天赋，不出五六日，便能跟蛮族的子民们交谈自若了。他委托他们去打听女娃的下落，自己则成为传播华夏文明的一粒星火种子，抑或说是某位未被授予旄节的大族使者。

果然，最初渗入他心房的清澈笑容没有骗人，这支蛮族的上百位成员皆心思单纯，未筑城府。混沌跟他们相处得非常自在——比身处父亲治下的任何一个角落都更自在。因为他不必在意自己优不优秀，不必在乎自己是否言辞失当，以及别人如何看待自己，更不必凡事都得做到尽善尽美，好成为万民的楷模、公认的典范。

在学习更多唯有蛮族才掌握的知识，并等待女娃的行踪被打探回报的同时，混沌隐隐感觉到自己的血液里有什么因子正在觉醒，就仿佛他过去不是什么贵胄公子，而是蛮族中的普通一员。他偶尔也会怀念坐在指南车上游览山川阡陌的往昔时光，但现在却更加充实了，仿佛自身的价值就在将文明散播的过程中得到实现。最终，归属感完全代替了优越感，让他承认即使在这样的蛮荒之地，亦可"宾至如归"。

许多个天空蔚蓝少云的夜晚，混沌经常会坐在视野最开阔的高处，眺望四面八方，寻找昔日生活的轻微痕迹。虽然没了指南车，但他又有了别的辨识方位的办法。这伙野蛮人教会了他如何利用星辰的布局区分出东西南北来。他们固然没有将类似经验编纂成集的手段，但还是可以口口相传。混沌长久地望向北方，心想：那个自己曾无比熟悉的繁盛部落，现在是否依旧百业兴旺呢？

有次，另外一位蛮族少年在他的身旁坐下，陪他瞭望远方。两人聊着聊着，少年便说起自己的部落乃是九黎一族的残余，他很怀念过去尚盘踞在部落发源地时的日子。

"要是我们没有被黄帝的大军击败就好了。"

正是这句话，让混沌下定决心留下来——他要弥补战争所造成的憾失。

到了秋末，为了感谢混沌将先进的技术传授给族人，这支九黎残部的首领特地猎了一头野猪送给混沌。整只野猪被叉在火上烤，发出皮焦肉绽的声音以及迷人的香味。混沌用父亲送给自己的匕首割下肉质最鲜美的部位，回赠给族中的小孩们，并将猪头献祭给了狩猎之神："希望狩猎之神保佑全族人丁兴旺，无灾无病。"

围在篝火附近的蛮人们载歌载舞，欢庆今晚的平安无恙。他们的笑声听起来粗鲁无礼，实则寓意简单，没有条条框框与虚礼琐仪的束缚。

而就在混沌远离父兄的这段时日里，黄帝也设法打听到了幼子的音信——"混沌公子目前羁留在九黎族残部活动的区域，似乎还成了颇受蛮族人欢迎的重要人物呢。"面对这条骇人听闻却确凿无疑的情报，黄帝陷入了无端的暴怒情绪中。

"混沌这小子真是越来越不孝了！竟然宁肯待在野人的洞穴中吃着半生不熟的兽肉，也不肯穿华衣，住高殿，吃蒸熟后香气四溢的五谷杂粮，并享受万民对他的尊崇。他定是被邪神勾走了魂魄，否则何以罔顾我'望其速归'的一片心意，而选择了与野人混迹为伍？"

少昊担忧地看着父亲，他从未见黄帝如此挫败与震怒过。他想要劝解几句，却又怕适得其反，因为黄帝眼下正在重复地说着："他背叛了我，背叛了整个部落。"

"也许，他只是一时迷失了自己。"最后，少昊只能这样聊胜于无地说道。

"听说西山出现了一只凶兽，我打算用这个不孝子的名字替它命名！"

少昊难以置信地望向父亲："您不是在开玩笑吧。"

"必须警诫世人,让他们明白背叛部族是一项多么严重的罪行!"黄帝来回踱着步说道。

"还望父亲三思,一旦做出了这个决定,就再也没法反悔了。"

"你觉得这种惩罚太重了吗?!不过你应该知道爱之深,责之切,我白白地疼爱了这个顽劣小子那么多年!"黄帝有些颓唐地说道,"那么多年。"

混沌终于在某天获悉了女娃的下落——她在划船渡海的时候遇上风浪,竟然溺水而亡了。她的魂魄化作一只叫作"精卫"的奇鸟,每日从发鸠山起飞,衔着小石子去填海。混沌决定到发鸠山去探望这位曾"不打不相识"的故友,遂在清晨出发,三日后的黄昏方才抵达。

女娃虽然化身为鸟,但这一人一鸟还是认出了彼此,精卫放下喙尖的石子,在混沌头顶盘旋一圈,最后落在了他的肩膀上。它的悲鸣令混沌无限感伤,他突然间便看淡了许多事,不再执迷于"伟大""正统""继承"这些固有观念了。

他对着精卫絮絮叨叨地说了许多,然后终于踏上归途。而他并不知道的是,就在此时,父亲正准备将指南车付之一炬。

少昊一早便预知黄帝今后肯定会后悔的,但让他没想到的是,父亲为了淡忘这段回忆,竟选择了将凝注着自己与匠臣们心血的结晶给焚毁。指南车在风助火势下飘起了烟灰,散发出木料燃烧的气味,最后逐渐失去了原先的轮廓,成了一堆风一吹便飞散的温热余烬。

黄帝比起那个夏天来明显苍老了许多,他现在也热衷于回忆往事了,而混沌的"不孝"是他始终无法绕过的存在。他的其他子女们或许对这个给予了凶兽名字的弟弟并无太多感触，唯有黄帝难以逃脱后悔的牢笼，一闲下来便会思前想后。

他照旧不断派出斥候打探混沌的近况，而混沌寄身的九黎残部似乎越来越朝南迁徙了，直到远遁至炎黄的耳目也无法企及的远端。黄帝清楚，终有一天，自己会与幼子彻底失去联系，但是血脉还在。或许，混沌会娶上个蛮族姑娘，以他的聪颖甚至可能成为蛮族的首领，可自己还是惦记着这个"不孝子"，他仿佛因为失去而变得越来越珍贵了。

"单就某些方面而言，这小子兴许比我还要了不起。"黄帝心生如此感慨。知子莫若父，他十分清楚：混沌具有不移的主见，那是一种永远不受别人的看法影响的稀罕品质。

在这一年，精卫依然在日复一日地衔石填海，而少昊亦准备好了接替父亲的领袖地位。他偶尔也会想念弟弟，甚至仍未放弃做"有朝一日，他会因为厌倦外面的世界而回到故土"的美梦。至于造字的仓颉，他们这一辈人衰老的衰老，亡逝的亡逝，但后人将永远铭记他们的丰功伟绩。

而混沌，当然也有自己独特的活法——哪怕被栽以凶兽的污名！

从 军 行

"君不见走马川行雪海边，平沙莽莽黄入天。"

刚写下新诗的第一句，蘸墨的狼毫便被冻凝住了。随军判官岑参于是用嘴中的热气呵起了笔尖——墨汁呈水滴状冻成了黑色的脆冰——旋即又将它悬到炭炉上烘烤。砚台内也很快墨凝水固。火苗忽旺忽弱，帐内亦因风雪而幽明不定，仿佛风波受困于井底。推扯以及怒号无休无止，毡墙像是凹陷下去的脸颊。

自己在这奇寒天气下有赖以取暖的炭炉与衣物，可那些在外冒雪巡营的将士们却不得不忍受这种极端恶劣的天气，还得强打起精神观察周围动静——每每思及此节，那侥幸蒙恩得来的温暖便不再是享受，而变成了羞愧。

眼下是即将与敌虏交战的紧要关头，岑参却不知为何诗兴大发，也许是临战之前的豪情所促，也许是面对着能够实现男儿毕生价值的机会而燃烧起了满腔热血，而这热血又点燃了灵感。总之，在这方小小的营帐内，他渴盼着建功立业，渴盼着诗作传世，仿佛回到了梦想刚刚诞生的年代。

他放下冻笔，想要出帐去走走，以便能再次一睹边塞的奇貌。在行军过来的途中，风雪还没有那么大，但是已经足够挡住视野了。轮台的山平坦而旷远，在赤火色的土地上降盖了层层厚雪。人烟极罕少，沿途可以听到的唯有将士们杂乱的脚步声与紧凑的马蹄声。每个人都面色严峻，然而一旦打起趣来，老兵们饱经沧桑的面孔就会像树皮那样绽裂开来。

这支军队由节度使封常清统领，作为军中阶衔最高的军事长官，他拥有实际的指挥权，凡事皆可说一不二。比起自己这个小小的判官来，他肯定见过更多的鲜血、阴谋，以及残酷，然而岑参在心底并未盲目地将他拔高。在他看来，将军也是人——平庸的是，优秀的也是。他望着被冻住不翻的"封"字帅旗，心想：主帅当然会有主帅的待遇，不过我更想了解的是那些士兵要如何才能挨过今晚的这个长夜。

他悄悄来到附近的一顶兵帐前，拨开帐门的一小道细缝，往里面窥望。帐内没有灯光，许多脱掉了甲胄的士卒像摆开的算筹那样拥挤地横躺着，时而局促地翻个身，而他们的鼾声则被风雪声所掩盖。岑参心想："眼下，他们正靠着集体的温度来相互取暖，但却不知他们刚离开故乡、踏上军旅生涯的那一刻，会是何等心情呢？也许并没有预料到今日这般恶劣的气候，但一定做好了马革裹尸的准备吧？"

背后忽然有人压低了本就微弱的声音问道："岑大人，您还没睡哪？"因为问话者音色沉雄，岑参并未被吓一跳。他回头看去，原来是名马夫，勾缩着粗短的脖子，像极了挂放铠甲的木十字架子。

"哦，我四处转转，难得看看雪夜底下营盘的景象。"

"也难怪，天太冷了，又随时可能趁夜作战。怎么样，到马厩内喝两口？我还私藏着上回宴饮时剩下的美酒，还好军中不禁酒，否则从军的乐趣至少也要减去三成。"

"那就走吧。盛世嘛，岂能缺少'葡萄美酒夜光杯'这一句中的意境。"岑参依然记得同时代诗人王翰的名句。

他们冒着风雪朝马厩走去，沿途看见一名士卒正提着裤腰带从营后绕出来，愁眉苦脸，可能是刚出恭完毕。岑参不无恶趣味地想到：在这种气温下，恐怕连屎尿也得冻住吧。

马厩内拴着数百匹战马，草料已经被冻硬，但战马们依然嚼着冰碴子，聊以充饥。马夫爱怜地抚摸着一匹黄骠马脖颈上的鬃毛，说道："入夜后兵士本不得随便走动，但我们马夫例外，因为战马的健康算得上军营里头几桩大事了。马儿们纵然耐寒，但也挡不住这种滴水成冰的天气呀，要是每匹马都能得到将军坐骑那样的待遇就好了。"

"将军的坐骑自然与之俱贵。你的美酒呢？我们边饮边聊！"

两人在胡床上坐下，马厩内弥漫着一股马粪蛋的气味，仅有的温暖中裹挟着淡淡微臭。酒没有烫过，但喝进肚子后便开始像火一样烧。岑参感觉冻僵的鼻子似乎有些知觉了。

"我负责清扫马厩，并给马匹搓洗身子。营中的马夫不多，虽然平常也挺辛苦，但比起刀头舐血的将士们，好歹是份性命无忧的差事。岑判官，您是第一次随大军直抵如此遥远的边陲吧？"

"不，我曾在安西节度使高仙芝的幕府中掌书记事。那大概是五年前的事了。恕参说句不中听的话，那时天下靖宁，四夷宾服，朝廷可比现在有生意多了。可不过短短数年光景，竟有了恍如隔世的感觉，莫不是随着自己年齿增长，壮志也被渐渐磨平了？"

"小的并不懂得这许多，可自从入军做了马夫，所见净是夜不卸甲、枕戈待旦的倥偬生活。有些人只求留得一条性命回乡，有些人却希望建立功勋以光宗耀祖，不过不管是哪一类人，已经有太多太多永远长眠在了这荒芜贫瘠的异乡土地下。听说您还是个诗人哪？若论起学养见识，他们自然是远远不及您的，可要论起胸中悲辛，恐怕还是他们体悟得更深刻些。不过这些能抵什么用呢？无非是让人日渐深陷沉默罢了。"

"来，喝。"岑参不知道该如何开解他，良久才又道，"到时候活着回到故里，可要好好享受太平。"

"岑判官，您可千万莫喝多咯，否则小的可背不动您回营帐。再说了，指不定明早将军便会召您议事，见到您宿醉的样子一定会生气的。"马夫絮絮叨叨的。

"你听，外头是什么声音？不像是风雪刮过冈峦时的寻常响动。"岑参忽然摆出了侧耳倾听的姿势，并且狐疑地请教马夫。

"那是碎石被卷到半空后碰撞的声音，人要是被牵连进去，恐怕会被剐割得血肉模糊呢。"马夫带着奇怪的笑容回答，仿佛唯独此刻，他有资格哂笑岑参的孤陋寡闻。

"哦。"岑参的脑海中忽然如有一支锦绣彩笔在笔走龙蛇，一行早就具有雏形的诗句最后被敲定下来——"轮台九月风夜吼，一川碎石大如斗，随风满地石乱走。"

在剧烈的风挟乱石声中，岑参的面庞闪耀着创作时才会有的光芒。他的酒兴愈发浓了，直到将马夫珍藏的美酒喝了个囊底朝天才罢休。至于后来都聊了些什么，岑参的印象既不深也不浅，仅记住了只言片语。但他却能够清楚地描绘走出马厩后，自己打着酒嗝仰望虚空与四面所有毡帐之际的那种心境，就好似整个天地皆成了沙盘中的记号，而自己正在俯观它，一山一川全都清晰得纤毫毕现。

次日，他是被传令兵急促的传唤声给吵醒的。帐外乱声如麻，而岑参一骨碌爬将起来，在并不宽阔的营帐内，依然没有天光透下，但是有星星火炭的残烬。也许是太冷之故，火把不易点燃，岑参并未见到"万点焰闪绕戍营"的景象，他刚走出自己的营帐，便被扑面而来的风雪迷了眼。气候并未改变，他高声问道："现在是什么时辰了？"然而没有人回答他。传令兵还是在到处传达集合议会的命令，他轮番掀开每顶帐门，重复着"封将军要各位大人去总帐议事"的通禀。

士兵们纷纷忙活起了战前准备，而岑参与其他的大小将官则急匆匆地快步迈向中军帐。在大帐外，封常清的亲兵刚刚牵来了他的坐骑。才一踏进中军帐，便听见封常清那异于常人的响亮嗓门："在金山西北方向发现胡虏的踪迹了！前护军，你立即领八百将士先行出发，定要出师告捷，挫敌锋锐；薛将军，韦将军，你们各引五百骑兵左右包抄。其余诸将，随我跟进，这回须得将我们的边防大患一举歼灭于此！待得凯旋，我再与诸位痛饮！"

耳朵听到的，眼睛看到的，全是盔甲缀片摩擦的声音与反射的眩光。一尊火炉摆在军帐中央，封常清边烤手边头也不抬地对岑参说道："岑参，你负责拟写讨贼檄文，顺便把上呈朝廷的捷报也一并写了。"

"可是战果尚未了然。"

"未曾了然的数目就先空着，这还用我教你嘛！"封常清不耐烦地说道，随后又恢复了稳重慎言的宿将风范。帐外戈戟一阵相碰，那是将士们在集结成列，封常清凝神听着，仿佛能从中听出麾下将士们的战意乃至勇怯来。

"写完檄文，参能够离营赴前线观战吗？"岑参忐忑地问道。

"你真是个怪人，似乎对能目睹交战过程倾注了极大热情，有着难以释怀的执念。没问题，只要有我军斥候出没的地带，你尽可以来回驰骋，瞧瞧我军雄壮的军容。"封常清爽快地答应了。

于是岑参在帐中拟写檄文直到天明，砚水总是凝住，他不得不反复地磨墨，每写两个字就得停下来。有时候他以为自己的手冻得已不听使唤了，可一想到将士们正在冒雪急行，便豪情陡生，继续以飞流湍瀑一样的逸兴落毫于纸上。

当他将檄文交予帐中封常清的亲信保管后，便踏过满地的白霜去马厩牵马了。头顶依稀有日色隐照，紫云朝烟，昨晚的满川飞石声已经平息，只有正减弱下来的风声兀自还在四觅可供股掌抛掷之物。马厩内几乎空空如也，还剩下两三匹驽钝的瘦马无言地倾吐未被遴选中的遗憾与失落。

而马夫看见岑参后的第一句话便是："岑判官，终于交战了，等到获胜之后，我们就都可以回城了!"他饱经忧患的眼中似乎藏着一层光翳，岑参分不清那是否为苦盼某一刻太久而终得结果的清泪。

沿途不断有传令兵与斥候往来飞驰，他们胯下的战马毛色驳杂。瞧不见天际的远山，只能倏忽发现几条被铁蹄踏碎的冰涧，它们转眼便被新落下的暗雪掩盖。越往边境的深处前进，便越能发现战争留下的伤痕：丢落的兵器，零星的箭矢，失去了骑士的战马傍河悲戚地散蹄归营。尸体起初罕见，但驰骋了三四里地后，渐渐遍布雪泥之中，热血转冷，呼吸亦已转无。冻土间，大多是戴着兽皮帽盔的敌人尸首，帽缨像旌节的旄尾陷入污雪的表面。马蹄印俱遭埋覆，因为风雪有抹去一切未曾载于史册之浅辙的魔力。

虽然是敌军的尸首，但岑参还是为他们哀悼了一番。他们或许是被迫从军，但亦有可能受人蛊惑煽动。岑参并不想为他们开脱罪由，但也不愿将他们想象成冷酷无情的战争拥趸。他知道自己当不了一名战士，因为他的心底有慈悲，除非屠刀挥起来的时候他能毫无愧疚，否则他绝对无法做到用性命来换取军功。

"我的边塞诗也只不过是反映了战争极小的一部分罢了。"岑参怀着自知之明想道。

再往前，完全就是异国风情了，虽然这风情在壮美之中有萧条，萧条中又寓有别样的苍茫。唐军的尸身也时或可见了，看来刚经过了一场恶战。累累的新骨横陈在这殊异于中原的天地间，无人哭诉，无人怒斥，但岑参分明看到了与太平等重的牺牲，这牺牲要比所谓的霸业、武功与流芳百世远沉重得多！

在这旷野中，岑参竟然听到了微弱的呻吟。他起初怀疑自己听错了，直到看见一个浑身是血的伤兵在绝望中伸出一只手，似乎想要抓住什么，才赶紧下马察看。伤兵已经神志不清了，喃喃念叨着几个字，岑参很费劲才听清是"娘，孩儿冷……"他想要背起伤兵，自己却跌倒在雪地中，最后终于意识到，凭一己之力是无法将这位伤兵扛送回大营的。

一骑如风驰电掣般驰近，原来是己方的传令兵。岑参冒着被马撞伤的危险，欲上前拦住传令兵，却被一头带翻到了雪地上。传令兵勒住缰绳，掉转马头骂道："不要命啦?！老子有要务在身。"

"救……救他回营……还有活命的希望……"岑参上气不接下气道。

传令兵瞥了一眼雪地里的伤兵，眼神复杂，犹豫片刻后只抛下一句"恕我爱莫能助"，便消失在了岑参来时的那个方向。

在车师西门献捷的时候，岑参总算将《走马川行奉送封大夫出师西征》的全篇在脑海中构思完整了。

君不见走马川行雪海边，平沙莽莽黄入天。

轮台九月风夜吼，一川碎石大如斗，随风满地石乱走。

匈奴草黄马正肥，金山西见烟尘飞，汉家大将西出师。

将军金甲夜不脱，半夜军行戈相拨，风头如刀面如割。

马毛带雪汗气蒸，五花连钱旋作冰，幕中草檄砚水凝。

虏骑闻之应胆慑，料知短兵不敢接，车师西门伫献捷。

在庆功宴备办前，岑参想要找到请他喝酒的那位马夫，向他道个别，可惜却迷失于攒攒人头中间。他有一句话想对马夫说，那是一句豪迈中又略带些伤感的别辞，他并不知道马夫能否完全理解，但却自忖定能让他感到某种超越身份隔阂的暖意。

庆功宴上的场面非常奢华，酒肉、器盏，以及翩若惊鸿的舞姬，都让岑参再度产生了隔世感。他忘不了在雪地里等死的那名伤兵，但是，这种醉生梦死般的酒宴又让他非常困惑，仿佛日落之前的绚烂晚天，让人惊叹于其美，却又暗寓着落寞。这些回忆在他今后的诗作《玉门关盖将军歌》《酒泉太守席上醉后作》都曾有所提及，不过要论他最为偏爱的作品，始终还是这首在一往无前与忧虑家国间徘徊写就的《走马川行奉送封大夫出师西征》。

一年之后，安史之乱爆发，天下又被推回到了水深火热的战乱中。今后，还将有五代十国，两宋屡番被金侵扰，最后被元灭国的时代，不过这些岑参都已无法知晓了。

他在大历五年（770）病卒于成都，那时已是盛唐气象转衰的末期了。他在忧怀中或许仍会想起那句自己曾经想对马夫说的话："等天下再无战事，我就得少吟诗作赋了，也许会像你一样做个田舍翁。虽说国家不幸是诗家之幸，但我还是更期盼太平盛世的景象。"

雨夜棋局

　　雨在黄昏之前便断断续续下了起来。运河岸边的白色芦穗在风雨中大幅度地招摇，镇上传来小贩吆喝叫卖与船夫错避航路之际发出的如被陈酿所醉的喊声。雨中的破庙外青草芬芳，鹧鸪的清怨回荡在翠林间与泛起縠纹的水面上。天空阴润，风息清新，磨镜似的水田上立着孤单的稻草人，破帽褴褛地一任岁月更迭，光阴盈袖。河畔盘踞着耐心的钓者，桥洞内则有乞丐的铺盖。这便是赵家镇镇郊令人感到亲切隽永的多年不变的景致。

　　当桨声、铁砧声与捣衣声糅杂在一起被传送进耳朵里的时候，赵进便知晓自己所乘坐的这艘乌篷船即将驶入镇集了。

　　他将衣领竖起，似乎想要遮挡住自己的面容，然而那双透露出无限怀念的眼睛还是出卖了他。随着两岸的风景渐渐变得拥挤稠密，华灯遂开始逐一浮跃，如同藻虹——水中藻与天上虹。而当小船行经鱼市的时候，满地满案皆是劣银或琉璃一般的碎鱼鳞，散发着扑鼻的鱼腥味儿。

　　眼见天色将墨，赵进心想，不如就近找处食铺先填饱了肚子，再作他议。然而在船抵达梨园社前的埠头时，他还是忍不住迈出了重返故里的第一步——并不算坚定，甚至还有些心不在焉。随后，他便在拐角的墙基上发现了一只用石灰石涂鸦的小乌龟，于是会心一笑，知道此乃故友所画。他并没有爽约。

梨园社门前人满为患，戏迷们居然比十五年前还要更趋之若鹜。最新的戏目预告牌仍然挂在高处，水渍模糊了个别字迹。《钗头凤》这三个字最大，下面错落有致的几行小字则是出演这出戏的优伶名单。赵进走向梨园社入口左侧的那家面店，点了一份加足了料的汤面，端着盛皿就站在热气腾腾的灶头外吸溜了起来。店主仍未换人，且衣着如故，只是面目松弛，皱纹更深，显得苍老了不少。

赵进本想假装不认识店主，再若无其事地跟他搭讪上两句，却忽然莫名地伤感了起来。他并未觉得这位年幼时曾允许他赊账的店主一直在原地踏步是本没有出息的羞耻履历，反而感到亲切更胜当初，也越发纯粹了。到处雨脚如麻，伴随着轻重缓急的踏声，而汤面的味道则唤醒了沉睡多年的记忆——还是老滋味，就像那些能够让他安心的昔日时光的残影。

"即便早已物是人非，但至少还有一碗招牌汤面可以暖胃。"赵进不无欣慰地想道。

他朝四下环顾，穷人与富人进出的通道依然分设两处：穷人们入内必须将油纸伞寄存在门外的箩筐内，而富人们如今照旧享有往二楼阁板上乱吐瓜子壳的特权。至于那些卑躬屈膝的仆从们，姿态也跟当年几乎毫无二致。赵家镇在这十五年里的变化其实真的不算多！

新出发的航船不断地穿行于漠漠昏暗的运河水面上，下船的乘客无一例外地会提起衣袍下摆，就仿佛他们将要踏上的是一方缠足的泥淖。

　　赵光楣坐在梨园社光线难以染指的晦暗一角，虽然那并不是他打小坐惯了的位置。雨水在天井一般的戏台周围摔碎，宛若珠串崩断后跳坠。空气中有熟菱角、汗水与胭脂混合起来的奇怪味道，坐定了的熟客们跷起二郎腿，轻抚茶盏，以呼应戏台上的腔调。

　　他在等一个老朋友，一个二十年前曾无数次陪他逃票看戏，却失联多年的老朋友。

　　说起来真是奇怪，当年的他们根本听不懂台上在唱什么，却最爱在这种地方玩耍。或许是因为戏院热闹吧，又或许是因为有便宜可占——被富商士绅们包下的席位间总会残剩有许多没吃完的水果与糕点，而查票的跛脚老头对这组看霸王戏的拍档往往睁一只眼闭一只眼。他们风雨不辍地造访这间戏院，不管是赵光楣的授课先生加留功课，还是他的那位伙伴需要为家里分担生计。

　　在戏毕散场后的那些月色如水的夜晚，他们有时候会并膝坐在楼梯上，看缕缕星辉染镀远近，支颐听夜航的乌篷船在河网港汊间悠悠然摆荡。在无数这样宽裕的时刻里他们会聊些什么呢？无非是你一言我一语地争论某些脱离了现实的虚妄话题罢了。如今回想起来，那些没有任何根基的浅见与臆语简直可以令回忆者羞臊得满脸通红。

　　他们还曾在大雪纷飞的冬夜偷偷溜进戏子们上妆与卸妆的后台，拥挤的空间内热气蒸腾——那也许是汗水，也许是呼吸。北风吹动厚毡门帘，在那道隔开静与嚣、冷与暖的门帘外面，他们听见雪花被卷起的声音，如同成堆的破絮与花叶被裹挟向半空，久久无法落地。赵光楣混在一张张明亮并令人眼花缭乱的油彩面孔中有些不知所措，他的同伴却活跃异常，不是去摸女性优伶的丰臀——即使是他这样的小人物，也有追求声色犬马的自由——便是在维护秩序的壮汉掌下灵巧钻闪，在凤冠霞帔与座位之间不啻鸡犬逐逃于乡院田篱……

正在出神之际，忽然有人拍了拍他的肩膀，不太确定地问道："你将来想做什么？"

赵光楣转过头去，是一张似曾相识的面孔，在陌生之中暗藏着亲切，可他并未长成自己想象或期待中的那种类型。怎么说呢……他稍显锋芒毕露了些。

"倘若你是火焰，我便做天雨；倘若你是豚鱼，我便做鸬鹚！"这句斗嘴时才会说出来的赌气话是他们接头的暗号。两张截然不同的面孔同时露出了一抹相似的笑容，但却说不清是如释重负，还是仅仅为了缓解心底的紧张。

这对阔别已久的老朋友并未马上离开梨园社，而是又坐了好一会。几个卖瓜子、橘子等零嘴的孩子，脖子上吊着无盖的箱匣，在两折戏的中间时段跑出来，可怜分分地央求看客们买一点连"时鲜"都算不上且获利极微的坚果与浆果。若是有幸做成一笔小买卖，他们便会双眼放光，连声道谢。赵进不清楚他们是否要另付戏院老板进场费，但的确认为这些从小便被生计给拴住的瘦小孩子比当年调皮捣蛋的自己可佩、可敬多了。他替身处同样年龄的自己——那个不懂世事艰辛，一味好高骛远的任性男孩感到惭愧。

梨园社那些年代久远的木器在雨天里显得色泽深浓，用来照明的灯光似乎特意被调暗了。看不清楚周围一众看客的脸，而台上又太过纷呈夺目。抑扬顿挫的戏文给人以一种距离感，远不如他们刚才用来确认对方身份的暗号来得简单干脆，通俗易懂，触动内心。

两人坐定后，在目不转睛看戏之余，赵进随口说道："真想不到我们这辈子还能再见面。"

"我一直打探不到你的消息——不管是落魄潦倒，还是飞黄腾达……"赵光楣投来飞鸿踏雪泥似的一瞥，他的侧脸因为灯光而恍如被涂上了一层浅淡的油彩。

"现在你应该知道了吧……"赵进转移开了话题，"那么你自己呢？"

"一直在仕途上浮浮沉沉的，每往上攀爬一小段几乎可以忽略不计的距离，便感觉自己丢弃了更多弥足珍贵的旧爱昔欢。挺难的。不过已经回不了头了。"不知道为何，赵光楣不愿在儿时玩伴面前诉苦，却又害怕今后再也没有这样一吐心声的机会。

"别回头，男子汉永远不当瞻前顾后！"赵进惊讶地发现自己竟然有些词穷了，他再也不能像儿时那样，抛开一切身外的浮云来安慰同伴了。

"是啊，抛弃掉更多累赘的感情，才能让自己距离梦想稍微再近上那么一丁点儿。"赵光楣玩世不恭地咧嘴而笑，鼻子却有些发酸。

"有家室了吗？"赵进的旁顾如同凑巧的施舍。

"有。儿子三岁了，还有个女儿，五岁。"

戏台上迎来了高潮的一幕，观众席上一时间喝彩声雷动。这是赵家镇堕入睡乡前的最后一阵喧哗，现在它越是风头出尽，散场后就越是寂寞难熬。

"不是一个人了啊?"

"对，不是一个人了。"

两人中断了谈话，继续看戏，直到眼睛发酸，而回忆短暂地淹没了整个身心。

混在人流里面走出梨园社的时候，他们看见一个乞丐因为挡了富绅的道儿，而被其打手施以了一顿拳脚。赵光楣见老朋友对这一幕竟无动于衷，心底不免翻涌起了失望。

"你儿时的理想与抱负呢?! 你不是曾经说过，自己长大后要'管尽天下不平事'吗?!"

然而赵光楣脸上却没有任何表情，他深深地掩藏起了这份失望，只是如劝赵进宽怀般地轻抚他的背部，说道:"儿时的戏言如果悉数当真，那该是一场多么大的骗局呀。"

"是吗?"赵进既不否定，也不认同，只是冷冷地回应了这么一句。

"虽然很可能只是言者无心，听者有意，但那并不是谁的过错——没有人必须为此道歉，一切仅仅是场看起来美丽无比的误会罢了。"

"如果做不到，那就不要随便信誓旦旦地保证! 没有金刚钻却偏要揽瓷器活的笨蛋不值得被同情!"赵进语气强硬地说道。

我可是在为你圆场呀，你倒装起别人的师表来了! ——赵光楣十分不满，感到自己的一番好意被肆意践踏了，并因此暗暗生起了闷气。

他们沿着运河一侧的青石板路与纱厂及印刷厂的下班工人迎面逆行，途中经过了菜市口。小时候的他们曾经挤在人堆当中观看刽子手行刑，就在那时，两人的分歧便已初见端倪了：赵进总是同情那些革命党人，为他们的视死如归而暗地里感佩不已；赵光楣却觉得那些死刑犯不是什么善茬，放着好好的日子不过，偏要火中取栗。

鸿沟在出现以后迅速被拓宽，直到某天赵进无故失踪。别人说他追随一位革命党人出走了，而赵光楣一直不愿意去相信的是：他竟然不提前来与自己告个别。

他们默默地朝镇上的棋社走去，那些被新兴工厂盘剥的劳力群体人数庞大，满脸疲惫，鲜少说话，只是拖着各自沉重的步伐往家里赶。个别工人偶尔会低声交谈上两句，温润软糯的吴越方言在这对老朋友听来，别有一番滋味涌上心头。

赵光楣忽然觉得甚是讽刺：在他们尚一无所有的时候，彼此之间曾经是那般亲密无猜；可到了如今两人皆具备放在秤杆两端称量的资格时，却已是惜字如金，各怀鬼胎。

棋社外蛙声不绝，由于夜雨连江，运河的水位涨了足足有半个脖子的高度。两人走进了棋社，这座因临水而被设计成半榭风格的建筑刚刚清场。老板特地为他们点起了一根完整的新烛。虽然二十年前这对捣蛋鬼令他伤透了脑筋，可如今他们已摇身一变，成了出手阔绰的主顾。

"棋社改变了很多，看来老板没少花费心血在上面。"赵进感慨道。

"棋社就是他一生的指望，怎么可能不尽心竭力经营呢？"

"让它成为江南规模最大、最闻名遐迩的棋社——这便是老板心中放不下的执念，虽然他从未对谁言明。"

"明明已经衣食无忧，棋社也小有名气了，可他仍然想百尺竿头更进一步，这样的追求即使在我如此淡漠的人眼中看来，也忍不住要肃然起敬了。"赵光楣在临窗的一座棋台旁坐下，抚摸着被无数棋手的指头磨得光滑了的台沿。

"这世道缺的就是既怀理想，又肯实干的有志者！"赵进在对面坐下。

"这次你怎么不跟我针锋相对？"

"意气之争在铁一般的事实面前可没有立锥之地，尤其在这路局时艰的年代。"

"围棋还是象棋？"赵光楣问道，毫无突兀或违和。

赵进选择了围棋，由赵光楣执黑先下。赵光楣很快落下了首子，同时漫不经心地问道："这些年你在外干过哪些离经叛道的营生？"

"哪里还敢再叫嚣什么'离经叛道'，早就磨平棱角，泯然众人了。"赵进则是一副慎而又慎的落子模样。

"我曾设法打探你的消息，然而每每迫近线索之际便会被各种手段掐断情报来源，看来围绕在你周边的朋党防范甚严哪！"

"哦？敢问你是私自打探，还是动用了身后的庞大势力？"

"这有区别吗？公与私的界限未必可以划分得这样清楚。"

"我不过就是想知道，这次你约我来见面，是公差还是私事？是奉上命，还是只想见见我这个发小，叙叙旧？"赵进聆听着变缓的滴雨声，仿佛时光正在走向阵亡，裹挟着一切经不起考验的事物还有感情。

"你认为呢？"

"不管是前者还是后者，我都不会惊讶，不会心存芥蒂，也不会受宠若惊。我唯一绕不过去的地方在于：如今我算是你的故交，还是跳板？"

"我说了，有些事不用分得那样清楚。如果我没有将你当朋友，也不会选择在这种地方与你相见。"赵光楣的语气忽然变得温和起来，棋子在他指间亦如同必须小心呵护之物。

"那么多年过去了，你还是没学会面不改色地撒谎。"赵进笑道。

"仅限于在你面前。"赵光楣拿捏棋子的手形十分优雅，这是他常陪上司对弈的证据。

"开门见山吧，你约我来所为何事？"赵进的手悬在半空，考虑着下步棋的走法。

"劝你悬崖勒马，别再立在危墙之下。"赵光楣的声音有些颤抖。

"好哇，你什么时候变得这么苦口婆心了？"

"我不是在开玩笑。"

"勿多言，棋盘之上决胜负！"赵进重提老规矩，年少时他们便是以此为据决定听谁的。

赵光楣嘀咕着"还没玩腻呀"，遂全身心投入到对弈当中去，而赵进也不甘落后。沉默由棋盘弥扩到整间棋社，甚至漫进了赵家镇迷离的夜色里。落子的速度逐渐加快，两色棋子仿佛战场上阵营对立、旗帜鲜明的两方，两人的眼睛也在判断局势的同时变得疲劳了。

胜负在一念间分出，赵光楣投子认负道："愿赌服输，有什么话就说吧。"

"我想说，大树已经从内部腐朽，如果真为树上的动物着想，就应该放弃原宿，另择栖处。旧时代的辉煌积重难返了，没有必要为其殉葬。"

"我没有你这样的雄心壮志，这辈子和悲天悯人更是八竿子打不着。只要这棵大树一天不倒下，我便会居于其上，为一家老小作稻粱谋。"

"欲阻止历史的车轮滚滚向前，无异于螳臂当车。"

"还记得我们年幼时互陈的理想吗?"赵光楣再次岔开了话题。

"当然记得。"赵进颇为怀念道，"那时候我说自己要去捅破天窟窿，结果你专跟我唱反调，便说自己将来要去补天。"

"那时的傻话还作数吗?"赵光楣抱着轻微的伤感。

赵进身躯一震，收拾棋子的手忽然僵住了。灯花"噼啪"响着，雨势不知在何时又转大了，除了蛙鸣与沙沙夜雨声，其他杂音统统沉寂了下去。赵光楣忽然觉得有些冷，便用右手摸了摸左臂。围棋已被装回棋钵，他正打算摆上象棋。

赵进一边帮忙，一边讪讪道："那时是那时，今日是今日。"仿佛欲要说服的人乃是自己。略显呆板的声调与适才的铿锵话语几乎不似出自同一人之口。

他们对于下象棋明显更加熟谙，其间照例一言不发。当接近残局时，赵光楣忽然说道："要是天下的人都像棋子这样规行矩步，安守本分就好了——象走田，马走日，小卒过河一往无前，这样才不会出什么大乱子。"

"你还是太天真了。"

"千万别对我晓以所谓的'大义'，实话告诉你，全是瞎子点灯白费蜡。你大可以说我顽固守旧，或者轻蔑地称我为'卫道士'，却不能否认我一直在身体力行着儿时的那些戏言——水浇不湿，油泼不进！"

赵进知道他所说的"戏言"便是补天，遂道："朝廷可不是天，天道恒久，绝不是朝廷这种障目的浮云可以代表的。"说到这里，赵进的心头"咯噔"了一下，因为他从发小的脸上发现了某种隐秘的讯号。

"简直是大逆不道，光是这些话就可以用来判你死罪了。"

赵进站起身，慢慢朝支窗退去，嘴里兀自还在说："没有谁可以高高在上藐视众生。"

赵光楣忽然向前一个箭步，两人顿时扭打了起来。赵光楣将赵进一直推到窗边，用力一掀，赵进便翻身掉进了窗外的运河。与此同时，四周火把并举，无数官兵的踩踏声响彻棋社内外。

赵进站在来接应他的那艘小船的船头，这是一条用来运送粪肥的地下水道。官兵所发出的滔天嘈杂已经听不见了，只有细水暗流的汩汩声。

"这么多年的交情说反目就反目了吗？"接应他的正是梨园社门口被打的乞丐。

"你以为这就是事情全部的真相了吗？"赵进竟表现出了难以掩饰的欣慰。

"那不然呢？"

"互相知根知底的我们联袂演了一出戏！"赵进转向他的同伴，带着孩子一般的开心，"他用表情暗示我，官兵们就埋伏在镇上，而我读懂了暗示！我们打小就有这样的默契！"

望着意犹未尽的赵进，同伴啧啧称奇："我从未经历过这样的事情，即使听也没有听过——只需要一个眼神，便可以包含千言万语！"

雨夜下没有一毫星光，出了运送粪肥的地下水道，凉爽湿润的水雾迎面扑来，两岸稍远一些的地方则什么也看不见了。赵进回首望向故镇，小小的遗憾一闪即逝——他们还没有分出胜负，但如今这好像也变得不那么重要了。

　　看来这趟也并不是完全没有收获。赵进坐下来，透过缥缈雾气眺望起了运河上雨夜的景致来，内心暗暗祈祷好朋友的心慈手软不会给他的家庭招来祸殃。

茶皿记

海上的暴风雨在黎明之前兴作，睡在舱底的大槻藏介被强烈的晃荡感所唤醒。舱内昏暗，他因为巨涛恶浪的倾抬而坐立不稳地来回翻滚着，但还是在第一时间摸到了枕边用锦袱包裹起来的木匣子并将它紧紧抱在怀中。那是一件被他视作必须守护之物的异宝。

雷声响彻海上，让大槻藏介又想起了那个即使在南方也罕见的晴朗夏日——无数蝉声如雷云亦如巨瀑，并不比今晚的霹雳逊色。现在，他寄身于海上这一叶跨洋之舟气闷暗仄的舱底，可是只要想到自己曾与萧墨坐在那间熏香缭绕的茶室内玄谈品茗的场景，心底便安定下来了些。

在那个渥热夏天的午后，除了铺天盖地的蝉鸣声，还有琐碎而邈远的诵经声，以及直通山上泉眼的引水竹节每隔一段固定时间的弹复声。窗外飘进丝缕云气，庭院内则竹影斜映，南方夏季特有的湿气难以排遣，似乎要钻进你的每一个毛孔内。

萧墨的坐姿相当随便，大槻藏介觉得这本应是淡泊名利者的坐姿，然而他清楚地知道，自己的这位朋友怀有远大志向，绝不愿意安分守己地做一只池中物。虽然他嗜茶而不好酒，崇道而不礼佛，但并不影响他区别于梁其他的士族纨绔子弟，拥有一颗建功立业的雄心。

当时，他摆出一副"玉山倾颓"的模样来，把玩着案几上的那具茶皿，语气萧森地说道："这就是价值连城，被称为'南朝首屈一指'的茶器吗？为何在我看起来，只是一具普通的瓷皿茶器，除了用来品茶，再无任何用处？"

"所谓'曲高和寡'，大师呕尽毕生心血创造出来的无上珍品岂是普通人肉眼可辨识价值高低的？!"大槻藏介望着萧墨放回案上的茶皿"烟雨"——它碧透似裂，令人联想起江南那足以销魂夺魄的氤氲烟雨——带着小邦百姓来到泱泱大国后，触目皆是刷新认知的啧啧称奇之物的那种大惊小怪。

"看来你的汉语水平进步得很快嘛，希望不要隔天就忘了。"萧墨狡黠地眨了眨眼睛，仿佛"遗忘"是任何人、任何事到头来都难以逃脱的结局。

"需要学习的地方还多着呢。希望在自己学有所成之前，不会被勒令离境，再回到那片孤寂无伴的海域上去。"

"我们大国自然会有大国的器量。不过，回去也没什么不好的。海上虽然清冷无趣，但也不似岸上这般鬼魅遍地，妖妄丛生。"大槻藏介实在不明白萧墨为何会抱着如此悲观的想法，称得上"陌上人如玉"的他本该意气风发，潇洒倜傥，眼下却满肚子牢骚，看不真切未来。

"未来就像将经纬阡陌悉数掩拥入怀的烟雨，你完全无由得知藏匿在其下的是殊美的风景，还是曾为沃土良田的焦土尸冢。"萧墨忽然嗟叹道，同时将"烟雨"更为粗鲁地旋转起来，仿佛要从这急骤的旋转中探得它真正的价值所在。

　　两人不时陷入或长或短的沉默。在每段空隙间，空灵的鸟啭像是摔碎后的茶皿碎片一样散落在枝头树梢。大槻藏介不禁怀念起了自己故里——日本的早晨来：在深山空谷内，民居稀少，雾霭漫降。

　　"你是不曾意识到英雄可以创下何等伟业壮举，可以改变这个世界多少！你既没有这样的概念，你的故国也缺乏类似传统。你的见识仍然还停留在'凡人只能随波逐流'这一固有印象上，窥测不到英雄所能攀登的最高峰！"萧墨坐直了身子，略显现出少许狂热之态。

　　"吾国向来平静，恰似一口古波不兴的水井。也许在贵国土地上所发生的如火如荼的纷争，将来也会在吾国重演，可若是能坐在山川旧物当中，对吾国百姓说起贵国英雄的事迹，一定能令他们瞠目结舌。"大槻藏介发自内心地微笑着。

　　"你知道吗？陈庆之将军不日便将出兵了——以约七千众护送北海王元颢北还洛阳，而动身之期就在最近这两个月。到时候我还打算亲自去城外为他送行呢！"萧墨的快意溢于言表。

　　"怎么，公子认为陈庆之将军此去能有一番作为？"

　　"磨剑磨了几十载，只为一朝出鞘能够名动天下，拯苍生于水火当中。若是连等待了大半生的机会也无法抓住的话，那此前的忍耐赔笑、虚与委蛇，以及成天混迹于虾蟹堆中，岂不是变得毫无意义了吗?!"

　　"看来公子相当了解陈庆之将军。"

　　"我在很小的时候第一次见到他，也曾嘲笑过他的弱不禁风与不习弓马，但随着交往日深，这份固有的观念却改变了。现在我知道了——能改变这个天下的，不是武力，而是勇气！而他陈子云最不缺的，就是这份'虽万千人吾往矣'的超凡勇气!"萧墨怀念地说道，仿佛这也是自己所追求的境界。

"的确，这世上有黑就有白，有小人就有英雄。"

"你能理解吗？那种渴望创造奇迹，逆天而为的挑战精神!"

"在下只是一只井底之蛙嘛，不比公子，公子不但出身高贵，天资聪颖，还文武兼备，简直就像是得到了上天的垂青。"

言至此，萧墨陷入了若有所思的出神状态，同时喃喃自语道："可是，我却以自己的出身为耻。"至于他为何这么说，对当时的大槻藏介而言，不啻一个难以解开的复杂谜团。

转眼便到了北雁南飞的季节，在南国的秋天姗姗来迟前，大槻藏介一直寄食在萧墨父子府上。萧墨的父亲萧逸是修礼局官员，负责掌管各类祭祀活动与接待外宾，最近正在忙着筹备一年一度官方与民间皆须紧锣密鼓张罗的盛大茶会，因此少有清闲的时间。于是，萧逸特地邀请了同侪的千金，亦是萧墨的青梅竹马——蒹葭姑娘过府照料儿子的饮食起居。

当然，萧逸是以"请蒹葭小姐过来观赏茶会"为由来烦劳这位世侄女的。值此茶会开始筹备的阶段，万千头绪不知从何捋起，萧逸大有让蒹葭将萧墨约束在府内的想法，令他无暇出门闯祸，或与狐朋狗友游荡无度。

而萧墨果然也收敛了许多。他与蒹葭坐在枫树与梧桐交织的树荫下，对那些进贡上来的茶器评头论足，终日不倦。而这时，大槻藏介就在马厩替他们的坐骑刷背，清洗鞍具，往往一边干活，还一边手执着古籍阅览。

"大槻藏介，你又学到什么新东西啦？"萧墨在评价茶器之余，也会随时问起自己这位好友兼远来稀客的学习进度。

每逢这时，大槻藏介就会将感悟照实倾囊相告，然后请教其中自己所不理解的地方。而萧墨总会以自己的方式为他释惑——虽然未必专业，但却一定生动有趣。

有时，蒹葭也会到大槻藏介那里寻求援助，譬如给茶器定品与萧墨意见不统一的时候："大槻藏介哥哥，你来给我们评个理！他非得说这盏茶具流于凡俗了，甚至连上品也称不上。"她说这话时喜欢嘟起嘴，还穿着南朝由锦绣缝制的仕女服，在大槻藏介眼里简直就如同一幅栩栩如生的传世绢画一般。

"这种公说公有理、婆说婆有理的未有定论之事，你就不要把大槻藏介给牵扯进来了，行不行？就算你找来十个'大槻藏介哥哥'，再强迫他们一水儿地支持你，那也毫无说服力可言呀。"萧墨一副稳操胜券的架势，更是令蒹葭气鼓鼓的。

"你的审美有问题，有很大问题，不信你去问问那些鉴赏家。"

不料这句话居然引出了萧墨针对鉴赏家发表的一通讽刺之论来："那些鉴赏家才有问题呢！只会哗众取宠，迎合主流口味，见高拜，见低踩，完全不具备力排众议的勇气，此外还缺乏主见，与其说他们是'鉴赏家'，倒不如说是'墙头草'来得更为合适！"

"我……我没你那么好的口才，但你不也是好故作惊人之语吗?！尤其喜欢站在世俗的对立面上，哪里曾真正静下过心来品味茶道的风雅之趣与隽永之味了！"

"这样吵下去可不会有结果，何况，跟与你拌嘴比起来，我还是更喜欢……"萧墨忽然捧住蒹葭的脸颊，在她那吹弹可破的脸蛋上轻轻地一揪，便大笑着逃开了。

"臭小子，占我便宜！"蒹葭又羞又急，竟满院子追着萧墨捶打。大槻藏介旁观着这一幕，不禁也为这对小情侣如此亲密而感到高兴。他希望这一刻永远不会被打碎，甚至连一道最轻微的裂纹也不要出现。

接下来的几天，梁各地的高僧与名士陆续涌入了这届茶会的举办地——建康。有的乘车，有的骑马，有的步行，有的先舟船后车马，建康一时宾客云集，商旅壅塞。街上到处可见高僧们所着的百衲衣与名士们外罩的宽松袍袖，在秋日晃眼的金色阳光下，仿佛是无数仙佛正奔蟠桃大会而来，摩肩接踵，热闹非凡。

那日，萧墨与大槻藏介相约去郊外纵马狩猎，一直来到某处黄叶如同金堆镒积的林子深处。萧墨今日似乎兴致绝佳，好几次拈弓搭箭瞄了半天猎物，却迟迟不射，最后竟反而松臂放下弓来，像个想入非非的孩童那样粲然微笑了。

"再过几天，就连这里也要拥挤不堪，无片隅立锥之地了。"

"茶会就是这样啊——无数百姓从自己画地而居的偏僻里弄赶赴皇城，致使此地万人空巷，茶香弥街。虽说'天下熙熙，皆为利来；天下攘攘，皆为利往'，但我仍然选择相信：还是有很多人，只为了能在记忆中留下一段自己与所爱之人共度的美好时光，仅此而已！"

"公子就是后者吧？"

"被你这样一说，我倒有些无地自容了。"不过萧墨并未解释，只是相当自然地转移开了话题，"听说萧典王爷将在茶会期间下榻敝府。他可是个学问渊博，交游广阔的人哪，届时若能得他指教，你大可以一窥过去所不曾涉猎过的浩瀚知识的门径。"

"然而，公子兴致如此高涨，恐怕并非因为萧典王爷即将下榻自宅这件事吧？"

"哈哈，我该说你是本公子肚子里的蛔虫，还是知音好呢，大槻藏介？没错，就在昨晚，前线的战报刚刚传达回来：陈庆之将军打了胜仗，而且漂亮到足以彪炳史册！"

"真有那么夸张吗？"

"何止是胜仗，简直就是战争史上的奇迹——当之无愧的奇迹！他领七千众，取三十二城，连破数倍于己的魏军，一直将北海王护送进了洛阳！你知道当世怎么传扬他的威名吗？'名师大将莫自牢，千军万马避白袍'！这是多么令人振奋的战绩呀！谁知道子云将军接下来还会创造什么样的辉煌战果。"萧墨的眼眸中光彩熠熠，而且，这种光彩不会因为世事多艰就轻易暗淡。

"的确是打出了名将的风采，可是公子。你为何比自己实现了抱负还要激动呢？"

"哪有，哪有，我只不过是因为从小就结识了子云将军，所以才将他当成了自己的叔伯辈。"

"这一节，我耳朵里都快听出茧子来了，公子还有没有更新鲜点的解释呢？"大槻藏介微笑着端详自己的贵族朋友，分享他充满了向往的遮掩。萧墨是陈庆之的忠实拥趸，然而，自己又何尝不是在暗地里翘盼着萧墨能一步步去实现远大目标的支持者中的一个呢！

"其实，十年前我们曾立下过一个约定。"萧墨迟疑再三，终于还是说出了那个藏匿已久的秘密，"他会在战场上建立足以流芳百世的战功，而我则努力去成为当朝的名臣，做他最坚实的后盾。我们这一文一武会兴旺梁朝，并且北伐中原，收复故土，完成前人们连想都不敢去想的功业。"

说到这里，萧墨忽然有些唏嘘了，仿佛这十年间的淬炼还远远不够，却已经是肉体凡胎所能达到的极限。大槻藏介无法透彻地理解这份情怀，只能挠挠鼻尖，说道："虽然是来自海外的人，但在下也明白，男子汉之间的约定是比千金还要重的信物，而且充满浪漫，不容置疑。"大槻藏介在自己的"字典"内努力搜寻着合适的用词。

"哪有你说得那么高雅高尚，我只是不肯服输罢了。"萧墨反倒有些不好意思了，"我可不想等到陈庆之将军凯旋了，自己却连约定的边儿都没摸到。"

"公子你还年轻嘛。"

"可陈庆之将军已经四十多岁，年逾不惑了！"

"在下明白。"不知为何，大槻藏介总有一种奇怪的直觉：这个约定并不仅仅是个约定，它绝对不像自己耳朵听起来的那么简单。

"对了，公子，在茶会当晚，你不妨创造一个与蒹葭姑娘独处的机会，然后……"

"我现在可暂时顾不上儿女情长了！"也许是觉得自己的情绪太过于表面化，萧墨试着重新让自己镇定下来，"我对她的那份心意，我迟早会当面跟她说明白的。"

这时，府上仆人忽然循路来报：老爷邀了几位高僧过府品茶，顺便欣赏茶皿烟雨，因此请公子速速回府作陪。萧墨皱起眉头，不得不打马回府。紧随在后的大槻藏介望着萧墨在马背上颠簸的背影，不由得冒出一种"他即将去见一伙深恶痛绝之人"的想法。

　　五位高僧合围在放置烟雨的桌案四周，像观看斗蟋蟀的赌徒那般延颈交首，啧啧称奇。

　　"不愧是前朝大师呕心沥血所创造的作品，几乎可以称得上是完美无瑕了。"

　　"非也，非也。完美者，即有瑕疵者也；若无瑕疵，未免失去了区别于众的独特魅力。"

　　"所言极是，所言极是。但它的价值毋庸置疑属于'稀世奇珍'一类，完全配得上世代相传，引为宅镇。"

　　高僧们你一言我一语地接腔，唯独其中的慧照禅师光是看着，并不加入赞叹之列。萧墨望着慧照的背影，瞳内射出冷光，忽然走近几步，对凝神欣赏茶器的这位高僧说道："禅师，上次你受邀对陛下宣讲佛法，陛下一定深受其益吧?"

　　"以陛下之虔诚聪慧，自然能受益良多，庶乎无限接近佛理禅机。只是个别几句经文尚有疑义歧释，无法尽数领会精髓，实为憾事矣!"

　　"禅师字字珠玑，想来陛下欲完全理解只是时间上的问题，当在近日不远了。"

　　"然而或许真正的理解也只是不求甚解罢了。佛理并无固定之解释，在山野则为蛱蝶，在江洋则为鱼鳖，在茅舍则为蚊蝇，在廊厅则为巢燕——大抵随时境而变。"

　　"佛理深邃，便如巨海泛舟，无边无岸。不过今天墨不想跟大师谈论这个，申时将至，请大师且先入席，容墨亲自设宴来款待各位高僧。大师一定也带来了别具一格的专属茶器，以觞盛会了吧？"萧墨彬彬有礼、恭敬有加地说道。

"带是带来了，不过若跟贵府的名器烟雨比起来，恐怕就得相形见绌了。"慧照流露出了些微惭窘来。

"品茗品的是雅量高趣，而不是比谁的茶器价值更高，谁更权势煊赫，谁更地位显要。因此，墨窃以为，茶皿的价值如果太高，反而会成为心灵上的无形枷锁。"

慧照禅师合十道："想不到施主年纪轻轻就有如此见地，实属难得。不过这世上的奇珍异宝又有谁不爱、不慕，其拥有者又有谁不羡、不妒呢？"

萧墨再次邀请五位高僧列席，同时嘱咐蒹葭将烟雨先放回到宝箱内，再捧回收藏室去。萧府的下人端来待客的糕点、香茗等饮食，萧墨陪席，而大槻藏介则站在偏厅默默地看着高僧们用膳。他想知道，这些在自己想象当中不食人间烟火的高僧是如何应酬交际的。

送走高僧，已是入夜以后了。萧墨正在指挥仆婢们撤去残席，蒹葭忽然眼中噙泪地跑了过来，不安地扯动着衣角，说道："方才我打算将烟雨再擦拭一遍，却发现……发现匣子内的烟雨让人调包了！"最后她神经质般地加重了音量。

眼看着蒹葭如此自责，萧墨虽然难掩凝重的神色，可依然故作轻快道："不过是个陶瓷茶碗罢了，相信很快就能追查回来的，没什么大不了的。"

"真的没关系吗？它可是伯父最珍爱的传家之宝。"

"我说没事就没事，你别瞎操心了。父亲那边我会交代的。"萧墨说得斩钉截铁。

很快，萧墨便派遣下人去报案了。官府的人连夜赶来，在现场四处挖掘线索。临近深夜时，大槻藏介吹熄了厢房的灯火，从绿纱窗里望将出去，庭院内还是灯火通明，而挎刀的捕快们仍然未被准许安歇。他入睡得很迟，即使是在梦中，似乎也响着蒹葭那楚楚可怜的啜泣声。

翌晨醒来的时候，庭前的木阶上已经结了一层薄霜。引水的竹节声带着一股冷冽清浅的味道，善噪的鸟雀在白色的晨光下显得伶俜孤单。

捕快已经一个也见不到了，大槻藏介穿过明亮的院廊去洗漱，感到今早的萧府似乎格外寂静。在他掬捧冷水朝脸上泼洒之际，蒹葭如野猫般跑过来，摇着他的肩膀说道：

"大槻藏介哥哥，大槻藏介哥哥，听说烟雨已经找到了，就在今天早上。"

"哦，看来贵国的捕快办案还挺有效率的。"

"可是，跟烟雨一道被发现的，还有慧照大师的尸体！禅房内溅满了鲜血，烟雨就倾歪在血迹当中，并被摔崩了皿沿的一个角！"蒹葭似乎仍然惊魂未定。

"公子呢？"大槻藏介还未能完全将情报消化，于是急切地问下去。

"他与伯父陪萧典王爷同去案发现场了，也就是发生命案的那间禅房所在的寺庙。"

"真是叫人头疼啊。"大槻藏介揉了揉太阳穴，"我已经差不多猜到官府会如何处理此案了，不过其中似乎仍然大有蹊跷。案发现场位于哪座寺庙？"

"好像是嘉德寺。怎么了，大槻藏介。"

"我这就去一趟。"大槻藏介说完便拔腿出门，以赛跑一般的速度跑向了嘉德寺。街上行人太多，骑马反而多有不便。

等到大槻藏介抵达嘉德寺外的时候，案件的审查已经接近尾声了。在这个阳光明媚的上午，他第一次见到了王爷萧典。他是当今国君的胞弟，生着一张睿智友善的面孔。

"萧大人，看来案情已经呼之欲出了：是慧照大师偷走了你的烟雨。至于昨晚在嘉德寺的这间禅房内究竟发生了什么，还有待进一步的追查。凶案兴许是因为争夺烟雨而起，兴许另有隐情，但有一点，基本上可以盖棺论定了——偷梁换柱的正是慧照！看来这些所谓的'高僧'，修为还远远不够。此事的确值得我们深思之，警醒之。"

大槻藏介瞧见了一幕令他倍加感伤的情景：萧墨从一众呈堂证物当中取走了属于他们萧家的至宝——烟雨，表情里藏着遗憾与失望，仿佛他领回来的只是一具尸骨，而不是从失窃或摔碎边缘被抢救回来的稀世奇珍。

当萧墨父子走出临时衙署的时候，大槻藏介迎了上去。萧墨望着自己这位朋友，像是在寻求什么安慰似的疲惫问道："大槻藏介，你在啊。"

"公子，我在这！"大槻藏介流露出"我会永远无条件地在背后支持你"的坚定神情，不容怀疑地应答道。

在他们身后，萧逸向萧典套着近乎，仿佛心痛之余仍得为他们萧家的未来谋划打算。

接下来的几天，萧墨一直心不在焉。茶会之期越来越近了，可他却总是兴味索然地躺在斜阳底下的藤椅上，仿佛所有斗志都如同丝线一般被抽走了。

"蒹葭呢？"他的这句话似乎在心底憋藏了很久。

"这小丫头正到处求访修补匠呢。她说，她要找到一位能将烟雨完好如初地粘补起来的大师级匠人，哪怕付出再大的代价也在所不惜。"大槻藏介摆出了他标志性的苦笑表情。

"真是个小傻瓜，十足的傻瓜！损坏的茶皿就如同受伤的心灵一样，这世上哪有能让它们完好如初的修补术?！即使最大限度地去进行修复弥补，你仍然可以清楚地察觉出它们与当初有何不同。"萧墨长叹一口气，似乎因为蒹葭近乎幼稚的坚持而感到无可奈何。

"让她去试试吧，亡羊补牢总好过无所作为。"大槻藏介犹豫着说出了自己刚学会的成语，不敢确定它们是否运用无误。

最近气温降得更低了，黄昏还未笼罩皇城，空气中便扩漫开了丝丝寒意。正当萧墨听着墙外的喧闹，微闭双目时，萧典孤身来到了这个与皇城整体的氛围格格不入的后院。

"萧墨公子，后日便是茶会举办之期了，今日你能否抽空陪典去几个地方逛逛？"萧典说起话来总是带着一种讨人喜欢的谦逊。

"啊？难道茶会当日王爷不跟我们一起游览吗？"

"不，后天应该是属于公子与蒹葭姑娘的私密时光，典岂能夺人所爱。"

萧墨望了一眼大槻藏介，大槻藏介耸了耸肩说道："请公子尽量早去早回——须知今晚可够老爷与您忙的。另外，如果能劝说王爷留在府上用膳，老爷一定会感到十分荣幸，全府上下也将面目有光。"

"嗯，我知道了。请转告父亲一声：墨会尽早回来，为他分担手中琐务的。"

大槻藏介望着萧墨与萧典并肩离去的背影，不知为何竟有些心酸：也许自己永远都无法融入梁的贵族圈子吧？即使自己与萧墨的友情再如何坚不可摧，也永远多了一层主客的味道在内。

萧墨回来的时候，夜幕已经合帷，他喝了酒，满身酒气，面色酡红，需要大槻藏介搀扶着才能勉强站稳。他一边踢开脚上套的靴子，一边口舌不怎么清楚地朝着大槻说道："萧……萧典王爷真是几……几近完美之人哪，不但精通道释儒三教，还深谙人情世故。"

蒹葭端来了醒酒汤，而萧墨夸完萧典之后，又说："佛……佛教其实也不是一无是处的，起码对……对净涤人心，还是多少有……有些裨益的。"

蒹葭与大槻藏介面面相觑。大槻问蒹葭："你可曾见公子喝醉过？"蒹葭也反问大槻藏介："你可曾听他替佛教说过好话？"两人大摇其头，为萧墨的反常感到不可思议，同时也不免在心底产生了好奇："这萧典王爷究竟是怎样一位非凡的人物，竟能让公子破天荒地做出两件此前从来不肯尝试的抗拒之举来，简直就是怪事。"

次日夜里，嘉德寺竟然毫无征兆地失火了。火势整整延烧了一个多时辰，烧毁大雄宝殿半边，塑廊两列，旱亭一座，僧房五间，还有民宅三四户。连大槻藏介在萧府的后院里都能望见冲天烈焰，火光映亮了深冷的半壁夜空，救火声在两条街外不绝于耳，仿佛十几个婴儿缺少起伏转承的号啕。

当晚，萧墨始终不曾在人前露脸，以至于大槻藏介也不免在私下里诧异："这场大火惊动了整座皇城，为何唯独只有公子能在自己房内'两耳不闻窗外事'般地稳坐钓鱼台呢？"

天色熹微时，大槻藏介独自一人去了火场附近转悠。晨雾在残火未尽的废墟上方流移，炬木的焦味还不算刺鼻，绺绺白烟在灰蓝色的低垂天幕下凝成了柱状。失去家园的百姓与嘉德寺的沙弥们正在抹泪，看客们半围着指手画脚，议论纷纷，废墟圈外的宅邸群落却丝毫不受影响，繁华如昨。而今年的茶会，将在这个堪称"多事之秋"的清晨正式拉开序幕。

大槻藏介走在昨日还矗立在此地的嘉德寺的废墟间，为这座华丽而充满异域情调的建筑因一夜大火几乎被焚毁而感到惋惜。忽然，他在瓦砾下面发现了一件小玩意儿，闪着黯淡的光泽，仿佛似曾相识。

大槻藏介蹲下身去，从尚有余温的灰烬与焦木堆里拨出那样东西，将其捧在掌心细细观看。忽然，有一种可怕的感觉渐渐攫住了他的身心。

回到萧府后，他看见萧墨正在打着哈欠洗漱。萧墨察觉自己的朋友心事重重，居然天真地问道："怎么了？是看上哪家姑娘，在为爱情苦恼吗？"

"我们是不是无话不谈的好朋友？"大槻藏介严肃地问道。

"虽然尊卑有别，但我们的友谊的确超越了国界还有身份。"萧墨眨着眼睛，不明就里似的说道，而大槻藏介仍在自欺欺人——萧墨绝不会对自己说谎。

"你昨晚去哪儿了？"

"就在屋里睡觉呀。喂，你到底怎么了？怎么像讯问犯人一样对待你最忠实的朋友?！要是有毛病就赶紧去治。"

"我没病！"大槻藏介倔强得就像一只刺猬，眼中射出的寒光令萧墨颇不自在。

"去帮我将蕖葭叫来。"

望着萧墨摆出少爷的派头颐指气使地发号施令，大槻藏介选择了默然听从。可是就在离开的一刹那，他忽然又回转身说道："希望有一天你能对我言无所隐。还有，蕖葭是个好姑娘，请你在做任何事情之前都务必三思，免得违背初衷辜负了她。"

"你脑袋出问题了?！"萧墨嘴角泛起了戏谑的笑容，"我可不是三岁小娃娃，需要别人教我该做什么，不该做什么！还有，请足下千万记住，即便是再要好的朋友，也难保不会有反目成仇的那一天！"

"很好！"大槻藏介没有退缩，然而他的心忽然体会到了一种过去所不曾有过的疼痛，仿佛有人拿着一把钝刀在他的心头剐割。他不禁想，可能这就是难以逃脱的宿命在作祟吧。

持续了三日的茶会刚一结束，建康就下起了一场昏天黑地的秋雨来。大槻藏介有时候会站在檐下，仰望如黑龙般翻搅的天空，有时候则独自执伞走在积水横溢的街头。建康的排水系统已经相当完善了，却还是无法将连日的雨水彻底排走。

这几天，萧墨与萧典走得更近了，只是每次回府，他的神情都如同天色一般阴沉。蕖葭染上了小风寒，可萧墨每次只是将亲自抓来的药石提到门外，交给婢女送入，从不当面探问蕖葭的病情。大槻藏介仍然记得茶会期间，他们相携走在人海当中的满足。即使谁也不说话，光是这样并肩走着就很好。

他仍然保存着那日在失火现场捡来的证物，既不与萧墨当面对质，也不向其暗示。他相信有朝一日，萧墨一定会对自己和盘托出，求助于他这位朋友。他觉得，他们似乎统统患上了"无法表达真实感情"的怪病，将关心藏在不见天日的地方，不肯曝示于人。

直到某天，捕快突然闯进萧府带走了萧墨，试图保护好友的大槻藏介于仓促间才发现：自己的迁就竟然是如此软弱无力！他听见萧墨对自己喊道："告诉蒹葭，我一定会平安回来的！"他在那一瞬间预感到：事态的发展可能超出了自己所能干预的范围。

而栽在萧墨头上，令他银铛入狱的罪名则是谋杀高僧慧照！

容许家属探监的时候，已经离萧墨被投入监狱的那天整整过去了十日。秋雨还没有停歇下来的迹象，不过天空不再暗若永夜，渐渐有了漏泄日色的些小缝罅。万树髡残，河渠灌满，随之改变的还有蒹葭的病情，这丫头仿佛因为不得不坚强起来而痊愈了。萧逸上下打点，甚至动用了自己与萧典王爷的私交，旨在让爱子被无罪释放。

大槻藏介本来只是焦急地等待着结果，但是那天从遥远的北魏传回来的一条战报，促使他做出了前去探监的决定。而被家里的父兄数番催促归家的蒹葭也托大槻藏介给萧墨捎带了一句话："我相信你是清白无辜的，会一直等着你回来！"

牢狱内还是昏暗而潮湿，滴水声与老鼠"吱咯吱咯"咬东西的声音在单人监室里合奏出一首悲怆之歌。消瘦了不少的萧墨站得笔直，茫然地望向天窗外。清寒的烛光仿佛毫无光热可言。

"我知道慧照大师遇害一案与你无关，不过嘉德寺的那场大火，你无法完全摆脱干系！"大槻藏介厉声说道，如同一位恨铁不成钢的兄长。

"你为何如此肯定？要是我将罪责全扛下来呢？"萧墨仍保持着身为贵胄子弟的最后一丝尊严，同时，在他身上还残留着鸿鹄振翅高飞于苍穹的渺茫可能性。

"后者是因为我在嘉德寺的废墟上发现了你靴子上的铜扣；至于前者，我无论如何也无法想象，你会让传家之宝就这样随便地留在凶案现场，还让它沾满你最厌恶的所谓'高僧'的血！"大槻藏介痛心疾首道。

"也许普天之下，我瞒不过的就只有你一人。"萧墨像大槻藏介当初那样苦笑着，极为平静地说道。

"这是在下的荣幸！现在你可以交代在背后教唆你纵火的元凶是谁了吧？"

"我答应过他不会翻供的；而他也答应过我，会帮助我实现政治上的野心。出狱以后，我将暂时离开皇城，以另一个人的身份存活于世。"

"那蒹葭小姐怎么办？！她可一直在原地等你哪！"

"我要以最快的速度进入朝廷统治集团的利益中枢，你不会明白我这种孤注一掷的急迫心态。"

"好吧，我还有另外一则消息要告诉你。陈庆之将军兵败了，他攻占的洛阳城也重新落入了敌军手里。在嵩高河，他所统领的白袍军遭遇了水位暴涨，导致全军覆没；而他本人，眼下仍生死未卜……"

大槻藏介还未说完，萧墨忽然便抱着脑袋恸哭了起来。大槻藏介此前从未听过比这更悲哀的声音了，仿佛恸哭者失去了所有，甚至连卷土重来、东山再起的机会也一并被断送了。

大槻藏介用最温柔的眼神望着这个深受打击的年轻人。除了这样，他便什么也做不了了，哪怕一句安慰的话也不知如何才能说出口。

到了次日，终于雨过天晴，然而大槻藏介等来的却是"萧墨在狱中畏罪自杀"的残酷消息。也许当萧墨决定交代真相，做回一个普通人时，这样的悲剧性结尾便已经注定了。

萧逸心灰意懒，辞官回乡，而大槻藏介则继续服侍在他身旁，照旧依循奴仆之礼尊奉亡友的父亲。萧墨的素冢便建在离他们住处不远的地方，大槻藏介隔三岔五便会去拜祭，他一直在深深自责，如果自己不诱使好友说出真相，灭口之事是否也就不会发生？

可自己当时还有更好的选择吗？他屡番扪心自问，却始终得不到答案。

有一天，大槻藏介在庐墓旁见到了一位中年文士。他伫立风中，良久不语，见大槻藏介走近了，才冲他点点头。

"敢问您是？"大槻藏介放下祭品，然后才问道。

"右卫将军陈庆之。"中年文士叹息着，"您呢？"

"在下只是个普通人而已，不过亦曾自亡友口中听说他与将军有过约定一事。"

"萧墨这个孩子太过刚烈了，他若是被囚禁于笼中数日不得自由，一定会绝食而亡的。殊不知，成功从来得之不易，不但需要有百折不挠的信念，还得具备长期陷于低谷也能不断奋起的韧性。我当日之所以与他许下这个约定，便是希望他能够磨砺心性，有朝一日可以做到'泰山崩于前而色不变'，却万万没想到……"

大槻藏介只是觉得遗憾，他一个字也说不出来，于是又朝陈庆之点了点头。

回到住处时，他居然在那间既无引水竹节，也无深院高墙的陋宅门外遇上了蒹葭。泪水顿时夺眶而出，模糊了视线，大槻藏介拼命忍住不让泪水决堤，同时尽量使得语气活泼一些：

"蒹葭小姐，你怎么……"

蒹葭的气质跟半年前比已经大相径庭了，现在的她更接近"温婉贤淑"。他们进屋后，蒹葭在木桌旁坐下，摊开一方锦袱，捧出里头的木匣子来。她揭开匣盖，在凌乱的稻草中间现出了茶皿烟雨的一角，它不曾改变，只是崩口如故。

"烟雨不是送给萧典了吗——为了求他出面通融打点?"大槻藏介诧异道。

"我多么想回到那一天——萧墨哥哥亲手将烟雨交给蒹葭保管，而蒹葭尚不知道最后的结局。那时候，还未发生这么多令人难以承受的糟糕事儿，而蒹葭与萧墨哥哥互相约定：要永远假装赝品是真品，并让真品永远不被那些肮脏的手所玷污。可现如今，蒹葭不得不将它转交给大槻藏介哥哥保管了。"

"为何?"

"因为蒹葭就要出嫁了，不适合再保管烟雨了。请大槻藏介哥哥带着烟雨，离开它的故国，回到你自己的家乡去，让它在尘世之外永远不受玷污!"

当时，大槻藏介并未觉得其中有何不妥，但是直到滞留在某个港口候船时，他才从其他船客那里听说了蒹葭临终的事迹：

"有一位奇女子打算刺杀萧典王爷，不幸失败，最后慨然赴死了。"这才悔恨不迭，一味怪罪于自己的不察。

萧墨与蒹葭坐在枫树与梧桐树下品评茶器的双影再次浮现在了眼前，如一幕梦幻，反复缠绕，却不知何日才会变得模糊起来，即使偶尔重温，也不至于像今日这般悲伤。

断流之刃

  这次重返荒弃了的师门，谢飞并未忘记携带祭奠所需的一应物品，然而也仅仅带了这些。他风尘仆仆，却又心灰意冷。走过观雨台的时候，他一度陷入了"世事不改，韶光未移"的错觉当中。

  他沿着破损的青石小径走向师父的衣冠冢，一路上除了有鸦雀聒噪，更有风声肆无忌惮地吹刮，简直令人无法相信这里十年前也曾是一派仙家气象。他们四个人——谢飞、师父、师弟胡阿，以及师父的千金允则——曾在这条小径上接踵走过无数遍。杏花雨扑打在他们的面颊上，凉丝丝的，宛若甘露溅洒。

  现在，附近早就没了雨幕烟影，只有在观雨台下筑巢的飞禽走兽每日近暮背负着夕阳归来，一切都蒙上了某种阑珊的况味。前方野雉做窝，杂草埋阶，谢飞走过它们的近畔，往事开始一件不漏地浮上心头：那时的他还未侠名满天下，而他的夫人——师父的千金、他与胡阿的小师妹允则，也还未香消玉殒、红颜薄命。

  师父生前或许是个深不可测的高人，因为他不仅满足了江湖中人对于宗师的所有想象，还拥有一柄举世无双的神兵。而这柄神兵便是谢飞目前所佩挎的专属剑器——断流之刃。它能斩断这世上的大部分无形之物，师父当年曾将这柄神兵与宝贝女儿一起当作出师礼物托付给了谢飞这位大弟子。

师父的衣冠冢前残留着近期被人祭扫过的痕迹，谢飞在心底罗列开可能来祭扫者的名单，却无法最终敲定是谁。师父生前朋友不多，然而尊仰其名望者不在少数，况且，也不能排除他年轻时曾有过几个故交。谢飞在冢前盘腿而坐，开始向着师父不知销在何处的尸骨诉说起了近些年来的得失。

"自从则儿不幸亡殁，弟子便总是寝不安席，食不甘味，几乎了无生趣了。这世界固然阔大，世人固然无数，却皆空如弟子的心，再也没有什么值得留恋的了。不过倚仗着您送给弟子的神兵，弟子这些年来好歹赚了一些侠名，没有给您脸上抹黑。

"弟子前些日子打探到师弟的消息了，他似乎已经背离了学武的初衷，当了权倾朝野的奸臣的爪牙。方今天下沸若滚汤，欲诛此奸臣而后快者夥矣，弟子真怕师弟有朝一日会触犯众怒，落得个身败名裂的下场。您说，我要不要最后再去劝诫他一回呢？即使他对弟子抱有根深蒂固的成见，甚至敌意。

"这些年，弟子一直谨记师父教诲，不敢有半日稍忘，出手往往慎之又慎，可这柄断流之刃却始终斩不断误入歧途者的怨恨，这不得不说是一桩遗憾事。不过世上又怎么可能会有这等神奇之物存在呢？如果执念轻易便可剔除，那么浪子回头又岂会恁般感动人心?!

"弟子犹疑着余生应当如何度过，岂料就在这样的犹疑中，自己竟也雪寄满头了。您的英灵若是泉下有察，请给弟子一些暗示吧。是继续仗剑行侠锄奸，还是找一处世外桃源安度余生？前者虽是大丈夫应尽之责，却让弟子的内心充满了煎熬。请您原谅不肖如我者的动摇与逃避吧，弟子真的厌倦了。"

说到这里，晚风中又有归鸟呜咽，谢飞听得心烦，只挥剑一斩，云天便被当空截断了。他又将酒囊中的美酒泼洒向眼前数尺处，用剑刃搅了搅，便弹射向茫茫太虚。瞬息之间，满天都是熏熏酒香，宛若酒入愁肠乱转，那些闻着酒味的飞鸟也如同喝醉了似的。

"你们也来尝尝看吧！这埋了十二年的陈酿，只是休要再打搅我的清静了。"

下山的途中，谢飞几乎看腻了人去室空、兔死狐悲的荒凉景象。蒿草眼看就要及腰了，但是整座无名山依然会偶尔暴露出明旷简练的线条来。天色已晚，星月高悬，陌外野村陆续亮起三三两两孤寂的灯火，既未络绎相接，也没有相互争辉的欲望。

谢飞时快时慢地走着，心情也在蛙鸣声中逐渐转佳，直到他看见一辆由驽马牵引的马车停在自己下山必经的那个路口。他原以为是行路之人的家眷在此泊车宿夜，可车厢内却忽然掀帘跳出一个年轻人，冲着自己毫无拘束地高喊："您就是断流大侠——谢飞吧？"

"正是。有何指教？"谢飞抱剑警觉地问道。

"我是特地来侍奉您的——当然，若是能力足够，不但想护您周全，更想逗您开心。"年轻人爽朗地说道，明媚的表情令谢飞不由得联想起秋日的湍流。

"别开玩笑了。说吧，为什么守在这里等我？"谢飞老到地切中了要害。

"拜师。"年轻人的锋芒毕露令谢飞回想起了二十年前的自己，虽然他从未见过自己的面部表情，然而似乎在潜意识里认定了自己当年就该是这样一副面孔。

"这可不像你宴请宾客或者指挥下人那么简单，我须得考察你的方方面面。而且，如果看不顺眼，即使你再优秀，也打动不了我的。"

"太容易就没意思了，我喜欢迎难而上的挑战！"

年轻人说他叫周礼，祖上世代经商。于是谢飞如是调侃道："既然有这样的背景，为何不乖乖继承祖业，反来蹚江湖这洼浑水？"谁知，周礼却振振有词地反驳他道："成天光顾着算计，岂不辜负了男儿胸中的这腔热血？那样就连我自己也会瞧不起自己。"

"我知道，你是奔断流之刃来的。"谢飞面无波澜，却暗藏玄机。

"这只是其中一个原因而已。更重要的是：世上的侠士多以名门正派自居，规矩烦琐，礼受不了那么多管束，因此我才选了闲云野鹤、不拘小节的先生您呀！"

"做我的徒弟，并不等于可以浑浑噩噩、蹉跎度日；何况我这个人比较喜怒无常，哪天没有理由就将你逐出师门，你可不要一脸困惑地向我抗议。"

"请先上车吧。在抵达客栈之前，我想听听江湖上盛名远扬的'断流大侠'的事迹。"

谢飞再次打量起眼前的这位年轻人——乍看之下仅是一个普普通通的纨绔子弟，不过若真是未经雕琢的璞玉，自己倒是愿意花上几年工夫来磨砺他，然而必须得先确定此人到底是赤子，还是金玉其外、败絮其中的轻佻虚浮之徒。

谢飞登辕上车，坐进了车厢内，而周礼则亲自为他驾辇。马蹄声与车轮声混杂在一起，搅乱了这个本应阒寂的夜晚，周礼不失时机地开启了话题："那么就请您说一说，这些年来您是如何在江湖中沉浮的?"

　　谢飞首先回想起了自己刚刚踏入江湖的那段岁月。当时他有妻子需要养活，因此对特地找上门来求助的武林人士或非武林人士几乎来者不拒。无论是想斩断感情、回忆还是仇恨，甚至包括瓜分家产这类清官难断的纠纷，他都一律按要求者的身家来收费。只要他一刀砍下去，便再无藕断丝连之虞，连丝毫裂痕也不会留下。

　　他尽量不接有悖良心的买卖，但有时候还是难免问心有愧。在积攒了一小笔钱后，他便不再用断流之刀来做沾满铜臭味的金钱交易了，而是选择去行侠仗义，譬如扶危济困，抑或惩奸除恶。他的侠名因此在短短数年间拔地而起，最后堆积成了巨厦。

　　他读过了太多别人的痛苦回忆，有些人想要遗忘，有些人却甘愿与之同沉；他也领教过太多的恶意与邪念，却从未有丝毫战栗，这是因为有爱妻陪伴在身边。直到那一天，他自己也面临着遗忘或者牢记的抉择了，而在此之前，他根本不曾想过，自己有朝一日也会想斩断过往，脑袋空空地重新开始生活。

　　他目睹了妻子的横死，就如同蝼蚁被踩死那样，还来不及告别便已阴阳两隔。在那一刻，他怀疑这是否是一种报应，至于报应的是他的哪桩劣迹，这世上只有他自己心知肚明。他将其藏在内心最隐秘的角落，从未对人透漏一二。

　　可是报应为何会落在妻子的头上呢? 为什么不让他这个自作孽者品尝自个儿酿的苦果，领受应得的惩罚呢? 命运何其不公呀。谢飞并不是为自己而打抱不平，乃是为了中道便舍他而去的妻子。

　　"师母到底是因何而死呢?"充当车夫的周礼咽了口口水，追问道。

"她死于常人的迁怒之心，更死于我的良莠不分、泥沙俱下，她本身没有任何可供指摘的地方。"谢飞黯然说道，仿佛这句话在心底受困已久，今日方得被释放出来。

周礼见勾起了谢飞的伤心事来，不忍心继续揭其旧伤，遂转移开话题："那么多年过去了，您觉得自己所做过的最了不起的一件事是什么?"

"最了不起的事?"谢飞茫然地摇了摇头，似乎正在努力重拾回忆，"我只能记起那些令自己深感悔憾的事情。了不起……呵呵，我从来就不是圣人，甚至不是占领道德制高点、配得上别人尊敬的楷模。"

周礼看起来似乎有些失望，然而这种失望并未持续多久，他很快便又找到了新的话题："师母与世长辞后，您一定相当孤单吧?"

谢飞并未纠正年轻人以"师母"来称呼亡妻，只是抚摸着断流之刃的鞘柄，陷入无穷的怀念中："还好我仍握有这把断流之刃，剑上的每一处纹路，都刻录着我与师父，曾经是小师妹的妻子，以及师弟朝夕相处的分分秒秒、点点滴滴……"

"为何江湖上从来不曾流传过关于您师弟的消息呢?"周礼显然曾经就谢飞的身世背景下过一番功夫。

"他有自己的人生要过，他不是任何人的附庸，他的名字也不叫'您的师弟'。"

谢飞流露出不加掩饰的愠色，周礼赶紧一语带过道："今后您就不会孤单了，有我陪着您呢!"

谢飞却突然陷入了沉思，不再与周礼搭腔。这对奇怪的组合分别随意地坐在车夫与乘客的位置上，闻着秋夜霜露雾岚的凉爽气息，各怀心思，然而似乎也挺安于彼此的现状。

他们结伴游历了半月有余，这日因为洪涝，无船得渡，遂暂时夜宿在了襄江北岸的某家客栈里。他们听着窗外如千军万马厮杀一般的洪涛声，各自忙着手中的活计：谢飞正在阅读江湖上最近颇为流行的插图小说，周礼则在为尚无师徒名分的二人缝补衣冠鞋袜。

"按理说这个季节本应潮退石出的，这样的景象真是反常呀。"周礼无法确定谢飞的这句话是自言自语还是在对自己说。

"是啊，现在襄江南北断绝了交通，船夫们全都歇业在家，不敢轻冒襄江之神的盛怒而出航呢！"

"谁会为了几两碎银就赌上身家性命呢，除非实在揭不开锅，他们才会铤而走险吧？"

"是啊，被淹死总比饿死强些。"

他们就这样有一句没一句地交流着，灯花在秋风中摇落，两人不由得皆觉得此刻不是孑然一身实在是桩幸事。他们十分清楚：有个做伴的，即使什么话也不说，那也是种慰藉。可是江湖险恶，聚散无常，他们也不知道什么时候慰藉就会变为新的悔憾，折磨他们，并且煎熬余生。

待到夜深人静，隔壁房间忽然传来了一阵幽眇到几欲令人神伤的啜泣声，虽然刻意压低了，却还是可以听出绝望无助来。周礼略怀不安地说道："弟子知道隔壁住的是谁。那是一位带着重病垂危的妻子去求医的老农。今年收成不好，光是诊疗费就令他倾家荡产、债台高筑了。"

谢飞沉吟片刻，忽然抓起桌上的佩剑，果断地说道："走，去找这对夫妇！"

他们敲开了门，应门者果然是那位老农，他的面容被悲伤的泪水浸透，甚至无法表现出狐疑与质询这些次要情绪来。谢飞开门见山道："你们是否非连夜过河不可？"

"是啊！要过河。神医就在对岸，如果无法及时救治，我老伴恐怕挨不过今晚。"

"我帮你们过河！"谢飞坚定地说道。

"什么？"老农以为自己听错了。

"我帮你们过河！"谢飞再次重复道。

男人们全都戴上了斗笠，一同冒雨赶向渡口。暗沉沉的雨夜下，仅存的灯烛摇曳不定，仿佛随时有可能被吹熄。江面如同万千巨兽咆哮，雨水不停地往河床内倾注着难以衡量的分量。周礼高举纸糊的竹灯笼，照亮了黄浊一片的江畔。附近再也没有其他人了，天灾在这里设下了难以逾越的障碍。

"背好你的夫人，待会儿我会劈开一条通道来，届时你们火速过江。"

老农用看疯子一般的眼神瞧向谢飞，而周礼觉得有必要说些什么："我师父有这样的能耐，放心吧，只要按他的吩咐做，就一定过得了江！"

还未彻底令惊疑不安的老农信服，谢飞便高高举起了断流之刃，朝着对岸呐喊一声劈下去，只见一道凌厉的剑气呈直线向着远处挥奔而去，随即江流当中便出现了一条丝线状的空隙，并逐渐拓宽。左右仿佛出现了两道高墙，骇浪统统被拦在了墙外，虽然仍旧嘶吼冲撞，然而江心却果真出现了一行窄窄的旱路。

"赶快过江！这条通道仅能维持一小会，在它消失之前，跑到对岸去！"谢飞的额头上布满了豆大的汗珠，如此吩咐道。

老农最后望了谢飞师徒一眼，背起病危的妻子便火急火燎地跑向对岸。虽然脚步踉跄，但在两侧如万仞山崖一般压迫下来的暗蓝巨浪中，勉强还算得上利索。周礼目瞪口呆地望着眼前的这一切。唯有江底的那条通道仍安全坚实，仿佛永远不会坍塌似的。

直到目睹老农佝偻地背着病妻攀上对岸，谢飞才收起了断流之刃，他甚至没有望见老农回头向他跪叩感谢的一幕。而江水又重新恢复了畅通无阻。他似乎耗费了极大精力，在雨中喘息良久；周礼扶住他以免他瘫倒。雨水浇淋在全身每一处，犹如冷汤迷窍，同时竟给人以一种痛快淋漓的放纵感。

"师父，你难道就不能切断病人的病根吗？"周礼颤声问道。

"但凡人力所能根除的事物，断流之刃全都无能为力。这柄神兵不是万能的，更多时候它只能锦上添花，而鲜少可以雪中送炭。"

周礼忽然如同被沉甸甸的心事给压弯了一样，他的表情似乎在控诉："为什么？为什么那些宝贵的事物要到失去后很久，才能找到对症下药来挽救它们的办法？！"

这两个背负着常人所无法理解的沉痛过去的男人，在黑暗中的暴雨下默默地转过身去，踩着泥淖返回下榻的客栈。当晚，他们再也没有多说一句话，只是咀嚼着往事留给他们的沮丧，俨如置身于阴暗湿冷的幽深囹圄，无法自我解救。

是年冬天，周礼以谢飞未造册之弟子的身份，陪同他在努满雪山脚下参加了一场重要的江湖聚会，并在与会期间认识了一位令他为之怦然心动的姑娘。而他原本就洒脱不羁的天性仿佛得到了彻底的解放，然而一旦涉及媒妁嫁娶，他就又变成了那个涉世未深且刚刚坠入爱河的质朴少年。

　　这次聚会是中原武林人士为了商讨如何阻止异族入侵而举办的，与会者全是江湖上闻名遐迩的大人物，随便挑个出来，其履历都足以编纂成一本厚厚的江湖传记史。而谢飞之所以被推举为此次会议执牛耳的关键一员，还有一个很重要的原因便是：在开门揖盗的叛国者名单中，他的同门师弟胡阿的姓名赫然在列。

　　"希望谢大侠能以大义为重，替师门诛此叛逆，也给武林中的诸位同人树立值得效仿的榜样！"这是其他侠客的一致意见。

　　然而谢飞只是闷声不语，就连周礼也替他着急了起来。他攥着满手心的汗，不断在心底催促："快答应下来呀，师父！否则别人会怀疑你有二志，误会你的一腔报国之心的。"

　　谢飞终于开口了："在下的师弟给诸位与国家添麻烦了，然而飞窃认为，应该给他一个悔过自新的机会。飞将亲赴敌营劝说这位不肖的同门，他若执迷不悟，那么再让飞来清理门户。只是届时须烦请在场的有心人，去边关为飞收尸，如此，则飞感激不尽！"此话一出，如一石激起千层浪，令与会众人议论个不休。

　　"师父，你未免也太悲观了吧！而且，你让那些人心隔着肚皮的陌生人为您收尸，是对弟子不满意吗？"等到返回客房，周礼忍不住这样抱怨道。

　　"是我失言了。徒儿，不如我们明天趁着雪霁，去登一回努满雪山如何？"谢飞抚摸着剑匣，忽然提议道。

　　周礼凝视着谢飞那张洋溢着和煦微笑的面孔，不知他在打什么主意，一时间竟难以回答。谢飞又道："邀上你所心仪的那位姑娘，希望一个中年人待在身边不会扫了你们的游兴。"

　　"师父这是哪里话？"周礼挠了挠后脑勺，"人家肯不肯还两说呢。再说了，要是她嫌弃师父，弟子也没兴趣追她了，毕竟师父的恩情岂是微不足道的心动就能相比的?"

"若真如此,你肯定会后悔的。"谢飞的神情凝重了起来,"这个世上,人最难以掌控的便是感情了,这区区二字曾令多少英雄气短。你可不要在错失以后才捶胸顿足。"

"可是弟子始终觉得:对于男子汉大丈夫来说,爱情并不是唯一值得珍惜并且守护的东西;有许多坚持,分量比爱情更重!"周礼笃信不疑道。

谢飞笑了:"虽然只相处了短短数月,不过师父没白疼你。"

周礼还想再说些什么,谢飞却挥了挥手,说道:"我累了,你先退下吧。"

周礼回到廊院内,夜空泛照着寂冷的清辉,朔风不知何时已经止息。而觥筹交错的声音还在耳边盘旋萦绕,想必明日的厅堂之上,又将是一番杯盘狼藉的景象吧。

在登山途中,周礼很快便与那个出身名门正派的姑娘亲近了起来。她过的一向是循规蹈矩的生活,对放浪山野、大胆调笑这些性格并不了解,因此周礼的有趣,或者说是孩子气,对她来说是完全新鲜的事物,不由得深深地吸引了她。

"你师父今天似乎准备做出一个重大决定。"这个姑娘对周礼咬耳朵道。

"不会的,师父一贯如此,不唯独今日才这样深锁着眉头。"

"我的直觉很准的,不信我们来打个赌。"

"赌什么?"

"我一时半会儿还没想好,要不你先欠着,等我有主意了再来向你讨要。"

"喂喂，你还没赢呢，话别说太早了。"

这时，他们走过一堵绝壁底下，冬日上午的鲜澄阳光在绝壁顶端近乎和光同尘，更如同上千盏明灯连缀成一片。积雪在不断地融化，松柏披白挂凇，青苔在僻阴处蔓伸，空谷当中阒无人声，只有偶尔响起的几声鸟啭。俯观路旁的深渊，光线清冷，有寒气自下往上升凝，颜色素白的细涧在深渊底部分岔，宛如冻结起来的血管脉络。

谢飞似乎感触良多。他停下脚步，深呼吸了一口，说道："人们常用季节来比拟不同的年纪，然而我没有想到，冬日也有如此瑰美壮奇的景观。"

"师父，您离人生的冬季还远着呢，发这些沧海桑田式的感慨难道不会感到害羞吗?!"周礼大大咧咧说道。

"可是这一路行来，却仿佛走过了极为遥远的一段距离——与那些重要的人一起走过的，还有孤身一人走过的，回首望去，已是路渺人稀，伤痕累累。"谢飞自嘲般地哼笑了一声，"抱歉，净说些年轻人不爱听的老生常谈。"

"怀旧思古，人同此心，与阅历等无关。"那个姑娘眨着明眸，令周礼尤觉可爱，不禁生出了想要保护她一辈子的渴望来。

"笨蛋徒弟，今天师父打算送你一份相识以来难得的大礼，或许也将是唯一的一份了，不管你做没做好准备，都必须在最短的时间内去习惯，去适应!"谢飞慈祥地微笑着。

"是……断流之刃吗?"周礼的表情也变得凝重了起来。

"不错。虽然你尚未正式拜师，但我唯恐日后再也没有这样从容交接它的机会了。"

"难道师父此去将会凶多吉少吗?!"

"不，只是去做一件能让良心稍得安定的赎罪之举。此去既无法化险为夷，也不能转危为安，师父唯一能做的……"

"就是安排好后事对吗？"周礼伤感地说道。

"哈哈，知师莫若徒。我将这柄陪伴了我十几年的心爱兵刃交给你，你可别用它来胡作非为，或谋一己之私，或凭喜恶行事。"

"弟子在此立誓：绝不会让师父的侠名蒙羞，也绝不滥用神兵的力量！若有违背，不得好死！"

"希望你能够毕生都记得这句誓言。另外，珍惜眼前人。"谢飞仰面望向日色倾斜的高空，"我没有什么可再叮嘱的了，这是我最后的经验之谈，你可别觉得师父是个啰里啰唆的落伍者。"

那一刻，周礼并未深刻地察知到永别的悲伤，真正的难舍要到许多年后他开始步入中年时期的门槛，在一家客栈内过夜时才会突然觉醒。那一晚的他，身边没有任何人陪伴，只是守着孤灯，倾听楼下那些无事相与博娱的赌徒们亢奋高昂的吆喝与骰子在碗底滚动的声音。他想起了师父，却无从追启回忆。

在断流之刃被交托给周礼的半个月后，边关外展开了一场"扬声沙漠垂"的激烈恶战。最终，人们只在戈壁滩上发现了两具尸首：一具是"断流大侠"谢飞的，死于自刎；另一具则是谢飞师弟胡阿的，似乎是死于前者剑下。

恶战的过程无人得知，但是关于谢飞为何自刎，却衍生出了许多不一而足的版本。有人说，谢飞在击杀了他的师弟后，放眼人世再无亲故，心下无限凄凉，这才拔剑结果了自己的性命；也有人说，胡阿曾对谢飞有大恩，谢飞为了民族大义，不得已而诛杀了胡阿，自觉有愧，且无颜再面对自己的侠名，因此紧步胡阿的后尘寻了短见；还有人说……

"在我心底一直有个假设，或许未必就是真相，但是对于我来说，已经是所能想象到的可能最接近于事实的推测了！"周礼在酒肆买醉时，忽然这样对陪伴在自己左右的心仪姑娘说。

他之前已经饮了数十杯，现在酒肆外正烟雨氤氲，响起了车轱辘轧过硬泥道路的声音与牧童的笛声。柳絮纷纷扬扬飘过被梅雨晕染的低空，几匹驽马在嚼食草料，断流之刃被稻草束裹着，放置在一旁的条凳上。

"哦？说说看吧。"姑娘像是鼓励似的说道。

"在一开始，师母喜欢的也许并不是师父，而是我的师叔，亦即师父的师弟。但当师父继承断流之刃以后，他便斩断了这一份朦胧青涩的情愫，害得师母与师叔有情人终成陌路。师叔受不了这个刺激，于是就此走上歧途，所以，师父他出于愧疚的心理，才不惜被指摘为'偏袒同门'，也不肯大义灭亲。虽然最后为了国家，不得已而亲手诛杀师弟，但良心一定饱受折磨，从未有过片刻轻松。"

"那你说，你师父最后有没有将真相告诉自己的师弟呢？"

"我觉得答案是肯定的。因为如果再不说出口，那这辈子就永远没机会道歉了！"

"想必你师叔一定恨死你师父了。"

"师父未必是想求得原谅，他也许只是想弥补胡阿师叔一二，让他那颗干涸龟裂的心灵在临死前能得到一些滋润。"

"如果，我是说如果，你处在你师父的那个位置，会不会用同样的手段虏获我的芳心？"

"我不知道……这世上有些东西，是无论如何也斩不断的，一定要强行将其分离的话，只会酿成灾难。"在醉眼蒙眬中，周礼仿佛看到了三个少年人一同站在观雨台上，凭栏眺望雨幕的场景：他们之间的关系若即若离，可是既没有被嫉妒填塞内心，也未被情窦初开的烦恼给折磨得消瘦。

刺 客 传

隔壁的锻冶铺内，锻冶匠兼近邻姜回正在反复敲打着才刚淬火出炉的兵刃。集市出奇地安静，正是午后，按道理多少会有些走动声，可眼下除了敲打红通通铸铁的单调声音，别无动静。

车前辙坐在家徒四壁的寒舍内，用一把钎子雕琢原木，将它们刻成人身或禽兽的模样，再拿去贩售以贴补家用。小儿车前闯正斜卧于夏榻上午眠，但见日光透瓦，草色侵帘。

车前辙复又想起了娶妻生子前的时光，那时的他只能算是一个浪荡子，背负三尺长铗，游历江湖无度，以天为庐、地为席，快意恩仇。可他最终还是过上了自己曾看不上的生活——受家室所累，囿困于柴米油盐与锱铢钱孔之间。不过眼下他却相当满足，换作是你在腥风血雨中度过大半辈子，你也会珍惜这份来之不易的宁静祥和的。

有谁正在朝这间毫无辨识特征的寒门贫户走来——车前辙的耳朵非常尖，隔着数丈远便能听见鼠步风吹。他放下钎子，心想：是从前结下梁子的仇家来寻仇了，还是征税的官员又巧立名目地来催缴苛捐杂税了？

脚步果然在自家门前停了下来。是两个人，皆足蹈丝履，看样子身份非富即贵。在敲门前，他们压低声音交流了一阵，似乎在确认有无访错门楣。待敲门声响起，夹带着谄媚的声音同时传了进来："请问车前辙先生住在这里吗？"

车前闯一个激灵醒了过来，想要起身却被父亲伸手制止。车前辙从盘腿姿态费劲地站了起来，拂了拂下摆的木屑才去开门。

门被打开，阳光一如既往地没有光顾门前，它们全被对面的高阁遮挡住了。车前辙微微眯缝起眼睛，看见两个均是三十出头的男人漾着颇可玩味的笑容站在这巷道深处。夏日的清风穿巷而过，掀起他们的衣摆，吹乱他们的鬓发。车前辙注意到他们腰间的玉玦是上等的美玉，他一眼便能鉴别出来。

"何事？"他面色不豫，仿佛有人往素日里赏月的如镜春塘内赶进了一群鸭子。

"可否移步酒肆的雅间说话？我家公子有大事想跟义士相商。"两人当中那个恭屈着上身的男人问道。

"我既非义士，对你说的什么大事也不感兴趣。"说着车前辙便要关门。

"义士何其无情欤，竟将我等的一番热忱肝胆与自剖肺腑拒于千里之外！"另一个身份要明显尊贵不少的男人嘴角挂着戏谑的微笑说道。

"不过是不想成为别人手中被利用的棋子而已。除了染上一身的脏血后被丢弃，难不成还能供奉在庙堂之上，洁净如初吗？"车前辙摇了摇头，坚持要闭门谢客。

木门"吱呀"一声关上了，这主仆二人重又面对着门板上残旧的春联，墨迹依稀可辨，乃是一对不落俗套的奇怪联子：

一户安乐非安乐

万家清平是清平

两人走出巷口，阳光再次变得慷慨好施。为仆的男人说道：

"可惜这人不识大体，面对荣华富贵与青史留名的诱惑居然无动于衷。"

"不要再说了。我欣赏这种固执有棱角的人物，我自己又何尝不是那么倔强?!"

"接下来怎么办?"

"你我天天折节屈尊地来请，他就算是块石头，早晚也得给我们焐热咯。若是还不行，大不了届时用些鬼蜮伎俩。"身为主公的男人胸有成竹地说道，仿佛事实上再怎么黔驴技穷，他也永远有退而求其次之法。

车前辙听见了夜街上的打更声，今秋的第一场霏霏细雨逐渐湿润了夜阑。妻子要在雇主家中干活直到深夜，他寻思着是否要给妻子送把伞过去。车前闯已经在一条破绒毯内睡着，屋后供他习文练武的宅院传来雨水的滴漏声。虽然对奢俭从不计较，可儿子的教育却被父亲视作重中之重。他不指望车前闯长大后鹤立鸡群，抑或平步青云，但至少要明晓事理，并有能力保护自己。

现在，他拿起破伞，决定去妻子干活的地方接她回家。他走过夜雨下的青石板路，穿越几条大同小异的街巷，来到了妻子帮佣的豪宅外。妻子正准备回家，瞧见丈夫便轻声唤他过来挡雨。银针牛毛似的夜雨闪闪发亮，半探出墙的几枝桂花散发出醇酽的幽香。

"那两个人今天又来找你了吗?"知悉内情的妻子担心地问道。

"真是的，简直像赶也赶不走的苍蝇，令人生厌。"

"你将他们比成苍蝇，岂不是自降为腐臭之物了吗?"妻子取笑他道。

"所以我才尽量做到让他们无缝可叮呀。你袖中藏了什么？似乎沉甸甸的。"

"哦，这是雇主的贵客今天赏赐给我的。他说：车先生有国士之风，他的夫人怎么可以总干这种下贱的营生，自己无以为敬，特备了薄礼聊表心意。"

车前辙的脸顿时紧绷起来，同时显出些许焦躁与愠怒。接着，他对老妻低声厉喝道："拿出来！"

"你干什么呀？这是人家送给我的。"

"吃人嘴软，拿人手短。一旦受了别人恩惠，就要与之同生死、共进退，你想让你丈夫因为这堆死物就将性命贱卖给他们吗?!"车前辙神色严峻道。

"是他们硬要强塞给我的，我又没答应拿你的性命来做这笔交易。"妻子慌张地护住袖内的宝物。

"你怎么就不明白呢！你这是要陷我于不仁不义、不忠不信之地呀！"车前辙劈手就要抢夺妻子袖内那些珠光宝气的首饰器皿，在拉扯中，它们全都滚进了路旁的暗渠内。

妻子一开始只是抽泣，后来又发展成了号啕大哭。她瘫坐在地，不住声地数落起丈夫："也就是我，风里来雨里去地陪着你吃苦受罪，好不容易时来运转，有贵人赏识你了，可你倒好，偏偏视他为洪水猛兽，不得罪个干净彻底不罢休！我怎么那么命苦，跟了你这么个榆木疙瘩！信义，信义它能当饭吃吗？"

"你不懂帝王权术，你知道官场这一潭水有多深多黑吗?!"说到这里，车前辙不由得心软了，他搀扶起老妻，半哄半劝道，"我们不偷不抢，不坑不骗，日子虽然过得是清贫了些，可心安理得呀！难得一家人无灾无难的，我们还能再奢求什么呢？"

"就扔在这啦？岂不是便宜了明日早起的那些地痞流氓?"妻

子眼泛泪花不甘道。

"就当我们散财挡灾了！何况，谁知道贪取了这笔天降横财的人是幸运，还是惹祸上身呢？"车前辙望着暗渠内发出淡淡光泽的珠宝，深为后悔没将它们归还给幕后主使，以致为别人埋下了未知的祸端。

这对老夫老妻相携着走向家的方向，九月的夜雨有些砭肤，巡夜的梆子敲到了三更天。

某天刚入夜，姜回便来串门叨扰了。车前辙一向认为，此人城府高筑，心有七窍，所以从未打算与其深交。

"无事不登三宝殿，弟就不拐弯抹角了——听说陈王有延揽兄长入幕的意思，不知真假？"姜回从容开启了话题。

"原来他就是陈王，只是不知他延揽我这半残之人有何目的？须晓得：江湖早已不是那个江湖了。"

"但是庙堂还是那座庙堂！风雨再大，也翻覆不了江湖；然而也许只消一柄匕首，庙堂便可能更名改姓！"

"说到底，还不是瞧上了我这条贱命？可我早就过了只听几句鼓煽话便热血沸腾的年纪。我还有妻儿要抚养，恕不能轻易托付这条贱命！"

"兄长还是跟陈王见个面，喝上几杯再亲口拒绝他吧。人家好歹也是位皇亲，需要别人给他面子，让他有台阶可下。"

车前辙叹息道："何必这样大费周章？若我一日不答应，怕是一日也不得安宁了。"

"其实弟实在难以了解兄长的想法。眼看熬到了可以大展拳脚的机会，为何还要继续埋没自己呢？"

"就拿你锻造兵器来举例子吧：也许本意并非为了多造杀伤，

可你无法决定它们是否只卖给良善之辈。刀剑迟早要饮无辜者的鲜血，除非你将它们一早便折断在铸炉当中。"

"然而天下哪有不流血便能换来的太平？况且，即使我一家息炉，还是会有其他锻冶匠接过生意，照抢不误；就算他们全部息炉，天下也有的是杀人之术。"

"那绝不是我们违背初衷的理由。你是个聪明人，自然再明白不过：一旦投靠了哪位人主，就再也回不了头了——哪怕他命令我们做与内心的志愿相悖之事，我们也不可能干脆直率地一口回绝了。"

"兄何以认定陈王便是你所说的这一类人？"姜回与老邻居坐而论道，却并无非胜不可的气势。

"是与不是有何区别，还不是在名利场上越走越远？"

"到时候可以急流勇退。"

"退不了的，每个人身后都是一处万丈悬崖。"

这时，车前闯返回了室内，车前辙将爱子揽入怀中，说道："将你昨日学会的诗词念给姜叔叔听一听。"

车前闯乃用少年清脆的声音吟道："乃知兵者是凶器，圣人不得已而用之。"

"我会去赴陈王之约的，至于结果如何，只能听凭做出决定前那一刻的灵光闪现了。"车前辙似乎不再毫无破绽可趁，他转动茶皿的那只手暴露出了他内心的犹疑。

三天后，陈王邀请了车前辙在某家酒肆密会。佳肴一盘接一盘地被端进来，然后陈王的心腹仆从们也悉数退下了。饶是如此，车前辙也没放松戒备，时刻保持着警惕。

陈王是个深谙说话技巧的男人，跟其他的纨绔子弟不同，他的野心明确且符合实际。在寒暄等一系列礼节流程走完后，他单刀直入道："我想请先生重操旧业，替本王除去实现野心路上最大的绊脚石。"

"想必我已经说过，我对公子的野心不感兴趣，像我们这样的燕雀，也并不想了解谁的'鸿鹄之志'。"

然而陈王还是自顾自地继续说了下去："新的王者想要建立起属于自己的时代，就必须让那些昏聩的老朽腾挪出地方来。那样他才能在陈规陋习的废墟上有所作为。请先生试想：当旧的秩序被取代，而天下完全靠我们的双手一砖一瓦地垒砌起来，还有什么作为能够比这更有成就感吗？"陈王目光深邃，仿佛其见识不仅仅被局限于这间密室。

"成就感吗？敢问公子：你欲置天下苍生于何地？治大国若烹小鲜，你可曾站在百姓的立场，考虑过他们的意愿?！"车前辙不动声色，但已暗怀谴责之意。

"我十分清楚先生是何等样人物——仅从那副门联上便能一窥端倪。百姓们的疾苦，本王全瞧在眼里呢！可若无权柄，如何开创万世太平？"

"百年之后的事情谁又弄得明白，说得清楚呢？野心却终归会随逝者埋葬。唯有现在，唯有血肉堆积成的生命，才是真正饱满，有泪有痛，随希望而消长的。"

"先生，本王恳求您：助我一臂之力吧！本王绝不会辜负先生的相助，以及万民的殷厚期许的！"陈王急切地说道，如同后辈想在师长面前证明自己是对的那样。

车前辙沉吟："车某并非贪生怕死，只是想知道自己赴死所换来的价值。"

"并非赴死。一旦刺杀得手，本王会即刻派甲士接应先生；

另外，朝中也广布本王的眼线。不管刺杀成败，史官都会给先生记上浓墨重彩的一笔，就算尸骨化作了尘埃，人们也会谈论不休，说这世上曾有一位智勇兼备的刺客，给了旧时代以致命一击。他们都会颂扬先生的高义！"

"诚若如此，倒是个不小的诱惑。但我抱持着怀疑：一切果能如愿吗？"

"不尽人事，则无一能如愿！"陈王似乎坚信自己的话就是真理。

最后，在用情义笼络与慷慨悲歌的精神感染下，车前辙才答应回家考虑二日再作答复。当他走出酒肆，季节仿佛一下子从早秋跳到了深秋，街上的落叶堆积得更厚了。它们终将腐烂，然后或无声无息地消亡，或为来春的草木提供涓埃养分。

"谁知道呢？死后的荣辱不是我这种人应该考虑的问题。"车前辙怅然喟叹。

下了一整天的秋雨，后院几乎变成了一方浅沼，阴沉的天空似乎正在诉说着"人力能够改变的实在有限"这一客观事实。妻子去帮佣了，车前闯在后院的树下不知在找青蛙还是促织。隔壁已有好几天不闻打铁声了，看来姜回已攀上了高枝，不必再受锻炉炙烤，流血流汗就赚那么一点儿微薄的辛苦钱了。

"我这位邻居本来就精通投上位者所好的本事，节节高升自然不在话下，可是我呢？"车前辙自己也不知道内心所滋生的是惭愧，还是骄傲，"除了拥有一项屠龙之技，还有什么可取之处呢？"

他想起了那些仗剑走江湖的岁月——裘马轻狂，夜雨孤灯，从未有谁器重或倚重过自己。他可以忍受寂寂无闻，忍受明明改变了事情的走向却只能甘居幕后的低调存在，可毕竟每个人都在心底渴望一位知音。而现在，陈王弥补了他的这个缺憾，仿佛久旱逢甘霖一样，没有谁会拒绝这场及时雨，哪怕它很有可能演变成洪涝。

车前辙现在唯一的挂碍便是妻儿，他们安详而幸福的脸庞在他的脑海中交替浮现。然而陈王无比期待的表情又将这些幻影取代。他无法不去正视内心，自己其实一直都渴望着这身本事能有用武之地。万众欢呼与杀伐胜利的场面削尖了脑袋想往想象里钻，可古波不兴的日常画面却牢牢占据了神思的中央。它们并不是非得势不两立不可，反倒像在争宠：实现价值还是与世无争？报答知遇还是明哲保身？自我意识乱哄哄地撕咬、控诉，最后满怀幽怨地等待着自己做出裁断。

车前辙唤来爱子，他本来有许多话想要叮嘱的，然而千言万语最终却只汇成了一句话："我不在的时候，若天气晴好，别忘了将被褥与书籍抱到墙头晾晒。"

他爱怜地望着唯一的骨血，心里清楚，自己平日里给了他太多鞭策，却极少予以爱护。但这位严父同时也相信：儿子终将独自面对这个严酷的人世，而到了那时，他绝不会给自己丢脸的。

姜回专门为车前辙打造了一柄精铁匕首，他的收山之作不但削铁如泥，用着还十分趁手，堪称无可挑剔。而车前辙一早便猜中了自己的刺杀对象。陈王已被尊为王室贵胄，若想百尺竿头更进一步，只能将一国之君拉下王座来了。

"这柄匕首将随先生永载史册，我看不妨给它取名'快哉'吧！"陈王提议。

车前辙没有异议，人在浑浊窒闷中待得久了，自然渴望"快哉"。在取名字时，人的内心是不会撒谎的，因此所取之名往往代表了你黢出全部也无法实现的热切殷望。

陈王与其心腹花费了旬月时间来谋划此次刺杀行动。按照计划，他们将在国君出游狩猎的时候动手：首先，由陈王将他的王兄引至林木茂密的绵蔓河边。其次，车前辙乔装成樵夫，在献上箪食壶浆时用快哉将王刺杀于车驾上。最后，便是如何撇清陈王弑兄篡位的嫌疑了：他们早就准备了替罪羊——某个无名小卒，一旦得手便将他抛尸河中，谎称刺客在跟陈王搏斗时失足坠河溺亡。当然，他们会在陈王身上留下些轻伤，以显得谎言更真实点。不过将所有罪错推给一具尸体，的确是最为稳妥保险的做法了。

陈王主仆并未将计划的最后一步泄漏给车前辙。陈王非常清楚：自己费尽心思请来的这位刺客十分厌恶丢车保帅此类行径。他宁愿死，也不会同意牺牲无辜来换取多苟活几年！

不过在计划实施的过程中出了点意外——先君的护卫队长意外赶到现场，目睹了陈王与车前辙的弑君之举。车前辙不得不选择杀人灭口，并以三根手指的代价换来了事态的保密以及陈王的名声。

在寒风枯树下，那三根手指就像三条血淋淋的僵蚕，落在了满地乱走的梧桐叶内。从今往后他再也没有回过此地。他的武艺真正地成了"屠龙之技"，再无机会施展了。

当日，还有一处令车前辙感动的细节：陈王将自己的坐骑让给了他，嘱咐他速去包扎创口。陈王这样说道："从此就由本王来赡养先生的全家吧！先生落得残疾全是为了我，本王又焉能罔顾旧情，令人重提'狡兔死，走狗烹'的老调？"

就在车前辙去就医时，陈王与心腹布置好现场，将准备好的尸体抛入河中，并对朝野宣称：刺客在护卫队长与陈王的夹攻下坠河身亡，不幸的是护卫队长也殉职了！

自那天后，车前辙便住进了宫中，成为一个无名无姓之人。陈王——如今已被群臣呼为"君上"——不但赏给了车前辙一间雅居，还给予了他自由出入宫廷的特权。也许陈王在政治斗争中冷血且薄情，但至少在对待车前辙这位功臣的奖赏上，他一诺千金，从不吝啬。

新君偶尔会找车前辙叙旧或对弈，在恭恭敬敬称对方为"先生"之余摆好棋盘，一坐下便消磨上大半日光阴。车前辙也曾惴惴不安地问起："王上何以如此错爱我这个已没了利用价值的废人？"

"大概是因为先生在孤所认识的一众人物当中，是为数不多的大丈夫吧。"新君总是如此轻描淡写地带过，仿佛羞于深入这个话题。

车前辙极少回家看望车前闯母子俩，一是因为他在世人心目中已不复存在，二是由于他的手既拿不了刀剑，也拿不了钎子了，他不知如何来面对妻儿。他按期供给他们母子禄米，自己则深居简出，远离了熙来攘往的利益中心。过去的宁静生活已回不去了，可这世上有多少憾事不是如此呢？尤其是见惯了宫中趋炎附势、相互倾轧的丑恶人心后，他格外怀念那段隐居的简单时光以及与淳朴睦邻的交往。

他也极少关心国事，可是有那么一回，他无意间听到新君好大喜功、穷兵黩武的风评与种种例证，于是这位七指食客决定向新君冒死进谏。

结果，新君龙颜大怒，几乎想要降诏将车前辙投入图圄了：

"这世上只有成与败的区别，你要是成功了，好大喜功就会是励精图治，穷兵黩武便成了文治武功！还有，你给孤记住咯：要对孤评头论足，你还不够格——没人够格！"

"可是……陛下如今的举措，跟上一任君王又有何区别⁈"

"你不知道吗⁈那就由孤来告诉你：旧王永远不可能发现你的价值，也不会赏你半口饭吃；而孤，不但给了你名扬天下的机会，更像供养恩人一样供养着你！现在你知道区别了吗⁈"

当时同在现场的姜回乃见缝插针道："所谓'食君之禄，担君之忧'，老邻居，你什么事也不用做便可衣食无忧，这难道不是全赖新王的恩泽吗？我对你可是羡慕得紧哪！"

望着曲意逢迎的姜回，还有一意孤行的新君王，车前辙终于明白了：他们不再是过去的锻冶匠与陈王了，而是沦为了名利欲的俘虏！他面色苍白，喃喃自语道："我固然早就知道伴君如伴虎，可还是未曾料到，前车之鉴相距尚不远，后人便迫不及待地要去效仿。"

说罢，这位伤透了心的无用食客怆然离殿，从此再也未接受过新君的馈赠及好意。

五年后，风雨飘摇的国都，御林军突然哗变了。

为首的是御林军年轻的统领——车前闯，而第一个响应叛军的，居然是当今国君最为倚赖的重臣——姜回。叛军包围了寝宫，派人高喊："独夫民贼，还不乖乖束手就擒！难道想让我们杀进宫来，将你那颗脑袋粗暴地砍下，再悬在大殿的横梁上示众吗⁈"

众叛亲离的国君决定为最后的尊严而战，他纠集残党，然而一哄而散者十之八九。在剩下的忠仆阵列中，他发现了一个只有七根手指的旧相识，不由得颤抖着问道：

"君今何苦又来为孤殉葬？"

"知遇之恩，车某凤夜未敢稍忘。既然王上曾以国士待我，我自当以国士相报！"

"你以为自己的赴死有价值吗？"

"前辙觉得自己的死轻如鸿毛，反倒是那些反抗君上暴政的年轻人，他们才是真正死得重如泰山的义士！"车前辙的叹息恍若一粒尘埃落在刀光剑影中。

"哈哈，你还是你，从来不肯说半个字的违心话。"国君欣慰地苦笑着。唯独在这一刻，车前辙才在他身上依稀发现了一些昔日陈王的影子。

史载"王与一无名护卫并肩力战而亡"，而车前闯踏过那些狼藉相枕的尸身，竟从中发现了自己睽违已久的父亲，于是含悲将他殓葬。

又过了半年左右，就连这位热血青年也被姜回诬栽以"弑君弑父，悖逆人伦"的罪名，落得个收监问斩的下场。至于姜回，则一跃成了朝中最令人畏惮的权臣。

如今，车氏一家三口的故居里还住着一位老妪，不过她已经彻底疯了。她失去了自己的丈夫，还有心爱的儿子。在风势很大的春昼里，她常倚在后门，看鹅黄的嫩叶抽芽，水鸭在墙外寂寞地"嘎嘎"直叫，瓣瓣槐花落在她身上，可她只是拂了拂额边的银发，继续沉浸在自己所幻想出来的天伦之乐里。这间房子仍旧被打理得井井有条，只是隔壁的锻冶铺却早已结满蛛网了。

烟雨长安

夏日的雷雨来得急，去得也快，只给长安的街面留下一层湿漉漉的乌黑光泽，经昏黄的灯火一照，便似万千笔待涸的润墨。那些街树高过瓦檐丈许余，大有摘星揽月之势，其年轮更是不像蹉跎的岁月一般虚长。雷电宛如瓮鼓与盘蛇盘踞在树梢顶端，呼呼大作的风雨撼树声却无法动摇大树的根系分毫。

任职于长安衙门的不良人山巨澜与晏升平刚结束当值，走在可供三匹马并驾齐驱的青石街道上，连身上的行头也未脱去，便商量起了晚饭的着落。前头那株苍古云杉掩映下的拐角处新开了一家面馆，招幌上的店名起得文绉绉的，叫什么"三省面馆"。

踏过落叶如船的水洼，他们仅交换了一个眼神，便由山巨澜掀帘走了进去。热气扑脸，油灯通过腾腾的蒸汽将整间店铺内渲染成了氤氲的橙色。屋檐上与树梢头犹滴着响露，面条下锅的声音温馨而暖心，就像深夜往沸水内放进娇耳或其他捏成特定形状的面食。店内摆着五张方桌，有两张已经坐满了分拨的客人。

"老板，来两碗招牌面条。"两位不良人于空桌边落座，注意到桌椅皆只有五六成新，于是做出了这样的判断：若不是老板为节省本钱购买了二手桌椅，便是他在别处开过面馆。

　　"同样一挂面条，在不同的厨师手里却可以烹制出不同的色香味来。其中既有汤料与火候上的区别，也有烹饪手法带来的影响。"老板的嗓子略沙哑，如被烟熏火燎过一样。

　　"如果不能满足我们的口腹，我们哥俩就要以言过其实罪逮捕你啦！"晏升平打趣道。

　　"长安不易居，没点手艺谁敢来千年的古都讨营生呀，须知这里的顾客可要比普通城市挑剔上百倍。"老板沉稳地说罢，后厨里就又只有面汤"咕嘟咕嘟"冒泡的声音了。

　　店内逐渐热闹拥挤起来，被新招幌给吸引来的，除了行商与旅客，还有单身的工匠们。他们恭敬地向两位不良人问起最近长安内外的治安状况，而山、晏二人则一律用例行公事般的回答打发这伙好奇心旺盛的市民。老板往刚出锅的面条上撒了几撮葱花，然后便用托盘端给食客。邻街传来嫁娶时的奏乐声，鞭炮炸响，喜气洋洋的氛围虽能给享受热食的客人们增添愉悦，却无法驱散个别不如意者心头密布的浓云。

　　吃完面条，山巨澜剔着牙齿，将一吊钱扔在桌上，说道："结账。"

　　谁知老板却将这吊钱一分为二，推了半数回来，解释道："刚开业，半价特惠。"

　　"面条倒是足够入味了，只是这擀面的人怕是有些孤单哪。"山巨澜心满意足地咂着嘴巴，若有所指道。

　　"差爷真是心细如发。"老板并未轻率地将评价者引为知己，依旧点头哈腰，殷勤备至，"小人的妻儿不日亦将搬来长安，到时候阖家经营，就不会这么手忙脚乱了。"

　　山、晏二人再次掀帘来到店外，此时，整座长安城都张灯结彩了起来，家家户户皆如十里荷塘深处的络绎船灯。三省面馆很快隐匿进了无数光华当中，像一颗星星藏进了星河怀抱。

不良人的职责当然还包括巡街，尤其是在每个节庆日的前后。中秋佳节眼看将至，山巨澜与晏升平走在节日气氛浓厚的街头，挎刀佩械——虽说在当值的时段外，就连他们也不得随身携带刀具——他们并不想趾高气扬地出风头，可这样却能让百姓们安心履业。

"我们走在这样的烟花之地，就如同和尚走在脂粉堆中，文盲行于浩瀚书海，真有几分浪费男儿大好韶华的感觉……"晏升平叼着一根草茎，双手背在后脑嘀咕道。

"你听见周围的声音了吗?"

"啊?"

"是整座长安欣欣向荣的声音呀！也许在别的城郭会有相类似的声音，可唯有在长安与洛阳这样的大都市，这种声音才可以达到极致的效果！"

"是啊，大都市……光是走上个来回，就够我风卷残云般扫荡干净好几桌饭菜了，多余的时间甚至还可以等消化完后再去解个手。"

"你的媳妇本便是被你这无底洞似的胃口给吃没的。"

"哈哈，自古只有饿死鬼，从来未见撑死汉呢。"

就这样有一茬没一茬地闲聊着，迎面缓缓驶来一辆马车，并在路边停了下来。车夫扭身朝车厢内问了一句什么话，便探出一个男孩梳着髻发的脑袋来。他向两位不良人问道:

"两位差爷，你们知道往涌泉巷的三省面馆怎么走吗?"

"往前第二个路口右拐，过了祥云寺再往东走上百余步就到了。"山巨澜指引道。

男孩道过了谢，就在车厢快与晏升平交臂而过时，这位不良人忽然调皮地多问了一句："你们是老板的家人吧？"

男孩再次探出头来，颇有几分惊喜交加："您认识家严？"

"不是太熟……他姓寇，对吧？他厨艺不错，我们偶尔会光顾面馆。"山巨澜淡淡说道。晏升平则补充了一句："请转告令尊，下次我们再来时，像老朋友那样款待我们即可。"

孩子缩回头去，马上又捧出了一盒月饼来，并鼓起勇气说道："叔叔们，吃块月饼吧。长安虽然物产丰沛，却未必有这种口味的月饼呢。"

车轮辚辚远去，晏升平咀嚼着皮薄馅酥的月饼，心头不禁为之一暖。可刚走出没几步，便听到祥云寺方向传来了妇幼的呼救声。两人对视一眼，同时抽刀沿寺庙的墙根加速跑去。

当两位不良人护送着脱险的马车来到三省面馆外时，寇老板翘首等待已久了。

"贵眷在祥云寺附近遇上了蟊贼，我们虽然还算及时地赶到了现场，但仍有小部分行李……"晏升平解释道。

"实在感激不尽！"寇老板将儿子揽入怀内，又扶妻子下舆，"没想到在曾经的天子故都也有贼人胆敢违纲犯纪。"

"这是我等的失职……"

"人没事就好，人没事就好……"寇老板倒是十分看得开，似乎打算息事宁人。

"至于丢失了哪些东西，可以前去衙门报备……"

"没这必要。差爷们已经够忙了，不该劳烦你们去找一些可有可无的轻贱物什。"

"可是爹爹……"小寇似乎有话要说，却碍于什么难以开口。

"我们一家人在长安人生地不熟，若是不懂得低调忍让，恐怕会有地头蛇来找麻烦。"寇老板表面上看是胆小怕事，可山巨澜总觉得其中另有隐情。

"那我等也不便越俎代庖了。今后若再遇上类似事情，最好选择报官，会有官府的公人为你们做主的。"山巨澜作揖拜别，而寇老板则在面馆门外再三感谢。

两个不良人抄近道赶往需要巡视的街区，直到离开涌泉巷有一段距离，山巨澜才突然提起："兄弟，你不觉得寇老板对待遭劫的态度颇可玩味吗？"

"也许只是想多一事不如少一事吧。"

"平常他也似乎总在淡化自己的存在感……"

"兄长想太多了。就算真有什么秘密不可明示于人，那也是人家的私密……"

"我该说你什么好了——迟钝？天真？还是没有猜忌心？"山巨澜苦笑着摇头。他们很快就忘记了这幕小插曲，就像忘记办案过程中那些无法证明的疑点一样。正是因为有这种本能，他们才可以做到轻装简行，不至于被那些骇人听闻的犯罪动机给压垮。

中秋过后没几天，山巨澜就被借调到外省办案了，没有家眷陪伴的晏升平于是显得更加形单影只。不当值时，他经常去长安的市井瓦楞间游逛，最后到三省面馆点上一碗饸饹面，有时候则是两碗，下肚后再慢慢走回家去。长安街上的风俗人情画卷在身畔渐次展开，自己像个局外人般一路欣赏过去，纵然没有什么交集，也不影响他的内心日益沉静。

寇妻开始在店里帮衬，里里外外地忙活开来，而小扣子（这是大家对他的爱称）从学堂归来也会搭把手，老板寇骅终于有更多时间与顾客闲侃了。他并非健谈之人，却善解人意；虽无过人见识，亦难免老生常谈，不过其热情足以慰藉光棍汉与打工匠们。也许店内的氛围给了他们某种类似于"乳燕归巢"的亲切感吧？

晴旷的天气里，店内偶尔会有闲暇，每当这时，寇妻便忙里偷闲为丈夫缝补衣冠鞋袜。她端坐在狭小低矮的内室，影子投在被熏暗的墙壁上，秋日午后的光斑将其改造成如遭虫啮的形状。然后就是雨天与深夜了，这对夫妻默契地合作，将忙碌肢解，又予岁月以温度。

某天，长安降下了牛毛细雨，弥天薄雾吞没了城邑内外的景物。街头巷尾的人迹略少于平时，晏升平穿过凉润的雨街，践踏着饱洇雨水的落叶，终于看见了三省面馆朴实的招幌。今天谈不上门庭若市，但占据了半个面馆的熟客们仍有说有笑，说笑声绕梁不绝——这里真是一处毫无拘束，传染快乐情绪的好地方呀！

屋角忽然有人起哄，似乎是谁想吃霸王餐。晏升平也凑过去围观，只听得窃窃私语以及口哨声中，一个模样邋遢，鞋帽俱湿的寒碜老头正无地自容地申辩着："太饿……没钱……"

晏升平铁钳似的右手抓在老头肩膀上，正欲使劲，寇骅用眼色阻止了他。晏升平原以为他是缺乏应对此类局面的经验，正要晓以利害，却见寇骅再次摇摇头，说道：

"放过他吧。"

老头强作体面地扬长而去。而直到食客散尽以后，寇骅才向狐疑满腹的晏升平解释道："我知道你是为我着想，不过一个大男人若非真的走投无路，谁会不顾羞耻来吃霸王餐呢？我怎么忍心折辱这样一个落魄到了谷底的男人呢。"

"你可算开了个'好头'……这些无赖们尝到了甜头，恐怕店无宁日咯。"

"我也不是不知道，人性本就惯于蹬鼻子上脸，更有'升米恩，斗米仇'的说法，可我有自己的原则。不过少盈利些罢了，就当……做善事吧。"

"反正你才是老板，我有什么资格教你做生意呢，虽然我们都听腻了'义不主财'这句话。"晏升平闷下最后一口酒，起身告辞。寇骅将双手在围裙上擦了擦，说道："我送你。"

两人在门外再度挥别。今夜，寒意有了凛然的征兆，而晏升平内心尚未有多余的怀疑。

"老寇，你知道吗——山大哥明天就要返回长安了！"又是一个深夜，同样是在三省面馆，晏升平以肘支颐，坐在紧靠着后厨的那张方桌边。

"可真是值得庆贺之事……"正在擦拭桌子的寇骅忽然走进内室，提了一小坛酒出来，拔开坛封给晏升平斟倒，"天冷，喝几口暖暖身子。"

"爹爹，爹爹，能给我八文钱吗？我有样东西想买……"小扣子问道。

"最近没有闲钱，再忍耐一阵子吧。"寇骅不留余地地拒绝了。

"可我看面馆最近的生意不是很红火嘛……"小扣子委屈地噘起了嘴巴。

寇骅不再搭理儿子，侧耳听了会街上的动静，忽然吩咐妻子："夫人，我要出去一趟，待会晏兄喝完酒离开，便将门板合上，只需给我留一条细缝。"说罢，他穿戴严实，便顶着寒风出门去了。

晏升平又喝了几小口，这才起身向寇妻告辞。即使在这位毫无丽质可言的妇人面前，他居然也会感到害羞。来到大街上，偌大的长安城已经冷清得像是深院井梧了。一想到家中无人挑灯守候，就连脚步似乎也失去了方向，毫无积极主观性地缓慢挪移着。

当他走到长安的墓园脚下，在既无灯照也无鬼火的漆黑夜色下，似乎有两个人影伫立在凄雨残碑间。其中一个肩背微驼，另一个却隐约有几分眼熟……最后才认出了是面馆老板寇骅！实在不知他深更半夜跑到墓园与如此怪人接头，所为究竟何事。

晏升平蹑手蹑脚来到大致可听清他们对话的隐蔽地方，听见寇骅说道："钱既已给足，请允许我告辞回家。"

"下个月的封口费也提早准备好，照样老时间老地点缴纳……喂，你有没有在听我说话?！"怪人似乎相当不满。

"嗯。"寇骅的语气中没有任何起伏。

"老天可真是厚待你，犯下了人命案居然还能过上妻孥在畔的安稳生活……"

"你说得对，上天的确太厚待我了。"寇骅的这声叹息仿佛是在走完了很长的一段路后发出的。

"啧，看来还得抬抬价，否则案件时效一过，你就能逍遥法外了……"

寇骅没有听下去，撇下怪人走出了墓园；怪人也低声咒骂着离开了。晏升平怔在树丛影下，风雨中陡生疑云。那个处处与人为善，性情温和宽厚的面馆老板的旧有形象在心中轰然倒塌，徒然留下一片残垣废墟……

晏升平正在档案室查阅卷宗，忽然有只大手落在自己肩头，险些吓了一跳。回头看去，原来是阔别了月余的山巨澜。

"听同侪们说，你在这里待了有小半日了……"

"是啊，我想要翻查一宗陈年旧案。山大哥，你入职比我早几个年头，可曾听说有什么未被侦破的无头命案吗？"

"敢情你也不知道自己具体要调查什么？我说你啊，与其关心这些，不如留神留神自己的婚配问题……"

"那些事情晚点再说，我心头有块石头需要你来帮忙搬开。"于是晏升平将那夜在陵园脚下的所见所闻悉数告知了自己的前辈。

"你是说……寇老板有把柄落在那个怪人手里，因此不得不受他要挟？"

"大概就是这样子吧。说实话，我不愿打搅这种静好的生活，不管是谁在享受它！可是冤有头债有主，岂能因为自己的喜恶倾向，便视刑律如无物……"

"身为不良人，这不是我们应当考虑的问题——除了抓捕罪犯交给有司裁处，就再无我们狗拿耗子的余地了……"

"你是说，我们要罔顾与寇老板的交情，查出真相，哪怕要将他从小扣子母子身边……"

山巨澜也显得十分苦恼，他摸着长出了新髭的下巴，为难地说道："如果寇骅早就悔过自新了，我们这样做等于断绝了他的自赎之路；可要是知情不报，我们又该如何向遇害者的家属交代，以及面对衙门外的那对獬豸？！"

"也许根本没有两全其美之法！"晏升平懊恼地敲着脑袋，"我们在捍卫法律神圣性的同时，也必须承担自己因不近人情而生出的自责……"

"总之，先设法调查清楚事情的真相。这几天，你在暗处盯梢寇骅；我则去走访这二十年内每宗无头命案的遇害者家属。在彻底还原案件真相前，千万不可轻举妄动！"山巨澜再三叮嘱。

两人遂各自分别行动了起来。这天黄昏，乌云骤聚，闷雷轰响，而晏升平再未步履轻快地踏进三省面馆，说上一声"老样子"并等待面条上桌了。

那天，晏升平离开盯梢对象寇骅才一会儿，便传来了令他始料未及的噩耗——寇骅在墓园僻静处自缢了。现场留下一个密匣，无人有那本事打开。晏升平马上找到山巨澜，两人抛下所有冗务，匆匆赶往事发地点。

仵作确定不是他杀，接下来便是备棺殓葬了。小扣子母子被传唤到现场，自然如天塌了一般难以承受。山巨澜用开鲁班锁的窍门花了大概两个时辰，才将密匣打开，发现内藏遗书一封：

"昨天，某个曾收过我小恩小惠的朋友偷偷告诉我，说我被官府的人盯上了，虽然不知我犯过什么事，仅为了提个醒。于是我想，是不是十九年前的案子纸包不住火了——这个想法将我带回当年的那个雷暴雨夜。彼时的我还是个游手好闲的浪荡子，因为行窃时跟主人发生推搡，失手砸死了他，自此只能亡命他乡。

"亡命期间，我也曾想过这样的人生到底还有什么可值得留恋的，答案只有两个字：侥幸！侥幸逃脱缉捕，侥幸被故人遗忘，侥幸重启枯燥的生活，以及侥幸保住那可怜的一点儿自由。我无数次想干脆一抹脖子了事，可我天生就不是个勇敢的人，我居然无法割舍这毫无可取之处的一生，也害怕无法弥补自己曾经犯下的罪孽。

"因为毁了别人的家庭，所以我从未奢望过能组建自己的家庭，但有些诱惑不是你佯装不见或者心如铁石就能抗拒的，尤其是在经历了那么多年的孤独、自责与辗转之后。一个归宿，就像寒夜的火炉、旱季的甘霖、孤寂的相逢，明知自己不配拥有，仍然忍不住要去采摘。

"在成家并庸庸碌碌地度过了几年以后，终于接近这起命案的失效时限了。我再也忍不住，决定回长安故里看看，既想对受害者的家眷聊作补偿，也可顺带了却心病。可我遇上了一位老邻居，他以举报相威胁，将我当成了予取予求的金库。我并无不满，毕竟这样的惩罚对我来说实在太过于轻微了。

"十九年前的那一幕时常在我梦中出现，而负疚感亦从未稍离过我。它逼迫我一次次地回首过往，重新审视自己的所作所为。我想，自己哪怕再犯上一个微不足道的小错，也将成为压垮骆驼的最后一根稻草。我个人固然罪有应得，可我的妻儿却是无辜的——

"小扣子还有很长的路要走，而发妻陪我度过了最艰难的岁月，我怎么忍心让他们背上'杀人犯家属'的骂名！既然无法投案自首，而我这愚钝的脑袋瓜也想不出更好的办法了，思前想后遂唯有自杀一途。烦望第一个打开这个密匣的朋友勿再追究下去，倘若如此，实乃鄙人阖家之幸！

"另请转告遗孀与犬子：骅这一生虽然苟且，但有他们的陪伴，夫复何求！"

半个月后，晏升平与山巨澜再次来到了三省面馆，因为公务繁忙，他们已有好一段时间不曾光顾了。寇妻独力支撑起了面馆的生意，在这"落叶满长安"的季节，她正在后厨筛面。

"你们来了。请稍坐，面条很快出锅。"

"小扣子呢?"山巨澜问。

“不知到哪撒野去了。”

不一会儿，小扣子掀帘进来，晏升平将他揽入怀中，问道：“想念两位叔叔了吗?”

“想。小扣子今天想请两位叔叔帮个小忙。”

“什么忙?”

“调查亡父当年失手打死了主人的那户人家，小扣子想代父亲赎罪。”

“没必要做到这种程度吧?”

“做人一定要有担当，这是父亲教给我的……晏叔叔，我父亲他值不值得被原谅呢?”小扣子紧盯着晏升平的嘴唇，仿佛为了问这句话而耗尽了全部的勇气。

“很多人总是免不了一错再错，可你父亲只错了那一回，仅从这点来看，他倒算是一个知错能改的难得汉子呢。”晏升平回答得如此认真，毫无哄劝的意思在内。

“真的吗?”小扣子憔悴的小脸又恢复了血色。

面馆外的夕阳越发西斜了，晏升平忽然想起，长安已经许久没有雷雨天气了。望向临街的窗户之际，落叶已铺满街心，路人与车辆将它们碾轧得支离破碎，而它们再也回不到悬寄于树上的时光了。

他俯下身去，温柔地对小扣子说道：“没错，是真的。”

狂想·向日葵与临路歌

当远渡重洋的万顷号渡轮终于在东方这片陌生而神秘的古老土地上靠岸时，凡·高的囊资就只剩三天不到的饭钱了。不过他一直妥善保管着作画工具。这是他改变自己命运的最后资本，无论发生什么都得片刻不离地携带着才是。

凡·高站在万顷号的甲板上，从港口方向弥漫而来的是他从来不曾吸入过的新鲜空气。港口的规模比荷兰，甚至法国的沿海重镇都要恢宏上数倍，岸埠上人们来来往往，身穿精美唐装的异国百姓摩肩接踵。所有建筑皆富有一种东方情调，天空则是浓淡不一的赭黄，舟车声、苦力与商贩的吆喝此起彼落。如果将他们还原到画布上，不知需要加入多少色彩与笔法上的创新呢？

万顷号抛锚后，有市舶使登船检查。他们嘴里吐着凡·高听不懂的语言，统计过了商品数目以及随船人员的人数后，便指着这座繁忙的海港底气十足地说了一句话。翻译向船上那些尚听不太懂中文的乘客——包括凡·高——介绍道："他是说，欢迎诸位来到大唐，只要别触犯敝国的法律，这个国家能满足你们对盛世的一切幻想与要求！"

凡·高乍听之下，觉得这真是一句厚脸皮的大话，不过这不影响他心底充满闯荡新世界的热望。他收拾好画具，准备登岸投栈，再找个暂时糊口的营生——不管是画画，还是其他活计。至于学习中文，则是迫在眉睫的需要，然而凡·高对自己的缺陷大抵上也有数，那就是性格内向，不善与人交际。

即将入暮了，港口内外亮起难以计数的灯光，这与荷兰与法国乡下那由枝形吊灯发出的疏落分隔的光芒大相径庭。它们明亮而清澈，有的照亮了形状古雅的灯笼，连成了海上繁星一般的永夜之辉。凡·高闻嗅到了酒肉、脂粉，以及胡椒等调味佐料混合成的香味，在临上岸前踌躇了好一阵子，这才义无反顾地踏上了这座宽阔且看起来深具东方瓷器之美的埠头。

他感到仿佛每个人都在朝自己投来随性至极的视线，但那绝非看待异类的目光，而仅是轻描淡写的一瞥："看哪，又多了一个来领略大唐气象的西洋佬。"凡·高决定先跟同船的欧洲乘客去投栈，然后再找家画廊试试艺术这块领域的水之深浅。不过众口难调——凡·高已经做好了被异国的鉴赏家们轻视与漠视的心理准备。

在半路上，他遇见了许多令他心生感触的景物：英姿飒爽舞剑的江湖侠士，售卖香料、绫罗绸缎与瓷器，还有文房四宝的摊贩，坐在乐坊窗口吹箫弄笛的艺伎。人人安然自适，不管是春风得意还是穷困潦倒，身居高位抑或沦落底层，无人不散发出积极向上的气息。凡·高几乎要为这种氛围感动得流泪了，可惜他不是文人骚客，因此只能为自己的词穷感到羞愧。

当晚，他在入住的客房内画下了抵达大唐后的第一幅油画——《暮色下繁忙的唐港》。

李白从小就酷喜品读唐诗与宋词，另外，还尤爱任侠游荡，身上颇有几分来日之剑客的影子乃至风采。

他的门楣算是没落的官宦世家了，而他的父亲则整日奔走于达官显贵的宴席上，想讨得主人的欢心，以换取再次飞黄腾达的机会。李白没少接触这种席散炙冷、趋利逢迎的场面，人们在席间说着口不应心的话，而失去了利用价值的人则将饱尝冷眼，被小人们趁机一拥而上，落井下石地群起而嘲侮。每当年幼的李白偷偷溜进那些"老爷"的府内，躲在帐幔后面偷窥堂上的舞筵时，总会看见父亲躬弯着腰，赔着笑脸敬酒，哪怕对象是那些飞扬跋扈或者鲜廉寡耻之人。

这一幕幕的画面不由得让李白想起了杜甫的诗句："朝扣富儿门，暮随肥马尘。残杯与冷炙，到处潜悲辛……"这位一千多年前的唐代大诗人不知为何总是让李白感到特别亲切，读他的诗句就仿佛是某位朋友的人生在脑海中闪回。在未长大之前，李白天真地认为，自己将来的成就绝不会逊色于千年以前的这位"诗圣"，但他没跟任何人提过，因为当时尚年幼的他也同样难以逃脱"害怕会引来别人的嗤笑"的窠臼。

那段时间，附近的小孩子们总喜欢玩"奴才服侍主子"的游戏，而李白打心底里对那些"三跪九叩，奴颜婢膝"的烦琐仪式感到厌恶，但他除了冷眼旁观，并没法改变同伴们萌生的对于"成为人上人"的向往。于是他只能不合群，只能远远坐着，把玩着那柄亲手削就的木剑，暗暗发誓将来一定要让全天下人刮目相看。

再后来，李白上了学堂。他很不耐烦整日摇头晃脑地死记硬背那些"之乎者也"的圣贤书，经常逃学去爬山、钓鱼，体验百姓的生活。然后每天回家，他都会遭到一顿痛打，父亲用约束别的孩子的条条框框来约束他，不准他显出特立独行来。

有一回，李白看到一伙秀才在玩文字游戏，遂在一边旁观。

他们热衷于玩"回文诗""对对子"，还有"拆字""藏头诗"等等。胜利者露出炫耀的姿态，却还故意假作谦逊："没什么，没什么，都是些上不了台面的本事……"

这时，李白终于难以抑制胸中的冲动，竟然抛下了一句"大鹏岂与凡鸟同，徒自猖狂学孔丘"。这句离经叛道之语一出，立马引来了周围人如围观异类一样的目光，那是一种害怕引火上身，不敢与之接近的憎恶态度，就仿佛未及弱冠的李白俨然已成了瘟疫般的存在。

后来每当李白回想起来，苦闷也许在那时便已初具雏形了。就是在那段时期，他的志向渐渐从有诗名传世变成了"致君尧舜上，再使风俗淳"。

凡·高忐忑地将《暮色下繁忙的唐港》交给了画铺的老板，等着他那决定自己命运的一诺或是婉拒。老板决定接受这幅油画，将它挂在店内出售，他这样告诉凡·高：

"虽然说物以稀为贵，不过开这种画风先河的人必须得冒点风险。一切全看赏画者的品位了，但是好在我们这个时代的包容性是很强的，一旦这种画派流行开来，我们就能赚个盆满钵满。"

凡·高听得不是太懂，因为羞涩，他并没有继续追问。在欧洲生活的过往，那种一幅作品也卖不出去的阴影至今还萦绕在他心间。他决定留在画铺内，等待识货者的出现，亲眼看着自己的作品如何被人选购走，不管价格是昂贵还是低贱。

画铺外车轮声辚辚，马蹄声嗒嗒，间或混杂着区别于欧洲人的东方人独有的婉转说笑。凡·高直等得肚子饿了，遂在邻近的食铺买了些便宜小吃品尝。他还没有完全习惯这远离故土的异乡对于食物的烹饪方式以及肉质味道等等，他感到它们在肚子里翻腾着难以消化。那些出入画铺的高雅人士似乎将他看作了搬运大幅画作的掮夫，若不是他一心只往那些山水人物画上瞅，他们几乎都要打赏他了。

"多么巨大的差异啊！"凡·高从那些水墨画与工笔画上看到了与西洋画派可谓全然不同的另类艺术世界。

俄顷，一位宽袖松袍，逸带高展的人物飘飘然走进了店内，问老板库存中有没有新手的作品。凡·高照例听不明白，他向那位人物投去天真的目光，而那人同样也报以友善的微笑。

"这里有一幅，是西洋画派当中叫作'油画'的来着……喏，画师就是那个站在门边的深目鬈发的外国人……"老板的介绍断断续续地传入了凡·高耳朵，凡·高竟觉得他说话的腔调实在是相当有趣。

来者抚鬈站在画前，借着室光端详了好一会儿，才对画铺老板说道："细节逼真，用色大胆……只是太注重写实了，少了几分灵韵与意境……可我窃以为，对待新兴画派还是宽容一些较好……"画铺老板连连点头称是，而凡·高就像是一个等待着老师评分的学生，紧张地咽了口口水。

接着那人又向凡·高走来，问道："你对我朝的语言懂得多少？"

"一点点……a little，a little……"

"我打算介绍我们大唐最负盛名的诗人、画家，以及各艺术领域的顶尖大师给你认识，随我乘车前往长安如何？你对此有兴趣吗？"

"感激不尽，但……but……but……"凡·高害羞的老毛病又犯了。

"你是在担心沟通的问题吧？没关系，你手中的画笔与颜料完全可以代替你本人说话。另外，我叫吴道子，你呢？"

在自己二十岁那年，李白做好了逐一去实现自己抱负的准备。他不顾家人的强烈反对，仅携一柄三尺剑，踏上了游历天下之途。因为是与家人闹翻而偷跑出来的，他并未被资以盘缠，不过这只是他遇到的第一个挫折，同时也是最微不足道的挫折。

他坐运河的航船来到了江南，想要寻找知己，然而遇见的净是迂腐的书生与逆来顺受的良民。每个人都想往上爬，都想将别人踢下去。所谓赋诗，不再是抒发志向，而是成了卖身的货契。李白想要超越时代之上，可最后还是只能"大道如青天，我独不得出"了。

一日，运河两岸忽然聚攒了千万颗脑袋，似乎正在迎候什么重要人物。他问过路人后，才知道是当今皇帝乾隆下江南来了。而究其目的，无非是游玩兼广收后宫佳丽，另外就是炫耀自己的文治武功了。

李白觉得机会来了，他要献诗以换取功名，然后在仕途上大展拳脚。二十岁的他，当然还不知道官场黑暗，也不知伴君如伴虎，更何况这位皇帝自称"十全老人"，巴不得全天下的人都围着他转。李白哪里能知道呢？他沉浸在一鸣惊人的幻想中，无法自拔。

当乾隆在森严的护卫之下下得船来时，李白果然向戒严的官兵头子呈上了诗作，委托他逐级往上递送。那是他的得意之作——《侠客行》，他轻声吟诵着自己的心血："赵客缦胡缨，吴钩霜雪明。银鞍照白马，飒沓如流星。十步杀一人，千里不留行。事了拂衣去，深藏身与名。闲过信陵饮，脱剑膝前横。

将炙啖朱亥，持觞劝侯嬴。三杯吐然诺，五岳倒为轻。眼花耳热后，意气素霓生。救赵挥金槌，邯郸先震惊。千秋二壮士，烜赫大梁城。纵死侠骨香，不惭世上英。谁能书阁下，白首太玄经。"——竟隐隐有些自我陶醉。

谁料替李白转呈诗作的官员妄图冒名顶替，竟将这首《侠客行》的原著写成了自己的名字，可乾隆看了后却勃然大怒，下令将那名官员处死。看客们不知乾隆是因为对这首诗的艺术高度感到嫉妒，还是诗中所洋溢的精神追求脱轨于时代了，只能交头接耳地议论纷纷。李白不知自己心底涌上来的感情究竟是愤怒、失望，还是后怕。但他唯一没有涌出的情绪就是庆幸，因为他从未担心过自己的安危，这是他天生的禀性。

李白当然不知道那件被严守的轶事：乾隆曾在游湖之际诗兴大发，竟吟出了"一片两片三四片，五片六片七八片，九片十片十一片……"三句，之后沉吟难续，幸好有位大臣替他圆了一句"飞入芦花都不见"，这才勉强以众大臣的恭维收了场。否则他一定会失望得更加彻底。

凡·高坐于桌案后，正在给远在大洋彼岸的弟弟提奥写第一封家书：

"现在，我正坐在唐土的一间高阁上给你写信，从这里能一直望见七八里开外的景色。窗台上摆着一株天竺葵，正沐浴着初秋的阳光。附近很安静，只有断断续续的调拨弦声伴着清平调的唱腔。生活是如此美好，竟让我产生了恍然若梦的错觉。

"昨日，我与有'吴带当风'之誉的画家吴道子、书法家张旭，以及剑器舞的行家公孙大娘一起去游了京畿的郊外。我们见到了许多平凡而怡然自得的百姓，当然，也有骑着高头大马的公子哥儿与乘坐轿子的女眷。他们说着我听不懂的话语，我却觉得自己与他们之间的距离从未似这般近过。有些人既不会因国界疆域之别而产生疏离，也不会因所受教育的高低而筑起隔膜。

"在郊游期间，我还遇上了另外一个荷兰人。他来到唐土已有五年了，我们聊得非常开心投契，这大概就是唐人所说的'人生四大快事'之一——他乡遇故知吧？我们聊起荷兰牧场上的风车与奶牛，以及普罗旺斯的夜市，果园与晨雾下的金黄色草垛。他问我打算何时回欧洲；我想了想，回答他道：我要在这个影响力巨大的帝国内功成名就，然后才会衣锦还乡。到那时我就能见到你了，我亲爱的弟弟，我将给你买上一整船的唐土特产：有瓷器、绸缎、唐三彩，还有他们创作出的顶顶优秀的艺术作品——绝不逊色于我们国家放在教堂内的那些名作。譬如与我同游的吴道子的《华清宫图》，就堪与米勒的《晚钟》相媲美。

"你总是担心我过分感性的性格会让我拙于交际，并与世俗的志趣格格不入，不过现在你完全用不着担心了。我的作品越来越受欢迎，掀起了当地一股收藏油画的热潮，光是一幅成品就能卖出上百两银子呢！至于能折合成多少荷兰盾……算了，你也知道，我并不擅长理财。这个国度里没有一枝独秀的现象，总是百花齐放，万马齐嘶，这也是它最吸引我的地方。能成为这样的时代之一员，实在是你哥哥我的幸运。

"我画了很多这个国度的风土人情：有美丽的山川，也有雄伟的建筑，更有三教九流的众生相。我还学会了他们国画中技巧的精髓，并融入了自己的画风当中。不过我还是经常会回忆起瓦兹河畔欧韦的向日葵丛与津德尔特的麦田，有时，我就凭借着这份模糊但又分明的记忆来作画。它会提醒我：你永远是荷兰人的孩子，就算你走遍天涯海角，也终将葬回故土！

"我的身体状况也有所好转了，可能是这个国家的新鲜空气有着最奇特的治愈效果吧。你最近又如何呢？是否一切顺利？代我向弟媳与孩子们问好，见字如晤。——思念你的哥哥文森特·凡·高。"

李白觉得自己的心仿佛苍老了许多。他总感到自己的诗作中似乎缺少了什么，而这缺少的部分，他所生活的这整个时代也一并缺少了。有时候他会想起前人的一句话来："邦有道，贫且贱焉，耻也。"但这个死气沉沉，思想禁锢，除了奴才便只有人上人的所谓"圣邦"，能算有道吗？

李白饮酒越发地不加节制了，醉辄卧石揖松，醒辄典衣换酒。别人问他为何不考取个功名，他却笑着反问："官场？有青楼的万分之一干净吗？！"别人笑他狂妄，他只是斜睨一眼他们，说道："因狂而死，固我之所得宜也！"

他也曾跟他父亲那样，出入于王爷官宦的府邸，做了个像寄生虫般的食客，在宴饮应酬之间麻痹自己。然而，最终他还是受不了那腐朽窒闷的气氛，选择了高吟着"安能摧眉折腰事权贵，使我不得开心颜"的诗句离去。

李白回到了山林间，并与樵夫钓者及引车卖浆者流杂处在一起。他们不太读得懂他的诗篇，对他不事生产也多有微词，不过偶尔还是会有襟怀宽广之人愿意与李白一道饮酒的。其中就有一位书生曾经对李白说道："你做不了陶渊明，你注定只能是李白！天上地下谁也看不上眼的李白！你降生在这个污浊的尘世，真是浪费了这具雄躯！"

李白经常到这书生的茅庐去拜访，这日大雪塞道，天地皆白，他带上了一壶好酒就出发了。将近半个时辰后，他才抵达目的地，可迎接他的不是红泥小火炉，而是贴着封条的两扇紧闭门板。李白惊骇地欲上前敲门，却被官差所拦，并警告他道："这户的主人下文字狱了，你最好别和他扯上关系，否则容易受到牵连。"

"他写了什么文字正中小人下怀，以致冒犯天颜？"

"额……好像是诗中出现了'清风''明月'的字样……这种事情，谁说得清楚，不过是看别人如何解读罢了。"

"哈哈……好个清风，好个明月！难不成仅仅就因为这两处由祖先流传了千年之久的遣词，便能动摇国本，动摇当今皇上的统治？！"李白悲怆地说道。

"嘘！别胡说，小心下一个就轮到你！"

"对，对！我应该住嘴、应该住嘴……这一言堂的天下，不需要什么大诗人、大文豪，只需要帮闲文人，与那没有膝盖骨的歌功颂德，文过饰非者！"李白忽然大笑了起来，笑声甚至比这场大雪与被封的门户还要凄切。

他在野外默坐了良久，直到天色昏暗，野兽的嗥叫在深山间回荡。他任新落的厚雪埋过了自己的靴袜，自言自语地说道："大鹏一日同风起，扶摇直上九万里。假令风歇时下来，犹能簸却沧溟水……大鹏、大鹏……还能有同风直上九万里的那日吗？还能有那一日吗？！"

李白决定亲自去菜市口为朋友收尸，哪怕他已经预见到了自己的下场。

凡·高偶尔还是会感到孤单，孤单仿佛是他与生俱来的禀赋，根除不掉，只不过在大多数时间里他无暇去想它们罢了。他正迎来自己创作生涯的井喷期，首都长安以人手一卷自己画作的摹本为新潮流。短则半日余，长则七八日，他便会有画作问世。而他住的地方也从客栈换成了高档住宅区，长安居本不易，而凡·高愣是凭借自己的天赋与努力为自己赢得了帝都的一席之地。

那日，街上火树银花，车水马龙。不知是为了庆贺什么的庆典自早上便开始持续，整整热闹了一天。虽然素日内也见惯了这类奢侈的排场，但凡·高还是难逃尘世的诱惑，就像一只误入了罗网的鸟雀。他坐在窗边，极为难得地没有执笔，而是爱不释手地把玩着街上购来的一些民间工艺品。"我也算是半个唐人了吧？"他不免如此想道。

前不久，他远赴金陵创作了一组秦淮河夜游的写生。那纸醉金迷的景象令他咋舌，他仍记得自己坐在画舫上顺流而下，水中的点点霓色仿佛是散落了满河的星焰。温香软玉，歌舞升平，再也没有比这更能隐藏起忧患之心的景象了。凡·高也曾试着想过自己应当如何去描绘战争，描绘萧条，但不管是诗人还是画家，说到底，也只不过是反映时代最真实一面的镜子罢了。

前门忽然有小厮叩唤："凡·高先生，有人找您。"于是凡·高放下手中的工艺品，前去见客。来者是位嗓音阴柔，没有半点胡须的年老官吏，在气质上绝谈不上尊贵，甚至还有种卑躬屈膝的姿态，但其身份一定鲜有官民胆敢得罪。当他说明来意后，凡·高便猜出了他乃是唐土身份最高的九五之尊身边的"宦官"。

"咱家奉圣命，请最近声名鹊起的西洋画师凡·高入宫面圣。你就是凡·高？"

"yes，yes……需要做什么准备吗？"凡·高用蹩脚的中文问道。

"带上你的画具。若是能讨得圣上欢心，那你下半辈子就基本不用愁了……"这个宦官后面还说了不少话，可凡·高脑袋

"嗡嗡"直响，大半没有听进去，就算听进去了也是左耳进右耳出。他从未经历过如此命运攸关的考验，考砸了也许会有自己意想不到的严重后果。他如此紧张，以至于跟随手提灯笼的太监走过繁星下铺刻有图腾的露天石庭时，腿肚子还在打鼓。

皇帝是位瘦高个的年轻人，说实话，他看起来与其他的唐人并无甚区别。黄袍加身令他看起来颇有几分不可亵渎的威严，而他看见凡·高后的第一句话便是与侍从开玩笑："也没有多胳膊多腿嘛，就是看起来没有那些西洋商人圆滑世故。朕敢打赌：他连一句我朝的囫囵话也不会说。"

"未必，也许用不着翻译。"凡·高庆幸自己平常有勤于学习当地语言。

"不用怕，叫你来是为了替圣上画幅全身像。若画得好重重有赏，即使不尽如人意也不会惩罚你的。"

"那很容易！It's easy！"凡·高有些激动地回复道，然后慌乱地摆开画具，准备作画。这时侍从搬来一幅他在半个月前所画的《向日葵》，摆在皇帝身前几步远的地方。这位异国的皇帝沉吟着问道："这是你们国家的一种花卉吗？"

"yes，在欧洲它很常见。"凡·高边动笔边说道。

"朕很欣赏这种植物，打算将它挂在华清池前，这样就能时时看到了。只要你有真才实学，就一定不会在我们大唐被埋没。朕打算让我朝的大诗人给你的画作题跋——你放心，他们诗篇的璀璨光辉绝不会辱没了你的画！"这位皇帝非常自信地说道。

凡·高努力不让自己的眼泪掉落在画板上，作为一名"艺术家"，他所梦寐以求的不正是这样的时代吗？！只要思及今时今日蒙受的待遇，之前他所忍受的所有孤单与轻视便仿佛全都不值一提……

李白被捕入狱的时候，大雪初霁，地牢内坐满了案犯，不管他们是真的有罪还是无罪。他们有的静坐不语，有的如癫似狂，有的哀告悔过。李白从中能够看见自己最鄙视的姿态，也能看见自己曾经的伪装，更能看见最为普遍的无言抗争。他心想：应该是没有机会出去了吧，自己的一生真是失败的一生。像他这般高傲的人，无法完成"大济天下苍生"的宏愿，便一定会自认为失败的。可惜现在的他连梦想的脚指头也没摸到——彻头彻尾的失败！

但李白不肯将失败归咎于自己。自己在小细节上固然有值得反思之处，但在大局上是无亏的。所欠缺者，无非是时运罢了。生在这样的世道，他是做不到"人生得意须尽欢，莫使金樽空对月"，也做不到"朝作猛虎行，暮作猛虎吟"的。

他想拣一处干净地方坐下，可是在这牢狱内，何处无悲声，何处无冤情？满地都是不愿沾及的秽物，若要下足，就必定要沾染上它们。他在天窗下面站着，不知为何竟为那些狱友庆幸起来：还好眼下是寒冬腊月，他们的伤痂不必饱受蚊蝇叮咬之苦。

他们似乎都不愿意和自己说话，每一个人都抱着冷漠猜疑的态度。这也是难免的，毕竟在这个背叛、出卖成风的时代里，信任是最宝贵之物，也是最不值钱之物，随时有人会为了自己的利益，将它掷在脚底践踏。李白想起了古代那些在处刑前谈笑自若，饮食如常的慷慨就义之士，心底充满了缅怀与凭吊，仿佛现在自己可以毫无愧怍地去见他们了。

在提审的时候，并没有人因为李白的才识而替他求情，每个人眼里似乎都在这样说着："快处决他吧！早点结束了这桩麻烦！"州官打算用李白的鲜血来捞取政绩，自然情无可宥。李白看着满堂冷漠、阴鸷、贪婪的眼神，露出了鄙夷的微笑；望着公堂上的"明镜高悬"那四个字，他想起的竟是"君不见高堂明镜悲白发，朝如青丝暮成雪"这样的诗句，连他自己也不免觉得可笑。

"义无再辱！"这是李白最后回复州官的话。

处刑的时候，没有人来为他送别，但是李白并不感到寂寞。他不是一个因为尘寰的悲欢离合就患得患失的人，也从不曾因为失意或者得势就否定自己的价值或者自我膨胀。他始终清楚地认识到：天降我李白生到这个世上，一定是为了干些不寻常之事的，唯一的遗憾可能仅仅是生错了年代吧？然而那并不是自己所能够左右的。

李白的脑海中忽然浮现出了自己与杜甫结伴同游的场景，还伴随着"……城边有古树，日夕连秋声……思君若汶水，浩荡寄南征"的吟咏。他明白这只是自己一厢情愿的幻想，不过他却能够骄傲地对自己说：自己没有被这昏聩庸俗同化，更没有与这世道同流合污。

大鹏飞兮振八裔，中天摧兮力不济。

余风激兮万世，游扶桑兮挂石袂。

后人得之传此，仲尼亡兮谁为出涕。

这便是李白辞世前的最后一首诗作——《临路歌》了，然而谁又能够细数得出时代的桎梏到底将多少本应脍炙人口的传世经典扼杀于萌芽状态呢？什么样的土壤就会培育出什么样的植株，我想，这句话是十分有道理的。

童话寓言

绛光三侠

在某所中学教学楼的屋顶上，有三个好朋友正并肩坐着观看日落之际的苍茫景象。

"他们可真开心哪。这是他们最好的时光之一了，也许不是最为辉煌的巅峰时光，但一定是独一无二、无可替代的时光！"吸嘴恬淡地说道。他曾经是饮料瓶上的一部分，离开瓶身已经有半年了。他非常怀念饮料自中空的体腔内流淌而过的充实感。

"我们最好的时光是在何时呢？"一把生了锈的美工刻刀痴痴地问道。

"我最好的时光应该是在刚被凿琢出来的时候，那时我通体翠绿，摆在冬天被厚雪封门的老店的架子上待价而沽。最后一个小孩子挑中了我，于是我便成了鸟笼内与一只鹦鹉相伴的食皿……"一具由绿玉石打造出来的鸟饲怀念地说道。

"啝啝，这真是世上最遗憾的事了：最早的那段日子就是最美好的时光，然后便江河日下，一日不如一日……"刻刀故作深沉地发出了这种尖酸之叹。

吸嘴向他使着眼色，暗示这话可能会伤害到鸟饲，可鸟饲好像并不在意。他的视线完全被一只在晚风中滑翔的鹞子给吸引住了，眼神中饱藏着爱慕。

"爱情讲究门当户对……"刻刀看出了端倪，于是又在喋喋不休了。

"你懂得爱情吗?"鸟饲忽然反击道。

刻刀顿时变得神色黯然，哑口无言了，因为他知道：不管自己接近谁，自己的刀锋都会伤害到他。也许鸟饲也察觉出这句反击太过分了，于是轻声而诚恳地说了一句"对不起"。刻刀只是默不作声，听吸嘴笨拙地转移开话题。吸嘴聊起了过去的所见所闻，在这个静沐着夕阳的屋顶上，他们没有未来可以憧憬，没有现在可以改变，因此只能从过去寻找慰藉。

天黑得很慢，但过了一会儿晚自习的铃声便响了起来。操场上由学生们组成的潮汐转瞬退去，很快就只剩下红棕色的跑道与绿色的草皮了。他们的话题难免重复，习惯以意兴索然收尾，然而却也总是乐此不疲。在漫长的岁月中，光阴需要有话题填充。当弦月跃上天空后，他们短暂地沉默了一阵子，然后就开始发挥汪洋恣肆的想象了：譬如夜幕下是否有其他具备生命禀赋的器物四处出没，上演着一出出连想象也难以企及的好戏；譬如骑在那些猫狗柔软多毛的颈背上去冒险是否充满了惊险刺激；又譬如……

直到最后，他们躲进了水笕里面：吸嘴跳进了鸟饲的怀抱，刻刀则刀头朝外，防范着危险。若是没有这处栖身之地，雨水以及夜间的露水会让他们衰朽得更快。

他们还经常藏在顶楼尽头一端的阶梯教室的窗顶，偷听学生们聚众观看的电影桥段。

三个朋友屡次听到"侠"这个字眼，还知道它是英雄名称的后缀词：蝙蝠侠、闪电侠、蜘蛛侠……他们都崇拜这个字眼，只是不敢将它与自己扯上关系。他们觉得这个字眼离自己是那么遥远，也许毕生都难以高攀企及。

直到某天夜里，他们仨从瓶子内救出了一只被囚禁的萤火虫，初尝见义勇为的新鲜滋味让他们雀跃。当萤火虫向他们表达了自己那份谦卑的谢意时，他们不约而同地红了脸，并努力掩藏起心底的飘飘然。

"现在我们可以被称为侠了吗?"吸嘴天真地问道。

"我倒是觉得，我们只不过做了分内之事，举手之劳，还算不上什么英雄的行为……"鸟饲保持着清醒说道。

"那我们怎样才有资格被称作侠，或是英雄呢?"吸嘴急切地再问。

"若从我们的真实能力出发，我们这一生都做不了侠或英雄。我们实在太弱了!"刻刀丝毫未作掩饰地道出了残酷的现实。

吸嘴沮丧地垂下了脑袋，就如同梦想破灭了一样难受。鸟饲不忍心看见自己的朋友遭受打击，便安慰他说："做侠与英雄有什么好的? 又没报酬，还麻烦! 像我们现在这样平平安安、舒舒坦坦、快快活活的，那才是活着的真正精髓之所在呢!"

"可我就是想做一回英雄嘛，哪怕一回也好。到时候别人会怎么称呼我们呢? 吸嘴侠? 鸟饲侠? 刻刀侠?"吸嘴噘起他那本就突出的嘴巴，在不甘的同时仍怀抱着一丝憧憬。

吸嘴假设出来的那些称呼令刻刀与鸟饲也动了心，不过他们更多还是希望自己的朋友能够得偿所愿。他们想道："要是吸嘴有朝一日可以实现他久埋心底的愿望就好了。到时候我们陪他一起以侠名显扬于世，也是一件光荣的事情呀!"

他们继续聆听着电影情节如火如荼地展开，一阵风声吹过，这角天空寂寞得好似夏日的午后。操场上那些三两为伍的学生正沐浴着炽热的阳光，谁知道在他们的心底是否也藏有一个小小的英雄梦呢？

某个黄昏，屋顶忽然风声大作，强劲的气流发出了像许多壶白水烧开时作为警报的尖锐鸣笛声，连旗帜都几乎要被卷得连根扯离旗杆了。云层不再滚烫洁白了，而是行将被一扫而空。广播里循环播放着"台风即将过境"的通知，反复提醒着各班级注意台风。

刻刀坐在教学楼顶，满面忧虑、神色阴沉地说道："水笕能否挡住彻夜的强风吹袭呢？我怕我们会被卷走，轻则背井离乡，重则粉身碎骨。"

"别吓我！就属我的体重最轻了。"吸嘴战栗不安地说着，同时拼命抱紧背风处那道围栏的底部，望向满天的风虎云龙。

"会没事的！待会儿由我挡在最外头，你们尽量往里面缩藏，天亮之前千万别出来！"鸟饲义不容辞地挺身而出。

当三个朋友各就其位后，强风发动了第一轮攻势。只见天地变色，凉凉的雨星到处乱撞，许多扎根不牢的物体被卷上了云霄。鸟饲咬牙卡在水笕口上，听见刻刀鼓励他道："坚持住啊！"而当第二轮攻势再发动时，整栋教学楼似乎都被撼动了。灯光在远处时隐时现，门窗发出被怪力抨击后的欲碎声。风势远超鸟饲想象，他感到自己的手指就快要松脱开笕口了。

在第三轮攻势如期而至的时候，鸟饲终于被甩离出了笕口。他最后回望了一眼他的两个好朋友，大声喊道："保重。"随即被风卷走，翻身离开了屋顶，不知所终。

刻刀目睹了这一幕，不禁心如刀割。他曾经也心如铁石，只有自己伤害别人，从未被别人伤害过，可是现在，他感觉到了自己内心的柔软。趁着风势稍弱，他鼓起勇气，决定冒险去寻找鸟饲，将他救回。在离开之前，他温厚地对着吸嘴说道："你别出来，我们很快就回来。如果过去我的刻薄曾伤害到你，我向你道歉。"

说罢，刻刀迎着强风走向屋顶边缘。吸嘴能看见他日渐鲁钝的刀锋、残存的塑料柄，看见仿佛在瑟瑟颤抖的围栏与浓墨似的天穹。最后，刻刀的身影在一刹那间消失了。吸嘴知道，他正沿着水管往下滑降，前路吉凶未卜，可只要稍不小心，刻刀也同样会被气流卷走，或者失手自高空坠落。

整整一宿，吸嘴都在等着他们回来。风声很可怕，孤独也很可怕，但都比不上想起将与他们就此永诀更为可怕。好几次，他默默擦干了自己的眼泪，之后又在迷迷糊糊中错将风声听成了他们归来时的笑声。

才一睁开眼，水笕外已经开始变白，光线像细胞分裂一般展开了反攻。吸嘴伏地侧耳倾听，只有歇斯底里之后惊魂未定的喘息还在高空回荡。他慢慢爬出了水笕，看见的是一片疯狂撒泼与捣乱过后的狼藉景象。然而眼下空气异常清新，头顶裸露出了天空原本的面目。

"呜呜呜……"吸嘴探头向下俯瞰，每个角度都试过了，可既没发现刻刀与鸟饲完整的躯体，也没见到因被摔碎或折断而重伤的他们。

从那天早上开始，吸嘴央求每一只过路并在屋顶歇脚的鸟，请求他们带自己离开这座拥有着许多回忆的屋顶。为了找回他的这两个朋友，他甚至暂时忘记了想要成为一个英雄、被人以"侠"相称的美梦。每当有绛紫色的晚霞点缀天空时，也不再有同伴陪他相互依偎着，一边眺望风景，一边评头论足了。他总是孤零零坐在天台边缘，有时候操场上一个人也没有，有时候又到处是活泼飞奔的年轻身影。

鸟们虽然十分提防，但也不乏古道热肠之辈，于是在某个周末，吸嘴被一只鸽子叼着，来到了空无一人的教学楼下。

整个学校就像一个空饮料瓶，不过地上所有的沙砾与弃物都淌经过了吸嘴的眼底，没有刻刀与鸟饲的踪影。吸嘴觉得有股混杂着失望的酸楚淌过自己的喉咙口，淌过身心的河床，无处宣泄。

他搜索了整整一天，然后终于走出学校的大门，踏上了以寻找刻刀与鸟饲为目的的漂泊旅程。他明白，找到他们的概率很小——小到无限接近于零，可他情愿为之付出余生的全部光阴。

也许所有的疑惑都能在旅行中得到解答，也许所有的执念都能在旅行中慢慢释怀，也许所有命运的安排都能在旅行中被识穿，继而改变。起码吸嘴是这样想的。

这世上人满为患，可自己藏在他们当中却显得是如此孤子。不管是划着包装零食的塑料盒子渡过雨中雾茫茫的河面，还是偷乘上摩肩接踵的拥挤客车一路驶向远方，抑或在满天的美丽焰火之下寻找权供一宿暂憩的所在，他都无法逃脱孤单的感觉。只是这孤单并未折磨着他，反而给了他从未体验过的安定与充实。吸嘴不知为何会如此，也许是因为他怀揣着他们三个所共度的那段时光。可惜吸嘴没有拜读过鲁迅的"当我沉默着的时候，我觉得充实；我将开口，同时感到空虚"这句名言，否则一定会引以为一时的心声。

在旅途中，他并不曾凭一己之力帮助过谁，却见过其他许多幕温暖动人的场景：疲惫的贫家儿女趴在父母的肩头睡去；白头偕老的患难夫妻一起走过暮色底下的公园；独腿的少年拼命爬上大树，想把失足落巢的雏鸟放回巢内；一位青年发现躲在垃圾桶后哭泣的素昧平生的某小鬼，连比带画地想要逗乐他；一个常年失意的中年男子站在黑暗的公路旁，为经过的车辆照出了一处危险的塌陷……然而光阴荏苒，岁月更迭，他始终没能再找到刻刀与鸟饲。有时候，他想起有生之年都无法再找到他们，不免产生了轻微的伤感。

直到某个寒冷的冬日清晨，吸嘴才在某无名老街的一座窗台上发现了被胶水与胶布拼粘起来的鸟饲。他就待在那里，仿佛与其他没有灵性的死物一样了，可当望见吸嘴在向他挥手的时候，还是流露出了吸嘴再熟悉不过的那种纯真而惊喜的笑容。他可真是苍老多了——吸嘴忽然这样想道，同时明白：自己也好不到哪儿去。太过漫长的旅行让他风尘仆仆，根本无暇注意蓬头垢面的倦容。

吸嘴想尽办法爬上了窗台，他们就这样并肩坐在那里闲聊。"原谅我不能载歌载舞地来欢迎你，因为那样我的身体又会再度裂开的。"鸟饲如旧日般轻轻摇晃着，注视着冰雪泥泞的街心，"我最亲爱的朋友，这就跟我刚被凿琢成型的那段美好时光一样：一样的下雪天，一样被摆在高处，不同的只有我已经遍体鳞伤了。"

"……"吸嘴似乎无话可说，他想，这一定是因为他们分别得太久了，"那你现在快乐吗？"

"快乐，只是难免经常怀念，怀念我们三个坐在屋顶上等待入夜的画面，怀念我们一起躲在檐下偷听电影台词的时光。现在虽然跟最初的岁月差不多，可还是能够找到不同之处：摔碎后的我更加珍惜这得来不易的宁静生活，不再贪恋那些不切实际的幻影了。"

"哦……那我就放心了。"吸嘴等着他问起最重要的事情。

"刻刀呢？他没跟你同行吗？"

"在你被卷走后，他为了营救你，也跟着离开了水筢。我与他分别的时间几乎与跟你的同样长久。"

"真是一个变故频仍的夜晚呀！我们三个的命运也因此就这样被彻底改变了。"

"你要离开此地，与我一起去寻找刻刀吗？"虽然明知道得到鸟饲正面回答的希望微乎其微，但吸嘴还是忍不住发出了邀请。

"我不能离开救了我，并将我耐心粘拼成原状，还将我带回家来的主人。所以，朋友，请原谅我，我要继续待在这座窗台，好让他一回家便能看见我那布有裂痕且光泽渐微的身体。"鸟饲遗憾地说道，"如果你还能再见到刻刀，记得代我向他说声'谢谢'。"

吸嘴继续踏上了旅程。大概在半个月后，他竟然在一座垃圾填埋场里意外地与刻刀重逢了。在一盏聊以对抗沉沉暗夜压迫的路灯下，可以看见刻刀的把柄已经损耗不见，刀锋像是附满锈色藤萝的古松。而刻刀走起路来，也颤颤巍巍好似老朽了。

吸嘴几乎要掩嘴痛哭了，当他走向刻刀的时候，刻刀的眼中又再次闪现出光芒。他仍旧像过去一样，试图调皮地说话，然而话内却掩盖不住沧桑："你终于找到我了，我以为自己会在垃圾堆中过完这辈子呢！直到身体动弹不得，锋锐变钝，彻底报废为止。"

"命运让我们再次相见，也许并非垂悯，而是犒赏。"

"没错，没错，老伙计！你这一路走来，一定吃了很多苦吧？"

吸嘴见刻刀绝口不提自己的糟糕处境，遂觉得自己所尝过的那些个艰辛亦不过尔耳了。他忽然大踏步走向前，给了浑身脏兮兮的刻刀一个拥抱，动情地说道："半个月前，我遇见鸟饲了。他安然无恙，有了自己的新生活。"

"是吗？"刻刀的身体颤抖着，但他已经哭不出来了，只是重复着说道，"那太好了，那太好了！"

吸嘴难抑感动，他觉得身体内好像有一股暖流在泛涌，那是比饮料流经自己的体腔还要更痛快的感觉。他望着刻刀衰疲的面容，说道："今后我就留下来陪你吧？"

"不，这里并不是一个适宜安度晚年的好所在。你应该有自己的生活，而非被我拖累，留在这样一个毫无前程可言的犄角旮旯。"刻刀慷慨却平静地说道，仿佛他早已为自己设定好了一个孤独却无愧于心的结局。

吸嘴凝视着他，在路灯的巨大光照圈下，心里面不由得想道："刻刀如今的这副模样，是否与'侠'的称谓渐行渐远了？"可惜他没有拜读过罗曼·罗兰的名句——"这世上只有一种英雄主义，那就是在认清生活的真相后依然热爱生活"，否则他一定会觉得"刻刀侠"的这个称谓，自己的朋友眼下反而更加领受得起、更加名副其实了。

颊囊人生

庞谢坐在自己的房间里，正在翻阅一本估计是上古纪元流传下来的典籍。靠烧油脂照明的案灯毕剥作响，空气中弥漫开腐肉的臭味，桌子时而随着地面的起伏大幅度地摇摆。一定又到了作为寄主的那条颊龙进食的时间，不断有食物的渣滓涌进他容身的这处狭小空间，响浊而巨大的吞咽声像机器故障时所产生的轰鸣，扰人清静。

典籍出处不详，且相当晦涩难懂。当指尖抚摸过书页，能感觉到发黄纸张的悠久历史，那是种一碰就将粉碎的朽脆。他刚看了两页，便听见住在隔壁的小鬼小佑忍无可忍地喊了起来："我受够了！这里又吵，又闷，又阴冷，还有一股肉和铁线蕨烂在牙缝里的酸臭味！我什么时候才能再躺在颊龙的背上晒太阳呢？好怀念那种感觉呀！"

小佑的确曾跑到过颊龙的陡背上去，那着实是冒了相当大的危险，不过仅仅才过了半个小时左右，他就心有余悸地逃回了颊囊里面。据他说：外头的风沙大得出奇，还有亮着钩爪与利喙的猛禽们虎视眈眈地随时准备着袭击像自己这样的弱小生物。但是，现在他居然又怀念起那半个小时的处境来了，到底是因为不满在潜移默化中慢慢篡改了他的记忆，还是他当初的话并不可算数，这就不得而知了。

酒糟鼻爷爷在另一间房里怒气冲冲地驳斥这种"荒谬言论"道："得了吧，别整天净做你那不着边际的白日梦了！现在的环境有什么不好的？既安全，又不缺食物，简直就是人类梦寐以求的生活方式。你还有什么不满意的?! 还有什么不满意的?!"

小佑转而向庞谢寻求支持："庞谢哥哥，你说是外面的世界好呢，还是这颊囊内的世界更值得留恋?"颊囊内的人类住在蜂巢构造的房间中，每个家庭只隔开了薄薄的一层板壁。

"我没去过外面的世界，不过我想：人类对现状产生不满，应该算是一种进步吧。"庞谢不得不放下典籍，为小佑解疑释惑。

"你别给他灌输这种离经叛道的观念，我看这小子马上就要走上歪路了！"酒糟鼻爷爷没好气道。他总是没法像他这般年纪的老人一样心平气和地说话。

这时，在臼齿位置负责观察的岗哨忽然喊了起来："张开嘴巴了！颊龙张开嘴巴了！"

紧跟着就是一阵忙乱，所有龟缩在自己房内的族人一窝蜂似的涌向颊囊通往嘴外的那条通道。这是每天的惯例，颊龙会在半睡半醒的状态下任由剔牙鸟剔上半个小时的牙缝，而这段时间，几乎是颊囊内的族人平日里唯一得见天日的机会。

庞谢尾随人流，落在末位走向有阳光照射进来的外界——抱着"泯然于众也没什么不好"的心态。虽然那只不过是一头颊龙张开的狰狞巨嘴，但在庞谢的心目中，反而更像一座古庙宇幸存于世的遗迹。

桌心的典籍被一枚鹅卵石压在了刚刚看完的那一页上，而他对作为上一章结语的那句话仍然记忆犹新：在烈火与寒冰肆虐的恶劣环境之下，有人类朝思暮想的理想世界。

今天的斜阳比往日更加动人心魄，天空呈现出如光海般苍茫的暖金色调。那些远山像是伏在天脚下的展尖，完全没有"雄视古今"的险峻气象，光滑如同蛋壳的行云似舟泊萍移。倏忽掠过的翼龙，其大小堪堪能填满颊龙贪婪的大嘴。风吹来大树一样的种子，那是种危险的植物，在颊龙的皮肤上找到依附以后，便会长出捕食巨型昆虫的花萼，而区区人类，甚至还不足以垫塞它们胃口的一角。

"我们仿佛注定了生而渺小，只能在这些体型庞大的动植物的夹缝间艰难求存。"庞谢在内心深处暗自悲叹道。

附近也有其他颊龙在享受这难得的打盹时光，剔牙鸟优雅地在利齿间跳走，其块头几乎与人类中的孩童一般大小。颊龙的舌苔软绵绵的，如同宽阔的床榻，孩子们在上面奔跑与游戏，丝毫也不惧怕舌头的主人会因突然惊觉而醒过来。庞谢还能看见数十丈开外狰狞大张的其他颊龙的巨嘴，许多异族的人类应该也在同样朝着周边张望。有一些驯服了飞蝇的勇士正骑在飞蝇的背上，离开栖居地到处进行货物贸易。其实每个颊囊世界的物产都大同小异，而人亦如此，大家每晚只能同样坐在油脂灯下犯困，或者思索一些邈远的问题。

小佑郁郁寡欢地沿着颊龙嘴中的沟壑向庞谢走来，并问他道："庞谢哥哥，我交给你的典籍，你看完多少了？"

"啊，这两天一直在翻阅，已经看完八九页了。"庞谢悲悯地望着被余晖渲染的远天。

"里头都写了些什么？"

"无非是些湮没已久的传说，比起人类口口相传的内容来，更像是被虚构出来的故事。哪天我拣几段浅显的与你说说。"

"你别看我是小孩子，我吸收未知事物的能力，可比酒糟鼻爷爷他们那些大人强了不止一星半点儿！"小佑不服气地说道。

"知道知道，就像云棉一样嘛。"庞谢向小佑露出鼓励的微笑。不知为何，他觉得某些自己所无法触及的希望——至少一些斜枝逸叶——就寄托在小佑这样的孩子身上。

其他孩子在呼唤小佑玩耍了，虽然小佑与普通孩子总是格格不入——别的孩子喜欢谈当晚的食物，谈族内女孩子的身材相貌，毫无顾忌地开这条颊龙的玩笑（他们从来就无敬畏之心），而小佑，却痴迷于颊囊之外的世界，整日里设想如何突破重重的险阻，为人类找到更适宜居住的环境。设想的细节虽略显稚嫩，但也能让他说得头头是道，不过显然这并无法引起同龄人的共鸣。于是小佑转而向大人们倾诉，他睁大明亮的黑色眼眸，喷着唾沫星子，兴致盎然地娓娓而谈，可最后换来的却是什么呢？女人们阴阳怪气地说他"真是个怪孩子"；男人们则不耐烦地赶他走，更有甚者还会在他的脑壳上暴怒地敲上两个栗子。

"糟糕的环境，加上接触外界的机会惨遭剥夺，这是大多数人变得容易烦躁，没有耐性的原因，不过仍然还是有那些即使待在封闭颊囊内也能看见璀璨星河的人。所有的风景都深藏在他们内心，生活越是枯燥乏味，那些风景就越是熠熠生辉。"庞谢一如既往地陷入了思考当中，直到一位驾驭着飞蝇降落的异族商人打断了他的思路。

"卖细木条，卖细木条……卖细木棍啦……"他的声音越来越轻，仿佛因为自己的商品滞销而感到很丢脸似的。

"这些东西能做什么用？"庞谢怀着些微同情问道。

"软椅，笼槛，飞鸢……"

飞鸢……庞谢隐约记起了典籍里面某行相当隐晦的段落：仿

心的勇者万念俱灰，操纵着飞鸢闯入险境，那里是地狱的入口，亦是尽头，然而崭新的未来在等待着他开创。

庞谢一直不太明白这段话的含义，不过既然其中提到了飞鸢，他觉得有必要问个究竟："飞鸢是什么木器？你有打造它的图纸吗？"

"有。那是一种轻型的飞行工具，飞不远，而且还具有一定的危险系数。不过要是遇上大风天，倒或可以成为例外。"

"不管是细木条还是细木棍，包括图纸，我全要了。我该付给你什么——石币？草药？还是油脂？"庞谢问价道。

这个异族商人索要了等价的交易物品，又将一张图纸交予庞谢。买卖成交后，两人挥手作别。夜色渐渐清寂下来，深蓝色的夜幕中有数缕淡淡的灰烟升腾，那是食火鸟在钻木取火。剔牙鸟已经吃饱了，也许是感应到了颊龙即将醒来的前兆，族人们开始往咽喉内撤退，就像暗夜底下的潮汐复又退回到了海里。

当晚，庞谢继续研究起了那本典籍。新的章节向他展示了一个放在以前完全不敢想象的世界：人们生活在露天的地表，建造起立体的房屋楼厦；不管是谁都有自己的理想；人们在各地来回奔波以见识更广袤的世界；能威胁他们的不是什么庞然大物，而是人类彼此间的倾轧与竞争。典籍并不讳言那个世界令人反感的一面，然而比起这个需要寄居在颊囊内的世界来，岂不是要精彩太多了？

庞谢试图去想象那个世界的具体细节，但却无果而终。他闭上眼睛，从颊龙的胃部深处涌上来一阵蠕动。其他房间的族人大多还没睡，昏暗的油脂灯光投在板壁上，将影子打磨成某种天真的形状。

　　小佑敲了敲板壁，小心翼翼地试探着问道："庞谢哥哥，你睡了没？"

　　"还没有。怎么？孤单了？想要找人说心事？"

　　"才没有！"小佑情绪化地予以了否定，"纯粹只是睡觉前的礼数。庞谢哥哥，你说在有生之年，我们能够离开颊囊，到外面的世界自由自在地呼吸与生活吗？"

　　"这我可不敢保证。不过我想，一定会有人不断地做着这种令人血脉偾张的宏梦，并且为了实现它而尝试不辍的。"

　　"那我要成为他们当中的一员，哪怕赌上毕生时光，也要发现新世界的线索！"

　　"很有志气嘛。不过你得先学会保护自己，活着才是实现一切的基础。"

　　"庞谢哥哥。"

　　"嗯？"

　　"明天学校要组织家长旁听课程，你可以担任我小半日的临时监护人吗？只需要坐在教室后面敷衍着听上半个钟头。"

　　"没问题。明天我会抽出时间陪你去一趟学校，不过今晚你可得早点上床睡觉。"

　　"我知道了。那晚安，庞谢哥哥。"小佑的语气听起来明显意犹未尽，不过，他很快就说了一句，"你也早点睡。"

　　隔着一道薄壁，两盏灯光几乎同时被吹熄了。庞谢将典籍塞入了床头抽屉，那是用鱼骨与兽皮混合制作而成的，颜色大体上是种黯淡的白。他当晚睡得并不怎么沉，直到快天亮时被酒糟鼻爷爷的梦话给吵醒，这才睁开眼睛，看见了一层红中带绿的筋膜，在黑暗之中像是病人不健康的口腔内壁。

　　学校的面积比一般住房要大，但空间仍然相当有限。它设在右侧颊囊的一角，学生的数目堪堪达到两位数。小佑坐在最后一排，似乎有些紧张，因为他不停地在挪蹭着屁股。

老师是位中年妇女，常年待在颊囊内让她显得面黄肌瘦。不过据说她可是位值得尊敬的教育工作者，因为她顶住了裁撤这间学校的压力，坚持认为：教育是人类通往更美好将来的为数不多的出路之一。今天的课题是"颊囊外的威胁"。黑板上画出了形形色色的怪物，都是些凶猛的食肉动物，在外面守候着冒失离开颊囊的弱小人类；还有自地底喷出的烈火阵与涌出的寒流；此外更有毒气、陨石，以及在半空中游弋的伞状食人植物。

这位女教师列述着这些危险，其实她也想跟孩子们好好探讨一下，为什么外界的环境会如此糟糕，毕竟她不是一个因循守旧之人。但是就连那些学者也无法研究透彻的深奥问题，她觉得让孩子过早接触有"揠苗助长"之嫌。而说到学者，好几百个人类成员中至多才拥有一名这种人才，在连生存也极端不易的情况下，学者的设置实在太过于奢侈了。

这时，小佑举起手来想要发言，于是女教师示意他起身作答。

"小佑同学，你有什么话想说呢？"

"老师，我觉得离开颊囊，去改造外面的那个世界，或者找到一块可供安居乐业的新家园，才是人类朝着未来蓝图前进的唯一正确的方向！"小佑太急于表达自己的观点了，丝毫没有雕琢字眼，以至于显得有些词不达意。

此言一出，仿佛在孩子与家长中间投下了一枚重磅的花粉炸弹。许多家长顿时议论起来，坐在他们当中的庞谢，自然能够听到那些近乎刻薄的话语。

"这是谁家的孩子呀？为了出风头连底线都不要了吗？要是我们的孩子轻信了他的怂恿，岂不是全要往火坑里跳？"

"啧啧，真是个一心想要标新立异的小偏执狂。一颗老鼠屎坏了一锅粥。"

小佑的小脸涨得通红，就好似野鹤落进了家鸡丛中。他急切地想要听一听老师的意见，但他所尊敬的老师只是轻描淡写地说道："可行性太小了。不要整天把时间都花在这种幻想上面，小佑同学。"

庞谢觉得自己有必要站出来对小佑略施声援，他不想让小佑在连番的欲加之罪面前感到孤立无助。他一边举手，一边迟疑地站起身来，说道："那个……我觉得这个想法并不荒唐可笑，起码是值得讨论的。到底是哪些人才愿意终老颊囊之内呢？我想，其中不乏那些麻木胆怯、贪图安逸之人吧。"

于是全场几乎都炸开了锅，庞谢一下子成了千夫所指。他听着周围嘈杂的指责声与讽刺话，为自己没有仔细考虑后果就将心里话脱口而出感到十分懊悔。他的好意援助似乎带来了反效果——"这下子可给小佑添麻烦了。"他难免这样想道。而小佑只是苦笑着回头朝他的临时监护人望了一眼，在感激之余又藏起了深深的无奈。

夏天的第一场雨终于姗姗而至。因为下雨天会安全许多，而颊囊内平常又缺少水资源，于是这时候族人们纷纷跑出颊龙的巨嘴，接水、沐浴、享受清凉。

人们爬上颊龙的脖颈、脊背与所有可以站立的部位，腰间缠着钩绳，以防止滑坠。就在那一刻，庞谢忽然产生了一种"人类的历史就是一部寄生史"的无奈感。可他又觉得这不正确，人类的历史固然写满了血泪，然而着墨更为频繁的，难道不是进取的精神与百折不挠的品质吗？

放眼所及之处，皆似一场盛大的节日庆典。雨水激荡起雾气，天空好像一下子变得纯净了，四野的虫鸣声起伏不止。而庞谢忽然觉得这鸣响不再单调可怖，反而恰如其分地唱出了他此刻的心境。他也离开了巨嘴，慢慢攀上了颊龙的背部，坐在那里任雨水浇淋，仿佛在欣赏前世的一幕曾无比熟悉的风景。

他发现了不远处小佑那渺小瘦弱的身影被一帮大孩子给围在中间。他们冲着小佑指指戳戳，忽而又笑得前仰后合；小佑起初手足无措，但很快便与他们激烈地争辩了起来。双方互不相让，直到大孩子们的头目指着壮阔苍茫的下方，跋扈地说了一句什么话，小佑才含泪住嘴。他思索了一小会儿，低声还了一句嘴，却惹得大孩子们乐不可支。他们的神态与动作仿佛统统在说着这么一句话："别光说不练假把式，有种就做给我们看！"

于是，小佑开始挨个儿向大人们询问，但是却没有一个人抚摸着他的脑袋，大方地赞同一句。他越来越失望，而大孩子们依旧没有放弃对他的咄咄相逼。庞谢虽然不清楚他们争辩的内容，可自己实在看不下去了，于是打算起身去教训教训那些小无赖，颊龙的身体却忽然在这时剧烈地晃动了起来。在一阵阵上下摇抖还微带着侧倾的运动中，所有族人纷纷害怕地趴在了那一道道坚硬的皮肤纹沟内，不敢动弹。就在此刻，小佑激动得几至失控地高喊了起来："我敢！我敢！我这就证明给你们看！"

说罢，他奋力朝外面跳了下去，庞谢想要阻止却已经来不及。在白茫茫的一片雨幕中，小佑的身影眨眼便消失不见了。待庞谢痛心疾首地再往下看时，就只看见奔腾的怒涛，以及巨蚁们那似圆睁着的怪眼般密布的巢穴了。

雨越下越大了，但是没有痛哭声，甚至连怀念的声音也没有。只剩天地间那些仅为生存而苟活着的狼狈生物们正在奔走躲雨，以及一个想要悲号却发不出声音来的自己。

接下来的那段时间里，庞谢将自己关在屋内，昼夜不眠地按照着图纸制作飞鸢。酒糟鼻爷爷怀着悲容过来劝导庞谢节哀，庞谢却充耳不闻。"酒糟鼻爷爷，你也是导致这场悲剧上演的元凶之一啊！是颊囊内所有的族人合伙逼死了小佑，其中甚至也包括我自己。"庞谢在心底暗暗对自己这样说着，继续投身于这个计划当中，难以言喻的自责像团棉花一样堵塞在他的胸口。

小佑的房间很快便有新的族人搬了进来，不过再也没人在半夜敲着板壁同庞谢说话了。而庞谢，终于在七日之后完成了这架飞鸢的制作，并随即在当天傍晚趁着颊龙张嘴享受剔牙的短暂时光，将飞鸢搬到了巨嘴的边缘地带。从那里可以望见如同锯齿一般参差不齐的树梢，与被残阳染红了的山巅，以及无数在人类进化史上担任拦路虎角色的大型昆虫与伞状飞孢。

颊龙半睡半醒，利齿间还连着丝丝涎液，而族人们照常在古庙宇遗迹般的巨嘴内散步、交易、眺望外界。许多闲人在远处议论庞谢的古怪，说他刻意让自己显得与众不同。庞谢能够理解他们的退缩，却无法原谅他们那自以为是以及看客般冷漠观望的态度。

他心里十分清楚：倘若自己现在跳下去，不但极有可能尸骨无存，并且连他的梦想也将永不为人知。庞谢并不相信典籍内那像极了乐观预言般的煽动性文字，但却知道：唯一可以宽慰小佑在天之灵的行动，就是去证明他的那些话绝非痴人说梦。迟早要有人迈出这第一步的，为何不能是自己呢?!

黄昏眼看就要流逝殆尽了，庞谢最后回望了一眼颊龙恍如阴暗洞穴似的咽喉，毅然背上飞鸢，跳离了这片自己已生活了近三十年之久的故地。在前方等待着他的，假使不是遇难，那么一定是个全新的天地——危机四伏，却孕育着微渺而又勃勃的希望……

夹缝间有童话

老猫莫斐蹑足溜过晨雾下老街的拐角，在广播站门口巧遇了自己的老朋友——母狗桑夏。她正拖着大肚子在垃圾桶内翻寻吃的，莫斐向她打了个招呼：

"早上好，老伙计。"

"早上好，镇上有什么隔夜的新闻吗？"

"你算是问对猫了，要是论起全镇消息最灵通者，那我可是当仁不让。新闻嘛……昨晚镇上年岁最大的那位狗婆婆不幸过世了，可她的狗子狗孙们却没有一只赶来为她送行，真是既残酷又讽刺——他们之间关于亲情的羁绊似乎比人类还要淡薄。"

桑夏的狗眼睛里流露出无限的温柔，虽然她既没法抚摸自己的肚子，也弯曲不了以聆听胎动，但她还是怀着期望说道："希望我的宝宝们长大后还能记住我这个母亲，不过，其实只要他们健康成长，我这个做母亲的愿意承受这个世上的任何不幸——哪怕是堕进深渊，无人过问，也毫无怨悔。"

莫斐像是忽然想起了什么，伸了伸他那厚实的肉爪子，说道："镇东头好像有户人家要摆酒宴，一起去蹭顿饭吗？说不定会有许多残羹剩饭留给我们哦——你也知道，人类讲究'排场'这玩意儿。"

"真的吗?"桑夏两眼放光,"我跟你去!虽然我并没有饿得厉害,可就算为了肚子里的宝宝,我也得多少补充些营养呀!"

于是这一猫一狗撒腿便向镇东头跑去。晨雾渐散,他们从成队背着小山般书包的孩子腿间穿过,擦经在河沟边清洗马桶的老人们身侧,不远处,烟囱与笼屉升起了朦胧洁白的炊气。当他们赶到摆酒宴那户人家的院外时,已有无数其他猫狗严阵以待。由于在利益分配上产生了冲突,他们不再如过去那般客气地寒暄、倾吐心中的苦水或虚荣地炫耀了。

人类的腿脚像是充满了危险的密林,桑夏埋头在其间寻找"宝藏",有时候还会被踢上几脚。猫狗的世界可没有"礼让孕妇"的传统,因而面对那些尖牙利齿,她必须鼓起十二分的勇气来才能不打退堂鼓,饶是如此,也仅能分得一小杯羹而已。瘦骨嶙峋的狗们若不奋起夺食,不出几日就将饥肠辘辘地倒下奄奄待毙。光是从这一点来看,狗的世界无疑要比人类社会略残酷些,虽然本质上并没有区别。

翌日清晨,桑夏在广播站的一角分娩了,生下了三只花色不一的小狗崽。他们瘦弱无毛,甚至没有力气睁开眼睛,浑身黏糊糊,肚脏鼓突,在母亲的腹下凭本能寻找着奶头。他们的听力还未完善,不过桑夏仍然担心突然响起的广播会吵扰到小狗崽们休息。

第一个来拜贺的是老猫莫斐,并且他也是唯一的访客。他衔来了一套积木以及一具几近完整的鱼骨架,送给新生狗崽们当礼物。积木未曾涂漆,但手感甚是光滑,是木匠随手车给孩子们玩的,随着孩子们一个个长大,它便也束之高阁了。至于鱼骨架,则是老猫藏着用来解馋的,它陪他度过了许多荒年饥岁。

"礼物的价值虽轻,但我也没更拿得出手的礼物可送了。"

"哪里，你能亲自过来已经让我深受感动了，就请你做这三个小家伙的干爹如何——这只是老大（桑夏朝黄褐色的那只努了努嘴），这只白毛黑斑的是老二，全黑的那只是老三……"桑夏疲惫而又爱怜地不停舔舐着他们。她刚吞下了脐带，但仍然虚弱。

"真是一窝可爱又不知世事险恶的小家伙呀，简直萌翻我了。就是不知道他们将来到底会长成什么模样。"似乎有一轴长卷在莫斐的想象里缓缓展开。

"我饱尝过流浪的艰辛，真希望将来有良善的人家愿意收留他们，并从一而终地待他们好，毕竟狗的归宿就是一捧干草、一个食碗呀。"然而桑夏很清楚，自己的愿望听起来简单，实则万难实现。

小狗们在七天后才睁眼，而桑夏依旧小心谨慎地守护着他们，不敢在觅食时离开广播站太久或者太远。每一次暂离，小狗们都会咬着母亲的奶头不放，桑夏不得不狠下心推开甚至甩开他们。季节已然到了夏末，虽然比风雪暴虐的冬天更易生存，但是屡屡骚扰的蚊蝇同样令人讨厌。小狗们躺在落满灰尘的旧地板上，呆呆地望着造物主早就为他们限定好了的只有区区几种颜色的狭隘世界，任凭蚊蝇叮咬而无意驱赶。

外面世界的危险不胜枚举，作为一条野狗，你永远无法预知灾难何时就会降临。下一秒的祸福并不像掷硬币那样，正反概率对半，而永远以灾祸居多——桑夏每次离窝前总会这样提醒自己。

莫斐经常去看望他们，有时候带礼物，有时候不带。小狗们则并不计较这些，因为他们光是拱拱老猫的肚皮或者捋捋他的胡须，便已经心满意足了。莫斐教会了小狗如何绕着一个中心点兜圈子，以及如何追逐着他们自己的尾巴打转。

这个夏末仿佛停留了相当长的一段时间，广播站喇叭里的柔缓女音总是会在上午七点钟准时响起，而小狗们一旦被吵醒，便会好奇地仰面紧盯着喇叭，就仿佛想要揪出里面说话的那个人来。随后，他们会头尾相接地围成一个圆圈，在旧木地板上追咬着活动筋骨。莫斐将这项运动命名为"做广播操"，旁观这三只小狗"做广播操"，是他每日最快乐的事情之一。

直到有一天，广播站外来了一个从未见过的男人，眼神狡黠，嘴角却挂着看似忠厚的微笑。莫斐凭经验一瞧，便知道他是以抓狗屠狗为生的狗肉贩子。桑夏护在小狗们身前，冲他发出殊死一搏般的低吼，又见他将视线转移到自己孩子身上，更是着急地亮出了尖牙，只要狗贩子有什么不利于小狗的举动，便准备立即扑上去豁命撕咬。

"你保护着孩子们快逃，我来拖住他！"桑夏朝莫斐喊道，同时眼瞅着狗贩子手拿抓狗工具步步进逼。桑夏纵身扑了过去，在狗贩子闪开的瞬间也为三条小狗冲出了一条活路。千钧一发的关头，莫斐对小狗们喊了声"跑！"便带着他们从缺口处撞开了拦阻，从狗贩子的魔爪底下逃出了生天。

"别回头看！往前跑！"莫斐在队伍的最末殿后，并尽量遮挡住小狗们回头顾盼的视线。亲眼看着母亲被捕入囚笼内是多么残忍的一幕！即使无法在生离死别之际再互相看上最后一眼，也远比这种永诀方式要仁慈得多！

他们一直跑进某条偏僻的夹巷，那里堆放着无数木箱子，形成了躲藏容身的最佳掩体。他们惊魂未定地趴在阴影下喘气，而莫斐决定将此处布置成狗崽们新的小家。

在恐惧、疲惫与思念的交攻下，小狗们迷迷糊糊地睡着了。半夜里，老三忽然一个激灵醒了过来，然后懵里懵懂地问老猫："猫伯伯，妈妈她还没有跟过来吗？"

用全副身心警戒了大半宿的老猫没有回答，只是用面颊摩挲着老三的颈项，以安抚他的心神，顺便舔去脏污。

"猫伯伯，我们还不能出去吗？"这是三只小狗最近问得最多的一句话了。

秋雨已经连续下了几个昼夜，夹巷内外的积水渐渐漫涨上来，没过了最底端的木箱子。莫斐将小狗们逐只叼到高处，还吓唬他们："外面太危险了，到处都有狗贩子与毒药、陷阱在候着你们，而你们还不具备保护自己的能力。"

"可是就待在这里好无聊啊，我们什么时候才能做广播操，在灰尘里打滚，或者再对着太阳打喷嚏呢？"三只小狗如今已不再频繁地问起母亲的下落了。

"等你们长大！"

"那我们什么时候才会长大呢？"老二问道。

"你们要多吃东西，不准挑食，还要将我说过的每一句话都牢记于心——等你们能将它们倒背如流了，也就离长大不远了。"

"猫伯伯，您有自己的孩子吗？"

"你们不就是我的孩子吗？难道我不是你们母亲亲口指定的干爹？"

"猫伯伯，您每天就看着我们吃，您自己不饿吗？"三兄弟轮番提出的问题令莫斐应对不暇，穷于招架。

"我晒晒太阳就有力气了，你们不必为我瞎担心，还是多想想自己的未来吧。"

"未来是什么东西呀?"三兄弟抬起头来异口同声问道。

"就是那些还未降临,却迟早将要迎来的漫长时光。"

小狗们的眼神中流露出无限憧憬,一边浮想联翩,一边七嘴八舌地争相说道。

"我未来要吃好多爱吃的东西,吃到再也吃不下了为止……"

"我未来要找一个比广播站更温暖的小家……"

"我未来也要当妈妈,然后再生他一窝小狗……"

"可你是公的呀……"

莫斐怜爱地望着这三只乳臭未干的小狗环绕在自己周围,忽然又怀念起了他们所痛失的至亲桑夏。这时,老大居然问道:"猫伯伯,您喜欢吃鱼对吧?"

原来,夹巷外的河川水已经暴涨到了木箱子附近,河内的鱼也跟着游到了被淹没的陆地上来。莫斐回味起鲜鱼的滋味。嘴角流出了一丝涎水,问道:"你听谁说的?"

"我去给您捉!"说罢,老大"扑通"一声便跳进了水里,莫斐拦阻不及。然而鱼没捉到,老大倒发出了求救的呜咽声,莫斐不得不苦笑着跑到木箱子的边缘,伸出尾巴让溺水的老大抓够。

当晚,老大晾晒了很久的皮毛,一边打着喷嚏,一边尽量向两个弟弟偎靠过去。在小镇渐墨的天色下,偶尔有三四点浮动的灯火在远方闪烁。三只小狗在入睡后发出了近似于梦呓的咂嘴声,谁也无法探知他们进入了怎样异想天开的离奇梦境。

在秋末冬初的那段时间,镇上来了一个杂技团。莫斐与小狗们藏身的夹巷背后连续数晚传来助兴的民乐与鼓掌、喝彩相混淆的声音,挠得小狗们心痒痒。他们缠着他们的猫伯伯,半是撒娇半是无赖地想要齐赴这场热闹。莫斐经不住三兄弟的软磨硬泡,只好松口答应下来。

恰巧这日雨势转微，小狗们一拥而入那条由白粉墙与青石板构筑成的狭长巷道，马上便被互相推搡的人流给冲散了。就算莫斐立在墙头檐角，想要穷尽视野，凭高追随他们不起眼的身影，可还是不消一会儿就眼花缭乱了。

却说老二，他穿过檐下的一道道水帘，无意间误入了杂技团换装以及准备道具的后台，用那双纯真无邪的清澈眼睛望着投入于登场前的预热事项，手与脚生满了胼胝的杂技团团员们，"呜呜"地发声以表达心中的好奇与惊叹。

杂技团里的一位小姑娘首先发现了老二，并蹲下来对着他笑容可掬地说道："是条小狗哎，好可爱！"其他离登场时间还早的团员们纷纷聚拢过来，用他们大小不一的手在老二的小脑瓜上胡乱地爱抚着，一片嘈杂中有个声音脱颖而出："谁给它拿些吃的来？"

只须臾工夫，老二的眼前便堆满了各种杂七杂八的食物：酥饼、锅巴、奶糖、火腿肠、还剩着梨肉的梨核、快烂掉的香蕉、咬了一半的萨其马——都是团员们用来深夜充饥的零食。他们就像厨师与作家等待着顾客与读者做出评价那般紧张地同时盯着老二，生怕他对这堆临时拼凑出来的食物不感兴趣。

老二起初还怯生生的，不知如何是好，但很快便用小粉舌头舔了舔裹着糯米纸的奶糖，接着又尝了尝火腿肠的味道，这才卸去防备"吧唧吧唧"地尝了起来。围观者们如释重负，就像自己的示好得到了友善的回应，他们当中甚至还有人轻声感慨："这小家伙要是能成为我们的团宠就好了。"

"得了吧，跟着我们它会吃多少苦头，还是不要祸害它了吧。"

"也是，它未必喜欢被我们调教成一位出色的杂技演员，更何况，说不定它还有主人呢——那样我们算是拐带良家萌宠吧？"

在众人表达纷纭意见的期间，老二一直乖顺地趴伏在他们脚下，将下巴搁在两腿中间。他很享受这种成为全场焦点的感觉，只觉心底暖烘烘的，然而这伙活泼健谈的杂技团演员终于哄笑着散去，于是又剩他独自面对着这场暂无停歇迹象，让人不胜其烦的晚秋凉雨了。

等节目单上的杂技逐一表演完后，杂技团上下人等开始将所有吃饭的家伙搬进一辆大型房车的后车厢里。灯偃声息，观众个个心满意足地散去，唯有雨水滴落的声音在场内空地被无限放大了。老二一边寻找着猫伯伯与两个兄弟，一边意识到了房车或将永不再回来。

现在，自己必须在亲情与难以定论的恩情中做出抉择了。房车越驶越远了，老二忍不住撒腿追了起来，并朝着车尾吠叫着，他实在舍不得这群一见如故的天涯人。可是狗怎么追得过车呢？就在老二失落地想要放弃时，房车停下了，从后车厢跳下一个人，迎面在老二身前几步蹲下，将重新燃起希望的小狗抱入怀中："既然你不嫌弃，那就带你去看看外面的世界好了！"

老二在拥挤的车厢内蜷成一团，磨蹭着不知是谁的外衣料子，虽然气闷，却别有一种温暖。他舍不得猫伯伯与两个兄弟，于是便努力地回想他们的模样，就像今后无数次在旅途当中回忆起他们那样。车颠簸不止，一股说不上是什么的怪味在车内弥漫，然而闻着闻着也就习惯了。雨似乎停了。以后再也不能挼猫伯伯的胡须了，老二遗憾地想道。

"老二选错主人啦！他将来指不定要吃多少苦头呢！"莫斐就像一个思想迂阔守旧的遗老那般叹息道。

如果自己是人类的话，一定会不顾一切地去追回老二，可现在，他只能接受"自己没有照顾好故友之子"的现实。不管老二是主动选择跟随杂技团走江湖，还是被他们给强行带走，都已没有分别了，老二就这样从他们的世界消失了。

因为自责，莫斐将老大与老三管束得更加严了，同时不遗余力地寻找起了愿意收留他们的人家。每当夜里小狗们熟睡以后，他便潜行于檐上梁间，偷听人类的喁喁私语，借此收集有用的情报。然而镇上的人家不是已经养了狗，便是无意再接纳一位新的"家庭成员"。

初冬的某个早晨，莫斐领着两条小狗去田野上透气。金黄中带些灿白的霜野上，庄稼已收割完毕，但是堆放有许多草垛，原来冒着水泡的水田亦已冻涸，万里无云的天光下，就连一只飞鸟的影子也看不见。老大与老三一前一后开心地跑着，不时停下往视野极佳的冬野的尽头眺望上一阵子，然后又连蹦带跳地继续往前践踏而去。

这算是他们迄今为止最自由的时光了，自由到任何不幸与其相较起来都显得微不足道。不过对狗来说，自由还是无法跟拥有一位主人相提并论，不单是因为一份可以活命的口粮，还因为人与狗之间那种相互依存的独特关系。虽然身边有莫斐这样的长辈与狗兄狗弟陪伴，但他们生来便是要与人类亲近的，要为他们大摇尾巴，取悦并忠诚于他们。

老大跑到了位于丘陵下方，盖在石基上的某座宅邸前，碎石砌就的底基看上去就像颜色深浅间杂的潭面。老大冲着不设墙篱的院子精神饱满地吠叫，一对正在晒番薯干的年迈夫妇听见了狗吠声，探头去看，原来是一条皮毛黄褐色的小狗。老爷爷便对老伴说道："它饿了吧，将昨晚剩下的饭菜倒给它吃吧。"

"它应该没有主人，真是只小可怜儿。"老婆婆将隔夜的饭菜沿石基倾倒了下去。

老大自个儿享用了一半，然后又招呼老三过来分食另一半。冷风在他那如竹篾般竖起的耳朵旁"呜呜"吹刮着，让他有一种如在云端上枕卧打滚的清新酣畅的错觉。

当晚，他们白昼里看到的那所丘陵脚下的房子发生了一场火灾，红光照亮了天际，像是一团浓厚的火烧云。莫斐发现后，马上对老大说道："去看看能否帮上什么忙，你将来如何解决温饱问题，也许就全看你今晚的表现了！"

老大回吠了两声，似乎在说："即使是为了一饭之恩，我也绝不会退缩半步的！"然后便朝那个方向疾奔而去。莫斐放心不下，勒令老三不准离开原地后，便往火灾现场跟了过去。老三望着烟火烧燎的远丘，心中涌起怅惘，为他们三兄弟迟早要各自奔赴的前程，也为未知将来的每一天，每一顿饭食的多寡，乃至每一次抬头仰望天空，眼睛里即将流出眼泪来的感觉。

翌日，老大成了小镇新闻界的"焦点"，因为他从火灾中救出了老夫妇尚在襁褓内的孙儿。老夫妇亲热地将他搂在怀中，说要照顾这条见义勇为的小狗的余生。

老大被镇民们围在中央，神采飞扬却温驯地听任他们抚摸自己，接着，一切复归平淡，而老大也顺利地从野狗变作了家狗。他每日都会将自己的口粮分给弟弟一半，但随着两兄弟个头日长，区区一碗饭菜已经不够让他们其中的一只吃得半饱了。老三不得不听从莫斐的提议，不再去老夫妇家蹭饭，而是学着莫斐在垃圾桶中翻找可以果腹之物，或挨家挨户地乞讨残羹冷炙。他们所面对的最大难题便是困扰自己终日的饥饿，即使在阳光充沛的冬日午后，他们在檐下如一片纸屑般轻飘飘滑过时，也能听见彼此的肚子"咕咕"抗议的声音。

莫斐总是将食物推让给老三，对此他是这样解释的："我老了，胃口也跟着年纪衰减了，即使眼前摆着鱼翅盛宴，恐怕我也吃不动咯。"

时间溜得飞快，转眼间便到了次年的早春，而老三已经被允许单独外出觅食了。一天黄昏，小镇的各个角落都在冰消雪融，云翳霞影在掠过镇上晒谷场的那块空地时迟滞了下来，他就在那里遇见了某个胆敢单枪匹马与几个大孩子对峙的瘦小"勇士"。也许仅是出于侠义心肠吧，老三狂吠着护在那个势单力薄的孩子身前，摆出"要欺负他得先问过我"的架势。可能是从未见过这般奋不顾身的野狗，大孩子们很快便选择了悻悻撤离战场。

瘦小的勇士在并肩退敌的伙伴面前蹲下来，摊开手心对着他傻笑。虽然人与狗身上都是脏兮兮的，可在眼神交集的那一刻，毋庸置疑地产生了化学反应——两颗心灵连接在了一起。老三轻声呜咽着舔舐孩子汗津津的手心，即使手心里空无一物。

"跟着我吧，虽然我只是个一文不名的孤儿，但我一定会待你如亲人的！"

老三朝自己的来路望去，知道猫伯伯刚才必然跟在身后，可是现在他却什么也看不见。在迅速笼罩下来的暮意中，他明白了老猫不告而别的苦心：跟着你的新主人走吧，你迟早得迈出这一步的——开始自己的新生活，以及与你的猫伯伯告别！

自那以后，老三就跟这个孩子住在了一起，虽仍不免忍饥挨饿，可他却自觉十分幸福。然而就在半年之后的某天，小主人却走到了必须靠自己拿主意来做出取舍的岔路口——

小主人的亲生父母寻上门来认他了。他们阔绰，身份也高贵，可唯独对又瘦又脏的老三横挑鼻子竖挑眼。小主人的生母用手帕捂住鼻子，厌恶地斜睨着老三说道："这狗很可能有皮肤病，而且血统也卑贱。别养它了，我们再给你买条新宠物狗，保准比它好上百倍。"

老三吐着舌头，想要去讨好这个喷了香水的女人，却被她一脚踢开，只能负痛叫着蜷缩在一旁自我疗伤。他虽然听不懂小主人父母的话，却可以从他们的眼神当中瞧出自己有多遭嫌弃。

小主人被父母哄劝上了轿车，其间一再回头，可最终还是抛下老三孤零零一个蹲坐在原地，傻傻地吐着舌头等待小主人将自己也一并带走。夕阳将所有的影子逐渐拉得细长了，屋影则越发倾斜，他就这样静默地等着，有那么一刻忽然无比想念猫伯伯与两位哥哥。

天色越来越暗了，远处的风景也在变得模糊，继而完全看不见了。就在夜晚与伤心同时淹没了他的时候，他突然发现猫伯伯就陪在自己身边，如过去那样，不声不响，摆出雷同的姿势眺望迢迢长路的尽头。他们已经有好长时间未曾见面了，现在的莫斐似乎越发疲惫了。

"猫伯伯，他还会回来吗？"老三强撑着自己的最后一丝希望，不让它闭合。

"会的。如果他没有回来，你就继续跟猫伯伯相依为命，好吗？"

"嗯！"老三在乏困中对这个世界又重拾了信心，他确认，自己仍然对温情这些美好的事物深信不疑。

他们等了整整四个小时，最大的奇迹不是他们坚持了下来，而是他们仍然心怀希望。忽然，老三猛地吸了吸鼻子，嗅到了一股再熟悉不过的气味——是小主人的！他开始向着前方奔跑起来，速度越来越快，同时摇着尾巴，直到扑入一个再熟悉不过的怀抱里。小主人喘着粗气，一把鼻涕一把泪地说道："我回来了！对不起，我不该犹豫，我永远不该抛下你——永远！如果他们不肯接受你，那就连我一块儿不要好了。"

当老三跟在小主人脚边，幸福地走向他们寒碜的小家时，老猫莫斐竟又像轻烟一般消失了。然而老三默默地在心底呼唤着他："谢谢你，猫伯伯，真的谢谢你！"

此刻，老猫莫斐正站在广播站那如鳞甲一般的屋顶上，目送着老三与他的小主人的背影远去，轻声地予以回应："不用感谢我，我只不过是完成了你们母亲的嘱托而已。"

他打个哈欠，接着拱起脊背，转身消失在了星空下那一座连着一座的屋顶间，仿佛刚刚做了一个漫长而又舍不得醒来的好梦。

北极熊的夏天

北极光如同柔滑的丝绸散乱地折叠着，在梦幻般的长夜中延伸开去。周围平坦的坚冰与远处绵延起伏的冰丘统统被染上了奇怪的晕彩，海面上潋光徘徊，仿佛由许多面透镜构成了一个镜子的迷宫，将北极光反复地折射，最后才落入眼眸。

北极熊五斤六刚刚进食完醒来后的头一餐，食物只能算作马马虎虎，既没有肉质肥美的海豹，连搁浅的鲸鱼也不见一条。五斤六草草地捕了些海鱼果腹，又吞食了些鸟类因为争食而掉漏下来的干果当饭后点心，即便这样，他也依然未满七八成饱。要知道，他可是个足足重达六百斤的超级大块头呀！

附近暂时没有任何同类曾出没过的迹象，五斤六在面积偌大的冰原上走着，眼皮几欲合坠。在这个寂静的国度，只有风的呼啸、远处狐狼的嗥叫，以及某些动物破冰而出，从水中跳上冰面的声音。北极光在极夜下肆意涂鸦，却没有什么界线能将冰原井然有序地划分。现在就连因纽特人也很难遇上了，海鸟们在并不黑暗，反而有些华丽吊诡的天空中成群结队地飞过，就像圣迹降临前纷纷逃走的鸦阵。

走着走着，五斤六突然就觉得腻味了：这个世界的确别有风情，可也容易叫人陷入虚妄的空想。而现在五斤六就正好在想象着没有极光、没有厚冰甚至没有一来就盘桓长达半年之久的极夜的世界究竟会是何等模样。只要想想看，便会觉得那一定很酷。

正抬头仰望间，五斤六的好朋友——北极枭茶渊飞了过来。他的样子看起来呆萌而博学，脸上仿佛戴着一副圆框眼镜，而短钝的喙则让他看起来像是嘴里叼着一枚哨子。他又要来旁征博引、卖弄学问了——五斤六一看见他的架势，就猜得八九不离十。

"五斤六、五斤六，这次我讲的事情一定能让你听得津津有味。你可要给我支棱起耳朵来，千万别打盹了！"北极枭茶渊飞到了一座隆起的冰堆上。

"假如又是什么油轮沉没、企鹅源考之类的事情，那我可不爱听。"五斤六嘟囔道。

"是夏天！是夏天的故事呀！一个关于温带及热带的不折不扣的夏天的故事，一个真正如假包换的夏天的故事！"茶渊张开短喙说道，仿佛嘴里叼着哨子正在一吹一嘘的。

"故事出自何处？"五斤六慢慢张大他的嘴巴，同时眼睛里也放射出了光彩。

"海边的一本弃书上。我读懂了上头的文字——当然，它还配有插图，不过北极除了我这样渊博的大学问家，还有谁能读懂它们呢？！"茶渊骄傲地别过脸去，因为脖颈太短，每次当他想抬起头来，总是保持着一种斜视别人的奇怪姿势。

"说说看！整天面对着这个冰天雪地的世界，以及如同涂鸦一般毫无规律可言的长夜极光，我都要因为视觉疲劳而消瘦下去啦！真正的夏天，以及远方截然迥异的全新世界——简直是造物主馈赠给我们的最遥不可及，也最富有梦幻气息的礼物！"五斤六此前也曾陆陆续续听海鸟们讲过温带地区那湿润的黑色沃土，间杂着翠绿的植被庄稼的异国风情画卷。

"那是一本游记汇编，书名就叫作《夏天》。我随便翻了几页，现在就我所读到的内容与你共享一番：第一页说的是……"

北极枭茶渊的复述凌乱却引人入胜：他说起骆驼商队，说起电风扇与冰棍，说起冈峦上摇动满山草穗的热风，说起钢筋水泥林立的城市里的汗水，说起逆运河缓缓分开水面行驶的客轮，说起每一个静默或喧嚣的落日黄昏，说起转瞬便蒸发的青草味的阵雨，说起一到中午便缩成极短一团的影子，说起谁坐在阳台上俯瞰尘土飞扬的市场，说起蒙着面纱到榕树笼罩的河边用陶罐打水的妇女，说起人力车夫在花墙树荫下的一段小憩……这些极为平淡的细节在五斤六的内心开辟出了一个拥有着别样意境的奇妙天地来。他感到自己仿佛正身临其境，与北极枭坐在苍蝇营营打扰的酒馆门口，浅啜加了冰的啤酒，短毛又短腿的小猎犬无精打采地趴在脚边，偶尔抬起眼望一望暴烈的午后强光。

但也有许多描述，五斤六无法充分理解，就比如骆驼。他问北极枭："骆驼是种什么生物？"而北极枭是这样回答他的："它们是沙漠中的船只，人们骑在它们的背上，横越莽莽沙漠。"

"那么，沙漠又是什么？"这时候五斤六便要如此追问了。

"如果你能够亲眼见见这些，那么一切疑惑都会迎刃而解，毕竟口说无凭。"

"从北极出发，去故事中的那些地方，分别需要几天？"五斤六天真地忽闪着眼睛。

"哎呀哎呀，我也就是一说，你就权且一听，万勿当真才好。"茶渊含糊其词道。

"你一定是不知道啦？没想到你博学的名声全是自己吹出来的。"

"即使你用这些荒唐不实的诋毁之辞来激我，我也断断不会怂恿你为了一份好奇心去冒险。'造物主造出万物，乃是为了让它们各安其分，各守规矩'，一旦离开固定有限的范围，你便将发现世界不再友好，甚至连最初的憧憬也有破灭之虞。"

"假使这辈子不能亲身感受一下盛夏的魅力，我一定会很遗憾！"五斤六恳切地说道。

"你这等于是飞蛾扑火。"

"我既不知道飞蛾是啥，也不知道它为何扑火，然而为了实现这个心愿，我纵然死一万次，也不会后悔！"五斤六果毅地说道，令人不禁觉得他已经有了贯彻这句誓言的觉悟。

"疯了，简直疯了。一只北极熊竟然想要追求炎热的夏天？我的朋友，你迟早会发现：自己豁上了性命去追求的东西竟然是如此虚无缥缈！"茶渊想要大摇其头，可最后却只能缩了缩他的短脖颈。

五斤六开始规划路线，虽然不管往哪个方向走都是南方，但他需要有绵远的陆路可供下脚。他不想坐船，因为那样会让他产生一种脚底下的冰层随时会断裂开来的恐惧。他征求了许多来自四面八方、视横渡重洋为寻常小事的海鸟的意见，却在众说纷纭间一时难以下定决心。

直到六月将逝，五斤六这才终于决定动身。他往一个叫作"俄罗斯"的国家的边界行去，沿北冰洋的海岸线南下。起初，视野内全是白色的岛屿，与出发前几乎无异，后来，白色下渐渐裸露出褐色的冻土，世界的颜色更是变得纷繁复杂了起来。天空中不再有炫彩多姿的极光，而代之以光线夺目的晴空，或者风雪下对远近一视同仁的阴沉色调。

　　五斤六一路上不断地向身披着更鲜艳羽翮的鸟类问路，在一座名字极具俄罗斯风味的边镇，他选择了转向东南。小镇的路面上扫净了积雪，而不远的港口有几艘捕鱼船刚刚归航。无数银白发亮的鳟鱼、鲱鱼、鳕鱼与鲑鱼在甲板上的密网内拼命挣扎着，像是一座座银矿或钻石矿；海豹们被剥了皮，皮与肉一字摆开，堆成了小山；奇货可居的龙涎香则被收藏在了保险柜内。港口方向传来了屠杀后的血腥气味，然而五斤六渐行渐远，将这一幕人类的丰收图景——却是海洋生物们的噩梦——远远抛在了脑后。

　　他接近公路时，看见无数闻所未闻的交通工具以自己无法想象的飞快速度闪掠过眼前。在西伯利亚的荒凉原野上，铁轨蜿蜒铺设，像一条巨大的海鳗游向天边，没有头也没有尾。这个时代猎人的数目已经锐减，即使仍藏有猎枪，他们也不会将其对准自己这尊庞然大物。夜晚来临，五斤六一边将背脊靠着粗糙的树干蹭痒痒，一边看着清冽的远光无谓地发愁。

　　随着他逐渐南下，被冰雪覆盖的土地面积逐日缩减，寒带的针叶林上的积雪在阳光底下融化着，滴着水。有人类定居的城镇不断从天边冒将出来，连成了一长溜颇富层次感的人间俗貌。一旦远远地逢着人影，五斤六就会嫌自己毛皮太显眼，身形太庞大，继而害羞地躲进野林子深处以避开耳目。

　　夜空几乎总是如此静谧，三三两两的寒星既分散又拥挤，在彻暗深碧下眨着眼，空气里有松枝被火灼烧，以及食物加热后的气味。除了问路，五斤六已经很久没有跟其他生物交谈过了，他现在甚至卑微地渴盼着哪怕区区一个眼神上的交流。

　　当他睁着乌黑的眼珠子望向灯火络绎的集镇时，身后忽然传来了一个惊喜交加的柔媚声音："哦，天哪，北极熊？天哪，你是北极熊吗?！哦，天哪，天哪!"

是只雪狐。她正用崇拜的眼神等待着自己承认身份，五斤六不解地问道："啊，没错，一只北极熊，一只普普通通的极地动物——北极熊，可是这有什么值得你稀罕的呢？"

"如果我生而为人，早就向你索要签名了，大明星！你来自那个一年四季都保持着神秘氛围的国度，你有纯白的皮毛、庞大的体格、黑色的巨爪与眼瞳……我该怎么形容你的明星范儿呢？现在请你告诉我：你们那儿是否每晚都能看见极光？望着它，是否心灵便能得到净化，满溢出所有那些美好的念头？"雪狐激动却故作矜持地问道。

"何止每晚，你甚至在白昼时分也能瞧见它们。至于净化……它又不是口罩或漏斗！"五斤六耸了耸肩，"说实话，我已经与极光厮守了大半辈子，实在谈不上有什么新鲜感了。如果你想一睹它们的旖旎，那就往北走，一直往正北走——循着北极星所指的方向，一直走到白昼和黑夜完全没有区别了为止！"

"那么你现在是要去哪里？我不认为一只北极熊会因为迷路而出现在这个纬度。"

"当然了，我又不是被人牧养的羔羊，你知道的，女士，它们总是跟'迷途'联系在一起。其实……"五斤六犹豫了片刻，还是如实相告了，"其实我是去寻找夏天——炎热的、慵懒的、令人汗流不止的真正的夏天！"

雪狐用两只相当漂亮的前爪捂住了突出的尖嘴，随即"扑哧"一声笑了出来："对不起，我总以为一只北极熊该是稳重笃实的。容我冒昧地问上一句：你将如何穿越人类的地盘？如何在酷热难当的天气下脱去那一身厚毛皮？"

"我……还没想好。"北极熊坦承道。

"到底是什么令你如此异想天开、不切实际的？难不成就是那些天空之瑰图、极地之梦幻害的？得得得……光是想想就叫人觉得害怕！"雪狐的眼神中已不再写满崇拜与好奇了。

"我想……纯粹只是冒险欲在作祟吧……"五斤六难为情地说道，他为自己破坏了极光在雪狐心底的美好印象而感到惶惑不安。

"太可怕了，一只将美梦当作现实看待的北极熊，谁知道他还会做出什么出格的事儿来呢。"雪狐一边说着，一边倒退，然后很快便消失在了白绿间杂的雪林子内。

五斤六只动摇了一小阵——只是一小阵——便又重新投入到狂热的无畏中去。他逼迫自己赶紧动身，同时不停地在内心深处暗自警醒着：旅程才刚开了个头，可岁月已然如掷，实在不宜原地驻足，逡巡不前。

寻找食物成了大问题。除了抓大马哈鱼或者捞鱼子吃，便是摇落树上的坚果来填腹充饥了。有好几次，五斤六真希望自己的体型能接近人类一些，这样他就能更深入内陆，既方便寻找食物，也不必迂回绕路。渐渐地，沿途的温度升高了，阳光也更加充沛了，一个接一个的城镇出现在眼前，成了阻挡他继续前进的"篱笆"或者"墙垣"。在它们后面，有着无数冒出滚滚青烟来的烟囱，以及高矮不一的冰碑似的林立建筑；金发碧眼，穿得比因纽特人要单薄许多的人类比邻居住，在群居这一点上，他们的癖习可谓与海鸟不谋而合。

危险一路四伏，基本上来自人类。漆有动物园标志的车辆屡番想要捕捉他，而五斤六不得不张牙舞爪，吓退那些全装惯带的人类壮汉，虽然他们在自己的映衬下好似稚童。他并不知道自己束手就缚之后会有什么下场，但却大致明白：人类绝对不会派一辆专车护送自己去目的地——夏天之况味最为浓烈的热带。他们费尽心思捕捉自己，绝不是为了要帮自己达成心愿！

他慢慢地学会了在陷阱与射击中脱身，如同负伤的野狗那样。他的毛皮不再纯白胜雪，而是沾染了各种污垢。他越过重重山脊，最后来到了空气稀薄的青藏高原一带。就在那里，他遇上了一支能跟动物交流的人类族系，在五斤六刚准备奋起反抗之际，他们及时地展现了天赋，表达出"无意为敌"的友善态度。他们的脸庞由于常年被阳光中的紫外线照射，显得黑而皲裂。族人们问五斤六要去何处。

"热带！夏天！有骆驼的地方！"五斤六嘶哑地喊道。

"让我们帮你吧，光靠自己你无法躲开那些眼睛的盘查！"他们坦率而热情地建议道。

五斤六最终选择了信任。他留了下来，跟这支族群学习如何尽量像人一样走路。在为他量体缝制的斗篷完工之前，他经常坐在高原深沉壮阔的暮色下，听那些在世界各地飞来飞去做长途迁徙的候鸟们分享情报：

"喊喊，往东南方向去，你可以到达天府之国四川，那里剑阁险峻，雄关摩天。再继续往东，就是山明水秀的江南了，曾经有无数的诗人为其折腰，吟咏！"

"啾啾，往西南去你就能抵达中东，那里水源赛过石油和黄金。"

"呱呱，往西北可以一直到达格陵兰岛。那里晚灯温暖如家，水手们在远洋舰上思念着故乡。"每当听到这里，五斤六就会怀念起自己最好的朋友——北极枭茶渊来，以及那些用肚皮在冰面上滑行着嬉戏的海狮、海象们。

当他的那件巨型斗篷缝制完毕后，整个族群都来为他送行了。他们在清新冰冷的晨雾下朝着五斤六的背影挥手告别，满怀不舍，而五斤六一次次地回头顾望，直到他的朋友们全都消失在了视野之外，因"永不能再重逢"而溢出的泪水才模糊了双眼。

沿途的艰危自是不必赘言。有好几次，五斤六都以为自己坚持不下去了，可冥冥之中，似乎有什么在命运的背后推波助澜，令他无法消停下来。他走过奔腾起伏的河谷，走过破败拥挤的贫民窟，走过富人们的私家花圃外，走过国界处的兵营，走过孤零零伫立野外的小木屋，也走过孩子们尽情追逐的巷闾。

每当途中有人类向他搭话，他不是装聋作哑，就是扮傻充愣。他依靠着太阳升落的方位来辨识南方之所在，他的脚步越来越慢，直到那天傍晚抵达某座古代宫殿的遗址附近为止。

这个地方早已辉煌不再，不过你还是可以在面朝深河、藤蔓密匝的旧宴乐台上俯瞰整座丛林，倾听野鸟突然惊飞后渐微渐远的唱鸣，而此刻你的脚心仍然能感受到台面的光滑与白昼的余温。这里的居民足够虔诚，他们信仰祖先与大自然之神。每当有远客造访，他们既不会殷勤备至，也不会冷淡多疑，而是完全让来客自适自取。当孤身或组成团队的探险家在丛林中披荆斩棘时，他们照旧抱持着置若罔闻的态度。

五斤六决定在此地定居下来："此后再无极光，再无群鸥蔽空，再无饮风宿雪下的那一丝温存，以及随时可能引发的生死搏斗了。"

他脱下斗篷，去秋阳底下的瀑布沐浴净身。虽已入秋期，可丛林仍无萧条之意，头顶上日色轻移，众河一泻千里，径奔湖海而去。他的心底忽然泛起一种悲喜交集、五味杂陈的情绪："谁不是仅有一生可供度过？既然选择了背井离乡，那就不要再瞻前顾后、继续悔憾了！"

这片热带丛林就算冬季也不会结霜降雪，气温始终保持在堪堪令人沁汗的程度。等到了春天，五斤六又换上了一身与环境相配的皮毛，他也不知道这是大自然的法则顺势而为，还是怪力乱神所致。

后来，他与当地的一位熊姑娘相爱了，她为他诞下了一窝熊崽，每只都圆滚滚的，十分可爱。五斤六按照北极的风俗，用他们刚出生时的体重来为其命名。其中有只熊崽叫作四斤九的，他身上仍然残存着北极熊的遗传基因，好多处毛发皆白若冰雪。

在漫长的夏日里，五斤六总是趴在潮湿阴凉的河边巨石上消磨光阴，而他的配偶则喜欢去烂泥塘内打滚，至于熊崽子们，更是一刻也闲不下来地追蜂扑蝶，映水攀枝。在其中某个平淡悠闲的午后，四斤九走到父亲身边，用怯生生又满怀尊敬的语气问道："老爸，您知道北极吗？"

五斤六突然睁大了眼睛，以前的一切就仿佛一个遥远而不真实，却又令他倍感亲切的梦境，重新浮现了出来。

"听说那里也有熊类，大家都管他们叫'北极熊'。"

"啊，没错。他们同我们一样，在自己的国度里自由自在地生活着，偶尔也会做些不着边际的美梦——譬如关于夏天的……"

"总有一天，我要去北极看看！"四斤九微微仰起脑袋，夏日丛林中的绿光在他偏白的毛发间投下了一圈狂热而无畏的荫翳。

人与狗的相对论

一

我叫阿纯，是一条中华田园犬。如今我老了，皮毛失去光泽，视线变得朦胧，每天需要花上更多时间来睡觉，腿脚也越来越不利索了。跟所有即将走到生命尽头的动物一样，有心无力，最后连心都变老了，不愿再去疯狂哪怕一回。"已经是第八个秋天了。"我暗暗在心里计数。

八年前那个秋末的清晨，我们四只刚出生不久的小狗被旧主人丢弃在路边的蒿草丛内，闻着彼此身上的乳臭味，想念母亲的奶水涌入喉咙的幸福感觉，同时等待着有缘人经过领养我们兄弟姐妹回家。当时，我们对世事尚一无所知，既不懂得悲伤为何物，也不了解危险的存在，只是紧紧依偎在一起，并被冻得嗷嗷直叫。

在天空彻底豁亮之前，我时而醒来，时而陷入浅睡。这是我生命中的第一个秋天，空荡荡的白垩色马路上有垂死的黄色螳螂在用尽最后一丝力气横越，并不明亮的光线中飘起了秋雾。我是四只小狗中的老二，除了我跟老大，另外两只弟妹就连皮肤也是皱巴巴的。

到了上午，身体总算暖和些了，但腹中的饥饿感却增加了。老大担负起了去寻找食物的重任，可就在他离开后不久，有对父子骑行路过这里。其中的那个孩子惊喜地抱起我，说要将我们全带回家去，可父亲只答应领养一只。孩子终究扳不过父亲的铁腕，于是将我放入了车篮，带我离开了那片蒿草地。

在逐渐明暖的阳光下，我回望我们四只小狗被丢弃的原点，听到了同胞骨肉"嘤嘤"的送别声——没有具体含义，但烙刻在最初的印象里，无论如何也不会忘记。

在我真正长大以前，有些秘密是我所不知晓的，然而正因如此，我才特别地快乐。

我生命的重心逐渐转移到新的小主人身上，别人都叫他"小太阳"，而他则给我取名为"阿纯"。我们最早住在单元楼内，楼梯幽深曲折，可当每天清晨我溜进小太阳卧室的时候，玫瑰色或酒红色的朝霞却将上白而下蓝的墙壁染得像是雪山峰巅。我在他床边大摇着尾巴，等待他醒来给我一泓烂漫无邪的微笑。

在我还没有接受新主人之前，我曾半夜埋头于断墙内，呜咽不止，是小太阳将我抱出来捧在怀里，抚摸着我的颅颈让我平复下来。我还曾掉进过泥泞的深坑，弄得满身污秽，又是小太阳不顾责骂，跳下去将我营救上来。他喜欢在我进食时蹲在一旁看，还常用膝盖托着我讲故事听。讲得最多的是《坚定的锡兵》这则童话，可惜我总是听不完，不时跳离他的膝盖打起盹来。小单元楼内装满了我们的回忆，仿佛有肉眼难见的阳光在尘埃的朽味里飞舞荡漾。

二

我叫曾阳，你也可以叫我"小太阳"。我总是忍不住要问自己的宠物狗阿纯："你的表情为什么只有忧郁与认真两种，难道就不能稍微放松点吗？"可惜它永远也回答不了。它只会默默地望着我——用它那双像是涂上了眼影的狐狸似的眼睛。

有一天，因为与父母闹矛盾，我决定离家出走，带上阿纯去外婆家过夜。那是某个萧索阴沉的冬日下午，我将阿纯塞进背包，走过空旷阒寂的长路，去车站搭车。

按照规定是不准带宠物上车的，所以我只能满怀歉意地对阿纯说："麻烦你先忍耐一阵，等到目的地了再放你出来。"它乖乖地缩进了背包里，我只给留了一道细缝呼吸。我们顺利上了客车，经过一路颠簸，迎来了傍晚时分。我坐在窗边，不时拉开拉链看一眼阿纯。背包里想必气闷而温暖，阿纯很快就睡着了。那段时间它总是贪睡，却也易醒。我不知道它什么时候就会醒来，譬如想上厕所，肚子饿了，或者想跟我玩耍……可我还是打起了盹来。

直到阿纯用它的舌头舔舐我的脸颊时，我才清醒过来。邻座的老婆婆眼角眉梢皆带笑地看着这一幕，说道："它很可爱，对吧？"

见其他乘客并不介意，我这才松了口气，回道："是的，谢谢您的夸赞。"

下车时，乡野的天地已被这场初雪映照得明晃晃了。我想，这是阿纯生命里的头一场雪呢，它欢快地在马路上奔跑起来，不时回头冲我吠叫上几声。到处是银装素裹的枝丫，我们前后相随着走下坡去，胸腔里似乎有一种火山般的情绪即将满溢喷出。我听见自己呼喊阿纯的活泼声音，感觉这就是全部的希望之所系。在那一刻，我天真地认为：阿纯将永远陪伴在自己身边，绝不会迎来分别的那一天。

天色越来越暗，我们偶尔会滑倒，可马上又爬起来继续前进，仿佛这是一局竞赛，谁先到达目的地谁便能获得丰厚奖励。终于看见族人们聚居的围楼了，我边跑边喊："外婆！外婆！还有外公！我来啦，是我啊！"

围楼的一角很快掌起了更多的灯，照亮了几树梅花，不一会儿，满院都灯烛通明了。亲戚们陆续来迎接我，外婆亲昵地唤着"我的小太阳"，外公则将我揽入了他的臂弯。阿纯迷惑而又伶俐地在无数双脚下避开踩踏，仿佛因为我被亲戚们暂时夺走而产生了小小的失落，不过它很快就能得到一顿丰盛的晚餐作为弥补。

临睡之前我还特意交代："阿纯要跟我同睡一屋的，不然别的猫狗会欺负它。"于是当晚阿纯就睡在了我的床前。它入睡得很快，同时还发出梦吃般的鼾声——真是只没有烦恼的小家伙呀！

三

谁都不可能想到，小太阳竟会在一起意外事故中失去自己的左脚。每当日后回想起那个噩梦般的时刻，我的心就出奇地痛，不断自责没有保护好小主人。虽然我并不清楚血肉之躯在被钢铁碾轧时所承受的痛苦，但却能想象肢体残缺所带来的精神折磨与长远影响。

回到家后，小太阳便辍学了。他似乎深受打击，变得消沉而寡言。他装上了义肢，每天除了将自己关在房间内一个人哭泣，便是在客厅里行尸走肉一般地转圈。我不分昼夜地守在他的房门前，寸步不离，期待着有一天他能走出自己那个狭隘的世界，对我说上一句："没事了，一条腿也能好好活着！"

但是当他真的走出来时，他却憔悴得可怕，也平静得可怕。我在他脚边呜咽着用脖颈磨蹭他那条完好的腿，而他困难地弯下腰来，摸摸我带毛的额头，悲伤地一笑，令我心碎神伤。

此后，每天的傍晚我们都会出门散步。小太阳渐渐地不再躲避路人了，他偶尔也能短暂地忘记彻骨的伤痛。他心情略有好转的时候，出门就会往左转；可心头若是乌云密布，则会选择往右走。当我发现了这条规律后，便总是主动往左边带路。我天真地以为，是道路决定了心情，殊不知一切正好相反，更不知其实罔顾自己的心声才是最可怜、可悲的处境。

几个月后，小太阳被父亲送到了外公家暂住。在漫长的炎夏里，小太阳总是坐在天井中痴痴呆呆地看着我追咬自己的尾巴，眼神当中充满了困惑。就是在那段时间，我发现了人类所面对的光阴流速要比我们狗类缓慢上好几倍，也就是说：可能小太阳才刚刚长大，而我却早已冉冉老去。

吃过晚饭，小太阳喜欢到外公房中坐上一会儿。外公抽水烟，面对着满院苍翠踱来踱去，与小太阳天南地北地闲聊：天气、收成、名人轶事、家长里短，以及任何书本上有或没有的知识。我们一坐一趴地置身竹篦寂谧的阴影下，崇敬地看着外公投在墙上的高颀身姿，水烟喷出的一圈圈烟雾飘出窗外，像会缩骨术的神仙在腾云驾雾。

夏天的傍晚，外公经常会骑着自行车载小太阳出门散心，而我则紧跟在车后边吠边跑。河水流金，旷野暗穆，其他孩子兴高采烈地结伴从近旁跑过。外公总是会哼唱起一些老歌，那些遥远的曲调令我们仿佛重回昨日；而小太阳或许是因为害羞才未跟着哼唱吧？

有一回，我听见他这样对外公说道："我想和他们一样疯跑——想得要死！"

外公则这样回答："但你还能飞呀。只要肯努力，谁都可以长出翅膀，翱翔云端的。"

"飞?!"

"那双翅膀就是'梦想'啊，傻孩子。"

小太阳陷入了心无旁骛的思索中去。而令我感到无比骄傲的是：只有我知道他的梦想，抑或说是秘密吧，那就是成为一名图鉴画家。他曾经向我娓娓描述过，那时他才真的像一颗光芒四射的小太阳呢！我等待着他实现梦想的那一天到来，不管多久，也不管将经历多少波折。

外公的丧礼在翌年夏天举行。小太阳的眼泪在丧礼现场毫无征兆地滑落，在小镇雷鸣般的蝉声底下显得毫无分量。而我只能蹲在他的脚边，看着他悲难自禁，却无能为力。

四

我们又一次举家搬迁了。除了家具与日常生活用品，还要带上阿纯。我们坐在车厢内，而阿纯则乖乖趴伏在后座的空位上。它几乎从来不晕车。

每一次新家的地址都更接近偏远的郊区地带，因为父母财力不支，这次我们要搬到一片旧楼林立、仿佛脱节于时代的住宅区。除了低矮拥挤的旧楼外，垃圾桶边还会有许多流浪狗觅食，到处都是待拆的建筑与店面转让的告示。我知道这个家庭经济状况江河日下的原因，然而似乎并没有别的上坡路可以走。

我坚持自学绘画，而父母并没有用"你需要谋生"为理由横加阻拦。我白天里会去打些零工，夜晚则伏案奋笔。因为没有院子豢养阿纯了，所以平常不得不将它锁在狭窄的室内。我能够想象它孤独地趴在客厅里，呜咽着想念往昔的自由时光，而窗外的那一隅天空，无论晴雨，总是可望而不可即。附近工地的噪声传到它耷拉的耳朵中，恐怕也只是让它徒添郁怀罢了。

然而每次我与父母回到家里，阿纯一定会打起十二分精神迎接，仿佛每日最盛大的喜事屡屡在循环上演。入夜以后，当我们一家子坐在昏暗的餐桌边用饭，总会聊起一些可有可无的事，最后再替阿纯拌好饭汤，就这样看着它"吧唧吧唧"地用灵活的长舌头舔舐着规格实在算不上丰盛的晚餐。这是我们一家子最弥足珍贵的时刻。

曾经有过那么一段时间，附近的野狗与宠物狗纷纷无故倒毙，据邻里间风传，它们都是被卖狗肉的贩子给毒死的。于是那几天我不顾父母的强烈反对，执意请了假留在家中陪伴阿纯。我哼着小曲给它做好了点心，又亲自端到它的眼皮子底下。它不再是那只胖墩墩的小狗了，毛发已如莎草一般茂密。它舔我的手心，磨蹭我的裤腿，对我的照顾表示了由衷感谢，随后才津津有味地尝起了这份味道并不算太好的点心。

阿纯总是想要逗我开心，作为回报，我为它描摹了一幅肖像。我将肖像展示给阿纯看，它一本正经地用不再肉嘟嘟的硬爪子拨拉着画纸，然后歪着脑袋端详，接着又突然发了疯似的转圈，冲我吠叫。虽然当时的我既迷惘又苦闷，甚至还有点神经质，不过我仍然异常温柔地对阿纯说道："像你吧？唯独阿纯的笨模样，我闭上眼睛也能画出来！"

我望着阿纯那双比小时候多蒙了一层荫翳的眼睛，内心的浪涛渐渐被镇抚住了。这真是一件神奇的事情。我知道自己难受的样子会让阿纯也感同身受，我不能这样对待这个陪伴了我五年的老伙计。我忽然觉得有些眼浅，却无意去掩饰。我的心中始终揣着一团火焰，并且仅仅因为阿纯那充满信赖的单纯眼神就燃烧得更旺了。我必须得战胜一切蹇困的处境。在我跟阿纯刚认识时彼此就引以为傲的笑容，不但现在不会消失，未来也将至死方休。

那一年的春节，我带着阿纯在雪街中央深一脚浅一脚地走着。虽然我已不能再飞奔了，可我仍然拥有着那些更为重要的宝物。我手里拿着可以燃放的烟花细棒，释怀了那些我再也追不回来的东西，与阿纯尽情欢闹。

日后吉凶未卜，但一定会有那么几段感情，愿意一直守护着我们，哪怕年华苍老，惊喜消失，光芒转淡。

五

光阴似箭，岁月如梭，眨眼之间又过去了三年。就在这段时间，小太阳的父亲不幸病殁了，而我也曾短暂地以为找到了此生的伴侣。

那条母狗后来还是不知所终了，在这个危险叵测的世界上，没有谁能陪伴我们从头至尾。而小太阳也找了一份朝九晚五的工作，过起了说不上如愿也说不上糟糕的平静生活。

现在的我经常独自去公园溜达，我是一只老狗了，早就懂得如何保护自己。至于苦中作乐，那几乎是我从小就掌握的本领，光在这一点上，我们无疑比大多数人类更有天赋。

那天，我竟出乎意料地与年幼时便告分离的同胞哥哥重逢了。他脖子上套着项圈，略显精瘦，可我还是一眼就认出了他。我们狗啊，不但嗅觉灵敏，还特别重视感情，不管是有过恩情还是羁绊，一定会毕生不忘。

哥哥说，他后来也被人领养走了，再后来当了警犬，经历了无数枪林弹雨的危险，现在终于光荣退役了。我问起另外两位弟妹的下落，他遗憾地表示自己无从知晓。

"可能被其他人家收养了，也有可能冻死或饿死了。"哥哥怀着淡淡的惆怅说道。

我们并卧在公园的青草地上，享受着很有可能是剩余时日里屈指可数的和风丽日。我们仿佛很随意地谈起了各自的过往：那些难忘的人或事物，一条狗所能历尝的全部美好与侥幸躲过的所有苦难。语气里没有多少波澜，仿佛故事中的一切早已安排注定。

最后，哥哥问起我是否还有什么未曾了却的心愿，我望着在公园内尽情玩耍的孩子们，轻轻地说道："是有的……"

我希望可以再听小太阳讲述一遍《坚定的锡兵》，就像我当年依偎在他怀中时那样——他热情而稚嫩地诵读着，而我则懵懂地听着。我们闻着彼此身上的气味，仿佛一会儿在黑暗的下水道内对抗激流，一会儿被吞进鱼腹，紧接着又柳暗花明……

好吧，也许我们的故事还留有一点点缺憾，但是我真心地希望今后你独自度过的岁月会更加精彩——找到幸福，实现梦想，当然，也别忘了阿纯曾在你的生命里温暖、真切而又不可缺少地存在过。

亲情友情

慈母醉来
不知路

父子的游戏

"昨儿晚上，我梦见十几年前的你了，醒来后发现自己竟已泪流满面。"父亲就这样凝视着我，嘴里却在不住地唉声叹气。我无从推断他又想向我索取什么，也不清楚这个仅在一面之词中出现过的"梦"是否曾真实存在。

"我并不是为了博取你的同情。"他那副欲言又止的模样越发令我起疑，"只是凑巧做了个梦，又凑巧想找个人来说说。"

"你可以找你原来的那些同事倾诉啊，不是他们说什么你都信嘛。只是不知道你有没有无意间得罪过他们，导致他们在暗地里对你心怀怨恨。"我忽然回想起了幼年时每天去小学上学的路上，那个瘦弱而坚忍的小男孩总是被那些长着满脸青春痘的初中男生给堵在路边，强迫他向他们道歉，语气就不免又硬了几分。

父亲的嘴唇不受控制地哆嗦了起来，从他的眼神里我可以明白无误地看出来，他的心智也正在紧跟着软弱下去。我猜测他或许是想说——像一柄机枪那样边喷射着子弹边怒吼："小兔崽子，别人怎么说我管不着，但是你，休想骑在我头上屙屎撒尿，这辈子都别想！"

可是他最终还是选择了沉默，将所有的"子弹"全部咽回到了肚里去。于是我如得胜了似的一笑，在劈头盖脸的大棒之后又给了他一串甜胡萝卜："放轻松点，没有人可以剥夺你言论自由的权利。更何况，能尝试着了解一下别人的难处，对你而言也算是莫大的进步。"

父亲如同得到了鼓励，眼里又重新燃起了希望，然后便继续开始唠叨个不休："在梦里头，我看见你满地打滚，叫每一个进得屋来的人'滚出去'，那时我完全无法理解你所承受的痛苦，可是现在，我多少能够体会那些绝望与无助的一二了。"

"不！你不理解！哪怕时至今日也是！"讽刺的是，在奖励了他一根胡萝卜的甜头后，我不得不又换上大棒来伺候。

我很清楚，眼下的父亲就如同年方七八岁的孩童那样容易哄劝，可仅仅因为他重新拆封了我旧日受创颇深的伤疤，我决定不予安抚。我挥挥手，半赶半请地下达了逐客令："爸，你先出去吧，我还有很多工作上的事情要处理。"

他的背影居然让我觉得有些凄凉，这一幕若是放在二十年前，是我无论如何也不敢想象的——即便会痛恨、困惑、百口莫辩乃至日渐疏远，可唯独不会生出"凄凉"这种感觉。当时的我，错以为自己将一辈子笼罩在父亲暴政的阴影下，我想象不到他会衰老至此，想象不到父亲与儿子的处境会互换，更想象不到结痂了二十年的伤口再次拆封，依旧还是会痛！

我从里头将房门锁上，整间房子的光影让我不由得想起了二十三年前父亲所任教的那间学校的印刷室，区别之处仅在于眼下油墨的气味要淡薄上许多。那是一个连阳光的拳拳热情也毫无节制的上午——

我仿佛闯进了曾经门禁森严的乐园，一捆捆被勒紧的杂志像是沉淀着历史沧桑感的砖墙，而我踯躅于其间，好似一个名不见经传的诗人来到了某位蜚声中外的前辈的故居。我在印刷机旁张大了嘴巴，心里面琢磨着那一份份让我们绞尽了脑汁的考卷是如何在这台机器中出炉成型的。可供探索的秘境的腹地突然一下子就变得广袤无比了，我真想在这间阴凉且微暗，散发着浓烈油墨香，到处是适合发挥创造力的复杂地形的半地下室度过这一整天。

这时，门外扭动绞索的声音惊碎了这个缥缈却可握的美梦：父亲出现在那扇被缓缓推开的厚钝防盗门后的恼怒面孔则将商量的余地给彻底撕毁，继而又将其丢弃进万丈深渊，恐怕穷尽我有生之年都再也找不回来了。

"谁叫你擅自藏躲在这里的?!"父亲那一刻的表情像极了怒目金刚。

"我这就走……"我那副就快要哭出来的可怜样儿并未触动父亲内心的柔软角落，于是在那天短暂地觅得了自己的桃花源之后，我又永远地失去了它，并且还挨了一通毫无来由的臭骂，而我甚至还要为自己感到庆幸：我的肉体尚未被惩施以一顿毒打呢。

那段时间，母亲才刚刚过世不久，我放心不下父亲，于是便辞去了自己那份得来不易的工作，搬回他长期定居的三线城市，以便照料这位年过花甲的鳏夫。而早在我的童年时期，到处迁徙搬家便几乎成了我们这个三口之家的家常便饭，更是童年这一整首乐曲的主旋律。然而到了现如今，父亲却已不愿再颠沛流离，变故频仍了——

"你必须回来！我绝不会离开这片生活了几十年的故土，挪窝到某个连出门买包烟也得在脑子里默记路径的陌生城市去！"他色厉内荏地发挥着暴君最后的余勇，可我知道，他的底气不再充足，且无法撼动我的主张分毫。

可我最终还是妥协了，不是因为恐惧，而仅仅是出于恻隐。

我在父亲惨淡度日的小区楼下将行李一件件搬下后车厢，随后便分几批次往他住的三楼扛运。快搬完时已是星辰初显的黄昏了，这时父亲才从公园优哉游哉地散步回来，脸上仍然挂着醉生梦死般的表情。

"我来帮你。"他拿起剩余行李中最轻的那件，装腔作势道。

"不劳您驾。"我根本不照顾父亲的任何面子，断然拒绝了。小时候我所创作的所有文章与漫画屡番被他毫不爱惜地丢弃所造成的深刻遗憾重新浮上心头，我可不愿让类似的"悲剧"再度上演。

"还是睡你自己的房间？"

"当然，相信我们平时可以做到井水不犯河水。至于三餐，我不在的时候就麻烦您自己对付吧，毕竟我不能跟您似的，整日里无所事事。"我对他的敬称仿佛成了一种横亘在我们中间的隔膜。

"理解，我理解，但真的有必要那么见外吗？"父亲有些伤心地向着原来总是令他不满的儿子索讨起了关怀。

母亲在世期间，每日三餐基本上交由她来负责，不过即便如此，父亲还是有诸多不满，鸡蛋里挑骨头几乎成了饭桌边的常备节目。有时候我难免会想，母亲她究竟是抱着何种心情离世的？是如释重负，还是如蒙恩赦？她与父亲的这段婚姻只给她带来了日积月累的伤疲与永无下限的容忍，至少从我的角度来看，她的后半生乃是父亲古怪脾性的牺牲品中的一件。当连接他们的纽带由爱情转变成亲情之后，父亲更加无所忌惮，我们母子仿佛成了他可以随意摆弄与处置的私有财产。

可是，我除了在暗地里芥蒂丛生之外，其他的什么也没多说，眼下更是只顾默默搬运行李。而父亲也不再动辄暴怒了，他丧失了原先的权威，甚至需要轻声细语，仅仅是为了避免惹我不快："我已经改变了很多，在你母亲生前我就……"

我只回以他八个字——"江山易改，本性难移！"

父亲居然反常地没做任何申辩，他随手翻着余下不多的行李，发现了全套的钓鱼用具，遂好奇地问道："你啥时候学会钓鱼的？"

"给你买的。"我将钓鱼用具包抛向父亲，"在我没空陪你的时候，你可以自己去找一处中意的钓鱼场所，好打发掉那些空闲的时光。而且在等待鱼儿上钩的过程中，你可以回溯自己当年的辉煌，还能顺带回忆一下，曾经有哪些人被你伤透了心。"

"能被我伤害到的人，内心一定谈不上坚强。"父亲猛然意识到自己说错了话，话头戛然而止，转而改口道，"就当我没说。对了，明天你能抽出小半天时间吗？"

"嗯？"我抬起头来看了父亲一眼。

"教我钓鱼啊，在这方面我还一窍不通呢。"

我瞪视着他，想从那副近乎委曲求全的伪装底下揪出他的狐狸尾巴来，可最后还是于心不忍地应允了下来："可以。不过最多只能抽出一个钟头。"

"就一个钟头？你啥时候变得这么忙了？"

我抱起楼下的最后一件行李，不再理会想要得寸进尺的父亲，自顾自地上楼去了，就像父亲当年抛舍下他那哭泣哀求的孩子，既决绝又狠心地扬长而去一样。

翌日上午九时许，我们父子俩背着垂钓所需的一应用具，来到了早秋时节的河边。形体接近透明的水蜘蛛拖着小而精美的水泡，用细长繁多的腿在水面上迅速移动，一座小型水闸挡在分岔航道满覆水葫芦的出入口。上游由树屿围成的一小洼静水内，有个头戴蓑笠、裹着袖套的女人划乘着缸缶般的简陋渡具在夹拾水上的垃圾，我不清楚她是否还有其他目的。

或许是因为此处的阳光太过鲜澄，空气太过清新了，父亲显得有些不知所措。他从来就不是热衷于欣赏自然之美的情感细腻者，也不是什么能对人心洞察入微的老于世故者，虽然无趣如斯，可他今日的疑惑也太多了，一个问题接着一个问题，不是问钓鱼的常识与窍门，便是问这附近的地理堪舆等。而我并未逐一作答——我只挑自己认为稍有价值的问题给予释惑，何况父亲的绝大多数问题在我听来，都是可以用"嗯""哦"之类的语气助词敷衍带过的。

上钩的鱼儿少得可怜，个头也基本小若断指，捏在手中滑溜无比。不出所料，父亲很快就坐不住了，他开始像个瘾君子一样打哈欠，精神恍惚，无法专注于浮标的沉颤。但我并未善解人意地提出"收拾钓具回家"，因为我觉得这对父亲而言，也算是一种难得的修行。他是该培养培养耐性了，而不是草率粗暴地对待任何自己不感兴趣或所知寥寥的事物，即使在他这个年纪想要寻求改变的确有些勉为其难。

"凑不够一盘吧。"他探头往水桶内瞧了一眼，小鱼的数目一觑之下便能数清。

"重要的是过程。"我怔怔凝视着炫目的水光，不堪回首的往事慢慢占据了脑海。也许只要跟父亲在一起，就无法摆脱下意识地去重翻旧账，这实在不是什么令人羡慕的本能。

"我还记得在你刚出生的那会儿，自己因为眼疾不能陪伴在你的身边照顾你。当你母亲搀扶着我，走在异乡积雪的街头时——她能看得见张悬的灯火，而我眼前却只有一片漆黑，那时的我是多么希望能立刻回到你的身边去呀，多希望能捏捏你肉嘟嘟的小手。"

我明白父亲为什么要提起这些，但曾经坚笃泛滥的爱已随岁月远去，再也无力支撑一段严重破裂过的父子感情。而且这些也不应成为你不去珍惜的借口——"不珍惜"没有任何借口可以用——虽然我也同样很怀念五岁之前那段简单至极的静好时光：父亲尚未在生活的咄咄相逼下原形毕露，而我跟他也尚无矛盾或龃龉。他对我慈爱，我对他敬重，可最后呢？他还不是活成了我耻于与其有任何相似之处的"失败父亲"的典型！

"你不会以为就这样怀旧一番，便能修复我们之间已经破裂到这种程度的关系吧？没错，重温往事的片段的确可以让我的内心柔软下来，可一旦想起你那些自私透顶的行为，我就不得不硬起心肠来！"我看似平静地说完了这一大段话。过去，别扭的性格总是让我将所有伤害以及不满深藏在心底，就譬如刚升入初中后不久的那个冬夜，我在大雪中排了二十分钟的长队，忐忑地拨通了他办公室的电话，瑟瑟发抖着想要乞求一句温暖的话语，换来的却只有父亲不耐烦的打发："别动不动就抱怨或者诉苦，这让我为你感到羞耻知道吗？"

他对我抱有偏见，认为我软弱而且任性，可他即使对着镜子睁大眼睛，也发现不了自己的人格缺陷。每当与我有嫌隙的同学或者怀着"必须惩罚一下这小子"此类念头的大人向他告状，他总是无一例外地选择相信，而面对这些凭空捏造出的罪名，我从来不做辩解——"知子莫若父"难道不是这世上最理所当然，也最温情脉脉的故事吗？

可惜父亲听不到我的心声，他从来不肯主动聆听，就像现在的我不愿意了解他的心声一样。我陪着他在这里挥霍光阴，不是因为他养育了我，也并非因为我宽宏大量，不计前嫌，而仅仅是因为我不想跟他一样虎头蛇尾。我常常禁不住要怀疑，父亲的人生按键中是否缺少"反省"这一选项？看着他低下头去，我认为这是一种专属于他的变相"退让"。感情对我说"他敬你一尺，你须得还他一丈"，理智却勒令我万勿毫无原则地各退一步。

父亲终究还是没有道歉，而我也未曾释怀。我们坐在静谧的河边，听凭时光随着逝川东去，偶尔会有一两声鸟鸣穿破繁茂的绿壁。除此之外，再无惊扰。直到我看了一眼手机上的时间，告诉他"我们该回去了"，他才流露出依依不舍来。只是有些事情无论你再怎么不情愿，迟早也得面对乃至接受。

"以后我不在你身边的时候，你就可以来钓鱼了。然而千万注意脚下，别一不小心失足坠河咯。"我轻描淡写地提醒道。

"有些缺憾不是光靠忙碌或者找事做就能填补的。"父亲宛如自言自语般说道，我只当这是他性格中自相矛盾的一面，他一向如此，不足为奇。

在那之后，有一回我出差了一个星期左右，其间父亲倒是一个电话也没打给我。等到我风尘仆仆地归来，他从报纸后面抬起头，十分孩子气地向我夸耀："前几天我又去钓鱼了，并成功钓上一尾大鱼，几乎有脸盆那么大呢。"

我只瞥了一眼墙角的钓鱼工具，便判断出父亲是在撒谎，然而我没有揭穿他，反而极为配合地说了一句："不错，下次让我亲眼看看你的战果。"

不单那一句话是谎言，父亲这一周来对待思念与孤独的态度亦然。只是过去的我似乎从未意识到这一点：有时候光是沉默，就足以成为一种谎言！

父亲又找到了新的花样折腾，那就是"来一场说走就走的旅行"。他在客运站附近给我打了第一通电话，告诉我他要去邻市旅游，会歇上一宿再回来。当时已行将入夜，由于两地距离不算远，更兼父亲也不是第一遭去邻市了，所以我只是叮嘱了一句"明天早点回来"，便继续投入工作了。

待第二通电话再打来时，我正在埋头赶工。父亲在电话那端显得颇迷茫不安："儿子，我好像迷路了。我不知道自己现在到了哪里，气温越来越低了，可周围一个人影都没。"

"别着急，先看看附近有没有标志性的景点或者建筑。好吧，把你手机的定位发给我——记住，电要省着些用，起码坚持到我赶来之前……是，麻烦，但这不是你现在该想的，等我驱车过来吧。"我放下手机，支肘抵额冷静了一下情绪，便去找朋友借车了。

长途奔波了几十公里后，终于离父亲发出的定位只剩数里之遥了，不过前路已不适合再开车，于是我将车停靠在路边，一路步行寻去。值此山中的秋夜，"簌簌"的落叶声似乎被放大了许多倍，一轮山月与童年时仰头即可见到的江上弦月相比，亲切得恍如只隔了一个白昼。是夜，虫鸣霜明，泉冽莸肃，星寒月悬，谷谧风凝。

发现父亲时，他正环抱着自己的双臂。他今天穿了一件薄羽绒服，显得精瘦而疲沓。此刻的他看上去简直像老了好几岁，坐在山腰上仰望着岑寂的夜空，似乎正被什么细微之物所感动着。我走过去默默搀扶起他，而他如同等到了朝思暮想之人，眼眶中噙着泪光说道："我本不想让你担心的，可是除了你，我再也想不出还有谁可以求助。"

"我知道。回家吧，车停在公路上呢。"

"走累了。"父亲挟着一个孩子不顾场合撒娇时的那种劲头说道，"迈不动道了，两条腿杆在这就跟两截木桩似的。"

我也累了，但我现在必须坚持下去，只因我是这个家庭唯一的依靠了。我半蹲下身去，让父亲颤颤巍巍地爬上背来。他的身体如此之轻，完全不像当年那个曾经背负着我的壮年男子，而且与总是活泼主动地跳上他宽阔脊背的我不同——那时的我从来不管他有没有做好准备，如今的他小心而缄默。那段与父亲和平共处、与寻常父子无二的日子，现在回想起来竟是那么遥远生疏。

在银灰色的星河下面，我忽然意识到，自己的根并非来自脚底，而是来自背上的这个男人。我感到久违的温情在心中淌过，于是柔声问道："为什么在这么偏僻的地方下车?"

"我在车上似乎看见你沿着这条小路跑了进去，于是临时吩咐司机停车，想要把你追回来。可越是拼命狂追，你好像就离得越远。"

这是我第一次怀疑父亲是否真的老朽昏聩了，不过也无法排除另一种可能——这是他故意精心设计的游戏，想要利用装傻充愣来换取我的重视。自打母亲去世以后，他便为自己的存在感日益稀薄而深感苦恼，你可以说这是临老了的寂寞所致，也可以说是因为缺少亲情的慰藉。

回到车内，父亲靠在副驾驶座上，很快就如同睡过去了一般。我想起了自己生命里头最为虚弱的那段时期，就是坐着父亲的电瓶车到处兜风来疗伤的。几乎一整个夏季，我都是坐在电瓶车的后座上，吹着原野风，望着满天炽光裁成的云锦，舒惬地陷入了昏昏欲睡当中。而在更早以前则是摩托车，那时的父亲还是一名追求风驰电掣般速度的骑手。

公路两旁是等待收割的饱满谷株，黄澄澄的，在月下随风伏摇。父亲忽然用一腔无精打采的声音短暂地打破了深夜车内的寂静："车子找谁借的？"

"你还记得那个曾经寄宿在我们家，却被你一脚给踹下床去的我的朋友吗？"我目视前方，尽量语气淡漠地说道。

父亲于是不再说话，转过脸去眺望天际沉睡的村舍了。我试图在脑海中还原他自述中的那幕幻觉，他所看见的那个跑进山去的年幼儿子一定仍然还拥有着纯真无瑕。每当想到这点，我的心就会感到强烈的疼痛。

大约半个月后，当我回到家中，正巧看见父亲手持一张请柬在窗前发呆。

"谁的请柬？"我放下打包的盒饭，问道。

"不知道，也许他送错对象了。"父亲回答得出奇干脆，随后便将请柬信手一扔，它便悠悠荡荡地落在了茶几上。

我捡起来细看，原来是父亲的老同事——老梁叔叔即将二婚，因此邀请我们父子届时出席婚礼。婚期就定在三日后。我想当然地问父亲道："你跟老梁闹翻了？"

"老梁是谁？我的学生吗？"父亲将饭菜一分为二，故意在我的眼皮底下将好菜划拨给我，而我只将其视作逢场作戏，矫揉造作的小伎俩。

"老梁叔叔要是听到这种话，保不准会有多生气呢。"我开玩笑道。

"为什么结婚还要生气？"父亲拿起筷子准备开动，我实在分不清他是真糊涂还是假糊涂，"何况我桃李满天下，哪能记得住每一个学生的姓名以及相貌特征呢?"

我不知如何应对父亲的健忘,只能暗怀着侥幸,祈祷像上回那样在意识层面混淆时空的情况不再出现。我不愿对父亲多费唇舌,便端详起了请柬内页的遒劲笔迹,在婚礼举办地点那一行,赫然写着十几年前我们一家三口曾倚门便能望见的那一长排山间连宅的地址。看来是逃不开故地重游了,而我亦不知此趟回去,心中是唏嘘怀旧还是默然自惭多些。

我生怕父亲会在婚礼上失言,于是这三日反复教他如何打招呼寒暄,如何贯彻餐桌上的礼仪,以及如何在重要的时刻保持沉默。然后,我们在第三日的下午欣然赴约。

坐在车上欣赏着沿途的风景,累累松柏似乎并没有比当年高大茂盛上多少,反而是那条嵌在山路一侧的水渠变得气象狭渺了。父亲的眼神里充满了"往事不可再追"的感怀,那是一种想要在记忆中搜索出些什么,却又毫无线索踪迹的怅惘。我倒是记得幼年时,自己经常牵着母亲的手,沿着这条水渠散步,而父亲总是醉心于高谈阔论,仿佛哪怕有一时半会儿的冷场都是极为可怕的窘境似的。

在跟老梁握手的时候,父亲就像一个孑然无依的孩子寻找倚赖那样,目光涣散地瞥了我一眼。我稍稍抬起右手做了个握手的动作为他示范,于是父亲照学不误,并继续礼节性地微笑,说着一些自己也不明白具体含义的场面话。接下来,我跟父亲拣了较偏僻的一桌相邻而坐,听婚礼司仪开始致辞。

谁知司仪才刚说到一半,父亲就突然站了起来,不解地问道:"老梁,你不是已经结过……"好在我及时反应过来,一跃而起捂住了父亲的嘴,一边将他拉到外面,一边回头道歉:"不好意思,不好意思。"场面一时尴尬无比,而我一直将父亲拖到了檐下。外头已是夜色深浓，彩灯染镀，这才避免了我们父子成为众矢之的，并搞砸故人的喜事。

"我是不是说错什么了？"父亲惴惴地问我。

"没有，只是你的某段记忆恢复得恰巧不是时候而已。"我苦笑着，同时也意识到父亲的脑袋里存在着比我原先料想的要严重得多的隐患，"不能完全怪你。"

"我现在是不是很容易闯祸呀？"

"小时候我闯的祸还少吗？最后还不是全被摆平了。"我宽慰父亲道，"放心好了。"

那晚，我们再次沿着水渠走向山脚，而唯一的不同便是缺了母亲。也许当很多年后我也到了风烛残年的年纪，我还会记起这个临近深秋的前夜，自己曾指点着昼光式微、淡星初列的晴旷夜空对父亲说道："喏，比当年我们一起仰望的那片星空要略好看吧？"

而父亲只是含笑回答："嗯，好看。不过你什么时候也能成为这样一场隆重婚礼的主角呢？我怕太晚了自己就等不到那天咯。"

接下来的一个星期，父亲的病情急剧恶化。他不再跟我开那些令我感到难以适应的突兀玩笑了，也不再用他那蹩脚的想象力与幽默感设计一些只有我们父子两个参与的肤浅游戏了。我带他去看了医生，在经过一系列冗杂烦琐的检查之后，医生告诉我，父亲已经出现了阿尔茨海默病的初期症状，并让我做好病情随时可能加重的准备。

我不知道现在的我与年少时的我，到底哪一阶段对父亲的患病更无动于衷。我带着父亲回到家里，尚不知情的他或许早已猜出了个大概吧，然而他却没有任何变色改容之处，可能历经沧桑的他在控制情绪方面，多少胜过了十年前、二十年前的那个自己吧?

自那以后,有一段时间我每次回到家里,总能看见父亲翻箱倒柜在寻找什么。我本不欲过问,可看到他将自己收藏了近三十年的古董书一本一本抛掷到脑后去,这才心有不忍地问道:"你在找什么?"

"我儿子画的一幅漫画呀。如果弄丢了,我该怎么向他交代呢?他不但会不高兴,还将跟我对立上好一阵子呢。"头脑清醒的父亲是绝对不会说出这般儿女情长的话来的,不过看似冷漠的我还是不由得微微动容了。

"不会了,再也不会了。他已经长大,懂得了克制,懂得了包容,更懂得了感恩!"

父亲兴许是看穿了我的伪装,他就这样平静地坐在我对面,扶着我的肩膀,用他一贯不擅长的"循循善诱"式的教导方法说道:"你真是一个善良的年轻人,如果我的孩子长大后能跟你一样温柔,又不缺少坚强的品性就好了。"

听到这句话,我忽然间竟觉得,过去所有那些因为父亲的不通情理与刚愎自用而造成的羞辱似乎全都不值一提了。我感到鼻子发酸,然而父亲只是眨着眼睛说道:"你为什么要低头呢?你永远都不会知道伤害了至亲的家人的感受……现在我是多么后悔啊!像你这样处处替人着想的小伙子,是无法体会那种感受的。过去的我是多么自私,又是多么愚蠢。"

"不,我能够体会!"我打断父亲道,截遏住他的胡思乱想。不过我还是能看见他那双藏在暮色阴影下的衰疲眼睛中所蒙着的灰翳,虽无泪花,亦含湿润。

三日后,父亲非要回到乡下的旧宅安度晚年不可,也许仅仅是为了能够在最后的时光里更加清晰地回首往事。我拗不过他,只好在上午帮他收拾完行李，陪他坐上了通向昔日无数幕残缺影像的客车。

一路上秋光明艳，黄色的落叶像蝴蝶一样翩跹纷飞。部分建筑仍然还保持着二十年前的旧貌，虽然更多的景色早已面目全非，但空气仍然凉爽而清新。田野辽阔，墙垣苍古，天空邃远，雁阵无矩，而我们光是坐在车上就很幸福。

我想起了父亲曾在三九寒冬骑摩托车载我去母亲工作的小镇，那时节天地皆白，可我们父子仿佛活在一个年轻的世界里，一只鹰隼撞破了雪云，我能闻见父亲身上皮夹克的味道与烟味；又想起自己曾因痛不欲生而吞下了大半瓶的药丸，随即出现了流口水、翻白眼、腹痛耳鸣等副作用，父亲不断地掰开我那十根指甲被抠挖得血肉模糊的紧攥的指头，重复地骂着我"傻瓜"；还有他为我吮吸蛇毒，以及在洪涝季节里越过泥泞的春野接我回家的场景——它们仍历历在目。

父亲坐在靠窗的位置；我抬起自己的右手，搁放在父亲那青筋虬结如同盘根的枯瘦手背上，在这一刻终于怨恨全消。而父亲冲着我微笑的模样，让我觉得它比任何道歉的话语或者行动都更具救赎的效果。

冬　灶

　　小缘从那张朱漆杨木雕花大床上醒转过来，一睁眼便看见了如蛛网加厚、增粗、密集版的蚊帐帐顶，以及高踞于其上的斑驳顶壁。被框死的方格窗子外，天色正在逐渐变得明亮，马桶的残臭与积压衣被的霉味稍嫌熏鼻。他将脸蛋在加盖的毛毯边缘轻轻蹭了蹭，觉得这个早冬清晨的寒气甚是鲜澄纯净。

　　穿好衣服跳下床，祖宅内仍然相当昏暗，除了雄鸡的打鸣声外，寂静一片。出了房门右转，外婆已经坐在炉灶前添柴煮粥了。她佝偻着腰屈腿坐在小板凳上，灶火映亮了那张皱纹丛生的脸，安详亲切，既不恨岁月夺走了容颜，也不怪生计压弯了脊背。小缘不觉多欣赏了一会儿。这是与青春之美大相径庭的夕阳之美，更从容，也更耐读。

　　"外婆，快可以吃了吗？"小缘揉了揉惺忪的睡眼，略显生分地问道。

　　"快了，再等等。"外婆以一贯缓慢的语速说道，"去玩会儿吧。"

　　于是小缘跑下连接祖宅东西两屋的三层土阶，来到了正堂，见外公正坐在门槛内的藤椅上，戴着老花眼镜看书。爷孙俩互相道过了早安，外孙便跑到外公身旁去看封面上的书名，是本《周公解梦》。外公对书籍从不挑剔，不管到手哪本都会一视同仁地翻看上半天。正堂的五斗柜上方挂着福联、先祖的遗像，以及福禄寿三星的廉价印刷彩画。狗窦开在门槛左边，直通鸡舍与猪圈，供老猫与鸡崽出入，独独不包括狗。小缘知道舅妈不喜欢养狗。

"舅舅呢？"

"去田里摘菜了，要去帮忙吗？"外公慈祥地问道。

"我嘛，还是算了。我去晒谷场遛遛。"小缘对不苟言笑的舅舅有些敬而远之，虽然他其实明明知道，舅舅只是表面严肃，实际上却拥有一颗温柔的心。

冬日早晨的橘阳在晒谷场上倾泻无遗，几缕细云悬得极高，巷口处的枇杷树叶子凋零，隐隐有了速写般简洁明快的线条。村民们在碰面时会用方言交谈几句，你在书本上永远见识不到他们丰富的表情与肢体语言。小缘装作凑巧地路过由蒋洛父母经营着的小卖部——这时节已经有烟花炮仗出售了——又假装不经意地往屋内斜瞥上一眼：蒋洛与父母正在享用早饭，炸得松脆的油条盛在盘内如同焦黄色的玉如意。店外小桥流水，而桌边小家碧玉。

小缘暗暗给自己打气：吃完早饭后一定要约蒋洛出来玩，这是他蓄谋已久，却屡屡在实施前打退堂鼓的一个秘密计划。

蒋洛的父亲留着令人瞩目的茂密络腮胡，对首次登门的小缘笑道："那我就将小洛拜托给你了。"小缘为了掩饰心底的激动，故作镇定地用脚尖打着不自然的拍子，静候下文。

解放的那一刻到来了！他与蒋洛跑过短桥，跑过明亮而空荡无人的晒谷场，前后相随着朝村边进发。沿途缠连起来的那些既枯且密的野草，像蹦床一样富有弹性，经常有谁家养的土狗在上面尽情蹦跶。可是在夏季时，它们也曾株株幽碧，散发出令人久闻不厌的芳香。彼时，它们独立而多情，在热风下微微摇曳，透叶而下的绿光与稍纵即逝的云影交相辉映，形成了一大片极目舒惬的野趣杂景。

只可惜在夏季时，小缘还未住在这个村子里头。他当然也是乡下孩子，不过他原先生活的小镇既没有这种醒脑的草木芳香，也没有点缀村边的野雏菊，更没有躲在丘陵背面的浓荫内不堪炙烤的野鸟。然而，眼下的一切已足够美好：草本植物多半凋谢，却别有花木向荣；天气虽冷，但有臃肿的冬衣贴身裹着肢体；白霜结满了冬野，也不过是让那些翡翠色的菜叶更显娇小可爱。小缘暂时忘记了祖宅内略显沉闷的氛围，以及寄人篱下时不得不处处小心的灵敏警觉，一心跟随着领先自己半个身位的蒋洛如小鹿一般飞奔。

他们一口气跑到了村口群树环绕的寒池旁。洗衣的村妇早已散去，青色光滑的石岸尚未得到阳光广博无疆的爱之亲吻，几片落叶在平静的池面摆荡，既无方向目的，也没有负担拖累。小缘知道在正午过后，池心与池畔会较这个时辰暖和明亮不少。

蒋洛坐在皂角树的枝丫上，晃荡着双脚，非常认真道："它有许多张不同的脸。"

"什么？不同的脸？"

"这座池塘呀——在不同的季节、时辰与天气下，它也会有不同的表情或样貌！"蒋洛骄傲地说道，仿佛那波光粼粼的水面是她用什么具体的材料亲手捏出来似的。

"要是我能有幸见过它的每一张脸就好了。"小缘遗憾又向往。

　　"那有什么难的，你在这里多住上一段时日不就行了？干脆扎下根来别走得啦！"蒋洛歪着脑袋替小缘谋划起了将来。

　　"如果真能把这里当家就好了。"小缘有点心虚。他十分清楚这是自己的违心话，他迟早要离开这个外公外婆世代定居的村子，回到父母身边去的。

　　他们就这样在皂角树上坐着，谁也不再说话。冬日上午的风极尽清新，像来自冰渊深处的呼吸。没有任何人打扰，小缘望向依序建在丘陵斜坡上的房屋：隔着金黄色的冻田，它们仿佛由积木或者纸牌搭成；其间毫不突兀地探出几丛树冠，像摆在架子上的西兰花。

　　"带你去个好地方。"蒋洛忽然神秘兮兮地眨了眨眼。

　　他们跳下树，再次飞奔起来，沿着丘陵一侧僻静蜿蜒的道路，横越橘树与柿树间杂的层林，来到丘陵腹地的一间窄院前才住脚。没有院门且被疏枝所护定的半边院子内，纸板堆与书报分类捆绑，而旧电器与旧家具在转手后又耗尽了最后的一丝利用价值，然后经过分类，被寂寞地遗忘在了角落。一辆无遮无挡的三轮车停在倾斜的雨棚下面。

　　两个孩子走进院内唯一的矮屋，在暗仄的石棉瓦下首先看到了一个砖砌灶台，靠内那堵室壁与屋顶的接缝处漏光并且漏风。小缘无法想象，在少有的那种大雨或大雪天气，主人是如何安坐在灶边添柴生火的。

　　以收废品为生的老纪正掀开灶头上的锅盖探窥，烤红薯的香味伴随着炊气在陋室里弥漫开来。发现有两位小客人造访，他十分高兴，探手到锅内捞了两只红薯，已是皮焦酥黄了，在两手间来回地倒腾，好让热量尽快释散。蒋洛毫不见外地接过准备分给她的那只红薯，问道："老纪，有什么能帮你的吗？"

"哪能支使你们？稍坐，我再给你们拿些吃的。"老纪的热情自然而又充满爱怜。许是因为他膝下无子，他特别喜欢孩子，他们常跟在他的三轮车后蹦蹦跳跳地唱歌，也会在他回收来的如山废品中寻找趁手的"武器"。废品们虽然不再被主人在乎了，可老纪却将它们整理得井然有序，令它们看上去似乎又重新焕发了光彩。

小缘感到不好意思，只好努力将心底的喜悦成倍地表现出来，觉得唯有这样才能回报主人。他与蒋洛坐在床沿，分担着老纪的孤独，仿佛他们是满地木材中两根生了锈的钢筋。

告别的时候，阳光已不知不觉间移至了天心略偏倚向岭背的角度。他们踏过枯茎败草，不时回头望上几眼这处连院门也没有的寒酸院落。

很快就到了大年夜，漫天彤雪乱飘，状若飞絮，而在天圆地方的交接处，似极了拿针线缝合起来的绵密褙角。一大清早起来，小缘便向灶王爷许下心愿："希望今晚父母亲能赶得及回来，陪我一起过年。"

有庖厨的人家就在庖厨内剖鱼杀鸡宰鸭，没有的就直接在门槛外浸烫拔毛，而孩子们则到处擦划小炮仗丢掷。整个上午，小缘都在跟着表弟走访亲戚，先是另一个舅舅家，然后是姨父姨母家。为全礼节，他吃了不少招待客人的点心，可始终记着留一角肚子来装年夜饭。

经过蒋氏小卖部的时候，屠夫正摆开肉案当着众目睽睽欲现场杀猪。目光透过拥挤的人群，小缘看见蒋洛穿戴得就像是一位小公主，于是便没羞没臊地乱想了起来："要是将来能将她娶过门，跟她作为一家人围坐在桌边吃年夜饭就好了。"

人人都换上了新衣服，贴上了新门联，而焰火的光华使得星星也黯然失色。钟表的秒针精确无误地转走着；有人守在一早便已打开的黑白电视机前；晒谷场上停满了载客三轮车与摩托车。这个时代旧而不腐，萌动而不躁动，简单而不单调，充满了人情味而又不背离原则。小缘不清楚今后的时光将会如何吸引自己，但他挺满足于当下的一切。

傍晚六时许，蒋洛的父亲忽然来打探女儿的消息了。他挨家挨户地询问，每当听到否定答案后，便赶往下家继续打听。

外公家宅门面朝的暗巷里挂起了许多盏灯笼，虽难比古诗词中描绘的市井繁华，却也算灯烛辉煌，不负这一重大节日。一场小雪在天黑之前降下来，可村民们不但不以为不便，反而更增添了兴致。小缘跑进跑出，仿佛在这一刻他才真正融入这种生活。过去的他更像个旁观者，只是秉笔直书似的冷静观察，再悄悄存储。他看见蒋洛父亲疲惫折返的身影，忽然觉得自己有义务替他找到掌上明珠，再劝她回到摆满丰盛菜肴的家中。

小缘找了个借口溜出门去，在那条坑洼的大路上边快步而行边张望，又到洗衣池旁巡视了一大圈，接着在橘林与柿子林外喊了好几声，皆无应答。最后，他来到了老纪容身的那户独门独院——老纪用在辞旧迎新上的排场竟丝毫也不逊色于那些日进斗金的豪宅阔户！

还未进门，他就再次闻到了烤红薯的香味。恰似花香之于蜜蜂，香油之于老鼠，这香味令他毫无抵抗之力地走了进去。小缘一眼便看见了坐在灶膛前的小板凳上吹火的蒋洛，灶灰在她的小脸上留下了如同群岛地图般的沾染痕迹。

"原来你在这，让我好找哇！"小缘模仿着大人的语气，半是责备半是调侃道。

蒋洛却顶撞道："我又没请你来找我，而且你再找不到，也就这样放弃了呗。"

老纪将热饭菜端上桌，笑道："这小丫头片子的情绪比刚才可高涨多了。"

"你是考试不及格，还是在家里头失宠了？"小缘想也没想便脱口而出。

可这好像触及了蒋洛的伤心处，她的眼泪顿时"扑簌扑簌"地往下掉。小缘慌了神，老纪却依然笑呵呵地给他们递来刚蒸好的馒头："今天不谈那些烦心事，过年就要有过年的气氛。"

两人各拿一个在手，蒋洛带着泪痕低头啃咬，小缘则将馒头塞进嘴中，两颊鼓鼓地咀嚼起来。全部下肚后，他接过蒋洛手中的吹火棍，自告奋勇道："就你这肺活量，灶火都不旺了。我来换你！"

蒋洛只是挪了挪屁股，依旧梨花带雨地说道："我看你吹。"

夜雪逐渐下厚了。屋内外的能见度几乎相同，可所有这些雪的反光只是光滑耀眼的肌肤罢了，而灶内燃烧着的熊熊火焰才像一颗心，一颗渴望被爱与在乎，需要有人给它添柴吹火的心。老纪哼着戏文，露出一口略黄的牙齿。或许平常他只能捡别人丢弃的所剩无几的牙膏软管用吧？小缘心想。

两个孩子并凳而坐，锅内正焖烧着豌豆饭。这是今晚的压轴菜，小缘足足吃了三大碗，就连平常文雅矜持、注意形象的蒋洛也消灭了两小碗。小缘万万没想到，他们竟是以这样的形式成为"一家人"的，然而他已经无比满足了，人毕竟不该得寸进尺、得陇望蜀不是？

"你们该回家了。不要对父母说你们来过这，但伯伯随时欢迎你们来做客。"老纪微笑着，眼中流露出不舍。

　　两个孩子向老纪告过别，回到了烟花绚烂的雪夜底下。回家之后会有拥抱与关心在等着他们，只不过他们无法确定是否能够年年如此——有一个家，有若干亲人，有璀璨如星辰般的愿望，以及替一个举目无亲的长辈吹旺灶火的幸运。

　　沿途踩到的新雪发出轻微的塌陷声，潮湿的鞋底在泥泞的石子路上留下黑色印记。他们在光源地——晒谷场边挥手作别，新雪已经积满了各处：屋顶、枝头、渠底、车身……无数幸福却有烦恼的家庭，还有不幸却仍未瓦解的家庭，他们将共度今晚，暂时忘却来日的艰辛与酸楚。

　　入睡前，小缘再次用脖颈摩擦毯沿，不再觉得留不留下是什么矛盾的选择了。明天或许偶有惊喜，或许灾难深重，但一定有别于昨日，是一份全新的礼物。

　　二月即将过去的某天，蒋洛的父亲带着女儿离开了这座小村庄，而他与蒋洛母亲的婚姻也走到了尽头，这或许就是蒋洛大年夜离家出走的原因。他们乘坐的小货车行驶在开始解冻的村路上，春烟底下子规啼鸣，冒着水泡的庄稼地如同刚新鲜出炉的巧克力蛋糕。小缘一直追到村外桥头，终于再也看不见探身出窗向他挥手的蒋洛了。

　　最后，他撑着膝盖费劲地喘息，这便是他无能为力挽留住的结果。远去的车身渐渐变小了，他不知道将来还能否与蒋洛再见面，然而这个年龄的他却始终抱着没来由的乐观：一定会在某时某地重逢的。彼时的小缘并不知道，将来的自己会被残酷无比的命运所考验，在前路凶险中变得面目全非。那时，他将会重新记起今天，并在唏嘘之余备受鼓舞。

　　时光飞逝，祖宅内年月似乎益深益久了。灶头落满厨灰，然而唯其如此，才算拥有农家的烟火气息。屋梁檩木发黑，仰观如在海底瞻睹鲸腹，经常安静得如置身梦幻。每天醒来，总会有白烟流转，而白粥的香味胜过日后的任何玉盘珍馐。晚间鲜少下厨，然而若要烹煮夜宵，灶火便会重新燃起，黯淡的钨丝灯下，围炉闲话者的影子投落在旧墙与柴捆上。

柴火日复一日地在灶膛内"噼啪"烧响，而小缘带有一点婴儿肥的脸蛋渐趋瘦削。他陪外婆去拾柴火的时候，也能分辨出自然资源的优劣了：松木最佳，柿枝次之，而荆棘最不堪烟熏火燎。他见到了皂角树下洗衣潭的许多张"面孔"，偶尔也会去老纪家做客，得到一些粗粝的点心作为款待。

夏末的一个黄昏，小缘与表弟正在石井边提水浴身，舅舅忽然跑来告知"你爸妈来接你了"。小缘不敢相信地又确认了一遍，这才连衣服也来不及穿地跑向了祖宅方向，趿拉拖鞋的声音回响在窄巷高墙间。

当他跳进父亲烟草味浓烈的怀中，连怎样哭泣也忘了个干净。远山上，夏日的落霞仍如灶中余火一般燃烧，小缘知道：自己家的灶火也将复燃，并陪他度过今后的漫长岁月。

山中夜驰

车子驶上环山公路以后，月色时而清朗，时而遮匿，秋夜的山风灌进车窗来，带着松脂与万物步入凋谢季节的香味。树影如荇藻般纵横交织，转弯时的离心力让人好似被钟摆秋千抛来抛去般昏昏欲睡。

钱一掷叔叔有一句没一句地与我闲聊，虽然我只是一个刚上初二的初中生，由于阅历有限，有些跟不上他跳脱的思维，不过，他还是对我表现出了令我受之有愧的重视。其实，我一直想问他，是否觉得自己的名字取得太过于古怪，有"千金散尽"之嫌，但也有可能是他父亲想让儿子成为慷慨好施之人，才特意取了这个名字的。

九曲十八弯的环山公路上，罕遇其他车辆。就在钱叔叔驾车的状态似乎渐入佳境之时，公路的左侧出现了陡坡深峡。我趴在车窗上向外观赏，可以清楚地看见中天高挂着的孤月，以及月上的微小瑕疵，虽然颜色是明亮的金黄，但流泻于四野，却成了万里澄银。

"小鬼，这样吹风不冷吗?"

"嗯……"我含糊地应道，继续放眼林木茂盛的空山幽谷。

路边出现了一小块空地，仿佛是专供泊车所用，厚厚的落叶将它装点，不远能听见玉瀑摔碎在岩石上的声音。钱叔叔将他的客货两用车堪堪嵌入空地，熄火后掏出一支香烟点燃，如久旱得雨般地狠狠吸了一口。

"下车活动活动吧。"他建议。

"好。"

于是我们推开门下车，来到公路边缘可以眺望见满山树岚的角度，对着寂谧缤纷的秋夜山景小解。夜风吹来，将尿柱吹得偏离了原先的轨道。

"看来我们得在车上过夜了。"钱叔叔重新扣上皮带，见我有些怅然若失，便安慰我："只此一晚，最迟明天中午前就能抵达目的地了。你还没去过这么远的地方吧？"

我没有作声，只是极目远眺，在童话里才有的光辉下看见了一泓湛蓝的湖泊边角。它的光泽纯净而幽微，比埋藏在黑暗中的蓝宝石更能撼动人心。我指着它问道："那是湖吗？"

"那是大山的眼睛。"钱叔叔望着起伏如累冢的月下山坳，嘴里衔着的烟忽明忽暗。

这句话当然无须解释，我却讶异于五大三粗的他竟也会如此诗意，遂与他迎着山间凉风同眺纤天奇璧。夜空中几乎没丝缕云彩，只有湖泊附近有一二远火，也许是尚未熄灯就寝的山野人家。近处连半点萤火也无，可一切细节却又被照得如此清晰。虫声断续入耳，虽芜乱却又仿佛有章法可循。

"如果人的不同年龄段分别代表了四季，我现在应该已到了清欢而寡味的秋季了。"

"秋天给人空明澄澈的感觉，没什么不好的。"

"我尚处于你这个年纪的时候，每周都要走上几十里山路回家。往往到了后半程便得披星戴月了，不过那真是一段值得怀念的跋涉求学之旅，不仅当时毫无怨言，就是现在回想起来也是精神倍长。"钱叔叔单臂抱胸，手指夹着过滤嘴，仿佛今晚的月色与十几二十年前有着撇不清的互通之处。想来也是，毕竟诗中曾云"人生代代无穷已，江月年年望相似"嘛。

"那时候野外还有狼吧？"

"狼嗥倒是偶尔听得到，不过当年的月色更浓，也更光照流溢着头顶的这片夜空。我们走在两山的夹隙中间，沿那条依山而流的蜿蜒白川往上游走去。河畔的芦苇白穗青秆，近乎透明的苇身反射着月华。因为山谷内的天地太过于明亮，让鸟儿们误以为拂晓在即了，于是绕山峦高飞数圈而歌。"

"这段我听过！赤壁大战前夕，就是曹操横槊赋诗的那一晚，那个谁谁来着，就是这样向曹操解释的。"

"哈哈，关于这个典故我倒是不太熟悉，不过那一晚的月亮简直大如白玉盘，而我们这几个同乡的学生便是一路高谈阔论着来打发时间与消减疲劳的。"

"那你们都聊些什么呢？"

"你们会在月下奔走时聊什么，我们就聊什么。不过要是你愿意再听几段，我倒是可以说说我跟我最好的朋友——石子路当年相处时的一些趣事杂谈。"

"好呀，你们是否每次回家都同行？"

"何止！自从我真正了解他以后，我们就经常形影不离，任何闲言碎语都无法疏远我们的关系。不过在初二上半学期结束之前，我们还未结成死生契阔的那种友谊，我们的交情是在一次又一次的趁夜赶路的过程中慢慢建立起来的——

石子路从身后追赶上我的脚步，也不说话，就这么搭住我的肩膀有气无力地长吁短叹。我不理会他，只顾自己赶路，其他同学已经落下我们太远距离了，再不着急赶路，回到家时真得三更半夜了！

"今晚的月亮好大啊……河面好白啊……那些树木的每一片叶子我都可以看得清清楚楚……"他重复着这些没有意义的废话，似乎认为我会比那些屈尊求贤的明主更有耐心。

"拜托你多读点书吧，要是换成李白、杜甫这些大诗人，早就诞生一篇传世佳作了！"我丝毫也没有停步的意思，一边疾走一边揶揄他。

"要传世做什么？你听我的名字就知道了啊——普普通通的一条石子路，供人踩踏通行，为人提供方便，单是这样就足够了呀。"他瞪大了眼睛说道。

"想想看古代的那个子路，再瞧瞧你——同样是叫'子路'，差别咋就那么大呢？"

"你是说孔子高徒的那个子路吗？"他笑嘻嘻道，"没想到你对历史还挺了解的，这样我就不愁没有话题跟你说啦。"

"那我倒宁愿装作不了解。"

"你逃不了了！说说吧，你对哪个朝代的历史最感兴趣？"

那一晚，我们真的几乎聊遍了上下五千年。也许我们的某些看法浅薄粗疏，并且充满了主观性，甚至彼此对立，但这并不影响我们津津有味地争辩，或者为某些方面"英雄所见略同"而欣慰万分。我们忘了时辰，忘了疲倦，叽叽喳喳的，谁也不肯谦让，抓住一个微不足道的破绽便向对方发起猛攻。

同时，那一晚徒步将尽时，故乡的群宅沐浴在可与雨昼相媲美的月色下的场景也深深地烙在了我的脑海里，永难抹消了。我们两个将书包扔向半空，然后又接住，雀跃着跑向自己家门的模样，是如此同气连枝，又是如此青春洋溢。

而那一晚，仅仅是我们友情的开端。在初二通往初三学年的那个暑假里面，我们早就学会了彼此亲密枕偎、盘起腿坐在旧礼堂那破漏如筛子的屋顶上，面对着"足可以埋伏百万兵"（石子路语）的莽莽群山间的溪涧支流钓鱼了。

某个下午，天气异常炎热，我们无精打采地压定钓竿，坐没坐相地躲在群树的浓荫下。而石子路忽然提议道："我们翻过山脊，去山的背面看看怎么样？"

"大热天的，谁肯跟你去呀？！"我一脸嫌弃地托着腮帮，"我可不想皮肤被晒黑，或者流一身臭汗，又脏又痒的，叫苦不迭。"

"安逸跟我，你只能选一个！"谁知他竟然祭出了女生对男朋友无理取闹时耍的那一套把戏来。

"别逼我！"我则流露出随时准备"大义灭亲"的神情。

"今儿个我就逼你了，咋的！"

于是我只好扔开钓竿，陪他在山石嶙峋的灌木丛中寻路前进，然而，这些就连樵夫们也很少光顾的荒僻林木间哪有道路可寻？我们既没有斫木的利斧，也没有攀岩的钩索，所有者唯独区区两个少年的血肉，途中的艰险困阻可想而知。夏日的云层堆积在山脊的上方，活像机器榨出来的长条状爆米花，隔着我们老远熠熠发光，像是想要勾惹我们的胃口似的。

我从来不知道似这样登山居然是如此折腾费劲的一件事儿，此刻所有的松竹橡柏以及荆丛就像事先商量好了一样，齐心协力为我们制造障碍。半日过去了，当我们接近山顶的时候，传来了隆隆的闷雷声。

"要下雨了吗？"

"鬼知道！翻过去再说！即使在棘途之后又遇上雷雨，我们现在也没办法了。"

"有办法，我们可以……"

石子路的鄙夷眼神令我咽回了想要吐露的话："你不会想就这样半途而废，原路返回吧？"

我没有再吭声，我们就像两个登山运动员那样在暗地里默默较着劲儿，争先恐后地择路攀爬。待登上山脊一看，背后仍是艳阳天，山外则已雨息粗重，雷鸣风啸。不过依照云色来估算，这仅仅是夏日午后的一场阵雨，成不了气候。山坡从峰巅到崖脚，无数像柔荑一样的草丛前赴后继地推搡、弯压，然后又挺直，就像翻涌的绿色海面，颜色深浅多变。这让我不禁想起了一句话来——疾风知劲草！

"真想顺着草坡滚下去，一直滚到……"石子路尚在憧憬，我已鬼叫着冲了下去，"喂，太狡猾了！等等我呀……"

在夏日午后来袭的这场风雨中，我们发现了成片的覆盆子，这些"珊瑚珠攒成的小球"还未完全成熟，没有吸收足够的入夏阳光跟雨水的滋润，不过尝起来已经相当酸甜了。然而我们只是稍稍满足了一下腹内的馋虫，便任凭这些野果继续在向南面的草坡上自由地生长，经历风吹、日晒、雨淋与鸟兔们的大快朵颐了。它们终会烂熟至能给舌尖与味蕾引爆无上的享受，那时候你便能在它们的汁液中尝出夏日时光的馥郁味道了。

之后，我们绕了好远的路才回到山中，身上更是收获了被利草与粗刺划破的林林总总的伤痕，同时也将我们"向往山外世界"的那道门缝给拓宽了寸许，并奠定了一年后那次徒步旅行的基础。

　　我们就读的那所初中三面环丘，丘上林木挨挤，而站在操场上便宛如置身于碗底。通过林子透射进来的日光像是画布上的颜料，或反复涂抹，或一点而过，甚至亮若钻石，经风一吹，便光影变幻，诸绿交替，翳孔缩扩。

　　一面国旗总是飘荡着，未被丘陵环抱的那个方向，晨午昏三个时间点总会准时升起炊烟。平日里总是师生喧闹，不过碰上假期，校园也会如桃源一般静好。上课之际漏下的瓦间光，与下课后操场上飞扬的尘埃，无不闪亮得叫人着迷。四面没有围墙，只要你愿意，大可在明媚岑寂的午后或雨雾润面的日子里随兴跋涉一趟。

　　初三那年的某个下雨天，我曾被三个与自己有宿怨的同级生堵在林子内，封锁了去路。许多年后，当我看见古装影视剧当中设定在雨天密林深处的打斗场景时，总会回想起当时的那一幕来，虽然缺少了几分唯美，多了几分狼狈，不过石子路加入战局的那一刻，的确有侠士从天而降的风范。

　　最后，我们双双呈"大"字形躺在泥泞湿滑的草地中央，却轻松得像是刚做出什么英明决定似的。

　　"喂，还痛吗？"

　　"这三只狗崽子下手可真够狠的，不过能跟他们干一架，这感觉贼爽！"

　　"哈哈，你真是多管闲事，我一个人搞得定，多了个你反而碍手碍脚的。"

　　"别逞强！换我被人寻衅，你能置身事外？！"

　　我们回学校洗澡的时候，浴室外依旧烟雨蒙蒙，锅炉烧水冒出的蒸汽在狭小阴暗的空间升腾旋绕。学校有规定，每个人洗澡不得超过五分钟，可听着对面浴室里石子路的口哨声，我忽然觉得，肌肤虽冷，心底却温暖，恍如晒了一整天的日光浴。

中考结束后的那个暑假，我们相约结伴远游，而目的地乃是五十里开外的县城。

分数虽然还没有出来，但石子路觉得自己没发挥好，我能从他的言行举止中窥测出忐忑不安来。于是当我们走进陇麦青青的平原，看见一条两侧种满水杉的铁轨时，我兴致勃勃地提议道："我们来做个实验怎么样——将硬币放在铁轨上，看看它被碾过后的下场。"

"你是有多无聊啊，搞得像是这个实验能推动人类的进步一样。"

"别扫兴，拿出来吧。"

"什么??"

"硬币呀。我出了主意，其他该由你来贡献了。"

"啧啧，炮弹也轰不穿你这比城墙还厚的脸皮吧。"虽然嘴里碎碎念着，但是石子路还是掏出了一枚一元硬币来。

我们足足等了半个小时，才有一列火车驶过眼前的这条干线，当那疾驰而过的钢铁巨兽在轨道上碾出瞬间进射的小火花时，我们情不自禁欢呼了起来。等再找到那枚一元硬币时，它已经面目全非，成了薄得难以用肉眼衡量的金属薄片。

这仅是我们旅程当中的余兴节目之一，我们一路上不断冒出新的灵感，来为长途步行的乐趣添砖加瓦。我们虽然知道往哪个方向走，却分不清具体的东南西北，这就好比在时光的变迁中不断滑向未来，却永远不会清楚未来将是何等模样。

黄昏快要来临前，我们抵达了五年前曾横跨县城外围那条江河的旧大桥，站在桥心眺望尚未被暮色笼罩的县城，以及与其接壤的城郊。在一片平淡无奇中暗藏着沧桑与萧索，几家工厂的烟囱飘出灰色的烟埃，升起并融入火烧云正在通红燃烧着的夕照中去。江面上，渡船只有两三艘，并颇有些宋词、元曲的意境在内。

我们闻着街巷里饭店传出的饭菜香味，寻找最便宜的旅馆，还在电影院外徘徊犹豫了好久，才颇不甘心地放弃了买票当一回观众的奢侈念头。如今，时间已经往后推移了十几年，你坐在飞驰的车上，仍可看见县城的天际被群山所包围，一座峰岭被抛向脑后，很快就有新的浑圆厚朴的线条跃入眼帘取代。

我始终有一种错觉：那就是对于四面环山的县市来说，时光的流逝总是特别缓慢，即使已经过去了半个世纪之久，它也依然未改变多少。所谓的"日新月异"，仅是某一瞬间的幡然醒悟罢了。

再后来，我上了师范学校，毕业后被分配到一所偏远小学当语文教师。而石子路则走上了从商的道路，只是我并不知道他从商道路上的一切辛苦不易，因为自打初中毕业后，我们见面的次数便开始锐减了。我们仿佛分道扬镳了，却又藕断丝连，一直记挂着彼此。

五年前那个大雪封山的严冬，有一晚气温奇低，我孤身一人留宿在小学的教师宿舍里，勉力对抗着寒冷与孤独。操场上铺了一层细雪，晶莹无瑕俨如瓷釉。寒气清新，霜月明澈，湛蓝的夜空仿佛未曾经过任何裁剪的柔滑天鹅绒缎，将整个世界裹覆了起来。犬吠因惧寒而起，却又因为没有响应而自哀自怜。

我穿上厚毡靴，踏过积雪完整的操场，留下两行脚印来到了围墙的外头。水杉在清辉下矗若尖塔，围垣上的筑石几乎清晰可数，稍远一些的草木与墙构成了一幅错落有致、捧月拥雪的迷人画作。今晚的冷光比起以往，不再艰深难懂，反倒令人心胸大开，目光炯炯。

我正沉醉于眼前的美景，忽然有一团硬雪砸到了后脑勺上，继而掉进了脖颈。我愠怒地回过头去，却看见石子路站在坡顶，即使隔着那么远也能窥察出他的一脸坏笑。

"咋的，老钱，你还想砸回来不成?"

我的怒气顿时烟消云散了。我们同时奔向对方，在以月为灯，以雪为毯的室外给了对方一个熊抱，然后仔细地打量起挚友的变化来。

"我带了好酒来，到你寝室去喝!"石子路的体形魁梧多了，不再是纤瘦的少年模样。

"你怎么来了——在这种天气?"

"运货经过附近，想起离你任教的学校不远，所以专程赶来看看。"

"就不怕我不在?"

"那我绑也要将你绑来，不能浪费了我的好酒与油费!"

"哈哈，你还是那么蛮横。"

"对朋友那么假惺惺做甚?!你看，今天我赶走了你的孤单寂寞冷，你该拿什么来感谢我?"

"你来时，我不能离校十里迎接你，明日你走，我一定将你送到雪国的边境，群山的尽头!"我拍着胸脯保证道。这时，我们已经来到了寝室门外，昏黄的灯盏还在破窗上摇曳，我推开门，一股旧报纸与旧被褥的霉味扑鼻而来。

我拿了两个搪瓷杯，为对方斟满烈酒，碰杯后再仰脖而尽。身体随着酒劲慢慢暖和了起来，虽然没有其他佐助酒兴的小菜，甚至没有一团炭火，可我们坐在人间寂寞的一角，几乎快被世人所遗忘，却情绪高涨，仿佛彼此将要相携远征边塞一样。

这个雪夜因为有石子路的造访，而变得有了温度，有了陪伴，有了长久保存在记忆中的资格。即使许多年后再回想起来，那烧灼喉咙的烈酒滋味也是如此真实，令人血脉偾张。

我们呼着满嘴酒气说话，盘起腿来，双手似乎不知道该往何处安放：

"等你发迹了，可别忘了我这位贫贱之交。"

"商界哪有常胜不败的将军。"

"比起托你的福而鸡犬升天来，我还是更希望你在最脆弱或者无助的时候能够想起我，千万不要见外。"

"你想多了，我才不会脆弱或者无助，我会顺顺当当地跻身成功人士行列。"

"我是说如果，是如果呀！"当时的我一定非常失态，"不管是打架，还是喝酒，尤其是需要援助的时候，希望你能第一个想起我！喂，听见了吗？"

那一晚，室外千山暗雪，而室内只有心头快意驰骋的怒马，与一盏晕染了江湖的孤灯。

故事到此戛然而止，而烟头早被钱叔叔丢到路边踩灭了。月色益明，群山益静，于耳目身心皆是一种享受。我忽然冒出了一个大胆的想法：

"钱叔叔，你这趟不会就是为了去履行约定吧？"

"没错，现在他遇上了一生中最大的困难，我恨不得自己能插翅飞到他身边！"

"一切都会过去的。即使石叔叔他跌到了谷底，也有你愿意陪他重新爬上来——对他不离不弃的并不是财富与地位，而是任何时候都愿意陪他喝酒的莫逆之交！"

　　钱叔叔没有予以回应，只是眺望了一眼山野平湖，终于长叹一口气，说道："回车上去吧。"我暗自想道：也许他们所追求的，不是什么前呼后拥、名利双收，而仅仅是有个无话不谈的朋友，或者某段生死不弃的感情。

　　我无法确定自己的所思是否即为他人所想，不过却几乎没来由地相信：这个答案一定是众望所归的。

但恐夏日迟

每年的暑假总会准时到来，然而夏天的揭幕与高潮却有早有迟。

沿着村内那条白色马路朝县道走去，两边春林蓊郁，微稠的水汽弥散在田野与屋舍间。天空宛若平静的瀚海，只有冻纹，没有惊波。我早已过了听着随身听里周杰伦的歌曲，轻声哼唱那含混不清的歌词在马路上散步的年纪，但我仍然热切地企盼着今年的暑假可以早一些来临，虽然它始终如机械钟表一般按部就班，既不会延迟一秒，更不会早来顷刻。

然而，我的这种心境毕竟是有原因可循的，因为暑假一旦开启，村里的那几个孩子便会返回家中——虽然他们皆已步入了青春期，但在我的眼里依旧还是稚气未脱——履行每年暑假我们必会结伴去城里打球的约定。

今年上半学期结束的那个下午，我早早便来到了车站附近的烧烤店前等候，而这一等便几乎虚掷了整个下午。直到天空被琥珀色的暮光给染遍了，我仍在胡乱猜测：也许他们在客车上已经先接上了头，又也许他们被什么事情耽搁住了……我一边不着边际地思忖着，一边望向那些洋溢着青春活力的年轻身影。

客车过去了一班又一班，烧烤店内的学生也在逐渐增多，可是一直没有见到他们几个下车。我正犹豫着要不要放弃等待先撤回村里去，颜宏骏与颜赵奇终于从一辆刚刚靠站的中巴车上走下来了，边迈步边津津有味地聊着年轻人最感兴趣的话题。前者在职校读高一，后者则在全市最好的高中读高二，虽然成绩有优劣，性格分动静，然而十几年间建立的交情抹平了本应隔开他们的鸿沟，令他们至少可以无话不谈。

我想，兴许长期脱离社会与校园生活的自己，就快要退出他们的交际圈子了。因为当我在学校里上最后一年学的时候，宏骏他甚至还未呱呱坠地呢！现在我迎上前去，问道："宝宝跟贝贝呢？"

宝宝与贝贝的大名分别唤作颜宇非、颜宇凡，他们是一对异卵同胞的双胞胎，同时还是颜赵奇的堂弟。他们举家住在一座颇富年代感的大宅子内，那宅子平日里也供给村民们娱乐，他们的童年基本上是在搓麻将与叫牌的吵扰声中度过的。宏骏的家离双胞胎家仅有一墙之隔，家境更为寒碜。他们的家庭都不算完整：宏骏幼年丧母；颜赵奇的父母虽然尚都健在，可父亲因为曾经误入歧途而身陷囹圄，母亲则另组家庭，从未略尽监护人之责。或许是没有父母可以依靠，他发奋读书，试图改变一己的命运，为全家上下争一口气，等父亲出狱了也好替其分担经济压力。

"坐他们妈妈的车回去了。"宏骏潇洒地打了个招呼，"老方，你是专门在等我们吗？"

"哪有？"我面不改色心不跳地撒了一个小谎，"我只是到镇上来买东西而已。怎么样，这个学期到此就结束了吧？"

"磕磕绊绊，还算顺利。"宏骏做了一个代表胜利的手势。

接着我便向颜赵奇问起了他考试的情况。自打他考上了市里数一数二的重点高中以后，成绩就不再是"一枝独秀"了，这一点需要他慢慢去适应。他知道我对语文最感兴趣，于是提起了几道不太确定答案的考题，以咨对错。而我耐心地讲解着，就像过去无数次在兜风之际所重复的那样。在此期间，宏骏还是跟几年前一样，毫无顾忌地插嘴。我们总是争相说话，却完全不显得混乱或者突兀，反而有一种充实热闹的感觉。

我们在蔚为壮观的晚霞下并排走着，投在双脚前方的影子显得细长而瘦弱。颜赵奇已经比我高出半个头左右，宏骏的身高也已逾我眉梢。我随口提起道："颜奇（我们总是省略掉中间的'赵'字来称呼他），你奶奶今晚一定准备了满桌的丰盛佳肴来犒劳你。"

"你要过来一起吃吗？"如今的颜奇已经粗通人情世故了。

"到时候再看吧。"嘴里虽这么说，不过我恰好想在席间提一提这个延续了整整五年的"暑假之约"的议案，我抱着这份不愿明示于人的隐隐期待已经有大半年了。

最后，我们在颜奇家的大宅子前话别，各自回了家。炊烟已经在村庄上空四起，鸡犬声如邻语相闻，走在野陌上，想起这般自觉组织起来的约游不知还能维系几年——也许今年便将告中断——遂不胜唏嘘。我本应在往后的岁月里追求一些早年间求而不得之物，但不知为何，看着他们四个健康地成长，一日比一日茁壮，我便会产生一种"狗拿耗子"般的宽慰。

来到颜赵奇家中时，尚有许多村民出入于其庭户内外。我跟他们并不熟稔，甚至在很大一部分村民眼中，我或许还是个游手好闲之徒。我在饭桌一角坐下，而贝贝恰巧也从里间走了出来，一见到我便开始细细列数学校中的趣事，顺带吐槽了几句宝宝的傻劲儿。他们兄弟俩可以说是从小对抗到大，不知将彼此气哭过几回，却也很快就能冰释前嫌。

我微笑着倾听，但是由于后来人多口杂，贝贝便停下嘴来去盛饭了。他们一家人（除了已经病逝的爷爷与颜赵奇的父母）围坐在饭桌前，有说有笑，虽然日子谈不上轻松宽裕，甚至还相当拮据，但三代和睦，足以令少年时期得不到父母与长辈理解的我感到艳羡了。

我正盘算着要如何开口，谁知宝宝竟抢先提了起来："这个暑假，我们还能到城里连住几晚吗？"

由于明年他与贝贝即将迎接中考，因此，他们母亲自然而然地要求道："如果这次期末考试你们能考进班级前十，不但放你们去，还会追加盘缠。"

"可我们已经跟同学约好了，要一起看电影，还要去游乐园。"

宝宝此话一出，我的脸色很可能稍微发生了些许变化，而一向心细如发的贝贝察觉到了这一细节。也许是为了照顾我的感受，他这样建议道："方晗，你也跟我们一起去呗，人多有意思。"

"还是算了，我去了会让你们同学扫兴的。"我为自己保留了最后的尊严，"没关系，以后还有的是机会一起打球。"我想，此刻我的脸上大概写满了难以掩饰的落寞吧！其中既有对自己身体每况愈下的担忧，也有对习以为常的惯例横遭取代的无奈。

宝宝与贝贝埋头拨拉起了饭粒，而颜奇适时地转移开了话题，于是整桌人的交谈重心也随之偏移了。我忽然觉得，应该给这段只属于我们五个人、连续成行了四年的"约定之旅"画上一个句号了。

席毕，我告辞离厅，本想再去宏骏家看看，但一想到交游甚广的他或许更忙，便不免丧气。何况，之前四年到城里打球，他都只是充当场边的看客，我猜，他说不定早已厌倦了如这般参与度不高的打酱油之旅了。对于自尊心极强的宏骏来说，这是极有可能的心态。

回家路上，村里那些比宝宝、贝贝还要更小一些的孩子正在家长的监护下嬉戏，每家每户都透出昏黄的光线来。菜田方向虫鸣微弱，由于整个村子没有河流流经，风景因此显得拥挤——甚至略为呆板。走进家中便能闻见蚊香的气味，弦月挂在深蓝色的夜空中，蝙蝠悄无声息地飞掠着捕食夏夜的蚊虫。

在这个仲夏的前半夜，我再次回忆起了他们四个幼年时期的模样来。那时候他们所了解的世界有限，而我所拥有的学识与经历可以令他们感到新鲜，因此他们才会半是崇敬半是倚赖地将我当成他们的导师乃至兄长。可现在他们的翅膀硬了，见识到了更加广袤的世界，所以，我或许也该在他们的生命中退居二线了，因为我已经完成了自己的"历史使命"。

虽然我早就清楚会有这样的一天，但是在这个寻常的夏夜里，我还是忍不住自嘲："老咯，年迈的狮子对一心想要扬名立万，吸引雌性的年轻狮子来说，已经毫无帮助咯！"

暑假第一天，我照例天还没亮就起床了。透过卧室的长窗子可以望见颜奇家的大宅子，在熹微的晨光下活像无数大小不一的笆箩套在一起所构建成的古朴建筑。

洗漱时，看着镜子中那张被世事所苦、病痛所累的脸，我忽然意识到：属于自己的夏天已经一去不返了，而孩子们才刚刚踏入夏天的门槛。从他们年少轻狂的言行便能看出来，他们有的是大把的机会去犯错，去走冤枉路。而我除了适当提醒外，恐怕在别处再也插不上嘴或者手了。

大概八点钟，我听见宏骏与宝宝、贝贝在他们楼下呼唤我。我探身出窗，看到他们正站在院门外半仰着脸，便诧愕地问道："你们还没出发去城里吗？"

"安排先推迟两天，还是完成我们五个人的约定之旅比较重要。"隔着大老远便能瞧见贝贝的笑脸。

我不知道他们私底下进行的商量是如何最终改变了他们原先的主意的，但是现在我的心忽然间如死灰复燃。我倚着窗台，故作平静地问道："颜奇呢?"

"他也准备抛下几天的功课陪我们同去，要知道，能从这个将功课视为恋人的男人手中抢夺到多余的时间，实在是我们无比难得的荣幸呢!"宏骏夸张地形容道。而这时宝宝已经跑上楼来，从背后一把抱住了我，怪声怪气地说道："方晗酱，今天也请多多关照了!"

于是我马上开始收拾行装，而他们也各自回家准备出发事宜了。我不知道宝宝与贝贝是如何说服他们妈妈"只此一回，下不为例"的，但我已经有足够丰富的经验带领他们出游了。随着年龄渐增，他们所能享受到的自由便也越来越多了。

我们在颜奇家门口会合了。宝宝与贝贝各带了半袋零食，而稍长两岁的宏骏则颇不以为然，认为那些都是迎合小娃娃们口腹之欲的幼稚食品。他从兜里摸出一瓶口香糖，在我掌心倒了几粒，仿佛他跟我同属有别于宝宝、贝贝那一辈的年龄层。然后颜奇也抱着篮球走了出来，讫此，我们所携带的一切物品，基本上符合了"轻装简行"的标准。

我们往村径与县道交会的那个岔路口走去，说说笑笑间，时间流逝得快如烈马。当我们坐上车后，天空仍然轻丝薄缕，白茫茫中隐约现出繁盛的绿意。未久，夏季才有的舒惬暖风从远方吹来，溜进车窗，裹挟着青春那多愁善感而又无所顾忌的清新香气。车里坐满了人，我们不得不分坐两处：我与宏骏坐在前头发动机的盖子上方；颜奇与他的两个双胞胎堂弟则坐在最后一排，几乎快要被挤成干酪三明治了。

"他们三兄弟坐在一起，如果有半分钟不吵，那简直就是个奇迹了。"

宏骏取下左耳的耳机，问道："你说什么？"

我不愿再重复，于是顺势问道："在听什么歌哪？"

宏骏将耳机塞进了我的右耳耳孔内，一首冷门歌曲的欢快旋律顿时流淌进了我的神思当中。须知，他原来听的可都是最为时尚流行的热门歌曲，但不知从何时起，他开始有自己的主见，不再随波逐流了。这既是人生必经的阶段，也是长大的标志。

宝宝忽然从最后那排一路挤到了我们身边，说道："我才不要跟贝贝那种傻帽坐一块儿呢！"然后硬是插进了我们俩中间。我苦笑道："你们就不能消停哪怕半个钟头吗？"

"我怎么会有一个那么讨厌的弟弟呢，下辈子我绝对不要再跟他当兄弟了！"说着他朝贝贝做了个鬼脸，而贝贝则回以一个"鄙视你"的手势。

下了客车，需要先到我城里那套长期闲置的空房子放行李，但是五个人乘坐一辆出租车是超载行为，因此我们不得不再次兵分两队：我与颜奇、贝贝坐一辆；宏骏与宝宝坐另一辆。街道两边投下依稀艳暖的碎荫，也许我们并不用到太远的地方，便能领略盛夏的万般风情。

颜奇怀着心事望向车窗外，这是他这个年纪常有的状态，我并未感到有什么奇怪。出租车驶过衢江上的某座大桥，我们三个不约而同地眺赏起了江上风光：江面比起秋冬两季靓碧了不少，水量充沛，白云如同崔颢的《黄鹤楼》一诗中所言，不知在江面上空悠悠飘荡了几千载。想起他们终要因为学业与生计各奔东西，我便想尽量把握住此刻，好让这段时光更有意义一些。

五年来，小区的保安不知道换了几茬。我犹记得宝宝第一次来到小区的门岗外，曾对着值班的保安跳了一段热辣的"艳舞"，竟引得保安哈哈大笑，直夸宝宝特别。可现如今早已物是人非，我们轻车熟路地走了进去，就好似归家之后随手掩闭上柴扉。

当他们在客厅里东倒西歪地或坐或躺，我开始像教练一样训话了："第一年，由于你们年纪太小了，没人愿意跟我们打比赛，所以我们只能闷头待在一旁练习投篮；第二年，我们打败了一些低年级的学生；第三年，我们在挑战那些经验丰富的大人时毫无抵抗之力；可是就在去年，我们已经能跟同样的对手掰掰手腕了——这说明了我们的球技与对抗能力都有了显著进步。"

贝贝十分配合地举起手来发问："那么今年我们该怎么做呢，教练？"

"要有破釜沉舟的决心！如果赢不了，那就加练，练到你们迈不动步为止。"

"不要吧——"宝宝拉长声调，"我只想享受篮球，并不想成为职业球员呀。"

"如果投身于某一项需要竞争的事业，却不想做到极致，或者发掘出自己的全部潜能，那我劝你还是趁早放弃，篮球可不是小屁孩们过家家的运动。"我难得在他们面前如此严肃。

"加练这事儿，跟我可没关系。"宏骏优哉游哉地嚼着口香糖说道。

"你也是我们当中的一分子呀。如果我们比赛输了，谁陪你去逛商场，骑车兜风呢？"我试图从正反两面来提升我们这个小团体的凝聚力，就如同以前我每次劝说宏骏做他并不感兴趣的事情那样。

"好吧，到时候我给你们加油，递水；你们也别输哦，要替我争光！"

"go！go！go！"我们于是斗志昂扬地出发前往球场了。

宝宝套上了不知从哪里弄来的蓝色护腕，在成功地完成了一次上篮后居然厚着脸皮追问我们："怎么样？戴上了秘密装备，今天的我是不是很帅很不同寻常？"

而贝贝故意做出呕吐的样子，指着自恋的哥哥说道："他今天不行，不行！他一定会拖我们后腿的！"说罢，这对双胞胎便开始单挑了，直到球场上又来了其他几个年轻人。

酷夏的午后，阳光炽热难挡，就连蝉声也有气无力，而我们丝毫不受高温影响，尽情挥洒着自己的汗水。待热身得差不多了，我们便让宏骏跑到另外一个半场替我们下了战书。那帮大人（在我则是年轻人）甩动着膀子走了过来，很显然，他们并没有将我们放在眼里。要是换作四年前，他们说不定还会讲些"输了可不准哭鼻子哦"诸如此类的废话，然而今非昔比了，颜奇与双胞胎已经在实战中进过了无数个球，再加上我的悉心调教，与路人队一战早就是绰绰有余了。

刚开始我们还有些拘束，随后配合得就越来越娴熟流畅。我们四个人如砍瓜切菜一般地进了十个球，简直快把对面打蒙了。其他陆续到的球友冲着我们指指点点，大概是觉得我们"人不可貌相，海水不可斗量"吧！还好宝宝与贝贝没有一骄傲就会长长的鼻子，否则它们早就伸到几米开外去了。

接着，他们便挑出了四名"精锐"来与我们斗牛，就像闯关游戏那样，一关比一关难度高，而且或将永无通关之日，因为这世上的强者太多了，而这点，我早就给宝宝与贝贝打过了预防针。

比赛再度开打。今天我的手感实在糟糕，命中率不到四成，幸好颜奇连续抢到几个篮板，而贝贝抓住机会，一口气进了三个球。随后，这一局同样表现不佳的宝宝顶住压力，投进了扳平比分的一球，比分来到了九比九平。而如果下一个球失手，体格明显处于劣势的我们将面临极端被动的局面。

颜奇他们像过往的每一场比赛那样，将生死球交由我来处理。宝宝与贝贝遭到了严防死守；而颜奇正在篮下与对位者肉搏纠缠；我决定由自己来投这一球。

启动，加速，然后是假动作，在激烈的对抗下我的投篮动作变了形，我调高了出手的弧度，然而球投出后在篮筐上颠了两下，失之毫厘的篮板球被对面抢到了。他们快速传导球，趁我们还未落位防守，迅速打成了一次配合。篮球在我们场上四人与场下观战的宏骏注视下钻进了网窝。

就在对面击掌庆祝之际，战败了的我们走到场下去喝水。我怀揣着还未平复下来的心，主动揽责道："对不起，绝杀失败了。"

贝贝却抢先说道："过去你一个人带我们三个坑，现在我们三个人带你一个坑，还算是有得赚呢。"

颜奇急忙打断他："不是坑或不坑的问题，谁都有手感不好的时候。要是我能抢到那个该死的篮板就好了。"

"下次再赢回来就是了。"一向没个正经的宝宝也这样安慰我道，然后三个人一起望向宏骏。宏骏耸耸肩道："反正我看得挺过瘾的，起码比去年要精彩。"

我曾经总是孤军奋战，内外无援，可自从认识了这些孩子以后，便仿佛加入了一个紧密互助的小团体。我不再对自己过去的失败耿耿于怀，当然，这次也没勉强孩子们加练，他们已经足够努力与自觉了，不再需要来自外界的鞭策。

在孩子们洗澡的时候，浴室里不断传出鬼叫声，洗好的那一个总是光着脚板，穿着裤衩就在地板上走动，留下一串串湿漉漉的水渍脚印。我坐在阳台上，忽然注意到开始下雨了。雨水顺着建筑的表面，或自枝梢滴落，然后渗入草地，积于凹槽。天空昏黄一片，令我不由得想起了自己童年时代的日日夜夜。

"我们去超市买零食吧？"与零食一日不见便如隔三秋的宝宝建议道。

"哦——不！"刚换上一件背部有四五个小洞的红背心的颜奇如同等待着被宠幸的妃子那样，欲拒还迎地喊道。

"放心，大家不会注意你的，没人会那么无聊，没人！"贝贝十分肯定地摇着手指。

"要不然我们将颜奇围在中央，这样别人就不会被背心的颜色，以及那些洞洞给吸引住了。"宏骏捂嘴偷笑道。

我们终于又整装出门了。外面暮雨潇潇，视野内的灯光与电影中的唯美场景颇相类似。孩子们一路追逐打闹，话题甚至涉及早恋这些敏感区域。开阔的街道上车流穿梭，但还谈不上壅塞的程度，我们没有带伞，杂乱无序地走着，不时踏进浅洼。风扬起孩子们浓黑的秀发，我没有被冷落的感觉，只是暗自在揣摩天意：命运究竟何时会安排这桌筵席散场呢？

小区外有不少散步与遛狗的市民，他们冒着小雨，每天都走着固定的路线。我们一直往新华书店的方向走，我忽然又产生了一个孩子气的想法：我们的故事，够不够写满一本书，哪怕一页纸呢？如果可以，那一定是本循序渐进、有高潮也有低谷的平凡之书。

其间，宝宝给自己的母亲打了个电话，汇报一日行程，而宏骏掬了一捧雨水，偷袭般地倒进了正在通话的宝宝的脖颈里面。

颜奇则摆出慢条斯理的态度，对着贝贝解释"美色固然无法吸引我，我却能吸引美色"的"科学"道理。

假使需要想起过去——在雪夜里带宏骏去看病的过去，与双胞胎无数次一挑一的过去，与颜奇长途颠簸去探视他父亲的过去，五个人第一次去吃大餐时叽叽喳喳大惊小怪的过去，在风雨中骑车时停下来询问是否有人落队的过去，谁都无法避免的出糗的过去，分享美味与互相壮胆的过去……只要想起这些，我便感觉自己的生活又跟温情沾上了点边儿。

如果这场筵席终将散去，那就听凭其散去好了，因为我们已经酒足饭饱，不负此意了。

从新华书店回来的路上，我们又打了一辆出租车。这次，他们四个在后座上彼此依偎着打起了瞌睡，而独自坐在副驾驶席的我，恍如置身于密林幽渊。雨水冲刷走了这个寻常夏夜的浮埃轻尘，世界重又变得纯净芬芳了。

在不久之后的某天，我将自己所拍摄的所有关于他们四个的照片悉数整理出来，发到了朋友圈。看着那些被岁月冲洗过的旧照片，我不禁感叹时光荏苒，那些稚嫩青涩的脸蛋很快便英气勃发了。而最重要的是，他们身上多少都有些我潜移默化带来的影响。

孩子们稍后便纷纷发表了评论，虽然内容长短不一，但至少带有他们各自鲜明的性格特征。我原希望他们能够长成磊落君子，但绝非那种迂腐而枯燥的君子；我希望他们不但快乐，而且还要有担当。而照现在看来，他们不但长成了我预期中的那种男子汉，更是送给了我四份意外惊喜的礼物！

病 厨

　　鱼狗斋新来了两位年轻的厨子，一个叫辛沥，另一个叫童昏。

　　他们被老瘩子给带进鱼狗斋后厨的时候，另外三名厨师正在信口唠嗑。食材分放在冰柜内外，砧板间收拾得颇为干净。离饭时还有一段时间，但差不多已经可以未雨绸缪了。

　　"鱼狗斋是桃园风景区最炙手可热的饭店，一来嘛，是因为选址好，位于交通要道，二则是厨师的手艺高，我们不管在哪里就职都会是佼佼者。"老瘩子得意地夸耀，使得另外三名厨师不得不一致地自谦表态。

　　从厨房里望出去，首先是一堵长长的竹篾墙，遮挡住了寥落的粉色云团。油烟排放到室外，活像一只脏污的流浪狗正奔向高贵的宠物狗乐园。服务生们来来往往，好似受雇于王室的侍婢，几乎没有一个人会去在意大自然渐暗的天色。

　　两位新厨子在头一轮交谈时便因彼此的身份而拉近了距离，实际上，也没有什么让他们手忙脚乱的差事摊派。香辛料为菜肴锦上添花，他们的对话则替这种严肃氛围雪中送炭：

　　"你对新工作还满意吗？"辛沥率先发问，他是个很容易叫人放下戒备的友善青年。

　　"满不满意的倒还在其次了，现在我的脑袋里全是不同派别的各色菜肴，就仿佛往里面塞进了一整桌满汉全席，或者召开了一场武林大会似的……"

"放轻松点，兄弟，就当作是刚开始学习数学中的九九乘法表那样吧，我们才刚接触到烹饪世界的堂奥——才堪堪入门呢!"

"我学烹饪也有半年了，这还是第一次有机会向'老大'展示手艺。"

"那么巧，我也是。不过我从很小的时候就有看《中华小当家》啦，哈哈……"

时间就在帮杂与闲聊中度过了，其间老瘊子也会交给他们一些诸如"做碗炒饭"之类的简单任务。两个人或者是不辱使命，或者是众口难调，不过这些他们自己是无权予以置评的。旺市一直持续到后半夜，桃园方向吹来阵阵熏风，然而却听不到一丝一毫的风声。

等到鱼狗斋冷清下来，悠闲的味道顿时无处不在，灯火阑珊，就好像交错的觥筹突然被撤，又像饕餮的食客作鸟兽散。辛沥与童昏从后厨走进店堂，想要寻些夜宵充饥。

老瘊子坐在一张饭桌边，没戴厨帽且快要地中海的脑袋上反射着灯光。辛沥还未发问，他便招呼起所有厨师一起来对付残羹剩饭了。于是辛沥随之转变了问话的内容:

"没必要节约粮食到这种地步吧?"

"这是对厨师不能让顾客意犹未尽地享受完每一份食物的惩罚!"老瘊子白了他一眼，"别废话，赶紧来消灭它们!"

于是大家都挑了自己最中意的菜式品尝，唯独童昏，每样都尝了点，还一边颔首点头，一边若有所思。

未几，他们俩离开鱼狗斋，踏上了回厨子公寓的夜路。扁圆形的灯笼发出温润的红光，青石板侧的地灯则照亮了他们不断挪动的腿脚。待到离景区稍远些，银灰色的夜幕下便鲜少有人经过了，每隔一段便会有桃树灼灼其华，桃花如同粉红色的星云，但跟"花团锦簇"的形容却不相干。络绎的灯笼也渐渐地被抛到了脑后。

"你说，那么多厨子住在同一所公寓里，会是怎样一番景象呢？"辛沥问道。

"同行是冤家，或许会像文人相轻那样吧，不过这同样也是个精进厨艺的好机会。"

"作为菜鸟，我们可有得学呢！"

"五味令人口爽，说不定贪多反而无得……"

"是什么让你走上了厨师这条道路？"辛沥颇为好奇地打问道。

"可能是因为我有病吧。"

"啊？"辛沥感到匪夷所思地张大了嘴巴。

"在别人眼中，我对自己的鞭策俨然已经超越了苛刻的标准——如果精益求精过了头也是种疾病的话，那么我想，自己一定是病入膏肓了。所以，也有可能烹饪仅是我通向至善尽头的某种实现手段而已。"童昏眨了眨眼睛，就仿佛自个儿也不了解自个儿似的。

辛沥不知道该如何回应，他热衷于享受生活，又怎么可能理解这等苦行僧似的自我要求呢？他们极有默契地同时抬头望天，但见光微云淡星疏。

"咦，那是啥？"辛沥指着不远处的树底下正在挪动的模糊影子问道。

童昏定睛细瞅，桃树在地面混织成了一片涟涟的花色。"可能是流浪的猫狗吧？"他亦不甚确定，"要是生下来就注定得流浪还好些，可若是被主人弃养，那才叫一个可怜呢！"

辛沥不由得萌生了一个想法，这时他们已经能望见厨子公寓的楼顶了。"明天我们将泔水抬来喂给它们充饥怎么样？总比听凭其饿得抢垃圾吃要好……"

"虽然我没啥子兴趣，但好歹也能搭把手——算我一个。"童昏耸耸肩膀。

就在这短短一瞬间，辛沥忽然又有了个奇怪的念头，那就是"自己是火中的冰，而他的这位同事，则是冰中的火。"

翌日，鱼狗斋有厨师轮休，老瘩子便顶替上了他的空缺。炉灶上火苗几乎蹿舔到天花板那么高了，看着老瘩子掌勺，童昏居然反常地凑到辛沥耳朵边说道："别看他这样，厨艺倒是……啧啧，炉火纯青。"

辛沥不知道他是怎么看出来的，只好附和道："是经验累积的结果吧？"

他发现童昏注视老瘩子的眼神里面充满了热望，或许童昏也想成为到达如此境界的厨师吧？抑或仅是出于不甘。"我一定能够比他做得更好！"是这种信念驱使童昏一刻不得稍歇，拼尽全力驰骋在追逐梦想的道路上。辛沥嘴角泛起一抹浅笑，虽然这并不是他的梦想，但他乐于看到别人的梦想熠熠发光。

待到下午宾客们散尽，辛沥便向老板娘讨来了一桶泔水，穿过后门提进篱墙那头。不一会儿，果然有七八只饿得前胸贴后背的流浪猫狗聚拢过来。没事时，童昏就将双手枕在脑后，这副闲适懒散的模样与他的勃勃野心形成了鲜明的反差。

因为喂饲流浪猫狗，他们认识了另一位行此善举的女生，后来她成了辛沥的初恋女友。童昏此前从未见过哪个女孩子瞧男朋友的眼神如此充满了英雄主义情结的爱慕，即使在并不那么甜蜜或者浪漫的时刻，这份爱慕也不曾有所消减。他们仨成了好朋友，用辛沥女友的说法，便是他们组成了"二菜一汤"的联盟。

他们一起闲逛的时间很少，整个月数下来也没有几次。辛沥的女朋友偶尔会带上点心跟水果来鱼狗斋看望他们，并将微薄的礼物分发给老痦子等在场诸人。当他们给流浪猫狗施舍吃的之时，辛沥非常享受这一过程，恰似童昏享受厨艺进步所带来的莫名感动那样。

有时在结束了一整天的工作后，他们会去大排档吃夜宵，在路边摊直消磨到困意来袭。身为厨师的辛沥与童昏从不对夜宵的味道妄加点评，他们聊的都是与烹饪无关的话题。童昏不太擅长交际，但也从不倾吐"社交困难"的苦水，要不是已对他相当了解，说不定还真会将他当作没有心肝的石头一块呢⋯⋯

日子就这样在平淡以及微不足道的幸福中重复度过。有不少流浪猫狗生下了幼崽，一桶泔水再也不够分了，以致辛沥在喂食时难免会这样叮嘱：

"你们真的得另谋生路了。但愿出现在你们生命中的人类永远都是那么善良⋯⋯"

有一回，老痦子说要带辛沥与童昏去某家大型医院的食堂"取经"，两人当然却之不恭了。那家医院的食堂位于一长排铁窗栅栏的对面，中间隔开一条被阳光切割成无数斜方格子的走廊。按照伙食费标准的不同，食堂的规格也被划分成了三六九等。

他们首先来到规格最高的那间食堂，它位于风口，几口大锅里飘出浓烈香辛料的味儿，高桶内的汤汁正"咕嘟咕嘟"冒泡。食材既高级又算得上营养，但处理起来不够细致，仿佛一位指挥千军万马的将军，应当追求的不是迁延时日的巧胜，而是将风险降到最低的速胜。

"这些食材落在他们手中多少有点浪费了。"童昏再次对辛沥附耳私语。

伙食统共分为三个档次，一路参观过去，简直像是从山顶滑向山脚。在档次最低的那间食堂里，透过铁栅可以望见对面偌大却昏暗的病寓二层。一个面带病色且长久得不到日晒的小男孩正手抓窗格往这边窥眺。辛沥冲他笑了笑，他则朝这位陌生的大哥哥挥了挥手。

"这里的环境不错。"辛沥客套地说道。

"要是个雨天就更好了，这里的雨天充满了怀旧的氛围。"男孩孱弱地笑着。

"你才几岁呀，那么早就有旧可怀了吗……"

"你是新来的厨师吗？我能提个意见吗？"男孩难为情地低下头颅，"虽然我们付的钱少得没有资格像这样子诸多抱怨……"

"这跟伙食费的多寡无关。你说吧。"

"炒饭和豆芽菜能不能别安排得那么频繁？包括我在内的孩子们都说快吃吐了……"

辛沥没有立即回答，而是稍加考虑后才露出明媚的笑容："没问题！"

童昏也走了过来，问道："聊啥呢？"

"我刚做了一个十分重要的决定！"辛沥相当认真地说道。

"又想自寻麻烦了？"童昏苦笑道。

"知我莫若你！"说罢，辛沥转身进了厨房。

一周后，辛沥辞去了现在的工作，跳槽到了那家大医院的食堂，并坚持要求分配到伙食标准最低的那间厨房。老痞子扼腕叹息；童昏不置一语；女朋友却竭力拦阻，坚决反对。然而，辛沥终归还是罔顾一切意见，毅然从待遇更好的工作岗位上像流放似的来到了这里。

换工作后不久，便迎来了一个下雨天。雨水在斑驳的病寓间涂上了灰蒙蒙的印记，果然很适合怀旧，而辛沥照例经常隔着两道铁栅与那个男孩聊天。男孩再也未曾抱怨过伙食方面的问题了，辛沥明白，这其实全是自己的功劳。

一个秋日的午后，辛沥的女朋友找到了辛沥工作的地方，说要跟辛沥好好谈一谈。他们来到医院风景最好的一角，看着那些出来活动筋骨的住院患者，阳光温度正好，癞痢头似的野陂上矗立着一所小屋，像是光之马褂上的一块补丁。

"我希望你能认真考虑一下自己的将来。"女友捕捉着辛沥意欲避开的眼神。

"我一直很认真呀……"

"我知道你想给更多人带来味觉上的享受，但没必要赔上自己最好的时光吧……"

"那些孩子很可怜的，我想给他们贫瘠的住院生活留下一些简单却美好的回忆……"

"我真是看不懂你，你就好像，"女友停顿下来，搜索了一下词库，"就好像……理想化到了有病的程度。"

这句话不由得让辛沥想起了童昏，他已经很久没联络过这位老朋友了。送走女友后，辛沥的歉疚之情油然而生，打算让自己的厨师生涯暂时告一段落。

在自己这段爱情尚处于不明不白、若即若离的时期，辛沥去鱼狗斋找到了老痦子，这才获悉"童昏早已另立山头"的消息：他在这世界的一角开了家小吃店，专门烹饪自己故乡的特色小吃。

"你们终于还是都走了……"老痦子遗憾地摸着下巴，"本来我很看好你俩的前程的。"

辛沥循着老痦子给的地址找到了童昏经营的店面时，正值华灯初上、生意最好的傍晚。童昏系着围裙揉擀面团，店内的暖意将晚秋的寒气隔绝在外。辛沥等了将近半个小时，方才逮到童昏空闲下来，能够与自己对坐叙旧的机会。

"现在我才猛然醒悟过来——你拥有的不是野心，而是匠心！"辛沥为自己过去的认知偏差纠错道。

"要一心一意做好一件事情真的很难，有太多你料想不到的变故。"

"你又不是'今日方知世事艰'。"辛沥尝起了店员端来的小吃。

"你为什么如此在意品尝者的感受？想必这不是无缘无故酿成乃至造就的。"

"如果你有时间，我愿意披露一二。"

"不妨一听。"

于是辛沥梳理了一下记忆，开始娓娓叙述了起来——

"曾有一段时间，我抱病住在母亲工作单位的一间破砖房里，尽日卧床休养。室内如此气闷，即使在下雨天也听不见雨坠筝瓦、风拨弦树的天籁。此前我也见识过好几家食堂了，并无一家像母亲单位的食堂那般寒酸。可它给我的感觉却无比亲切，你知道为什么吗？

"一切的不同只是因为掌勺的老板娘。在无数个晌午以及黄昏，我坐于油光可鉴的条凳上，支颐趴在方桌桌沿等待开饭，听凭头顶吊扇的阴影如同云翳一般落在身上。

"那时既没有带转盘的圆桌与四脚的鞣皮凳，餐厅的面积更是比如今狭窄了一半以上，两盏钨丝灯泡的亮光比蜡烛强不了多少。闲置在角落的蓑笠等旧物什结满了蛛网，窗户只有一扇，天花板高却脏暗。餐厅与厨房之间被熏黑的墙上有洞眼相窥连，可以递送菜碟。厨房的地面上偶尔能发现几摊新拉的鸡屎，有一座烧干柴的灶台，养鸡的后院则窄如偃月。家具皆已相当陈旧了，连油盐酱醋的盛皿上也污迹斑斑。

"然而就是在那段时间里，我坐在食堂内能感觉到温暖。每逢什么大小节日，阿姨总会给我添一个荷包蛋；如果有客人来访，她还会从替客人烹制的好菜中分一小勺给我。我印象尤深的是在暮色笼罩时分，阿姨养的老猫会蜷缩在炉灶边打盹，飞蛾们'橐橐'地撞向钨丝灯泡。要是在冬夜，食堂附近霜树凋秃，百草初肃，阿姨往火囵里加着残炭，给我们每个人逐杯泡上热茶。值班的大人们无事闲话，颇有'晚来天欲雪，能饮一杯无'的意境。

"虽然阿姨从未失去过笑容，但她其实也是个可怜人：儿子嗜赌，欠下了高额的赌债；丈夫患病，需要常年服药。最为难得的是，她将每一次烹饪都当作头等大事，并从中发掘乐趣，仿佛一旦潦草应付便会于心不安似的。

"再后来，领导决定将食堂的承包权转让给关系户。阿姨闻讯，非但没有心理不平衡，反而准备下了一大桌丰盛菜肴，将单位里所有的职工请来，逐一感谢并辞别。她只不过是个目不识丁的厨娘，其胸襟气度却比领导宽广了何止数倍！就是在她的潜移默化下，我才半路出家干了厨师这一行，因为我觉得，可以让顾客们的身心全都得到享受，是件非常有意义的事情。"

"果然世上所有的坚持都有其源头可溯。"童昏像拭去沙粒般抹了抹眼睛，"后来呢？"

"后来嘛，就造就了现在的这个我。"辛沥做了一个鬼脸，"在告别之前，我想与你共勉——在今后的漫长岁月里，即使被人视作'有病'，我们也要毫不动摇地坚持做自己！"

他们在拥抱后便各奔前程，而在临别前的那番对视里，他们发现了彼此眼中熊熊燃烧的生命之火——何其旺盛，又何其相似！

世味百态

暮云醉春
不知路

危　桥

　　邦加·列塔将义肢伸到冰面的边缘敲了敲，借以确认冰层的厚度。自从退伍归来，这条母亲河便成了他每日皆会去凭吊的假想墓园，凭吊战友，凭吊故人，更凭吊太平时期的那些汹涌希望。

　　初冬季节，入夜前后的星河稍显黯淡，如同用石灰石或白粉笔擦绘出来的群星内敛而宁静，仰望久了甚至有治愈心灵的奇效。河流的主干远离集镇，而通往对岸的只有一座虽千疮百孔，却仍屹立不倒的石桥。如果冰面再厚上几寸，狗拉的雪橇便会布满河道，直到在视野尽头缩成一粒粒的黑点或光点。

　　即使眼下可以直接踏冰过河，这座石桥也不会显得多余。在邦加·列塔的孩提时代，父亲经常在夜间倚着桥头吸烟（那时候烟酒是唯一的奢侈品），看着天际逐渐模糊，而光线消弭好似被当场剥去一张兽皮。川流的尽头像是被扼住的咽喉，沿岸参差不齐的树木则恍如森森利齿。

　　父亲辞世已将近半个世纪，但他的形象依旧清晰地活在自己脑海中，或许至死才会被遗忘：深陷的眼窝、浓密的髭须、臃肿的穿搭、旧鸭舌帽与纠缠成疙瘩的围巾……在那个年代可以彰显个性的衣物极少，而这并不影响邦加·列塔隔着百米之遥便能认出父亲来。

那时候的父亲是多么地温柔宽厚，春天又是多么地生机勃勃呀——类似的唏嘘或许在潜意识里美化了过去，然而比起残酷的现实，邦加·列塔宁愿相信被篡改后的虚假。现在，河面上的厉风呼啸着刮过，河边的接骨木丛与柳树间的鸟巢已被悉数摧毁了。可能自己的确是有那么一些孤单吧。上天仿佛听见了他的这句心声，在邦加·列塔走到这端的桥头时，竟然让他遇上了一位久未谋面的老朋友。

这位老朋友是他在特种伞兵部队服役时认识的，叫作碧根。他们最后一次相谈甚欢还是在战争尚未有转折迹象的阶段，然而现如今，碧根穿得如同上流社会的新晋一员，或者他在已经过半的人生中打了个翻身仗亦未可知。碧根注意到了邦加·列塔的义肢，于是转移开视线，然而还是有一种凝重的氛围如粉尘般在他们的周围扬漫开。

"退伍后过得还好吗？"碧根率先打破了沉默。

"有伤残抚恤金领，饿不死。"刚一说完这句话，邦加·列塔便后悔了。

"我在美杜莎村买了一间别墅，你平常要是有空，不妨多来坐坐。"

"像我这样的客人难道不会令你觉得丢脸吗？"邦加·列塔最终还是没有将这句话吐露出来，但碧根似乎有所察觉，为了打消战友的疑虑而这样说道："我们这辈人经历了一个盲目的时代，我希望再也没人受那些谬论与偏见的支配！"他咬着后牙槽，仿佛正在积攒怒意。

他们用力握了握手，然后各自踏上回家的路程——碧根拄着绅士的手杖，而邦加·列塔则拖着他那只藏在裤管下的义肢。

一开始，邦加·列塔并不愿打搅老朋友的富贵生活，但谁能挨得过年复一年、夜复一夜的绝对孤寂呢？那简直是比朝不保夕更为严酷的折磨！终于，在一个迟来了的黄昏，他穿上自己最体面的那身行头，外面裹着军大衣，独自朝着通向美杜莎村的雪原荒径走去。

当走到桥心时，镜子一般的冰面反射出了纯净的蓝色光泽，夜空的背景色则是明澈的银灰。每一根树枝都被照得异常分明，除了一阵紧似一阵的风声，并无忍饥挨饿的留鸟在含悲控诉。过了桥再走上约五里地，美杜莎村群舍的静谧疏灯便在眼前突然浮冒了出来。

正好有位村民摸黑出门视察畜情，于是邦加·列塔便向他打听老朋友的住处。村民热情地为他指明了具体方位，不一会儿，碧根那带阁楼的二层别墅便耸立在了眼前。周围绕定一圈低矮的护篱，积雪为烟囱附近的斜顶与大部分平顶都覆上了一层薄薄的瓷釉色。

邦加·列塔在敲门前犹豫了须臾，并在等待应门的时间内往台阶下端蹭了蹭鞋底。屋内透出的灯光温柔了门廊的轮廓，也温柔了访客的眼神，他感觉自己好久不曾有过相类似的心态了。

门开了，碧根探出脸来，同时屋内传出其他访客的谈笑声。邦加·列塔小心地低声问道："我来得是否不是时候？"

"请赶快进来吧！容我郑重地为你介绍其他几位贵客——大家都是在这种寒冷冬夜里顽抗着不肯入眠的鼹鼠，需要找些乐子好让血液重新沸腾起来！"

邦加·列塔进门后随手脱下军大衣，挂在衣帽钩上，与其他来客的衣物紧挨着。门被关上，阻断了风雪，邦加·列塔小幅度地环视厅内，油然感叹："想不到您竟过上了这等生活。"

"我们最好的时光早已被埋葬进了战争当中，现在不管再怎么衣食无忧或者享受清闲，也只不过是苟延残喘罢了。"碧根遗憾地笑道，给人以"盛年不再"的酸楚感。

"这对父女是别德林男爵与他的掌上明珠；在壁炉前看书的是日瓦戈医生；跟医生相邻而坐的是调音师庞麦；至于那位手持绸扇的贤淑夫人，则是我已故好友康斯坦丁少校的遗孀——康斯坦丁夫人；"碧根最后指着那位在玩桌上足球的年轻人，继续补充道，"至于这名小伙子嘛，他叫松旺，目前还未找到值得自己为之奋斗毕生的事业。"

"碧根上尉，这不过是你带有极大个人局限性的看法，我的事业便是改造整个社会！"松旺直起身子说道。

"得了吧，这种不切实际的理想只会让你锒铛入狱，要不然就是自我毁灭。"日瓦戈医生抬起书页后那双戴着夹鼻眼镜的冷峻眼睛，语气相当严厉。

"那是因为我还年轻，而医生你，躲在腐朽保守的堡垒里，维护着那一点可怜的既得利益，既不敢大刀阔斧地改革，也不肯承认世界早已风云突变！"松旺挑衅似的迎向医生的目光，带有稍稍克制的火药味。

"岁月迟早将教会你尊重长者，并且远离夸夸其谈的做派。"日瓦戈医生不愠不恼地还击了一句。

邦加·列塔当晚坐了大约有半个小时，其间，客人们时而高谈阔论，时而同时陷入短暂的沉默，直到某人再次打破坚冰。邦加·列塔窥见了主客之间错综复杂的人际关系的部分齿轮，却也明白自己永远无法得窥全貌。

返家途中，风雪的势头曾止住了少顷，走在既宽且直的泥泞野径上，邦加·列塔发现了许多其他的凌乱脚印，以及像别德林父女这样的乡间贵族驱车时留下的辙印。来到桥上后，他一如往常般举目四望，深沉的黑暗下面，有种细微好似脉律的声音，带给了他净化心灵的神奇力量。仿佛唯独在此刻，他深藏起来的孤独才赤裸裸地暴露在外，与雪夜下的这个天地同气连枝、相互吸引。

打那晚开始，邦加·列塔自己也成了碧根别墅的常客。晚饭总是味同嚼蜡，而徒步奔赴美杜莎村的过程则充满了期待。途中需要经过那座欲坍未坍的桥梁、零星的孤舍，以及大小深浅不一的弹坑。河水远未解冻，但战争带来的阴影表面上似乎已经消散，美杜莎村的每个夜晚都寂静得像是萧市幽谷。

主客之间偶尔也会玩一些游戏，每个人都将受到邀请，不管他是木讷寡言，抑或左右逢源。而在他们尽量避开的严肃话题，譬如战后经济与外交、新政权内阁的重组、民生与国家的出路上，男士们极易争吵，并且谁也说服不了谁。在他们各抒己见时，别德林小姐总是像个虚心却天赋不高的学生，耐心聆听那些自己不甚了了的名词术语。每当这时，很少有人注意到康斯坦丁夫人脸部的肌肉往往会痛苦地抽搐一下，你不能说她敏感，也不忍苛责她破坏气氛。

松旺几乎对每个人——管他是男女老幼——都抱持着针锋相对的态度，唯独对别德林小姐展现出了绅士般温柔的一面。他耐心地向她阐释什么是"马太效应"，什么是"朋克金属"，浑然没有察觉一双眼睛正轻蔑地斜乜着自己，而其主人便是调音师庞麦。

庞麦屡屡抱怨主人家缺架钢琴，这样他就无法即兴弹奏上一曲，以展示音乐的魅力了。邦加·列塔读懂了他的心里话——"这样我就不能吸引别德林小姐的注意，向她大献殷勤了！"

在这种非正式的场合，女性往往是推动气氛的主要助力。虽然没有乐器伴奏，康斯坦丁夫人与别德林小姐还是奉献了一段女子二重清唱，所选的基本上是战前谱写就的老歌。每当两位淑女层次感分明的歌喉响起，众人便会停下手头的娱乐，或中断正聊到酣畅处的话题，恭听这对临时搭档交互起落，中间毫无停顿的唱法。

"在战时，怎么可能听到这种婉转如云雀引吭般的歌唱?! 不分昼夜的就只有空袭投弹的声音——炮弹落下，炮弹落下，还是炮弹落下! 举国上下无人可以安睡整宿。"主人碧根摇着头无奈苦笑。

"上尉先生，你们也曾冒雪远赴边陲，去气候条件极端的陌生土地上作战吧?"别德林小姐眨着睫毛好奇地发问。

"这类问题你大可以问我的老战友，他原来是特种伞兵部队的，经常执行各种紧急的任务，化险为夷是家常便饭。"说着，碧根便朝端坐角落的邦加·列塔高声喊道，"怎么样——谈谈你的英雄事迹吧，老朋友?"

"啊? 这有什么好说的呢? 在血与火交织的战场上，哪个士兵不曾经历过枪林弹雨的洗礼呢?"邦加·列塔心知肚明：从死人堆里爬出来的自己，已经失去了自我吹嘘的能力。

"您倒是说说看，好让我们这些平民百姓也能够知道，这个国家的英雄有多么光荣。"庞麦皮笑肉不笑地说道。

"其实也没什么值得说道的。有一次，我们需要空降到敌军的战俘营附近，时值凛冬，我们的运输机在数千米的高空平稳飞行，一路上小心地避开雹层与寒流。我与战友们头抵舱壁，安德烈正在给家人写信，他努力按压住纸张，笔在手中剧烈颤抖，页边不断掀翻。我永远忘不了他将家书交给机组人员时的那张稚气面孔。"邦加·列塔一面努力回忆，一面为自己的不善言辞而懊恼。

"最后任务顺利完成了吗?"别德林小姐小心翼翼地问道。

"嗯，但是牺牲了两名战友，其中就有安德烈。"邦加·列塔至今说起仍痛楚而茫然。

"要是这一切没有发生就好了。"别德林小姐也为那名牺牲了的年轻战士惋惜。

当晚回到家中，邦加·列塔陷入了一种喝醉般的状态。虽然记不清那半个小时内的多半细节了，但是有人愿意倾听自己不成章法的"废话"已足够令人欣慰，更何况，那还是一个有着"同情"这种美好品质、细心体贴又不失雅量的少女。

在冬季即将过去的某个前夜，邦加·列塔照例按时赶赴美杜莎村的碧根别墅，却未见到别德林父女在场。据日瓦戈医生透露，别德林小姐生病了，目前正在卧床静养。

松旺整晚都有些魂不守舍，最后他打着哈欠说道："今日那么早就困了，看来我得提前回去休息，诸位，恕不奉陪了。"

当他从衣帽钩上取下自己的衣物时，邦加·列塔也瞅准时机站了起来："请允许我跟这位年轻人搭个伴，不好意思。"

碧根将他们送至门廊，略加叮嘱，便目送他们径投西南方向而去了。别德林男爵的府邸就在这条路线上，至于邦加·列塔的住处则稍有偏差。

随着风雪的势头减弱，两人作为谈资的内容也跟着丰富了起来:

"没有你们年轻人在场，难免要死气沉沉，那情景简直就像是战前的宗教寄宿学校。"

"哈哈，您是您这个年龄段里难得的开明人士，血管内也流淌着新鲜活泼的血液。"

"你这么说我真的很开心。我想，作为从战后的废墟上成长起来的新一代，你们一定对我们这些无力阻止战争爆发的窝囊废嗤之以鼻吧？"

"算是多少有些这类情绪吧。"松旺在月色下点燃一支烟，忧虑深重地吸了一口，"不过您千万别误会，我的这种态度并非针对您个人，抑或是其他什么具体的人。在这庞大世界的运转中，个人的作用实在极为有限，太多的士兵与平民只能沦为炮灰，即便这样，我对他们仍然充满了敬意。"

"这是你真正的想法吗？"

"我的父亲曾因拒绝报道不实消息而遭到战争狂人的迫害，如果那时候真有人敢跳出来大喊'去他妈的战争'，恐怕也难逃被清洗的结局，所以您大可不必自责。"

"生灵既已涂炭，仇恨的种子也已播下，或许百十来年内都难以完全愈合。"

"邦加·列塔先生，您知道吗？男爵夫人，也就是别德林小姐的母亲，一位连蚂蚁都不忍踩死的善良女性，便是在空袭中丧生的。"

沉默像是见缝插针的报幕员，将自己硬塞进中断的谈话间。暗云时或遮住月亮，而郊野地带的莹亮积雪与湿腻黑壤织成了一席双色条纹的毡毯。俄顷，这位退伍的老兵忽然问道："你跟别德林小姐……"

"没错，我在追求她！"

"希望你们是能陪彼此走到最后的伴侣。"

松旺望向夜空，压了压帽檐，憧憬道："我将献给她自己最美好的一切，我们一定能够走到最后的！"

"哈哈，我最欣赏你们年轻人的这一点了——绝不瞻前顾后，言必行，行必果。真的，我很欣赏。"邦加·列塔笑得眼眶中都涌出了眼泪来。

已经可以望见别德林男爵掌灯的府邸了，两人遂拥抱互致道别：年长者转向桥梁方向，年轻的则循不远处的光照而去。当桥梁像一只拱起脊椎来的巨型爬行动物出现在视野内时，邦加·列塔对它忽然产生了一种久别重逢的亲切感。

别德林小姐病情好转后的某晚，大家又围坐在碧根别墅的客厅内，对她嘘寒问暖地表示关心。八点左右，门外传来了敲门声。碧根开了门，映入眼帘的是一张碎冰渣子挂满了胡须的中年男人的脸。他自称是某某报社的记者，同时用犀利的眼光打量着门厅内的主客。

"我叫维瑟，这次不请自来是为了采访碧根上尉与康斯坦丁少校的遗孀。"

"我们这里可没发生能见诸报端的大事件，如果您想打探我们的私密，我劝您还是请回吧。"碧根客气地下达了逐客令。

"只是想就时事咨询一下二位的意见。"

"就让他进来找找乐子呗，对我们又没什么损失。"庞麦暗怀着隐晦的狂热建议道。

"请进吧。"碧根反常地流露出了顾虑来，但还是将不速之客迎入了屋内。

维瑟毫不见外地在沙发上大咧咧坐下，仿佛自己也是受邀的熟客，随后开始了采访。

"二位听说了'我国将向勒梅尔地区进派驻军'这则新闻吗？"

"勒梅尔？那不是别国的领土吗？"碧根费解地蹙眉道。

"对，您也可以这么说，但这并不影响……"

"这个决定是为了掠夺利益，还是制造冲突？"

"您应该站在国民的立场上……"

"如果在正义与不义中选择，我选择正义；如果是鸡蛋与石头，我会站在鸡蛋那边！"

"对外扩张，"庞麦忽然抬高音量插嘴道，"让帝国重新成为全世界的中心，这难道不是一项伟大的事业吗?! 为帝国而献身难道不是每个公民最崇高的使命吗？"

"这可不该出自一位调音师之口。"碧根委婉地暗示他"闭嘴"。

然而庞麦似乎浑然不觉，继续大放厥词："那些仅因为贪生怕死就厌战的胆小鬼，怎么可能理解身为帝国一员并甘愿为之牺牲的荣誉感以及信念。"

邦加·列塔几乎就要扑过去挥以老拳了，所幸被日瓦戈医生拦腰抱住，因为义肢站立不稳，这位退伍老兵险些摔倒。而被战争贩子洗过脑的庞麦仍旧喋喋不休：

"像你这种败类军人，如果放任自流，恐怕会有叛国的倾向。"

碧根指着门厅，强压怒火道："请你离开这里！"庞麦则低声咒骂着，在衣帽架前回头抛下一句："你以为我想来吗?! 那你错了，宝贝！"自以为讨回了面子后，愤愤地甩门离开。

维瑟却趁着这机会，挪窝坐到了康斯坦丁夫人的对面，急不可耐地问道："夫人，现在我可以采访您了吗？我想知道，若是上校在世，他会支持这一军事决议吗？"

康斯坦丁夫人的表情忽然悲伤了起来，不断地将头颈埋低，直到意识到自己该有所表示了，才嗫嚅道："他离世已经很久了，我想天堂里的他早已忘了这些事……"

　　"他可是战斗英雄，他的精神会激励一批又一批新兵奋勇杀敌，鼓舞他们不惧生死地冲向敌军阵地。您有什么话想对这些可爱的年轻人说吗?"

　　康斯坦丁夫人无助地朝着左右张望，别德林男爵终于难以袖手旁观下去了，挺身而出说道:"我不知道你的真正目的，但是，居然想让一个弱女子怂恿那些没有经验来判断对错的新兵们去送死，你们不觉得自己这样做很卑劣吗?!"

　　采访并没有顺利进行下去，客人们也不欢而散了。这个夜晚仿佛成了一道分水岭，致使客人们今后再也无法不心怀芥蒂地畅谈说笑了。

　　当邦加·列塔走过斜斜的屋影时，维瑟突然现身跳出，并拦问道:"邦加·列塔，曾数次从地狱级任务中生还的你，为何要拒绝国家'战斗英雄'的授勋?"

　　邦加·列塔侧歪着身体，用自嘲的口吻说道:"像我这样的人，不求轰轰烈烈，但求心安理得。我能活着逃脱战争的泥潭，已是万分幸运，荣誉应该归于那些牺牲的战士!"

　　维瑟背靠着泥墙仰望起了夜空，点燃了一根烟并缓缓吐出烟圈，然后说道:"也许需要好几代人才能淡忘战争所留下的伤害。"

　　"你既然都清楚，为何还要用那种话刺激康斯坦丁夫人，让她几近崩溃呢?"

　　"这便是记者的工作呀!即使相当鄙视这样的自己，却还是不得不一次次扮演这类角色。"维瑟耸了耸肩，"今天的采访算是搞砸了，不过管他呢，谁愿意成为被好战狂以及别有用心者操控的傀儡呢?"

　　邦加·列塔只能以无比沉重的缄默来面对这位记者。

回程途中，他再次走到了桥心，不由得停下来倚栏缅怀往事。当他因为想起某些只属于自己的回忆时，嘴角甚至露出了一丝微笑。凛冽却清新的夜风吹过来，刮得他的脸颊有些生痛。当他正准备下桥时，沉睡在桥下很久的一枚哑弹忽然毫无预兆地爆炸了！

他的另一条好腿也当场被炸断了，摸着大腿血肉模糊的截面，他仍想像上次那样自救，却苦于巧妇难为无米之炊。而且在这样的时辰，方圆数里皆无行路人，他感到自己的生命力在迅速流失，断腿的剧痛转为麻木，意识也在逐渐模糊。

他仿佛回到了过去的某个时间点，自己正背着降落伞准备往外面跳：周围的环境静谧得颇有些不真实，远处的爆炸声恍如回荡在梦境；云床被抹上蜜糖色的光泽，大朵大朵的蓬松洁白下藏有小块补丁般的灰翳；雪花的坠速像是经过了慢镜头处理，脚下的山壑因为雪凇而由厚重变为轻灵；云杉高耸入云，给人巨型麦芒与针塔的错觉；整幕风景近似梦幻，尤其是脚下那层次分明而又浑然一体的无边雪毡……明明马上就要去执行艰巨的任务了，自己却仍沉迷在这唯美的风景当中。

他在半清醒与昏迷之间循环往复：半清醒时可以瞥见身边炸弹的残骸，还有满天冷漠的风雪，午夜的世界缺少辨识度，有时候只能草率地将某样陌生事物误认作自己所熟悉的另一件；昏迷时则继续在雪云间飘荡，越来越多的云絮裹住自己，疼痛也失去了它的暴虐。"时光不可逆，过错不可赎。"他在更深的幻睡中这样想道。

次日清晨，人们在损毁愈加严重的断桥中央发现了邦加·列塔失去了双腿的僵硬尸体。他们当然可以说他什么也不曾留赠予这个世界，可总会有人知道，他勇敢过，也温柔过。

舞　女

　　从小到大，舒挽之最擅长的事便是躲在隐秘的角落里看着陶颊起舞的背影，心无旁骛地将她的每一个动作记录在脑海内，以俟来日回放。

　　他心知肚明，自己对陶颊来说，连羁绊都算不上，因为他仅仅是一个暗恋陶颊的傻小子，可是他仍拼命想要接近自己的暗恋对象，以一种不为人所窥察的努力，尤其是不为另一个幸运的当事人所知的姿态，默默地守望着他们那没有承诺的未来。因此，他上了自己并不感兴趣的舞蹈培训班，就像一个笨拙的初学者仰望颇有天赋的同龄人那样，然而，真相只有他自己知道，他其实并不热爱舞蹈。

　　舞蹈培训班坐落在郊区的某公寓二楼，邻园中便是一座私营性质的游泳池。在童年漫长的夏昼时光里，舒挽之曾经无数次在练舞厅内汗流浃背地压着腿，龇牙咧嘴地忍受着痛楚。整个培训班只有不到十人，更不乏中途退出者，而舒挽之一直坚持到了最后。每个天气奇热的下午，当游泳池传来别人享受清凉时的欢声笑语，舒挽之便会无比怀念在厚棉被下捂压着的冰箱里冒冷气儿的棒冰，以及身体被流动中的微温泳池水所包裹着的那种感觉。

陶颊第一次注意到舒挽之，是在某个暴雨倾盆的夏末黄昏。孩子们惊疑地望向排窗外，练舞厅内起初昏暗一片，后来拉亮了灯，于是不管男生女生，被汗水打湿了的额头统统闪着明艳的光亮。家长们在圈外用视线追随自己的子女，表情里带着近乎苛刻的骄傲。数米见方的木地板外铺着地毯，几张椅子很少座无虚席；空气里面有一股孩子们身上的乳臭味兼含着草木清香的雨味。

在短暂的休息时间里，陶颊主动凑到舒挽之身边，说道："今天我听见老师表扬你了。"

舒挽之受宠若惊，却故意装作平静，歪着头说道："嗯？"

"你还真是迟钝啊。"陶颊露出大惊小怪的神情，拍了拍他的肩膀，"好好加油吧！"

在陶颊即将转身之际，舒挽之忽然叫住了她："你会一直跳下去吗？"

"会的！"陶颊的笑容自信而坚定，"因为我喜欢舞蹈。"

她说这句话时，窗外大雨滂沱，伴随着电闪雷鸣，雨叶摇动得就像是全身缀甲的重装步兵。舒挽之遂从此记住了这句话，他想，陶颊要追逐的梦想就是自己愿意守护的全部财富。

三年过去后，他们一起上了舞蹈学校；又过了五年，他们进了同一个舞蹈团。

在舞蹈团所在的那座县城，芭蕾舞等高雅艺术并不流行，人们宁愿在公园里看流浪艺人表演或者跳广场舞，也不会想到买票去看一场歌舞剧。于是当舞蹈团的成员们随着节拍练舞的时候，他们的团长曹琛总是会这样激励他们：

"我们要打的是一场史无前例的艰苦战役，要征服的是人们原本贫瘠不毛的内心！"

身为一名舞者，舒挽之知道他们在挥洒汗水的同时，是无暇顾及观众的好恶喜厌的。他们不能被名利的枷锁所累，他们应该怀着对舞蹈最纯粹的热爱，像一具有灵魂的木偶那般不停地跳下去，直到某日他们的世界发生足以动摇根基的变化，或者他们自己选择了另一个背道而驰的方向为止。

陶颊很快便成了舞蹈团的台柱子。她总是身处舞台灯光的最中央，并当之无愧地成了所有人眼中的焦点。她起舞的样子充满了张弛的美感，其他舞者像众星拱月一般环绕在她周围，其中自然也包括毫不起眼的舒挽之。他总是尽力去扮演好自己的角色，但偶尔也难免会异想天开，譬如自己如何与陶颊完成一段双人对舞。

每晚换好衣服回家的时辰基本已临近十点了，陶颊与舒挽之住在同一条街上，不过两人并不总是结伴。他们前后隔开丈许远，走过灯火阑珊的街头：小区内寂暗一片，偶有孤灯在墓碑似的居民楼上明灭；那些从学习辅导班出来的孩子令他们重温起了在舞蹈培训班共度的时光；大多数店铺已打烊，唯有中介所、成人用品店与庇护着那些怀揣小小梦想的漫画同好者的店铺内还亮着灯；古风典雅的合抱式建筑在深夜的风声中陷入了一片可怕的寂静；收垃圾的老爷子在报刊亭前跟老板照例要聊上一阵子；露天的烧烤摊子入夜后才开始营业，要一直忙碌到午夜或者更晚……

还是一个下着暴雨的夜晚——他们的交集似乎总是发生在下雨天——陶颊在前面走得很慢，慢到舒挽之只要正常行走，就一定可以追上她。于是他撑着雨伞紧赶几步，得以与陶颊并肩缓行。

"我们认识很久了吧?"她的声音里藏着怀念的味道。

"没错,有十年了吧,虽然我们很少说话。"舒挽之抬头望向透明伞外的雨幕以及潮湿的霓虹,呼吸有些急促。

陶颊将毛大衣裹得更紧了些,同时提起略长的下摆,踏过一个水洼,自知有些失礼地问道:"你好像从来没有什么朋友。"

舒挽之发现她高领毛衣的颈部有一处起球了,想要给她揪掉,却又不敢轻举妄动,只是模棱两可地说道:"是呢,交际是件麻烦事儿。"

"你要勇敢点呀,不过我觉得自己没有资格教导你,因为你真的是很有主见的那类男生!"

"你这样觉得吗?"舒挽之心里挺高兴的,然而他只是挠了挠头,"我挺享受孤单的,因为我的心灵有个寄托。"

可是陶颊没有再追问下去,她举起柔荑般的手打了个哈欠,带着困意说道:"日复一日地练舞,其实也挺枯燥的,不过这是接近成功所必须忍受的考验。我觉得我们的舞蹈团一定会有起色的!"

短短两句话,却让舒挽之莫名感动。他有很多话想说,但却哽在喉咙口说不出来,直到最后迎来了陶颊对他的告别:"我上楼了,明天见。"

"嗯,早点休息吧。"望着陶颊转身上楼的背影,舒挽之竟怀着极神圣的使命感与责任感,在心中暗自对她倾诉:"我会一直陪你跳下去——直到你跳不动或者不想跳了为止!"

雨点击打在透明的伞背上,舒挽之忽然感受到了一种难以名状的幸福,就好像心底正在上演着一出童话剧。在这小小的舞台上,没有朋友,也没有梦想,却有长久的陪伴、不变的初心,以及执着的牺牲。

在加入舞蹈团后的第三年冬，团长曹琛终于领着团员们迎来了一次省内巡演的机会。

他们的首场演出被安排在 H 城的市立剧院，门票几乎预售告罄。很难想象，在半年前，这个名不见经传的舞蹈团还只能表演给那些手持免费入场券的观众看；而现在，替其宣传的广告海报竟贴满了街头巷尾。

在排练的间隙，陶颊攀上了剧院的天台，眺望冷青色天穹下距此不远的市体育馆。她本不吸烟，但最近所承受的压力让她不得不借助吸烟来纾解。她手里夹着女士香烟，心里想：这座城市的冬天可真是又坚硬又干冷呀。

"不管是运动员还是舞蹈家，都是吃青春饭的，可是又有几种职业风头最盛的时期不是在这个年纪呢?!"陶颊用不着回头，便能听出这是舒挽之的声音，那个长着一张娃娃脸，说话时总是有些许腼腆的同辈舞者。

"青春总归是美好的，即使屡遭挫折，充满遗憾，但起码可以不顾一切地去追求心之所往。"陶颊悠悠地喷出一口淡淡的烟圈来，微蜷起一只脚，视线越过市体育馆的顶端。

"我们这次要去好多城市呢！不过行程太紧，恐怕没有办法去充分领略每个地方的独特风情了。"

"舞者就是这样啊，最重要的特质便是专注。有时候我也不免会想：将最好的年华奉献给舞蹈，到底值不值得呢？然而很快我就会被负罪感包围，仿佛仅仅是产生这种想法便是一件极端羞耻的事情。"陶颊掐灭香烟，放回烟盒里，同时若有所思地瞥了舒挽之一眼。

"难以置信，像你这样的对事业的狂热追求者也会有动摇的时候吗?"

"你是想说,我是那种缺乏女性魅力的女强人吗?"陶颊朝着舒挽之嫣然一笑。舒挽之自认为对她已经足够了解,可还是未曾见过她如今的这副模样。他不清楚陶颊还有哪些方面是自己未曾见识过的。

"不是这样的。"舒挽之青涩地低下头去,在词汇库中翻寻着合适的措辞,最后却只讪讪说道:"你相当有魅力,只是这种魅力带着锋芒,一般人无法轻易接近。"

陶颊报以一笑,无意深入探讨这个话题。她将衣领略略竖起,显出畏寒的姿态,忽然间问道:"你喜欢每一幕舞剧中间见缝插针的衔接时段吗?"

"啊?"舒挽之一时没有反应过来。

"那种紧迫感,简直就像是在齿轮转动的缝隙里稍微歇上一口气。往后看,已是去日苦多;往前看,仍然来日方长……激烈舞蹈之后的短暂放松,对我来说是一种享受。我会不断地对自己说:还能更好,还能更好。在经过了这样的心理暗示后,我便会更专注于自己的节拍与动作。"

舒挽之流露出羡慕之情来,同时发出一声几乎无法察觉的叹息,说道:"我永远无法给自己以有益的暗示,哪怕自己明明那么需要安慰。这于我是一种悲哀。"

有一句话倏忽跃上了心头,可他却无法说予陶颊知晓——"我并不敢奢望能得到与你所获相对等的爱,但是,我起码拥有想要坚持下去的信念,锲而不舍且无怨无悔!"

又是一场大获成功的演出!后台堆满了鲜花,掌声在谢幕时总是一阵盖过一阵,经久不息。陶颊卸完妆后披上外套,与曹琛拥抱以庆祝演出的成功。灯光、道具与舞台统筹等所有这些舞蹈团的幕后成员都在收拾，等舒挽之从男子更衣室里出来时，他们已各自分散去用餐了，其后还将设法消磨掉回宾馆就寝前的那段时光。

曹琛独独邀请了陶颊与舒挽之两人去用餐。舒挽之对陶颊的爱慕瞒不过她这位过来人，而且她还有意撮合，因此极力撺掇他们在闲暇时间里共处以培养感情："我知道城里有一家不错的饭店，口味还算清淡，绝对不会令你们的体重增加的。"

陶颊觉得自己没有理由拒绝，虽然她仅仅将舒挽之视作弟弟。而舒挽之除了在内心感激团长之外，不免隐隐憧憬起了这顿晚餐。他们坐进曹琛的座驾，由曹琛亲自驾驶着驶向这座城市的某一角。

"等你们结束了舞蹈生涯，或许可以考虑加倍地弥补奉献给了舞蹈的这段时刻需要自律的时光。"曹琛望了一眼后视镜，平静地感慨道。

"还早着呢，我暂时没有具体的设想。"陶颊在这辆开着空调的温暖小车内显露出慵懒的一面来。

"优秀的舞者不会给自己预留后路！"舒挽之忽然说道。

曹琛深以为然，赞同道："在舞台上必须全情投入，不能背负任何累赘或是包袱。"

"我只是一个不成器的舞者罢了，但是我会尽量抛掉那些身外之忧，让自己不受其影响。"舒挽之觉得自己的脸颊有些发烫，他端正了一下坐姿，借以掩饰内心的紧张。

当他们坐在餐厅内用餐的时候，话题总算摆脱了"舞蹈"，转向其他方面。席间酒酣耳热，舒挽之终于可以大胆地直视着陶颊的面庞了，不再是从一旁偷窥，也不再是默默地感动了。他们聊起关于歧途的想象，聊起下一座即将前往巡演的城市的历史底蕴，互相交流彼此的憧憬与渴望，对未来抱持着敬畏地大开特开玩笑。

其间，陶颊上了一趟卫生间，归席时与某位外国男子撞了一下肩膀。外国男子带着迷人的微笑向陶颊道歉，并且顺水推舟地聊了一小会儿。而座位上的舒挽之注意到陶颊被他逗得相当开心，心底忽然生出了难以排遣的失落。

"小伙子，你得抓紧了，谁知道以后还会多出几个情敌来？"曹琛调侃他道。

陶颊再次坐下时，舒挽之故作轻松地向她挤眉弄眼："他向你要联系方式了吧？"

"是啊，说是下次来看我们演出。真是个精力充沛的人呀，还很有幽默感呢。"陶颊说着娇羞上脸，随即还补充了一句，"他的汉语也说得相当标准。"

这是陶颊与那位叫"迈赫"的外国男人的初次见面，而舒挽之难免会苦涩地认为，也许这是比自己与陶颊的初遇更加浪漫的故事开端。

迈赫开始经常在演出期间过来捧场。舒挽之觉得他有些类似于守株待兔的农夫，耐心地等待着猎物送上门来，只不过他更主动，计划更周密，对成功也更有把握。

陶颊似乎被迈赫表面上那接近于孩子气的阳光灿烂所吸引。当然，她也有自己的壁垒，而且在这壁垒之外能被接受的讨好举动相当有限，但迈赫仿佛天生就具有攻破壁垒的能力，在这一点上，舒挽之不得不强烈地感受到那种令他自惭形秽的差距。

迈赫从不讳言自己对舞蹈的鉴赏力甚至还未入门，可他却有的是法子取悦女性。舒挽之明白，这是经验累积使然，而自己在过往漫长的时日中，并未累积这方面的经验。因为他的所有注意力，都倾注在了欣赏陶颊的舞姿上面。

现在，他逐渐觉得陶颊离自己越来越遥远了。当然，他会努力去争取，但你知道，在爱情的狂乱影响下，太努力很可能只会适得其反。就连默默关心着一切的曹琛都看不下去了，她一再告诫舒挽之："技巧！你得注意技巧！"不过，舒挽之心想，这世上可能没有人会将赌注押到自己身上吧？

陶颊与迈赫出双入对的次数越来越多，他们频繁地交流日常的感受，一日之内所说的话大概超过了舒挽之过去十年间与陶颊相谈的总和吧？某日舒挽之听见曹琛独自坐着，自言自语般地说道："看来陶颊很快就要在舞蹈与爱情之间做出抉择了。现在的她跳舞时越来越在意台下的目光了，这不是一个好苗头。"他的心几乎都要碎了，他可以清晰地听见好似瓷器碎裂的声音。

然而，所有的情绪里并没有怨艾与嫉恨，连舒挽之自己都十分奇怪：他原本应该为自己无偿付出的时间抓狂，为长年累月追求的重要东西即将花落他家而失去理智，并体会到摇摇欲坠的失衡感，可他只是一味心酸，越是劝自己要振作起来，便越是难以自拔。

只有一次，他曾这样提醒陶颊："你太天真了，又未经世事，须得提防有些男人的花言巧语。"

谁知陶颊竟略显认真过头地回答："我知道，并不是每个男人都像你这样有气度的。"

这样一来，舒挽之便更加无话可说了。

陶颊离开舞蹈团的那天终于到来了，而舒挽之等待这天似乎已等得相当久了。

陶颊依偎在迈赫的怀中，与前来送行的旧同事们一一拥抱，话别，互祝未来。她特别对舒挽之交代道："以后，你要连我的那一份一起跳下去，直到功成身退了为止。我的梦想，就寄托在你身上了。"

这个男人除了强颜欢笑答应下来以外，还能再做什么呢？他送给陶颊一尊永远保持跳舞姿态的陶娃娃，同为舞女，它固然不会叫人失望，却也不会挥洒汗水——它只是一件容纳某段无疾而终的感情的死物罢了！

"当你看见它时，希望你能够记起我，记起我们每日都是最早来到练舞场的那两个人，记起所有陪你一遍遍不厌其烦地纠正动作的夜晚。"舒挽之感到鼻酸，然而同时也释怀多了，因为他相信陶颊会在异国他乡生活得更好，至少有人会无微不至地照顾她，而不仅止于躲在背后默默地守护。

自从陶颊跟随迈赫坐飞机离开的那天起，舒挽之觉得自己的身心似乎空缺了至关重要的一大块。他仍旧跳舞，但却失去了舞者的灵魂。他不停地跳，直到累至脱力。他想借此忘记这段他曾经投注了全部心力的单恋，却始终无法如愿。

如今，他就像是一具活的木偶，没有人能够驱使他，更没有人可以支撑他。他跳着没有舞伴的枯燥舞蹈，某天骤然瘫倒后才意识到：自己可能需要推翻一切，重新开始生活了。

曾经有很短一段时间，他酗酒无度，可在某一节点昏沉醒来后，他忽地便想开了——这次是真的彻底放下了。他变卖掉自己所拥有的一切固定资产，向曹琛辞职并且作别，随即踏上了寻找人生新意义的旅程。

他偶尔也会在街头停步，观赏那些先锋舞者的新潮舞蹈，并想起在这个世界的一角，生活着某位隐退了的舞者，相夫教子，琴瑟和鸣。他遗憾地微笑着，然后任回忆如潮翻涌。

岁月荏苒，很快便又到了冬季。舒挽之走过陌生城市似曾相识的街道，却忽然在人群中发现了迈赫的身影。他怀里搂抱着另外一名异性，脸上照旧挂着孩子气的明媚笑容。

舒挽之追上前去抓住了迈赫的肩膀，在他诧异地转过头来时问道："我的朋友呢？她没跟你在一起？！"

迈赫起初有些慌乱，不过很快就换上了一副玩世不恭的表情，耸了耸肩道："我怎么知道，我又不是她法律上的丈夫。"

"你抛弃了她？！"舒挽之强压怒火。

"别这么说。"迈赫瞧了一眼身边的女人，甩了甩头，"我们去那边详谈。"

他们来到无人的角落，迈赫一改平常面目，气焰嚣张地威胁道："别坏我的好事！我将她的下落告诉你，然后我们大路朝天，各走一边！"

见舒挽之紧攥拳头，迈赫心虚地后退了一步，说出了陶颊如今所滞留的那座异国城市的名字："我离开她时，她的确还在那里，至于有没有搬走，我就不清楚了。"

舒挽之一拳打在他的面门上，几乎怒吼着说道："滚！"

迈赫擦干净鼻子上的血迹，报复似的说道："追她可真是不容易，不过，就是像她那么难追的女人，征服起来才更有成就感呀！"

舒挽之不愿再同他计较，他现在只想飞去陶颊藏身的那座城市，给她一个可靠的怀抱。他无视自己血淋淋的内心，只想给陶颊那颗同样血淋淋的内心止血。

在经过一番长途奔波后，舒挽之来到了迈赫口中提到的那座异国城市。他找了一家旅馆先暂时安顿下来，然后便开始了大海捞针般的盲目搜寻。

彼时已接近夏天，整个城市都是陌生的，小贩们狡猾，商贾们势利，唯有钱是通用语言。舒挽之每周都会给曹琛打一通越洋电话，向她诉说"今天也没有收获"之类毫无新意的话。这样好歹给了他一些虚假的慰藉，让他不至于完全被失望给淹没。

舒挽之原以为像陶颊这样的异性，在哪里都会非常醒目，可是现在，她就像失落的史前大陆一样沉入了茫茫大海，杳无踪迹，遑论音讯。同时，她还像是一个残忍的谜团，等待着舒挽之将其解开，并令之复位。

那天，这座异国城市下起了雨，舒挽之走在阴沉潮湿的街头，走马灯似的闲观那些兜售土特产的商贩支起雨布，一股海蛎子的味道在雨尘下弥漫开来。这里说难听点就是处贫民窟，不法之徒四下出没，横行无忌，投机取巧与蝇营狗苟者屡见不鲜，然而眼下，雨水洇湿了所有的石头、木材、面孔与皮肤，将肮脏稀释，并随手将丑陋抹淡。

"难道这一年多来，陶颊就是在这样的环境下生活吗?!"舒挽之痛心不已。

正漫步间，他忽然发现了一个背影，令他心跳加快，却也马上就要撑伞走入巷中去了。他心头一动，急忙追了过去，此时积水漫溢，每走一步都伴随着清脆的迸溅声。

"是你吗?"隔开四五步远舒挽之便问道。

然而那个女人只是低垂下头，走得更快了。舒挽之疾跑追上，扳住她的肩头迫使她转过脸来。在四目相接的那一刻，眼前这个化着浓妆的女人早已是泪流满面了。

"太好了，终于……"

"你认错人了。"女人挣脱开舒挽之的手，转身继续逃避，然而舒挽之扯住她的胳膊，痛彻心扉道："你怎么了?! 是我啊!"

"我已经沦落到这步田地了，你就不能保全我仅有的那么一点儿尊严吗?!"陶颊失态地甩开了那只试图将她拉回平静生活，拉回自赎之路，拉回无忧往昔的手。

"沦落? 你在说什么呀?!"

陶颊甚至任由泪水涂花了妆容，神经质般地说道："我要去工作了，你别跟过来! 今天的这一切都是我咎由自取，不用你管! 如果你还顾念旧情，就不要将我的处境告诉任何人。"

这时，一个熏黄了牙齿的外国男人走过来，一把将陶颊搂进了怀里，同时还推搡着舒挽之，用当地语言颇不客气地叽里咕噜着。舒挽之不愿相信眼前的事实，痛苦得甚至忘记了还手，只是怔怔地站在原地盯着陶颊，仿佛在等她挂上招牌式的微笑告诉自己："这只是一出戏，一场恶作剧……哈哈，上当了吧……"

可陶颊最后还是走了，肩头瑟缩着，却仍要故作笑颜。舒挽之再次追了上去，却只看见陶颊回头给了自己一个哀莫大于心死的眼神："忘记我。"

舒挽之有种想要呕吐的不适感，为迈赫，为陶颊，更为此刻没有坚持带走陶颊的自己!

傍晚时分，一位跑腿的小厮将一个襁褓中的婴儿送到了舒挽之下榻的旅馆。那是个漂亮的混血宝宝，眼睛蓝如碧穹，稀疏的头发却黑若乌墨。小厮说，这是一位女士托他送来的，还多嘴多舌道："我敢说，像她那样悲伤到难以自抑的女士，是吸引不了任何男人的。"

舒挽之给了他一笔小费，虽然他手头并不宽裕，然后发现了塞在襁褓内的那个跳舞娃娃，正是自己当年所送。陶娃娃依旧保持着当年的舞姿，而舒挽之却突然这样想道：如果她无法再继续跳下去了，那一定是比这世上的任何折磨都更残忍无比的刑罚。

被赞美的凶器

这是很久很久以前的故事了。

金花阿婆蹚过被河水给浸淹的大路，穿着藤鞋却仍步态优雅。天气阴雨绵绵，被冲上岸来的鱼虾蟹迷失在陆地的淤洼内，那些白肚皮看起来像是散落的獠牙。她的眼睛仍然相当好使，一望之下便看见了柳树根下被灌木丛挂住的苇条篮子。

她踏过松软的河沙，发现苇条篮子内躺着一个赤裸裸的男婴，伸出肉嘟嘟的小手想索讨未知的温暖拥抱。金花阿婆捧起篮子，那张纯真无邪的稚嫩面孔让她想起了早夭的孙儿。

"这是老天爷的恩赐吗？在我垂垂老矣的年纪送来这样一位小天使。"

她决定将他抱回家去，于是取下兜帽盖在篮子上，冒雨经过竹林、瓦巷，回到自己的居所。这是一户狭如舟蓬的低矮茅屋，充斥着馊食味儿。她想要给这个家的新成员腾出一块容身之地来，哪怕再简陋寒碜，那也是寄放她希望的宝篚。

她将婴儿抱在怀里又哄又摇，开心得眼泪都快流出来了："就叫你河生吧。从此以后，我们可要相依为命咯！"

金花阿婆想方设法地来装点襁褓，用干净的稻草、披巾与袄絮，甚至贝壳。替弃婴擦拭身体的时候，阿婆发现小河生的后背上生有蓝色的鱼鳞，就像塔状的松果。当时她并不以为意，即使小河生的身体天生有缺陷，她也只会加倍爱他罢了。

阿婆在河生才晓事的时候便屡屡叮嘱他，千万别让任何人看见自己的背部，而这成了他的家训！他自己是不知道缘由的，因为既无"人心难测"的概念，也看不见背上与肉共生的蓝色鳞片。

河生结交的第一个朋友是女孩阿漓。那是他在五岁放生被洪水冲上岸来的鱼虾时认识的，女孩走过来跟他聊了些没头没尾的闲话，仿佛非这样不足以给对方留下深刻印象似的。他们告别的时候，河生心底涌出从未有过的幸福感，青梅竹马——这是他在第一时间想到的美好形容。

河生六岁那年，金花阿婆用起早摸黑、省吃俭用攒下来的钱给养孙买了张小床。床虽小却很坚固，河生将小脑袋蒙在被子里时会偷偷地笑。鳞片刮着床板，有一种痒痒的快感。

隔壁的拾荒老头一直在自学语文，然而自河生三岁启蒙到六岁开蒙，他仍然只能囫囵地背诵《咏鹅》这类短诗。河生很尊敬他，而这位长辈也十分疼爱并未沾亲带故的河生。

河生经常去河边伫望渺渺烟波，生出一种类似于乡愁的怅惘心绪。镇民们觉得他难以相处，是个易害羞、胆小而又清高的怪小孩，然而河生无意去纠正他们的刻板印象。

课堂上老师曾说过，整间私塾是个大家庭，小河生深以为然。大伙儿头顶同一片蓝天，脚踩同一块土地，理应相亲相爱，即使偶有龃龉，眨一眨眼也就忘了，不打不相识嘛。

童年的小镇总是笼着烟光，晴雨难分，而河生就在这样的环境下度过了一生最快乐的时光。由白墙拦围成的迷宫、可躲避骤雨的风举群荷、黄昏归家时奶奶背对着自己的温馨轮廓……隔壁老爷爷也时常送来自制的简陋礼物，河生将其摆在床头，它们陪伴自己度过了懵懂无知的童年。

某个雨昼，河生习惯性地来到河边，靛碧绵密的河面就像磁铁一样吸引住了他。最后，他还是难以抵挡这诱惑，便脱衣跳下了河去。他扎了好几个猛子，简直比鱼类还痛快，仿佛他天生就是这个舞台上的表演者。他背上的鳞片此刻也如帆一般支棱了起来。

又有其他几个孩子路过河边，游得兴起的河生忘记了阿婆的告诫，浪里白条似的立于湍流中，招呼他们同游。可那些孩子却用一种怪异的眼神瞧他，只是彼时其中仍含有平等的意味。

"快下来，跟我这样游一阵子，你们也会喜欢上这种感觉的。"

"你们看，他背上是什么?!"一个眼尖的孩子忽地惊叫起来，满眼满脸都是厌恶。

这一声提醒顿时让其他孩子的目光如苍蝇聚叮一般落在河生背上，然后每个人都流露出"目睹了怪物"的那种嫌憎而又窃喜的表情。他们边起哄边大吐口水，这让河生倍感羞辱，殊不知这已经算是相当仁慈了。他伤心地问道："我背上到底有什么?!"可孩子们已经作鸟兽散，三三两两地私下议论着这一"足以引发吞噬个人命运之巨潮"的发现。

河生没有心思再游泳，他穿上衣服，委屈地往住处走回去。途中恰巧遇见阿漓，明知道真相会让正常人震怖惊恐，但他还是恳求阿漓瞧一瞧自己的背部。

他再次脱掉衣服，将后背祖露给阿漓看，而阿漓的第一反应便是捂住了嘴巴。"是因为长着很可怕的东西吗?"河生带着哭腔问道。

"兴许只是皮肤病。不过还有另外一种可能，那就是你其实是鲛人一族的王子。"

阿漓替自己着想的善良回答让河生内心好受了些，当晚，他坐在漏雨且昏暗的屋棚下，沉默地咀嚼着粗茶淡饭，虽然感到难以启齿，却还是佯装无事地说了出来："阿婆，您能带我去医师家检查下吗？"

金花阿婆的神伤似乎是对河生最严厉的无声谴责，她难过得半晌后才说道："被更多人知悉你的秘密，那将是所有新痛苦加剧的根源。"

于是河生便再未提过这个要求，因为他不愿让阿婆有一丝一毫的为难。

"河生是鱼怪"的消息不胫而走，以比金花阿婆预料的要快得多的速度传播开来。如同一场不洁的瘟疫在人们心头滋生，而这些仅仅发生在极短的时间段里。

河生开始抗拒上学，不只是因为饱受霸凌，也因为上课时总是如坐针毡。可他连一个字也未向阿婆透露过，至于霸凌方式的层出不穷，可以这么说——即使他真是一条鱼，恐怕也不会比这更恶劣了。

他经常东躲西藏，可其他孩子总能找到他，就像嗅觉灵敏的老猎狗。一旦找到河生后，他们便以言语侮辱，用秽物涂泼，用拳脚痛殴，但河生从未反抗过，因为怕他们找奶奶的麻烦。报复这团火一鼓作气，再而衰，三而竭了，而在最初的岁月里，他甚至一滴眼泪都没流过。面对在身体内运转的水与火，他选择了息事宁人。

他们在河生面前捂住鼻子，仿佛河生浑身散发着恶臭，而河生哪怕回瞪他们一眼，也会激起这帮人更残忍的嗜求。想出新点子来折磨河生的孩子，居然被尊奉为了英雄，他们对待昔日的同伴、如今的全民公敌简直无所不用其极，手段更是逐日变本加厉。

那天，施暴尤其酷虐。河生躺在蓝天下，一个人自嘲般地笑着，内心无限接近于空洞。隔壁老爷爷跑过来，一边按压被打的部位一边问痛不痛，而河生只是逞强地摇头。在背河生回家的途中，老爷爷告诉他："是阿漓这丫头跑来通风报信的，我还从未见她哭得如此厉害呢。"

在那一刻，河生如此自责：要是阿漓从来不认识自己该多好，那样她就不会伤心了。

唯一可以治愈他心灵的，是小镇的自然风光，只有身处其中，才不会觉得自己是行尸走肉。而那些自诩"成熟"或"通情达理"的大人们同样对河生避之唯恐不及，生怕跟他扯上一丁点儿关系。河生多么希望有谁能主动对自己说上一句话，不管语气生硬还是内容贫瘠，他都会感激涕零。然而，冷漠也不出意外地成了杀人不见血的"凶器"。

在那之后不久的某个晚上，河生与阿婆在家中沉闷地吃着晚饭，阿婆忽然说道："最近你好像不太开心。"

河生很小心地掩饰着自己难以形容的痛苦，同时也因为担心阿婆被卷入其中，只能强忍内心的煎熬回答："没有啊。"

"你对将来有什么打算吗？"

"只希望能减轻您的经济负担。"

金花阿婆既没回答，也未否定。屋外，细雨中的花香无孔不入，而这对祖孙表面平静，实则满腹苦涩，忧虑极深。他们不敢坦白各自的遭遇，只因害怕唯一的避风港也轰然崩塌。

河生爬上私塾的围墙，隔开迢迢的距离远观他人的快乐，仿佛自己也能从中获得安慰。然而学生们发现了他，于是石块与垃圾如矢雨般砸向他，可这次河生没有落荒而逃。他就像一个单身鏖战的武人，镇静地骑在墙头，冲这伙乌合之众第一次投以鄙夷的眼神。

　　当日略晚，河生躲进了十里荷塘的深处，想要稍微喘口气。这里荷叶层叠，堪称最好的"保护伞"，立在船头，可以望见远处峰顶的庙宇，香客们在烟雨下络绎地盘行，芝风吹起，荷叶会如漱玉般摇抖。河生早有察觉：自己心情尚佳时，总是阴雨天气；倘若糟糕，则无一例外都是晴天。

　　不过，就连此处的宁静也很快被打破了。学生们循迹而来，将河生围堵在荷塘的中央，冒着小雨"收网"。天光昏暗，而他们的武器库里有形形色色的致伤工具，并认为用来对付这只"半人半鱼的怪物"足矣。

　　"人鱼杂交的怪物，别来玷污人类的血统！"河生的脑袋被摁入了水底。

　　"你就该被按在砧板上刮去鱼鳞，再做碗鱼汤！张开你的鱼嘴！"他们往河生口中塞进各种脏东西。

　　"让我们看看鱼类是怎么交配的吧，哈哈！"河生的裤子被脱下来，有人拍打着他的下体。

　　河生感觉到有股温热的液体自泪腺流出，就在须臾之间，荷塘上方放晴了。如果忽略掉孩子们的暴行，这该是多么美好的一幕——荷叶上的露珠如万千珍珠滚动，飞鸟梭镖一般横穿过光的细弦歪柱，橙色的水汽袅袅笼罩着钩檐粉墙。塘面似画中的弹涡皴，不时有鱼儿跃出水面，发出类似于拔瓶塞一样的清脆声音。

"真有意思，打这怪物一顿便能放晴吗？看来老天爷也欣赏我们为净化人类血统而做出的贡献呢！"他们意气风发，仿佛每一个都是前途无量的优秀少年。

"乖乖地等着下一次吧。"他们狞笑着离开，只留下现场一派狼藉。

河生处理罢受到欺辱的痕迹后，便拖着沉重的双腿向家里走去，却在半路遇上了阿漓。阿漓小心翼翼地问他："你还好吗？"

"离我远一点，这样他们才不会迁怒你。"河生提醒阿漓拥有同情心会带来什么下场。

"你……一个人能行吗？"阿漓想要"明哲保身"的态度在河生看来已经相当勇敢了，自己不应也不配再奢求其他。

"不要紧的。"河生咧嘴露出带血的牙齿，明白自己亲手推开了多么宝贵的东西。

镇上的少年们组成了一支"讨鱼队"，每天晨昏都会在河生的住处外滥施辱骂，还朝着窗玻璃上投掷石块，想要逼迫河生离开小镇，越远越好！而金花阿婆再也找不到活干了，即便待在家里也不得安生：别说保护河生了，就连照顾好自己都做不到，那一惊一乍的过度反应简直堪比淝水之战中的前秦士兵。

经拾荒老爷爷的引荐，河生找到了一份体力活干，那就是在不见天日的地下仓库里搬运活鱼。鱼老板经常抱怨，说自己收容河生承担了多大的风险，并因此心安理得地克扣河生的血汗钱。可河生还是心怀感激，觉得这样的待遇比骨子里的偏见不知要仁慈多少倍。

随着身体的发育——在这般悲惨屈辱境遇中长大的河生，居然还能发芽并拔节，不由得让人感慨生命力的强大——他的蓝鳞也延伸到了颈部，离镇民们口中"不折不扣的怪物"又近了一些。然而依旧无人关注他的内心，大家只是将他当作异类看，到了后来，就连施暴的那股新鲜劲儿也过去了。

在无数个辗转难眠的深夜里，河生会去撕拔自己背上的鳞片，一边撕拔还一边强忍住哭泣。每当拔下一片鱼鳞，锥心的疼痛便会扩遍及全身。纵使背部鲜血淋漓，仍无法抵消他对"施虐者竟被捧为英雄"的绝望乃至无助。

天亮前，他尽量抹去自虐的痕迹，然后在阿婆醒来的时候也装作刚刚睡醒。可这些怎么瞒得过阿婆呢？她总是双眼红肿地再三确认养孙有没有大碍，而河生则笑着说谎："不过是打死了几只蚊子。"

金花阿婆摸着河生的脑袋，悲伤得甚至说不出话来。

到了后来，河生越发麻木了，简直成了浸泡在麻沸散中的标本，痛苦不再鲜活，也不扩散了。有时他在深夜里正工作着，看到那些鱼翻白的眼球，便会突然间有种自怜的感觉：自己的青春就这样在永无下限的忍耐当中一天天地溜走了。而除此之外，好像也没有什么其他值得大书特书的地方。

十九岁那年，河生收到了阿漓托人送来的喜宴请柬。他明白这是阿漓冒天下之大不韪的善意，但也明白：自己从此从她的生命里消失才是最好的礼物。

两个月后，金花阿婆病笃了。河生甚至想要卖血来筹措医药费，然而人类岂能接受鱼怪的血。他拜托老爷爷替自己找一份来钱更快的工作，而老爷爷支吾再三，才终于说道：

"倒是有一份……但恐怕不适合你……"

"我不怕苦累、肮脏与危险，求求您告诉我吧！"河生甚至想跪下哀求。

于是在三天后，河生成了某家知名杂耍班子的一员，被关在专门为他打造的"鱼人世界"里取悦着所有抱着猎奇心理的观众。他还有了另外一个名字——鱼人佐治，而他在鱼人世界里感觉这就像个鱼缸。每次表演前，他都得套上鱼尾巴，观众的口哨声仿佛来自另一个世界，他甚至隐约有种错觉：被关在牢笼里的不是自己，而是那些观众。

金花阿婆临死前含泪握着养孙的手，说道："你是我这辈子最深信不疑的奇迹！"河生拼命抑制住眼泪，他知道自己的眼泪会带来晴天，而他绝不愿意让这个小镇享受明亮温暖。仇恨并非源于自己所受的欺凌，仅是因为这群人从未善待阿婆。

杂耍班子为他打出了专门的宣传用语——"真正的鱼人，来自海洋深处的神秘物种！"就跟最开始时那样，他无意纠正人们的错误认知。在他离开后，镇上仍口口相传着"鱼怪"的奇谈，当他们再度提起这段往事时，显然已经忘光了其中的荒谬乃至罪恶——

"怪物就是怪物，如果对它们心慈手软，只会让人类降低自己的尊贵等级！"

鱼怪最后被赶出了人类社会，这实在是一件喜闻乐见的圆满快事。他们对曾经有过自己涓埃贡献的集体施暴感到满意，就仿佛他们捍卫了全体人类血缘的正统。

避世渡轮

　　舱外的流雾晶莹、朦胧、洁白，船身在一片如鸿蒙未开的混沌中行驶在平静的海面上。孔拉图并不知道这艘未被命名的渡轮将要驶往何处，但他无所畏惧，他想离开自己原先生活的那个世界很久了。他打算去各层各室看看，熟悉一下接下来将在海上同舟共济的乘客们。他希望能遇上几位有趣的陌生人，最好与自己"臭味相投"。

　　渡轮共有四层，当他攀上船舷外侧的扶手梯时，清晨的凉露像面纱下的吻一样温柔轻浅地落在他的肌肤上。

　　最底层是食材贮藏库，叠成"品"字形的钉板木桶内则是饮用的淡水。孔拉图随后登上渡轮的第二层，从前往后，是一条横贯此层的走廊，宽度不超过一百二十厘米。左右手各有四扇紧闭的舱门，孔拉图一边喊着"有人吗？"一边听着自己问话的回音在走廊内飘荡，同时慢慢地往前挪步。

　　终于，他的呼喊得到了回应：走廊尽头的两扇舱门几乎同时朝内打开了，随即探出一男一女的两颗脑袋来。他们应该都是单身客。左边那位是一名年轻女子，脸上长着雀斑，发型古板守旧；右边那位，是个矮个子的中年男人，长着一双牛似的眼睛，络腮胡须蓬乱无序地遮没了下巴。

"是新乘客呀，欢迎、欢迎！"矮个子中年男人似笑非笑地致起了最简单的欢迎辞。

"你们俩也是这艘船上的乘客？"孔拉图抱着些许迟疑问道。

"不然你以为呢？"长雀斑的女子冷漠地回呛道。

"我总以为这么大的一艘船，起码也该有几个工作人员才是。"孔拉图讪讪说道。

"自打我们上船的那一刻起，既没见过检票员，也没见过服务生，更别说水手、大副或船长了。除了应邀而来的那些乘客，就连邀请者也一次都未露面。不过这艘船似乎仍旧循着最初设定好的航线行驶，而我们只需享受旅程，不去胡思乱想即可。"男人详述道。

孔拉图的目光落在男人那间舱室门侧的黄铜铭牌上，上面镌有"苏贽"二字。他试探着问道："房间早在我们上船之前就分配好了？"

"只能如此解释。"

"对不起，我得去找找自己的。"孔拉图掉头便要去找有自己名字的房间铭牌，果然很快就找到了。他扭了扭门把，却毫无反应。

那个叫"苏贽"的男人过来教他如何利用指纹开锁，趁此间隙，孔拉图斜瞥了一眼那位雀斑女子。她旋即将房门关上，如此便可看清她门首的黄铜铭牌上镌着"公孙本华"四个字了。

"好了。"门打开后，孔拉图又问道，"船上的其他乘客呢？"

"都被分配在了三层，足足有三个家庭呢。这一层是专供我们单身人士居住的。"苏贽在回屋之前，想起了什么似的又传达道："每日三餐会有铃声提醒，可别睡死过去了。"

"谢谢，实在太感谢了。这趟旅程还得请你多多指教啦。"孔拉图致谢道。

他走进了属于自己的小房间，只见舷窗下面的墙壁延伸出一张金属桌板，床铺整洁而简单。空间虽然有限，但并不给人以狭仄的感觉。窗外仍弥漫着似有若无的乳白色薄雾，在这一刻，孔拉图总算燃起了远行前对于漂洋过海的新鲜感与冒险欲。

他拿出随身携带的游戏牌，开始一个人津津有味地玩了起来。

当上船以后的第一声用餐铃响起来的时候，孔拉图伸了伸懒腰，将游戏牌拢成一整沓，放好，然后准备离舱用餐。在一直持续响着的蜂鸣铃声中，他在走廊上再次遇见了苏赟。

"一起去餐厅？"孔拉图询问道。

"一起去吧。"苏赟额头冒汗，似乎刚结束了什么剧烈的运动。

当经过第三层的走廊时，苏赟热心地介绍起来："住在这层的三个家庭分别是惠多德一家、伊守仁一家与柏熹一家。惠多德夫妇带来了一个女儿；伊守仁家是独生儿子；至于柏熹夫妇，膝下则有一对姐弟。"

"怎么没见到公孙小姐呢？"孔拉图好奇地问道。

"这一顿刚好轮到她来负责烹饪，所以她比我们早半个多钟头就上了四楼餐厅。当然，任何人都可以主动帮忙，回报则是可以选择自己喜欢的食材来烹饪，毕竟每样食材都是可以到舱底自由挑拣的。"

"啊？也会轮到我吗？我可不擅长烹饪。"孔拉图有些慌了神。

"到时候我可以帮你，反正在这艘船上，时间大把大把没处花。"苏赟笑道。

孔拉图这才松了一口气，转眼间他们便已来到了四层的半露天餐厅——露天的那部分可以享受太阳浴，遮棚下则提供了一处避风挡雨的场所。餐桌总共有四张，每张能坐四人。其他三组家庭早已落座，根据家庭成员间的搭配，孔拉图可以很轻易就辨别出惠多德一家、伊守仁一家，以及柏熹一家。他努力将他们的面部特征牢记于心，免得日后闹出张冠李戴的笑话来。

公孙本华将午餐逐桌端上来，每一桌都是相同的菜肴，就像从流水线上批量生产出来的一样。然后她便坐到了苏赟的对面，低头舀起一匙菜汤来喝，既不询问其他乘客是否满意，也不自谦地说上几句场面话。

海上的雾气基本已经散尽了，但仍然还是看不见远方，更不用说陆地以及岛屿了。海鸥唳叫着掠过视野，咸湿的海风扑面吹来，每个人的脸上都仿佛抹上了微量的盐渍。整个四层眼下出奇安静，温度与湿度都恰好令人心旷神怡，只有伊守仁家的小子一边吞咽，一边发出粗鲁的咀嚼声。孔拉图注意到惠多德家的千金厌恶地蹙起了蛾眉。

柏熹端着一杯斟满了的红酒站起来，扬扬自得地说道："那就让鄙人代表全船的乘客，欢迎新成员的加入吧。对了，你叫什么名字来着？"

孔拉图同样站起来，做了简短的自我介绍。才刚坐下，便听见伊守仁不满地发起了牢骚道："瞧你这副目中无人的样子，不知道的人还真以为你是什么领袖呢，其实不过是自封的狗屁'代表'罢了。"

柏熹涨红了脸，说道："请你先站起来再跟我说话，这是对待绅士最起码的礼貌！"

谁知伊守仁反而架起了二郎腿，摆出无赖的姿势说道："你没有权利吩咐任何人！对于值得我站起来回话的人，我自然会站起来。"

　　此话一出，好似掀起了轩然大波。除了柏熹一家人外，其他乘客都是"唯恐天下不乱"的看客心态。柏熹不由得恼羞成怒起来："你这是挑衅！赤裸裸明显的挑衅！由此酿成的一切冲突，恕鄙人概不负责。"

　　"那么大可由我负责！"伊守仁颇有些嗤之以鼻。

　　还好大人们之间的战争往往虚张声势，顾虑重重。可在另一厢，孩子们的战争却几乎是一触即发：伊守仁家的小子去添饭时，不小心撞到了惠多德家千金的手肘，害她将菜汤洒在了衣袖上。小姑娘顿时"火山爆发"了："丑八怪，你给我小心点！"

　　伊守仁家的丑公子起初只是露出一副欲哭之相，然后很快悲伤盈溢，捂住了脸突然跑向通往下一层的楼梯口。伊守仁怒火中烧，腾地站起身来替儿子鸣不平道："你家小王八犊子还有没有家教?！就没有人喝令她住嘴吗?！"

　　而惠多德只是装模作样、不痛不痒地安抚道："童言无忌，孩子们的矛盾就让他们自己去处理好了。"

　　伊守仁狠狠地瞪了他一眼，愤愤然坐下；柏熹在一旁隔岸观火，暗中包藏着幸灾乐祸的心思；伊夫人似乎非常担心儿子，向众人得体地道过歉后，便追下楼去了。

　　这顿火药味十足的午餐留给孔拉图的印象便是：这艘看似和平的大船上，个人与个人、家庭与家庭之间的关系并不像看上去那么简单。苏赘凑近对他附耳说道："几乎每次用餐都会上演类似的戏码，我都见怪不怪，早就有免疫力了。"

　　"哈哈哈！"孔拉图不由得苦笑道，"希望不要从文斗演变为全武行。对了，苏兄，你待会儿能带我参观一遍整艘渡轮吗？"

"十分乐意效劳。"苏赟挂出他的招牌式微笑，"只要不闯入其他船客的私人领域。"

苏赟在前面一边用牙签剔着牙齿，一边引路，两人首先来到了餐厅背面的活动室。里头摆着台球桌与乒乓球桌，挂着报刊夹子的简陋书架上书报凋零。

"如果没有这些娱乐项目，恐怕那帮家伙将会更加无事可做，针锋相对的状况亦将越发严重呢。"苏赟咂了咂嘴道。

"你也不知道这艘渡轮最终将驶往何处吗？"

"不晓得。也许是天堂，也许是地狱，但我觉得没有太大区别——天堂或许也分三六九等，地狱反倒可能同仇敌忾。只要有人心的地方，谁能说得清楚祸福呢？"

"伊家的那位公子似乎有些敏感呀？"孔拉图忽又问起。

"一来大家难免有些以貌取人，二来他自己也太过孤僻内向了，再加上受累于他那骄横跋扈的父亲，才会有今日这幕。说起来，大家一开始全是客客气气的，但是随着时间流逝，每个人开始无一例外地变得吹毛求疵、妄自尊大起来。仿佛他们身上的缺点被逐一放大了——就像细菌暴露在显微镜底下无所遁形那样。"

此刻，他们正沿着舷梯往下搁脚，孔拉图再次问起："柏熹家的那对姐弟呢？我看他们只顾自己安静地吃饭，俨然一副与世无争的好脾气。"

"谁知道真假呢？也许只是在思考什么鬼点子。现在的小孩，全是人小鬼大！"

"不是独生子女家庭，可能会稍微懂事一点。"

"反正我是惧怕小孩子过分懂事的，总感觉那样的孩子被摁苗助长了似的。"

说话间，两人已来到了二层船首那端的尽头。这里是控制室，船舵的旁边放着一架双筒望远镜。

"二层的另一头是工具室，有紧急逃生用的救生圈，以及其他林林总总有用或无用的工具。而底舱除了食材与淡水外，还有药物与供人自取的纸笔等消耗品。至于浴室与盥洗室，则安在宿住人数最多的三层。"苏贽的耐心一如最初。

孔拉图拿起望远镜朝着远方望去，苏贽饶有兴致地问他："看见什么了？"

"除了海天一色，连只海鸟的影子都没瞧见。"孔拉图小幅度地左右移动着镜筒，最后索然放下。

"我们就像是被困在海上的一伙囚徒。"苏贽打了个形象的比喻。

"晚饭由谁——或者说哪家负责？"在问这个问题时，孔拉图的心底似乎再无疑惑了。

"好像是伊守仁一家吧？"苏贽也不太敢确定。两人略怀遗憾地望向逐渐明晰起来的海面，随后孔拉图邀苏贽去玩局游戏牌，却被婉言谢绝。两人遂各自回房，等待晚餐时的蜂鸣铃声响起。

海上的雾气已经完全消散了，风景变得明快旖旎起来。孔拉图坐在舷窗边，这样想道：若是连续看上半个月这样的风景，迟早也会厌倦，甚至变成煎熬的。他一遍又一遍将游戏牌打乱，接着洗牌，发牌，再开始新的一局游戏，然而却迟迟没有听到晚餐铃声响起。

于是，他决定再去转转，可就在二层与三层内部的楼梯间，险些被柏熹家的小儿子给撞倒。只见他灵活地沉腰扭胯，避过逃跑路线上的所有"障碍",向走廊的另一头逃去。随即又看到伊守仁从上层追了下来,气喘吁吁地喊着:"快抓住这个小兔崽子,我非得好好教训他一顿不可!"

孔拉图拉住他,问道:"他闯什么祸啦?"

"调换了装白糖与盐的器皿,还拧开盥洗室的水龙头不关上——换了是你,还能心平气和跟他讲道理吗?!"伊守仁余怒未消。

"还是得找他父亲交涉,让他严加管教为妥。"

"做儿子的就光会添乱,做父亲的则一味包庇纵容,父子俩完全是一个德行!"伊守仁相当不满地抱怨着,眼见无望追上,这才愤然咒骂着回厨房去了。

孔拉图紧跟着他上了顶层的餐厅,这一回公孙本华仍在厨下帮忙。不一会儿,受邀上船的成员们陆续到齐。这一顿倒是比预想的要风平浪静,只是在用餐时间的中段,柏夫人忽然阴阳怪气地挑起了刺儿来:"就只知道做些自己偏爱的菜肴,从来不为其他人考虑一下。"

而公孙本华却寸步不让:"你可以申请担任这艘船上的专职厨师,对此我没有任何意见!"

女人的争吵总是流于满腹怨毒,双眼喷射出仿佛要吃了对方的熊熊火焰。只是等大伙儿散去大半,她们也自觉无味了,这才解除了对峙不下的状态,各回舱室去了。

当晚,柏熹家小儿子的哭声突然响彻了二层与三层,原来他在上厕所时被捕鼠夹给夹伤了脚。柏熹带着儿子首先去底舱寻得了伤药涂搽,接着便登门找伊守仁兴师问罪,而伊守仁拒不承认自己跟这件事有哪怕一丁点儿的牵涉,两位家长为此险些动起手来。

不过短短一个昼夜，便令孔拉图产生了"这是一个社会之缩影"的感觉。每个人都各怀鬼胎，而且由于没了世俗眼光的束缚，遂不免变本加厉，没有顾忌，不肯收敛了。船上的首日便是在这般杂乱无章的哄然闹剧中悄然结束的。

就在孔拉图上船后的第五天，有则小道秘密不胫而走，虽然并未传得沸沸扬扬，但却在一定范围内满足了闲杂人等的猎奇心理，那便是"柏熹与惠夫人私底下有一腿"。孔拉图不清楚柏夫人与惠多德是否知情，但的确越俎代庖地替他们感到了悲哀。

某次去盥洗室的时候，他果然发现了绯闻中的男女主角正在暧昧地调情。他只好"非礼勿视"，低着头佯作不见地匆匆走过。再出来时，两人已不见踪影。孔拉图一边洗手，一边想象着他们奸情败露后将要面对的可怕处境与应得的惩罚。

午休时，孔拉图在床上小寐了过去，直到苏赟捶门将他唤醒。舱外正是暴风雨的前夕，周遭海域风浪兴作，天空昏暗。苏赟告诉他："我们得抓住一切机会补给，因为船上储水有限。现在赶紧去搬几个空桶来接雨吧。"

几乎每一位乘客都被唤来帮忙了。顶层的甲板与舷梯两侧密密麻麻地摆满了脸盆，水桶与瓶罐，以及原先用来贮水的空木桶。苏赟在漫天风雨下点燃了一支香烟，忽然问柏熹道："柏先生，您夫人怎么没来一起帮忙？"

"哦，她身体不适，不能淋雨。"

"我看她其实是缺少关爱吧，哈哈！"伊守仁含沙射影地说道。

"请你放尊重点！"柏熹色厉内荏道，"捕鼠夹的事我还没跟你算账，少自找霉头触！"

"我说了跟我没关系，别什么污水都往我身上泼。"伊守仁哭笑不得地为自己辩护。

孔拉图对大人们话里行间所透漏出的倾轧算计与隐秘讯息不感兴趣，他注意到柏熹家的长女正在观察船沿的排水孔，于是凑近前去问道："你在看什么?"

柏熹的长女淡漠地抬起头来，回复了他一句："没什么，无聊而已。"

就在那一瞬间，孔拉图似乎从少女眼中窥出了与她这个年龄不符的狠辣果决与深不可测来。他原以为自己看错了，但这个如幽灵一般走开的短发少女的背影，忽然让他感到了一阵莫名的心痛。

淡水虽然得到了补充，但是老天爷却并没有停止这场海上风雨的迹象。雨水整日敲打着渡轮外部，舷窗上留下了雨水流经所造成的泪痕一样的凌乱轨迹。

那天，轮到了苏贽准备晚餐，而柏熹家的长女则主动要求帮忙。然而，就在孔拉图中途想去搭把手时，却看见苏贽困惑地站在连接顶层与三层的楼梯口，正茫然地倾听着什么。

孔拉图问道："你在找什么?"

"哦，我刚才听见了一些奇怪的声音，所以跑下来看看。"

"晚餐准备得怎么样了?"

"有柏姑娘帮忙料理着呢，应该很快就能端上餐桌了。"

于是，他们又走回顶层，发现汤已煮熟，菜也热气腾腾地出锅了。苏贽拉响餐铃，不一会儿，船上的乘客们便散漫地上来用餐了。

"雨还没停呀?"惠多德望着深色海面上翻涌的波涛，问出了大多数人的心声。

"起码还得再下一晚。"苏赟凭经验之谈判断道。

伊夫人手里拿着一把苹果刀，来回转动着苹果却不削皮，小声说道："讨厌，不知几时才能靠岸？我本以为这会是一趟海上的豪华客轮之旅，没想到……"

"用脚指头想想也知道不会有这种便宜事儿呀。"伊守仁认为这个想法不值一哂。

柏姑娘将餐具用托盘端过来。这一顿的主菜是猪排煎蛋，每人一份，而柏姑娘殷勤地将每份配量均匀的菜肴亲手送至用餐者面前。孩子们抱怨着别人盘中的猪排更大块些，煎蛋更美味些，却将自己的那一份给护得紧紧的。

海上风急雨骤，看来今晚又得在如颠簸不定的襁褓的船上摇晃而安稳地进入梦乡了。

孔拉图在晚八时左右听见了敲门声。他起身开门，却看到柏家长女站在舱门外，目光沉静，如同刚刚下了某种巨大的决心似的："孔拉图哥哥，请你半个小时后来船尾找我。"

"有什么事吗？"

"到时候你就会知道了。"她点点头，礼貌地说道："打扰了。"

孔拉图关上舱门后仍旧百思不得其解，于是半个小时还未到点，他就急着前往船尾赴约了。一路上，整艘渡轮死寂如沉，脚下晃荡得厉害，而船外电闪雷鸣，天空宛若被一只利爪不断地撕开皮肉深处一样。

孔拉图居然在船尾看见了正心事重重等候着的苏赟，看来他也忍不住提前赴约了。两人还没聊上几句，伊夫人也来到了船尾。三人互相打探，即使多多少少地撬开了另外二人的嘴巴，却还是搞不清楚柏姑娘的居心与用意。又过了一小会儿，柏姑娘拖着一艘没有充足气的救生艇走了过来，在雷电划过天空时瞬间的光照下，她宛如一位索魂使者，步伐坚定地朝着她所选定的这三人靠近。

"现在，你们可以跟我一起乘坐这艘救生艇逃难了，至于船上的其他人，则将受到他们应得的惩处。"

"你对他们做了什么?! 我的孩子呢?!"伊夫人震怖地问道。

"走，可以活下来；不走，那就等着喂鱼吧——没有其他选择了。"少女的表情冷静得可怕。

"我要去找我的孩子! 没有他，我在这世上还有什么可留恋的!"伊夫人近乎歇斯底里地说道。

少女转向孔拉图与苏赟："你们呢? 要陪那些灵魂丑陋的罪人殉葬吗?"

"到底发生了什么事?! 你为什么要这么做?!"孔拉图痛心疾首地质问道。他既不想就这样稀里糊涂地丧命，更不愿做出让自己的良心终生饱受折磨的悔事来。

"他们全都背离了初心! 他们简直就是陆地上那个可憎社会的缩影! 而我，痛恨那个社会! 我在他们的饭菜里下了大剂量的安眠药，只有你们三个是例外。你们当然可以选择回去叫醒他们，不过可别怪我没有事先提醒过你们：船底已经被凿穿，其他救生艇也全都扎漏气了。在你们浪费时间去唤醒他们的时候，我将独自乘坐这艘完好的救生艇逃生。走还是不走——我可给过你们选择的机会啦!"柏家长女的面目渐显狰狞。

孔拉图迅速扫视在场的其余三人一眼——伊夫人与苏赟尚处在动摇当中——掷地有声地说道："我没法子见死不救! 这并非

因为我的品德有多么高尚，仅是由于不想让自己余生在罪恶感中度过！"

说完他就转身奔向了二层。公孙本华卧舱的房门上了锁，孔拉图用自己的身体拼命去撞击，门却纹丝不动。他转而奔向三层，可是就在盥洗室的入口，他发现了一具面朝下俯趴着的尸体——惠多德家的千金！

鲜血汩汩地流向走廊，将尸体翻转过来，可以见到面部全被锐器刮花了。孔拉图检视了她面部的伤口，确定是被苹果刀给划破的。他忽然想起伊夫人曾经拿在手中把玩的那把苹果刀，又想起死者生前对她儿子出言不逊的那句辱骂之语——"丑八怪！"不由得细思极恐，冷汗像汤泉一般冒出。

孔拉图不顾疼痛地沉肩撞门，同时嘶哑地呼喊着，可舱室的门被悉数锁死，乘客们也在安眠药的作用下熟睡，无人应门。他辗转回到了二层，却又发现苏赟住的那间舱房门虚掩着没有锁上，于是便想进去找找看有没有供海上逃生用的皮包等易浮物。

然而，他在苏赟的房内只发现了针孔摄像头等偷拍工具与微型的播放工具，里头的内容则全都不堪入目——俱是对船上女客的偷拍！

孔拉图将这些工具摔在地上，狠狠地践踏，不顾它们的硬度硌痛了脚。他甚至出离了愤怒，只是觉得深为讽刺："我原本以为柏姑娘已经足够偏激了，却怎么都没想到，被她视为尚可原谅的那两个人，才是真正内心阴暗、不可示人的变态狂！"

接下来，孔拉图又来到了底舱中，他仍然没有放弃希望，想要找到可以用来救命的浮载物什。海水已经涌入了船舱底部，没到了及踝的高度。他看见品字形的贮水桶上坐着一个男孩，正抱着膝盖瑟瑟发抖，努力想要抑制泪水的涌出。原来他就是这场灾难的始作俑者柏姑娘的亲弟弟。

"你在那上面做什么？"孔拉图喊道。

"我……在等姐姐来接我……只要我足够懂事，她就不会再用那种见外的眼神瞧我了……所以我不能哭……姐姐一定会来带我走的……"他哽咽不成声地说道。

孔拉图的内心一下子就柔软了下来，他张开手臂，哄着男孩跳进了自己的臂弯，说道："你姐姐去找人来营救我们了。别怕，她很快就会回来——她爱你！"

男孩扑入他的怀中，将头埋进他的胸膛。男孩已经到达疲劳的临界点，很快便睡了过去，并发出轻微的鼾声。孔拉图在黑暗中听着海水不断涌入，很快便没过了自己的膝盖处，唯有胸口前那微弱却稳定的呼吸能让他稍感安心。

他开始检查能用的贮水桶，它们全被男孩的姐姐给钻穿了，不过孔拉图始终相信，天无绝人之路，他一定能够找到未被破坏的"漏网之鱼"的。而就在寻找自救之物的同时，他满脑子想着的却是："这世上但凡有人心接壤的地方，便不可能存在桃源。"

爱情成长

疗养时光

白先知在阔别了三十三年之后再次见到饶茯苓的时候，是在青坂疗养院冬日黄昏的晚餐桌边。彼时的他与饶茯苓皆已过了知天命之年，不过他还是一眼便认出了自己的初恋。

在餐厅里落座的基本上都是些老头子、老太太，但也有少数在生活的积劳中耗尽了健康的中年人。他们面朝成排的连窗，或者背对着它们而坐，整个天宇一览无余地覆罩在他们眼前。瓷砖地面上传来冗乱的脚步声，那些不事奢华的图案具有几何的简约凝练之美。连接住宿楼与餐厅，还有活动室的六角形廊道由透明材质所造，往来者众多，仿佛此处乃是沟通人间与冥界的隐秘之桥，来则繁花似锦，往则黄土一抔。

饶茯苓的变化大到几乎叫人不敢相认。她衔着一根烟，短发齐肩，穿一件粉红色的防风衣，脚上趿拉着一双棉拖鞋，戴浅色细框的老花镜，两边的耳垂分别挂着一对耳坠。她坐在餐厅内较为显眼的位置，一边翻阅杂志，一边用锡汤匙将银耳羹送进嘴里，还不时对着同桌的院友放肆地高声说笑，完全不管他们是否希望安静，以及是否回应。

白先知压抑着澎湃的心情过去打招呼，他感到自己日益衰竭的心脏跳得飞快，即使在经历了那么多的大场面之后："还认识我吗，老朋友？"

饶莜苓稍显错愕，不过她还是同少女时代一样，绝不轻易地进行自我检讨，抑或者答案明明呼之欲出了，却没有勇气尝试吐露以等待别人宣判。她怀着有所保留的那种矜持，先后抛出了几个名字，然而却无一中的。

"我是白先知啊，我们曾经……还是别提那些陈芝麻烂谷子的旧事了，你这些年来过得还好吗？"

"小白……果然是你！"饶莜苓的惊喜当中又藏着些许慌乱，"太久没见了，差点儿都要忘记你的模样了。好，怎么可能不好呢？我活得可精彩啦！"然而她的声音越来越轻，"不过还是有许多的不如意。"

她烙刻了皱纹的脸上露出凛然的倔强，以及对岁月凉薄的茫然不解。餐厅内灯影交错，酒菜的香味在鼻子里钻窜。确是有些疗养者忌酒，更多人必须饮食清淡，因此难免酒微醺而菜寡味。与当年的躁动气氛相比，如今似乎缺少了某种情怀或者情愫，可白先知又说不清楚，到头来只好悻悻作罢。

"真是没想到，真是没想到……"白先知喃喃地重复道，"竟然能在这儿遇见你，简直就像是临到晚年又做了一个好梦。"

饶莜苓眨着眼睛，依旧残留着三十三年前的神采，虽然不再明艳动人，但还是有着难以察觉的某一点，与当年一脉相承。就好似江上的皎月，即便过去了成百上千年，也不会有何明显改变。她的睫毛与眼底肌因为化妆而不再拥有自然之美了。

"小白，你说这是一个好梦，一定是为了哄我开心吧？"

"你这样认为也没什么不可以，毕竟活到了我们这个年纪，还有什么比开心更重要呢？"

"谢谢你。有些感觉本来就说不清道不明，如果非要深究，反而失去了原先的意境。"饶茯苓眼眸垂下的那一刻,久违的温柔仿佛又重新浮现在了她的脸庞上。

"是你的儿女送你进来的吗?"任凭周围人影杂乱,白先知只是一味凝视着饶茯苓。

"倒是有个女儿,不过早就跟她断了联系。"饶茯苓微微一笑,露出仍然还算洁白的牙齿,那也许是她身上衰老得最为缓慢的器官了。

对于她这样的晚年处境,白先知并不感到意外。他的这位初恋素来习惯以自我为中心,需要别人无时无地不将她捧为主角——她既忍受不了冷落,也无法接受以自己为焦点的那个世界不复存在。所以,她穷尽一生都在追求宠溺与迁就,并为之乐此不疲。

饶茯苓继续喝起汤来,并发出了与旧日形象不相符的粗鲁啜饮声;而白先知也不再没话找话了,只是沉静地望着她,恍如从一架落满灰尘的书柜内翻找出了一本旧书,书内的文字亲切依旧,却无法再带给他当初的惊艳感觉,而是换成了另一种近似于"痛定思痛"的体悟。

整座青坂疗养院占地面积颇广,尤其以供疗养者们散步的露天花园与草场为最,几乎都可以跑马了。路灯却只在住宿楼的近处才竖立了寥寥几个,无法照到更偏远更僻狭的角落。冬季的夜空澄澈宁静,围墙外有"不见其面"的淙淙流水声,以及残枝败叶在冬夜风中发出的微响,它不再是春夏之交时那种好似洞箫排管的磅礴之音了。

白先知与饶茯苓顺着围墙在草场的边缘走动。他们都围着围巾,银发从他们的棉帽下漏出,微微飘抖。起初他们似乎没有什么话可说，直到远方天际升绽起持续不断的绚烂焰火，他们站定后，方才边赏眺边聊了起来。

"跟过去的同学还有联系吗？"饶莜苓轻声问道。

"已经死去的在生前或许尚有联系，如今活着的是一个也没下落了。"

"命里有聚有散，也有喜有忧，能不郁郁含恨而终便是幸莫大焉了，还怎么敢奢望其他？"

"这可不像你，过去你不是最讨厌伤感叹息的吗？"

"那是因为在当时的年纪，我还没看过真正的人世间。"

"那现在看过了吗？"

"当然。比想象中的要残酷无奈，却也不时有意外之喜。"

"毕竟陪你度过漫长岁月的人不是我，所以我也不好随便发表什么意见。"

"哈哈，你看你，对我们当初的分手竟然还耿耿于怀了？"饶莜苓转过脸来，在这模糊的黑暗中不必看清她那张早已衰老的笑颜。

"不，早就释怀了。我也同样有着陪伴自己度过漫长岁月的亲人——所有能算圆满的恋人最终都会变成亲人，只有那些中道夭折，或者无疾而终的感情才停留在寻求新鲜刺激的阶段，苦追而不得，想要忘个干净却又觉得可惜。"

"三十多年不见，你都快成感情专家了。"

"久病成良医嘛。"

"我最没想到的，我们晚年竟然都来到了这家疗养院里。我本以为，我们能各自安好，不至于到老了还孑然一身。"

"有些事经历过了便是一笔财富，没啥必要患得患失。我对陪伴过我的人心存感激，对教会了我品尝心碎滋味的人也同样！"

"还说你没有耿耿于怀?!你明明就是小气到不肯原谅当初我选择了主动提出分手!"

白先知至今在回味起那一瞬间的时候,心仍会隐隐地作痛。纵使历尽千帆,少年在感情上的首次遇挫仍然无法彻底释怀,伤痛刻骨而持久,带着丝缕心酸。然而现在,他长吁一口白气,对着满天焰火说道:"今晚的美好比起青春时也不遑多让。"

"这能比吗?!"饶茯苓忽然说道,"我有些冷了,得回房取暖去了。"说罢,抛下这个曾经为她神魂颠倒的男人,往灯火通明的住宿楼径直走了回去。

白先知于是独自踱步回去。那些关于初恋的片段以及细节如晚春的一幕幕风景在心底撕扯,久久不肯撒手离去。他想起了生平的诸多人、事与感情,最后不得不怀着挫败感承认:初恋也许不是最唯美最温暖的,甚至也不是最重要的,但一定是最难以忘怀的!

当走到楼下时,白先知听见饶茯苓倚着窗台在唱一首他们那个时代的流行老歌。她似乎喝醉了,吐字含混不清,对凛冽的寒风也浑然不觉。她的室友想将窗户关上,却被她蛮横地推开,直到叫来护工,才好不容易将这个以为自己尚活在少女时代的疯婆子给劝止。

不知何故,白先知忽然心疼起了借酒消愁的饶茯苓来,没有什么理由,仅仅是因为唯有他才知道:曾经的她是多么骄傲,多么心比天高!

疗养院内的冬天终日阴凝,偶尔俯瞰这人间一隅的苍阳在建筑物的表面涂上了一层光辉,就像是春日江面上的翻波与疏荫下满是光点的地衣青苔。疗养院原来住有四五十人,而在这个季节入院的老者则与日俱增。白先知经常会带他们熟悉新环境，给他们介绍平日里的节目与活动。只是打那晚后，他再未与饶茯苓说过话，不过倒是在暗处偷窥过她的身影。

饶茯苓愈发疯言疯语了，她放荡不羁，俨然忘了自己已经失去一切任性的资本。白先知多么想对她说："享受生命余下不多的时光吧。太阳就要落山，生活性质也改变了，你不再是那颗众人瞩目的最亮的星星了。"

可还有一句话，他心知肚明，却拼命想将它摒除出脑海，如果可以，他将毕生不再提起，并将这句话永远放逐："但唯有我，还愿意守护这样的你！"

老人之间的交流总是如此奇怪，挂在军功墙上的仿佛只有你过去争取来的荣耀，而不是你曾经做过什么傻事，你曾经为了谁不惜付出一切。人们开口闭口净是"我的某某后辈现在正担任什么要职"，或者"他是什么界的名人"，他们似乎忘了，被送进疗养院来的自己也只不过是痛失所爱的群体中的一员，每一个人都无所凭依，概不例外。

某日，疗养院内有位老人在天亮之前突发脑出血，在急救之后不治，尸体被推进了走廊尽头的电梯，从此再无音讯。白先知与饶茯苓在分配给自己的房间门口同时望见了这一幕，他注意到她的眼里泛起了泪光，在那双不甘却又厌倦了的苍老眼睛里。这世上似乎没有什么能比上天的警示更具有直截了当的效果了！

那天晚上，餐厅的氛围出奇静穆，每个人都仿佛看见了自己路途的终点。他们可能是受到了惊吓，又或许是思考起了极为深奥难解的问题，总之，命运以及与己接近之人的猝死逼迫他们站到死神面前，接受来自灵魂深处的拷问。死神只需一言不发地凝视他们，便足以令这些临近风烛残年的鳏寡孤独者们忏悔，继而去回溯最初那段天真无邪的遥远时光，以致他们最后竟分不清那些逐渐模糊的过去是梦，还是即将迎来的长眠才是。

白先知正品尝着煮得稀烂的土豆泥，忽然听见一个神经质的声音在餐厅出入口那个方位反复地念叨："我要出院，我要出院。"抬眼望去，居然是失魂落魄的饶茯苓。

护工耐心地劝说她，说她目前的身体状况还不适宜出院，然而她只是置若罔闻地说着："我不想死在这里，我宁愿在一个人独自旅行时死于冰冷的床榻上，也不想死在一群陌生人中间。"

白先知走过去，做了一个"交给我吧"的手势，然后蹲下将手放在她瘦削无力的肩头，说道："还有我呢！"

饶茯苓涣散的视线这才慢慢聚焦，含泪望着他，仿佛将全副身心都托付给了这个年少时的故旧："小白。"

"到时候我们一起出院，我可以陪你去任何你想去的地方。"

白先知坚定不移的表情终于令她冷静了下来，并点了点头。可是就在当晚，饶茯苓突发脑梗，而由脑梗引起的大小便失禁令四人一间的集体宿舍弥漫开了一股臭味。白先知紧跟着床车快步奔向抢救室，仿佛正追随着式微的希望一路奔向来日无多的前方。

翌晨，天色铁青，也许不知何时就会下起雪来。白先知在监护病室外望着输液中的饶茯苓，她全身插满了仪器的接头，那些仪器既像枷锁一样束缚着她，也像襁褓一样保护着她。他不清楚这样守护着初恋的时光还剩多少，但他愿意将它攥得更紧一些，同时加倍地珍惜。

起初，饶茯苓甚至无法正常说话，只能转动着眼珠看白先知为她端屎接尿，奉水喂食。白先知成了她无微不至的私人护理，经常守在床边说话为其解闷，且往往一说便是小半日。或许饶茯苓会回想起他风华正茂时的模样，可如今岁月为他的外表染上了繁霜一般的痕迹，却也另添了几分沧桑男人的魅力。

白先知不单谈往事，还谈只存在于假设中的故事，以及从影视与文学作品中转述而来的未曾亲历的情节；既谈那些风雪嘶吼不休、难以成寐的深夜，也谈红尘千帐灯下原本可以长相厮守却错过了的感情，更谈影响世界的大事与平凡到了骨子里的小人物……凡如此类，他说得淡定而妥帖，仿佛它们只是年少时的玩笑话，只消睡上一觉便无须再介怀了。

有一天，饶茯苓终于可以开口说话了，而她挤出的第一句话便是："让我死吧。"

白先知当然明白她指什么，那次在众目睽睽之下的大小便失禁所摧毁掉的不仅有自尊，还有心底长年累月堆筑起来的自我认知。然而，他只是轻描淡写地说道："你若现在死了的话，会留下怎样任人诋毁的名声呀？"

"小白……"饶茯苓的喉部拉扯得紧紧的，如同帆布承担着重物，又像简单挥就的几笔崇山峻岭，"谢谢你……"

"好好活下去，你不但要感激我，还得麻烦我——麻烦不了我这一生，麻烦我的余生也算勉强可以接受。等你康复了，如果想见女儿，我就陪你去找她；如果不想见，我们就去旅行，给你拍很多很多好看的照片。"

"不好看了，我现在一定又干瘪又肮脏，还遭人嫌。"

"在我眼里，你永远是十八岁时饱满如云朵的你，永远！"白先知微笑着说道，"我爱过许多人，也恨过许多人，但让我首次品尝到爱情那甘甜美好滋味的，永远是那一年正当最好韶华的你。"

"也许一大把年纪了还说这些话不太合适，但是……"白先知的眼眶红了，"何必在意别人怎么看呢，我们又不是为那些不相干的人活着的。"

"嗯，等我痊愈了，我们将年少时的缺憾全部补上！"饶茯苓固然已无法重现当年的娇羞，但仍有"人间重晚晴"之美。

当晚，白先知在替饶茯苓擦拭身体的时候，仿佛又回到了血气方刚的年纪。他压制住情欲，闭上眼睛，等到再睁开时，袒露在眼前的仍是已经生出了老年斑的干燥肌肤，触碰到脂肪，尚有微弱的弹性。他心里清楚：那种心动的感觉永远不会再回来了！

"小白，外面下雪了吗？"当白先知再次来到单间宿舍的时候，饶茯苓疲倦地问道。

"啊，下了，不过兴许很快就会停。"白先知将窗帘拉开，让恬淡的白光照射进来。

"推我出去走走吧。"饶茯苓强坐起身，宽松的病服罩在她干瘦的身上，耳坠已经取下——那样尤其像是一位纤弱的少女，"我想呼吸新鲜空气了。"

"那可不行，医生是不会允许的。要是感冒了，就又得吞服那些既大颗又难咽的药丸了。"

"就一会儿，如果感到冷，我会告诉你的。"

白先知拗不过她，只好替她穿上臃肿套叠的厚外衣，将她抱进了轮椅，推着她经过明净岑寂的走廊，最后离开电梯，来到了植被枯凋的室外。大部分冬草已经枯黄，而一些仍然鲜润，雪花装点在绿茵上，晶莹闪亮，居然令人生出了一种类似于"胃口大开"的欲望。

"好久没有接触到这么冷冽的气温了。"

"你忘了？当年我们在学校操场上散步的时候，差不多也这么冷呢。不过已经过去太久了，太多太多东西如过眼云烟一般散去，可留下来的却怎么赶也赶不走呢。"

"真想再追着你跑，并把手塞进你的颈背啊。"三十三年前的那个冬日里，他们之间经常玩这种游戏。

"哈哈，我已不复当年之勇咯！如今你再塞的话，我一定会着凉的。"

"我有点困了，小白。"饶茯苓眼皮粘连地说道。

"我这就推你回去。"

"不，我还想再多待一会儿，就一小会儿。"

他们同时抬头望向轻雪旋舞的天空，逶迤的冻云似乎并不比当年厚上或薄上一分，可是不知为何，他们觉得眼前开始出现昏翳，恍若在挥霍放纵之后又回到了懵懂混沌的状态。

也许很多事情的确是再也回不来了，可他们永远都欠着彼此一句话，并且越是随着时间推移，这句话便越是沉甸甸地压在心头——

"若是陪我度过整个余生的人是你就好了。"

深陷煤雪镇

下车的时候，雨雪交杂着迎面扑来。林陌放眼四下环顾，这座陌生的小镇在暮色下显得恍如独立于世外。光线并不明亮，却不知为何有些刺目。

雨雪落在拥挤而朽旧的屋顶上，也落在空旷而寂静的河面上。对岸的伐木场内，成排的圆木并躺在河滩附近，像一段又一段被遗忘的旧时光，回忆着它们倒下之前的故事。沿河的窗户透出昏黄的灯光，河对岸还有曾经凿山开采石灰与煤矿的痕迹，裸露的断层像恐龙粗糙的皮肤。这样的风景让林陌联想起了娴雅的女性或长者站在窗前眺望早冬时节放晴的午后，或者暗沉的晚雪；在他的想象当中，他们同样还聆听着画面中传来的动听絮语。山脚底下，煤层与未凝实的初雪混淆，泥泞不堪，俨如黑与白妥协的证明。

他按照纸上潦草记着的地址一路找去，很快雨雪就浸湿了球鞋。他要来投靠的这个朋友在经济上也并不宽裕富庶，每日只能面对着寒雀秃枝，为生计索然枯坐。不过林陌初到此地的那个傍晚，他们坐在积满了煤油烟渍的灯泡下面，互劝烈酒，直至喝得酩酊大醉。

他钻进厚重却不保暖的旧棉被内，感到双脚被冻得僵麻。他睁着眼睛凝望结满了蛛网的天花板，而一墙之隔传来了电视机的嘈杂声。他听凭自己被不堪回首的往事淹没，就仿佛是躺在井底，无法自救。酒精麻痹了思绪，最后他也不知道自己是什么时候入睡的了。似乎仅仅是跨越过了一道门槛，倏忽便已天亮。

林陌就这样开始了客居小镇的新生活——每天早晨出门写生（总会有各色各样的目光投射过来），在晚饭做好之前返回住处，听朋友诉苦一番，再喝上几杯烈酒，直烧得身体发热。在那之后一连几天，都在断断续续地下雪，昼夜温差极大。每日醒来，他总是既昏沉又清醒，仿佛自己拥有两个人格。用冷水洗漱后，他便去一家冷清的早餐铺子吃早饭，照例点上四个包子、两根油条与一碗稀粥。老板不爱说话，脸上总是挂着无甚意义的微笑，不过林陌就是想要这种效果。他怕与人寒暄，怕被问起底细，更怕与过去无法划清界限。

每晚他都会烧上一壶热水泡脚。只有在泡脚的短暂间隙中，他才能感到安全，才能感到岁月也曾对自己温柔以待。他会想起父母尚健在的幼年时光，想起三口之家围着一盏被寒夜包裹起来的灯火，想起被这灯火与满院积雪照亮的小小天地，想起有家的亲切气息的绸面被，以及加盖在其上的薄绒毯。

早上出门来到走廊，林陌总能看见巷子对面的楼上那扇雾蒙蒙的窗玻璃后面，一个女子手捧着热气腾腾的茶杯端坐椅中，翻看着报纸还是杂志。他心中难免生出好奇：这女子芳龄几何？做何营生？相貌性情如何？谈吐是否优雅？又曾经历了怎样复杂且难以想象的过去？然而林陌从未想过要去冒昧造访，直到某个周末的下午，她在邮局门口主动与自己搭讪为止。

当时她从身后唤住了正在雪泥中跋涉的林陌，这样问他：

"您就是对楼的那位画家吗？您似乎刚搬来不久吧？"

林陌回过头去，看见的是一张丰腴匀称的脸蛋，若非得说有什么缺陷的话，那就是这张脸蛋似乎抹上了一层太厚的粉底。她已经谈不上年轻了，却还未被岁月所败，甚至可以这样说：岁月为她平添了一份特殊的魅力。

"是的，搬进来还没有几天。"林陌客气地回应道，同时稍显大胆地注视着女子的面庞，"至于画家，实在愧不敢当。"

"很难想象，这世上还有谁可以面对着艺术丝毫无动于衷。"

"并不包括那些只为了取悦一时之看客的艺术。"林陌微笑着纠正道。

她仰起脸，带着一种难得的天真问道："你们艺术家都是这么注重对细节的描述吗？"

林陌挠挠头说道："也许是我距离大师的级别还太远了，所以总是忍不住力求准确。"

"那你的画作是哪一种？是迎合一时趣味之作还是坚持自我的个性鲜明之作？"她提得小心翼翼，生怕问出什么外行之至的蠢问题来。

"反正都只能称为'拙作'，只不过我有投入心血罢了。我希望多少能打动人心，哪怕只是其中一幅，或者打动的也仅有一人之心。"林陌的脸上短暂地流露出某种类似于寂寞的神情，而这神情很快又转变为了微微的羞赧。

"我叫程伊，你呢？"程伊伸出手来。

"林陌。"林陌觉得她的手冰凉而又柔软。

他们结伴走回到了巷子里。傍晚的积雪或堆砌，或覆盖着，向阳染上了一层淡淡的金色。附近有家长骑着"古董"级别的单车载送孩子回家，他们的说笑无拘无束，令人生出羡慕。围墙像是全由书本垒就，每一处剥落都在述说着时光的健忘——是健忘而不是遗忘。那些文字仍然还清晰地留存着，只是无人去重新翻读。

"我想我们以后还会再见面的。"程伊在他们分别的路口笑容真挚地站定。

"如果你不讨厌见到我的话。"

"暂时还不。"她调皮地笑了笑，转身上楼。

接下去的几天，两人未再谋面。某天下午，林陌正在河边写生，忽然间朔风起，彤云乱，天气一下子就变得糟糕了。鹅毛大雪大片大片地洒落，且有愈演愈烈之势，林陌不得不中止了写生，冒雪赶回住处去。时辰俨然已经不早，更兼大雪威压，于是户户亮灯，家家合窗。停靠在路边的货车已不指望再赶路，司机们有的就睡在驾驶室里头，有的则投栈去了；几个镇民拖着电瓶车在雪街上艰难前进。

林陌紧紧裹掩住袖口与脖颈两处，时而抬头望一眼天空或者环顾四周：灯光明灭不定，而在那些灯下，并没有为自己准备的腾腾冒气的热粥与烫酒，更没有良人等候自己。他于是叹了口气，自我开解：人生难免面对"独对万家繁华，偏无知音赏"的辛酸处境。

走入巷内，他遥遥看见有个围浅棕色围巾的背影在几步开外蹒跚而行。一开始他并没有太在意，直到背影快接近他们所住对楼的中间地带时，才猛然意识到可能是程伊。他试探性地提高声音问道："是你吗？"

那背影在原地迟疑了几秒，然后才转过身来，虽然竭力想要创造出一抹笑容，可话音里还是夹杂着一丝颤抖："是啊，有事吗？"

"回家吗？"明知道是废话，但林陌仍不愿装出与她熟稔的样子。

"对……回家。"她略带僵硬地点了点头，似乎很排斥"家"这个字眼。说罢，她带着满身的落雪上楼了；而林陌目送着她消失在楼梯拐角，兀自还多站了一小会儿，才折回住处。

照例是一顿男人间推杯换盏的晚饭。酒足饭饱后，林陌凭栏赏眺起恍若小小天地般的窄巷风光：灯光照亮了纷纷夜雪，将它们雕琢成橘色窗花也似的模样。他突然发现对楼没有人住的烟火气息——起码现在没有，既未开灯，也没有炊气因为窗玻璃的温度而朦朦成雾。他不由得感到好奇，遂跟朋友推托"去散步"，实则是去登门拜访程伊。

余雪还在下。林陌来到楼前，才发现这栋对楼比刚才更显寂暗。他走上楼梯，想象着程伊一次又一次疲惫地走过这段同样的台阶，对她的逞强便感同身受了。来到那扇每晚都会透出光亮，现在却被黑暗所俘虏的木门外，林陌犹豫良久，才轻轻地敲了敲门。

里间传来一个孱弱并且充满警惕的声音："谁？"

"我是对楼的林陌，还记得我吗？"

"哦，请稍等。"应话者似乎正在仓促地收敛起情绪。

俄顷，灯拉亮了，门也随即打开。程伊困惑地倚站在门内，趿拉着绒毛拖鞋，面容隐约现出几分憔悴。仔细观察，便能发现这张卸了妆的脸上有哭过的痕迹，然而林陌只是稳重地问道："还没吃晚饭吗？"

"煤气用完了，今晚不想再打电话麻烦搬运工了。"她拨开额前的刘海，强颜欢笑着。

"我可以帮忙。"

"不必了。"她态度生硬地拒绝了，"谢谢。"

"我请你去镇上的饭馆对付这顿如何？还可以顺便谈一谈艺术。"这个念头是林陌临时所起，他不清楚自己是否冒昧了。

"恐怕我头发长见识短，跟不上你的眼界学养。"程伊的确有些受宠若惊，不过奇怪的是，她并没有抱着自愧不如的卑下感，反而保有一份含蓄的自尊以及自重。

"你是想说自己'不足与高士共语'吗？但我也仅仅是一个尚未摸到艺术殿堂门径的新手罢了。如果你愿意接受我唐突的邀请，我想，对于你的肚子和我的面子，都会大有好处。"林陌保持着适当的距离，不愿过分殷勤，想来这也算是人之常情吧？

"那……好吧。能稍等一会儿吗？我去换双鞋子。"

"那我在门外等你。"

"还是先进来吧，外头冷。"

林陌走进了兼做厨房用的外屋，看见的是一间再普通不过的洁净寓所——是20世纪末单位宿舍楼的风格：厨具与桌椅、鞋柜，以及放置碗碟茶皿的橱柜皆布局井然。桌上放着一本彩图烹饪书，还有两本时尚杂志。虽然没有空调，但室内仍荡漾开一股挟有淡淡馨香的暖意。

在步行前往市场的途中，两人起初无话，不过气氛并不尴尬。当走过镇上那所小学校的围墙外时，雪总算停了。状若圆盖的夜空仿佛被擦拭得很干净，只有几粒星星静谧地高嵌其上。小镇的冬夜并不像自己故乡那样犬吠声在远近如犬牙交错一般四起，除了风声，他们几乎什么也听不到。周遭被群树与蜿蜒的墙体给围括了起来，看不见四面天地交界处的尽头。林陌随口问道："你的故乡在哪里呀？"

　　程伊说出的地名令林陌有些意外，因为那就是他自己故乡的邻市。他们在挖掘出更多的话题之前，已经来到了饭馆外，离他们初次交谈的邮局也不过只有几步之遥。推门进去，里桌有个穿着臃肿的男人正在享用热气腾腾的拉面，而固定在墙上略高处的电视机正在播放狗血的爱情剧。他们也点了两碗拉面。林陌虽已吃过，可还是点了香肠拉面奉陪；程伊点的则是猪肝拉面。坐下后，林陌开玩笑道："你看，心情一旦变好，连雪也不下了。"

　　"可能运气都会变好一点吧。"程伊的笑容浅尝辄止，但已足够调剂氛围。

　　"说不定连整个宇宙的运行都随着你的心情而改变了！"林陌不嫌夸张地形容道。

　　他们漫不经心地闲聊着，相互察觉出对方拥有着自己能够想象却无法确认的过去，可是谁也没有主动问起，仿佛那是一块心照不宣的禁区。当晚，林陌感觉到了久违的放松，然而却不知程伊是否也有相同感受。在结账离开前，他更加大胆地注视着程伊的面颊，发现这张近乎素面朝天，有着淡淡浅纹的面容宛若一轮皎月，饱满并且明亮。灯光将岁月的雕琢隐去，只保留住了最初的特征与轮廓。

　　林陌不希望她说出诸如"感谢"之类的话来，他宁愿两人像老朋友一样亲密无间，但也明白：那纯粹是一种奢望。在不知不觉间，他产生了"希望两人分别的时辰再延后些"的祈盼。这种感觉年少时曾经有过，却被时光的川流冲刷磨洗殆尽，直到今日方才重新冒头。

　　告别的时刻不可避免地到来了。程伊站在楼下巷道的阴影中，低着头轻幽缥缈地说道："我得上楼了，明天……再见。"

"晚安……"唯有林陌才知道自己有多么不舍，"祝你有个好梦!"

翌晨醒来，林陌望见对面的栏杆上多了一个戴着柚皮帽的小雪人。他不由得笑了，接着边哼歌边洗漱，想象程伊是怀着何种心情，在深夜或者清晨时分呵着白气给小雪人戴上这顶柚皮帽的。

这份还算不上爱情的模糊情愫，竟仿佛治愈了过往所有久溃的创伤以及心病，而且效果胜过了任何灵丹妙药。

他们的交往渐渐地密集了起来，仿佛两道过去从无瓜葛的平行线，突然间因改变轨道而交会了。冬日晴朗的午后，当林陌在河滩上写生时，程伊会在对岸远远地冲他招手，然后，他便会抱着小小的调皮心态，将程伊小巧的人影加入笔底的风景画中去。

他们还会挑个不那么冷的傍晚，穿过河流上游的那座桥梁，走进横贯山肚子的那个深洞里去，沿着潮湿阴冷的隧道一侧散步，最后又回到晚照式微的天宇下。那段时间，林陌总是大谈理想、世界、诗与远方，然而奇怪的是，当时的他居然不觉得这些话题空泛。

只是他对自己的过去避而不谈，可在这方面的三缄其口，与谈起其他话题如演说一般的热忱，将他的天性出卖无遗。他的一切秘密早已暴露，像围炉打盹者的影子投在了火焰对面的墙上。而他仍旧浑然不觉，沉浸在有人愿意聆听自己一时心声的满足感内。

他们都很好奇。林陌看得出来，程伊跟自己一样，随着交往的深入，开始对另一方深藏的往事有了追溯之意。有一次，他望着程伊，忽然开玩笑道："如果现在是十五岁的我遇见十八岁的你，那么会有何不同呢？"

"也许我们会不够珍惜对方，但一定不会像现在这样畏畏缩缩，顾虑良多。"

"谁知道呢？"林陌怅惘地抬起头来仰望那冻云高远的透亮晴空。

某日，林陌刚回到住处，便被朋友拉住，摆出要做他思想工作的架势，问他："听说你最近和对楼的那个女人来往频繁？"

"是啊，我想这并不损害谁的既得利益吧。"

"她不是一个背景单纯的女人。你知道她的过去吗？知道她曾经的感情史吗？"

"我不需要知道，因为没有哪个人的过去能比我自己的更不堪回首了。"林陌端坐着，似乎等待这个问题的提出已经很久了。

"那不一样。"

"没有区别。过去的感情不应成为债务，而应当是自己开启新生活的契机。"

"你会后悔的！别被一时的冲动蒙蔽了双眼，你们不但没有结果，还会沦为笑柄。"

"我管不了别人的嘴巴，更管不了别人怎么想。谢谢你的提醒，然而我个人的意志绝对不会因为闲言碎语就有所转移！"林陌觉得自己只要稍有动摇，程伊就会重新掉进无可挽救的深渊。

"随便你吧！"朋友泄气了，"我算是放弃说服了。"

林陌感到气愤、辛酸与无奈，唯独不曾疑神疑鬼。他以为挡在自己与程伊中间的，只有世俗的偏见，只要无视这些自四面八方射来的暗箭，那就再没有什么能够阻止他们在心灵上日益亲近了。

冬季将逝，林陌已经是第五次到程伊的住处小坐了。时间的指针慢慢拨向了入夜前后，而夕阳也不再是一片眩白寒贫了。程伊买了一大堆食材，准备做火锅吃。两个人在外间协力忙得不可开交，最后食材们终于在砂锅内"咕嘟咕嘟"地随着汤底沉浮了。或许是由于有了这段感情滋润，程伊的脸上现在即使不抹粉了，也能明显看出气色正在逐渐好转。

"你看，为了这一餐，我可是足足准备了一整天。"

"知道你辛苦，待会儿你多吃点，我不会嫌弃你向杨玉环看齐的。"林陌俨然已经以程伊情侣的身份自居了。

"你还安禄山呢！要是我吃成一个三百多斤的大胖子，你还会愿意陪我吗？"

"那我也吃成三百多斤好了，这样子就谁也没法挑剔谁了。"林陌边往砂锅内放入食材边莞尔说道。

气氛变得暧昧起来，林陌瞥了一眼程伊，怦然心动，于是按住她的手背，急切地问道："今晚我可以留下来吗？"

程伊的那张俏脸骤然变色，她抽回手来，似乎十分为难——林陌确定其中没有娇羞之态——说道："还不到时候……对不起！"

"没什么。如果不是时候，那就再等等。"林陌就像一个索要礼物被拒的孩子，颇有些垂头丧气。

程伊"扑哧"笑出声来，而这一笑也稍微缓解了尴尬："别丧气，别丧气，你喜欢吃什么，姐姐给你夹。"可在随后的交谈中，她变得有些心不在焉，仿佛林陌的大胆求欢打开了自己心底的黑匣子，回忆蜂拥而出，攻陷了全部的思绪。

后来，林陌坐在灯下，望着程伊收拾餐具的背影，忽然带着一泓笑意说道："要是眼前的这一刻能够永久停留就好了。"程伊的肩膀抖动了一下，随即停下手头的活儿，动情地问道："林陌，能抱一抱我吗？就现在。"

林陌从后面抱住她，闻着她缭乱发丝的芳香，将交叉的手指叠放在她系着围裙的小腹上，两具身体同时像风中细树一般轻轻摇晃。也许是察觉到了林陌的生理冲动，程伊的耳根全都烫红了，她呼吸急促地说道："答应我，现在还不可以。"

林陌有些微的失望，但还是把持住了自己，极尽温柔道："虽然我并不知道原因，但我尊重你的意愿。"

当晚，林陌守约乖乖地回去了，可他整夜都在回想程伊身上的香味，以及她圆润的耳垂与柔软的小腹。第二天，当他戴着黑眼圈再去敲程伊的房门时，等待他的却已是人去室空的无主之屋，以及藏在门缝下的一封信。他敲了好久的门，慌乱之余才发现了那封信暴露在外的一角。林陌抽出信来，怀着不祥的预感拆阅，程伊娟秀的笔迹倏然跃入了眼帘。

"林陌：这段时间对我而言，简直就像是一场梦幻，一场似曾相识，却令我倍加呵护的梦幻，因为我生怕轻轻一戳，它就会像泡泡一样粉碎。我很感谢你，可我不得不和盘托出。我欺骗了你！我是有丈夫的女人，虽然早已分居，但婚约仍具有法律效力。我不能让你成为被谴责的对象，因为那不是你的错。你是个纯真的人，即使被人伤害也不会选择自我封闭，而我不一样，我一心想逃出感情失败的泥淖，以至于为了一点卑微的虚荣心而选择了隐瞒。现在，我打算回去，正式提起离婚诉讼，虽然对于自己会不会坚持反抗到底，我毫无底气，可是，你能在镇上等我一段时日吗？请原谅我的任性，因为我既舍不得你的拥抱，却又没有勇气主动去追求。我就是这样一个唯恐再受伤害的女人啊！渴望爱，却又在外面徘徊……

"最后说一句：我喜欢你的画，我能看出画中的恬淡自然，希望不是南辕北辙！"

林陌拿信纸的手有些颤抖，鼻子也有些发酸。不过他很快就将信纸折好放进了衣兜里，朝外望去：冬日的早晨朦胧而宁静。自己是能够体谅这份矛盾心情的吧。正因为如此，他们才会一见如故，并最终没有相忘于江湖。

林陌继续在镇上逗留。他每天都去写生，不管天气是否糟糕，也许是为了暂时转移等待所带来的患得患失的烦恼。有时候他坐在河滩上，拿着速写本空落落地发呆，却再也没见过谁在对岸冲着自己惊喜地招手了。春天占领了小镇，而他再未靠近过那条隧道，因为他害怕独自承受一个人走进黑暗当中的那种感觉——没有手可牵，也没有心可以凭依，仿佛孤独卷土重来，并且逐渐有了瘾头一样。

一个月，两个月……时间一天天过去，而程伊始终没有践约回来。他们的故事就像两条直线才刚相交，便各自延伸向了相反的方向，再也无法重逢。而大部分感情一旦冷却下来，将贬值得比任何货币都快。林陌依然固执地认为，程伊仍将自己珍藏在内心深处，或者她只是妥协了，可妥协跟放弃又有什么区别呢？！

他带来的钱就快要花完了，不足以支撑他度过这个星期，他需要将积攒了一冬的画作拿去兜售，而且，他也认为自己在这个小镇上待得实在太久了。人不可能永远在原地踏步，于是某天，他再次来到了两个月前曾庇护着程伊的住处，将一幅画有程伊素描并署上了签名的写生画作塞进了门缝里。柚皮帽还覆盖在栏杆上，只是小雪人早已融化、蒸发，没有任何痕迹留下了。

　　林陌站在楼上感物伤人时，楼下走过了一对年轻的情侣。他们紧紧攥住彼此的手，开着令人如沐春风的玩笑，满怀希望地走向巷口。新抽的杨柳花絮似细雪般飞坠，落在斑驳如书的旧墙内外。是谁左右了它们的命运呢？是风？还是出于其自己的意愿？绿意目前还未登峰造极。

　　"如果现在是十五岁的我遇见十八岁的你……"

　　"……能抱一抱我吗？就现在……"

　　言犹在耳，可我不得不继续走自己要走的路了。林陌伤感地微笑着，心里面充满了美好的留恋，同时永久地收藏起了一份不可能再被兑现的向往。

暗　恋

距离我与古彤的初次相遇恐怕过去已经达十五年之久了吧？久到我甚至忘了青春的味道，久到连记忆也开始出现了残缺。当我走在今年盛夏衢城那明亮而繁忙的街道上时，望着视线内一对对年轻的情侣，十五年前此地的景象便历历如昨日。虽然一切早已一去不返，不过仍然有青春时代略带伤感的情怀在胸中激荡，无论如何也遏制不住。

那一年的盛夏，衢城炎热而少雨，入夜以后的上街地段，照例有许多依街而摆的地摊，而我便是在某处水果摊子后面第一次见到古彤的。这次相逢并没有什么值得大书特书的地方，平淡无奇，离一见钟情、生死缠绵的戏码不知道隔了多远。然而彼时的我的确眼前一亮，仿佛灰暗的生活中多了一缕阳光，有了一个去改变死气沉沉的现状的理由。

那时我刚辍学不久，苦闷而孤僻，拒绝与人接触，更遑论交心了。即使在城市夜晚气氛最浓郁的上街晚八时许光景，我也形同游魂，仰面只能望见属于别人的焰火绽放。

后来，我得知了她是市一中的学生，而从我工作的地方到一中校门口，只有七八分钟步程。仲夏时节，校门口总是有华丽如同鲷鱼群一般的行人熙来攘往地穿梭。一中的老校址当时尚坐落在县学街上，离它仅一个路口之隔的钟楼底曾经有过一家烧烤摊子，生意颇为兴隆，可惜如今早已不知去向，就像整个旧时代的影子那样悄然流逝不见了。

我偶尔会在烧烤摊子前见到古彤，她的身边永远围着那么多志同道合的人，正好衬托出我的形单影只来。我不知道这样的酷刑什么时候才会结束，不过我曾经在心底暗暗发过誓：不向命运的残暴低头——即使将一败涂地，也绝不！

古彤与我之前见过的所有女生皆有些许不同，细微的区别不足以令她鹤立鸡群，却能使我注意到她。说不上"回眸一笑百媚生"，可她的笑容里藏着这个世界对我进行了封印的青春的甜美，我沉迷于其中，以至于在深夜街头独自徘徊时也时常会念起她的那抹笑容，以及没有任何阴影存在的丰满面颊。那两个酒窝对我同样有着无形的吸引力，从她的角度来说，左边的那个酒窝略深于右边。如果也以同样的视角来看我，我将是一个贸然闯入她视野的不速之客？还是一只想要吃天鹅肉的癞蛤蟆？抑或只要一个亲吻便可以变回王子的青蛙？

在斗潭河与人民医院之间，现为斗潭公园的那块土地上，原先是一条巷陌。入夜之后，梧桐茂密的枝叶遮蔽了两旁的灯光，以木板拼凑成门面的店铺与白墙高阶的三层公寓相对。衢城的变迁当然不止此处，然而我却屡番在梦境中梦见旧日衢城的一笔一触，心态从容而淡泊，热情则适可而止，并不像如今这样怀抱着难以言喻的悲哀。

我曾于充满文艺气息的下街与古彤擦肩而过，每次总会发出"世界如此之小"的感叹。我目不斜视，只在擦肩过后才会回望一眼，并没有与她搭讪的冲动。默默地注视着那个背影，并且想象她的日常起居，以及如微风般不起眼的事件掠过她平静生活时所产生的縠纹，便已经让我心满意足了。

年方十五岁的我，肤浅得既不了解"天下无不散之筵席"，也不知道"花开堪折直须折"，只是沉浸在暗恋的卑微满足感里，在说大不大，说小不小的衢城寻找着与古彤相遇的机会。

日子一眨眼便已来到冬季，衢城的冬景令人安心，却又不失浪漫：树落尽叶子，路旁挂满古风的灯笼；人们穿着臃肿的冬衣出入空调尚为稀罕之物的厅堂；马路上半融的雪潮湿发亮，公交车缓慢行驶着像是装了滑轮的乌龟；天空清峻，有时候雪花开始抖落，无数秃枝便欠伸开它们旁逸斜出的墨骨，无言地护定伤痕累累却孕育着希望的花蕾。

在上下街交会的那个路口，商厦与商厦之间有一座拱门，其下有一家露天面摊，摆放着两张桌子，几双非一次性筷子插在筷筒内，冒着腾腾热气的煤炉在凛冽的寒风中自成桃源。下午经过面摊前，我忽然心血来潮点了一碗素面，坐在桌后看路人冒着轻雪而行，以及轮胎在泥雪内轧出既深且乱的辙印。

而古彤恰到好处地出现了，围着白色围巾，很难得地孤身一人站在新华书店的门口朝着手心呵气。衢城即使步入隆冬，街头也时或可见斑斑绿意，街道幽邃，最高的楼房不会超过五层。待在这样的城市，你随时可能因为心情越来越轻快而小跑起来，不管雨雪扑面，抑或气候恶劣。

我不知道古彤要去哪里，不过机会难得，于是我不惜放下大半碗如浮世绘中浪涛一样的面条，付了面钱，便一路踏雪尾随她而去。我们先后走入由新桥街直插钟楼底的那条斜巷，两旁的建筑在飞雪中显得暖狭，如同镇锁住低矮的萧索峭壁。清新的寒气吹得人脑壳清醒，在那些透出灯光的防盗窗后面，是拥有简陋厨房的租赁公寓，住着形形色色，富有衢城特色的普通市民。

然后她转入人民医院与斗潭河之间的那条巷陌，依次走过花店、理发店与音像店，最后推开一间装饰风格古朴的租书店。在那几年，这种租书店屡见不鲜，而幸运的是，古彤走进的那家，恰巧是我平日里经常光顾的。

雪势渐渐增大，而我们皆未带伞，因此借口避雪亦无不妥。我跟入店内，看见许多学生挨挤在被雪光映得微明的书架间，一盏钨丝灯泡聊胜于无地亮着。每个刚进来的租书客总要抖抖肩膀，跺跺鞋底，然后分别向自己最熟悉的分类书架径奔而去。在几平方米的空间内，书柜摆成三列，发出旧书的霉味，而这霉味又与少年们冬衣与头发的淡淡气味相混淆。登记借书事宜的柜台边有一架木制楼梯直通阁楼，刚刚归还的漫画或小说等书籍还未来得及按类放回，在楼梯底部堆成了歪斜的书山。

古彤背对着我站在漫画书柜前，我走到她身畔，拿起一本《海贼王》的单行本来。就在那一年，《海贼王》才刚刊印没多久，仅有前三册面世，同时，那也是日漫百花齐放，万马齐嘶的年代，而《灌篮高手》算是其中风头最一时无两的一部了。然而古彤手里捧的既不是《灌篮高手》，也不是其他大红大紫的日漫，而是日本恐怖漫画大家伊藤润二的作品。

"那个……你不觉得这种画风很压抑吗？"我清了清喉咙，朝她搭讪道。

"有什么关系，只是调剂而已。"她露出"你真是大惊小怪"的神情，无所谓地耸了耸肩。

"如果让我也来看，恐怕会有一点点小阴影……"

"那将来可有的是阴影等着你呢。"她仿佛在笑话我的"涉世未深"似的抿了抿嘴。

"不过，《灌篮高手》倒是值得一看，我已经看到全国大赛那里了。另外，中国本土的漫画杂志我也几乎每个月都要买上几本，我喜欢《北京卡通》里由姚非拉绘制的《梦里人》这部作品的画风……"

"你可真是骄傲呢……对了，我想起来了，我在杂志店里见过你！你出手蛮阔绰的嘛，经常一买就是三四本。"她恍然大悟似的敲了敲手掌，侧过脸来与我说话，光是这样就让我觉得相当奢侈了。

"哈哈，可能是因为我内心比较空虚吧。"

"你真是怪人，一点也不懂得给人留下一个初次见面的好印象的重要性。你平常在别的女孩子面前也总是这样毫不留情地自我剖析吗？"

"我这人喜欢把丑话说在前头，不过那也得有人愿意听才行。何况，缺点总是深藏着，而优点往往争先恐后地蹦出来，同为我性格的一部分，我绝对不可以厚此薄彼的。"

不断有裹风挟雪的学生客走进来，门外街头的风声已经不再像吹口哨一般了，而是变成了近乎车轱辘滚动的声音。古彤放下伊藤润二的漫画，正色道："那好，我也学一学你——我叫古彤，市一中的学生，容易同情心泛滥与不会拒绝别人是我最大的缺点。"

我不禁发自内心地想笑，而且不管思考还是不思考，脸上的笑容都像"一石激起千层浪"般，往外一圈圈地扩漾开来，直到古彤提醒我："怎么，突然就神游物外了？连身边有这样一位大美女也视若无睹了？"

"没有。认识你很高兴，只是你说的美女我怎么没看见呢？"

"您老眼神可不太好哦。"她忽然迅速地伸出两根手指晃了晃，问道，"这是几？"

"二……"我有些犹豫了。

"不对，明明就是三。你看你看，你得配眼镜了吧？否则错过生活中的那些美好岂不是太得不偿失了。"她调皮地笑着，仿佛"指鹿为马"不再无耻，反而成了一件颇有谐趣之事。

接下来的交谈顺利而随意：打趣、自我介绍、讨论漫画里的人物与情节、畅想今后的种种，甚至泄露心底某个看似微不足道的秘密——简直可以说得上是一见如故。仅就时间而言，这样的进度也未免太神速了，不过我非常清楚：我们并不了解彼此，也没有任何将我们联系起来的羁绊。此时一旦话别，便如同鱼虾相忘于江湖，她将很快忘记曾遇到过我，而我心中的爱慕亦将渐渐地冷却。

当她问起我现在何处就读，我撒了个谎，谎称自己是三中的学生。我不愿牵扯上母校二中，因为那是我已经破碎的一个梦。古彤若有所思地点着头，看来她对三中亦不甚了解。

"也不错。如果你成绩靠前，那我们之间的差距还不算大。"她发自内心地替我盘算着前程，殊不知，我从来就没在乎过是否能龙门登科，也完全不介意将来生计惨淡。

店内，学生们出出入入，天色则越发昏暗了，唯有此时才显出钨丝灯的可贵来；店外，飞雪如絮如棉，车铃声与欢笑声明显比漫画内的世界要更贴近并吸引心灵，令人忍不住想要出观。古彤兴致勃勃道："我要去此时此际的衢城转转，说不定可以写出一篇美文来。"

我很想跟她谈谈文字的魅力，不过显摆自己的长处让我觉得羞耻，于是我只好坦然接受别离："很好奇你究竟会写出什么样的文字来。"

"如果你的语文水平够高，自然就可以明白文思如泉涌的感觉了，所以你还有很长的路要走啊，少年。"古彤像哥们一样拍了拍我的肩膀，故作语重心长。

就在将要离店之前，她忽然又转回头向我勾了勾手指，等我凑近过去，古彤压低了声音对我说道："以前有人说过你可爱吗?"

我愣在原地，脑子里一片空白，目送着她回到街上后，一股幸福的暖流瞬间涌遍了四肢百骸。在今后漫长的岁月中，这句话曾给过我支撑下去的力量，激发过我的斗志，也给我造成过困扰，尤其是在人生面目全非的时候，这句话活脱脱就像是一种讽刺! 可就在她说出这句话的当天，虽然我自以为心性已经相当成熟，却仍然一整天怀抱着几乎要满溢出胸膛的甘甜，像个孩子那般蹦蹦跳跳，难以自抑。

冬后便是春，两个季节相互紧邻着送迎彼此。而我每逢有空仍会去那家租书店，却再也没能跟古彤不期而遇。她仿佛从我的人生中出现又消失，我们宛如两条不知相距远近的平行线，为各自的梦想奋斗着，同时享受着小城静好的昼夜晴雨，以及逐渐加快的城市节奏。

冬季的那座黑白相间的衢城还未完全成为过去式，属于春日的苍绿衢城便已悄无声息地开始抢班夺权了。风的颜色渐趋温暖，走在街头，不免会产生一种淡淡的怀念，仿佛逝去的不是韶华，而是火柴一寸一寸燃尽，直到灼痛手指。

有一天，我居然鼓起了勇气去问租书店的老板："那天跟我聊了好久的女生后来还来过店里吗?"

"哪天?"老板丈二和尚摸不着头脑。

"就是下雪那天。"

"没啥印象了，难道她不是你的朋友吗？"老板透过眼镜的茶色镜片打量着我。

我能如何回答呢？除了含糊其词，难不成还要将老板当成倾诉的对象吗？最后我说道："并没什么交情，只是有些念念不忘。"

"那倒是正常的，在你们这个年纪……"说完老板就低下头去核算账目了。

我早该明白，自己所重视的事情在别人眼里可能仅仅是刹那云烟。我慌乱离店，心里却想："如果连承认自己心之所往的勇气都没有，青春又何谈青春呢？！"

仰起头来，仍然不见倾泻无遗的阳光，只有乱云峥嵘。梧桐的枝干尚未跟夏季时一样泛白，街灯相继亮起，空气中又有一股淡淡的雨味了。我忽然思念起故乡来了，那时候朦胧的情愫是多么洒脱，任它像肥皂泡泡一样破了就破了，而不似如今，需要将情愫慢慢地酝酿，直至它在心底完全发酵为止。

那日在澹澹欲雨的天空下信步的我无论如何也想不到，短短半个月后，所有这些租书店将因为城市整体的规划而遭到取缔，那些留在了我们回忆中的古朴昏暗的空间将不复存在，而代之以暂时陌生却终将习以为常的新风景。

自那天后，我一直怀揣着"再见古彤一面"的心愿，心愿虽然简单，却求而不得。整件事情中最奇怪的地方在于：我们之间没有任何纽带相连接，也许多一日不见，彼此间的距离便将持续被拉远，可我却始终没来由地相信：我们的故事还远远未到结束的时候！

我的工作长期不稳定，有时候在水果店、书店里打工，有时候帮与父母相熟的老板送货与采购。当奔波在月色下的街头时，我偶尔也会回想起学校内的晚自习时间，那是截然不同的两种生活。虽然不必埋首作业，可以一睹这个鲜活而多变的社会，可我还是感到了茫然。每晚我会坚持自学上半个小时，在这座既没有蛙鸣也无虫唧的彩色城市的一角。

　　那天，我从一位长辈家借书回来，途经百岁坊街。灯红酒绿的街市上，霓虹璀璨，各色人等川流不息，只是没有我所认识的人，不过旁观他们的悲欢已足够让我汲取乐趣。大片的小区藏在晦暗的阴影中，那些市民皆有供他们恢复精力，抵御世态炎凉的一隅堡垒，而唯有我的孤独、迷惘与受到的伤害无法告解，只能独自默默吞咽。

　　就在我再次回忆起古彤以及跟她有关的一切独特标识之际，竟真的在人海中发现了她的身影。起初我不太敢确信，直到再三观察觑定之后，才乐颠颠地追了上去，并振作起精神问道："还记得我吗？"

　　"是你啊！"她流露出恰到好处的惊喜，"你怎么会在这里出现？"

　　"我到这附近借书。"说着我举起了手中的书，那是一本《东周列国志》。

　　"是原版的啊！你看得懂吗？"

　　"别小看人，就跟看小学课本一样简单呢！"

　　"我们随便走走？"

　　"好啊。"我隐藏起内心的真实想法，表面上仍然波澜不惊。

　　"说起来，距离我们初次见面已经过去快一年了吧？"她忽然问我。我不禁愕然，因为我知道她说的乃是我们去年夏夜在上街水果摊旁的首次交错。原以为自己只是躲在不为人知的偏僻角落里窥视属意女生的一厢情愿者，却不料古彤早就注意到了我的存在，这让我有些羞赧。

"你一直都知道我在注意你？"

"衢城里外里就这么点地方，你那么不自然地走来走去，谁都注意到了好吧，还用得着特别眼尖吗？说说看吧——为什么想要接近我？"她就像一个老师等待着学生坦白那样，眼神中透露出威严而又宽容的意味来。

"因为……因为……我觉得你与其他女生稍有不同……"我紧张得直咽口水。

她并不以为奇，仿佛每天都有成千上万个男生会这样夸她似的。随后，她笑出了声来："可别指望我会因为这句美言就对你格外温柔体贴。"

"我看起来像是怀有这种不良企图吗？虽然我平凡、普通，但也从来不拿热脸去贴别人的冷屁股！"

"要有自信。"古彤的声音压得很低，也许只有我可以勉强听见。夜雨忽然零零星星降下，我们并肩走在逐渐润湿起来的闹市街头，沙沙的雨声在人海中显得分量极轻。这条街上没有什么树木，招牌倒是五颜六色，令人眼花缭乱，不过这并不能使我分心。可古彤却不住地朝四下张望，仿佛觉得它们都是值得一看的风景，唯独只有我，只有我这个人，是受到了什么咒语封印的禁忌之物。

"又忘记带伞了。"她嘟囔着，音量照旧极轻。

"到哪里躲躲雨吧。"我如此建议。这雨似乎有越下越大的迹象，我虽然并不担心自己被淋湿，但若是一旦转为暴雨，我总不能用手中的《东周列国志》替她挡雨吧？

我们在友好饭店的巨钟下停步避雨，不知是由谁先开始的，我们轮流吟诵起了有关于雨的古诗词。那时候我的记忆力还不赖，甚至可以说得上出类拔萃，因此能够旁征博引而不必担心才思枯竭。我们交替着说了五十多句符合条件的诗词，而每多吟一句，我们思索的时间便会延长。

"日暮酒醒人已远，满天风雨下西楼。"

引用罢了这一句后，古彤再也接不上来了，于是只好举白旗认输道："有两把刷子嘛，我还以为你只会对漫画高谈阔论呢。"

"少年的野心不为人知，可一旦大白于人前，一定是他名动天下的时候。"我踌躇满志地夸下了海口。

"那我可等着这一天哦！"

暴雨中的霓虹如同加了一层水印，辏密的招牌底下，炉烟、人流与伞阵交织成了彩练般的汇川。正聊到酣畅处，古彤却突兀地问起："就目前而言，你认为自己最美好的时刻是在什么时候？"

我不禁蹙眉搜寻起了记忆：童年固然美好，但提起来显然不契合现在的氛围；而在十岁之后，除了伤痛还是伤痛——或许也有让我感动的时刻，但那也仅是包含着酸楚的体恤。

"怎么，需要想那么久吗？"

我最终还是不知该试举哪一幕好，只好苦笑道："童年住在乡下的时光，很多都像田园诗歌一般闪亮难忘。"

"我还以为你会说今天呢，哈哈！"古彤貌似打趣地说道。

"今天也是，不管过去多少年头，我都不会忘记发生在这个雨夜的近在眼前的快乐！"我故意装作轻描淡写的样子说道。

我本想反问她最快乐的时光是在何时，却还是作罢了。因为分别在城市与乡野成长起来的少年们，中间隔着难以逾越的鸿沟。我固然还能凭想象在心底描绘出城市生活的片段，可若要求我对他们谈起冬日清晨的霜野、洪汛时节溢水的古街，以及深秋万物萧索的黄昏，那实在无异于对牛弹琴。

当晚，我们并未在街头共享夜宵，又或者买醉而归，仅仅是寻常的道别，然后便各自咀嚼着缘分的奇妙安排与对未来的一无所知离散了。

那一晚过后，我们不出意外地再度失联了，保持着需要命运的偶尔眷顾才能再度重逢的状态。是年春末，我动身去了杭州，两个月后方才回来。

我的归期恰逢高考刚结束的那段时间，而整座衢城早就不是我离开之前的那番模样了。我猜想，她大概会利用上大学前的这个暑假，来一次毕业旅行才对。可惜我无从得知详情，只好多方打听，兜兜绕绕一大圈后总算探得了她毕业旅行的目的地，遂连夜买好车票，赶赴她所选择的某山风景区。

沿途暮色深沉，热风盈窗，我忽然产生了一种如神圣仪式感般的情绪，仿佛自己今日才终于做好了准备要跳出深井，接着再满世界闯荡，去看看那些想象之触角所无法够到的风景还有思想。以至于当我来到某山山脚下的旅馆街时，竟误将山林中鼓荡的野鸟扑翅声当成了学生们欢庆青春即将更加壮阔的喧闹。

就在那一晚，我想象着来日将如何去弥补曾经虚度了的青春，于一片纷乱思绪中慢慢睡去。一想到明日便可见到古彤，我便忍不住要妄自掂量她的惊喜到底能有几分几毫。

翌晨醒来，晨雾漫山，新抵达的大巴开着大灯，依序驶入了风景区的停车站。我洗漱过后，便去打探来自衢城一中的学生小团体下榻在何处了。旅馆统共有十数家，看来无须花费大海捞针那样盲目浩巨的时间便可找到古彤一行，最后果然在第四家旅舍得偿所愿。

我站在前台大厅里，看着楼上不断走下趿拉着拖鞋、神态慵懒而又哈欠连连的女生及个别男生，甚至还有一小部分人衣衫不整。厅外的银杏树隐没进了薄雾当中，我尽量让自己看起来不似专门在等待谁，而是一直假装侧耳倾听鸟啭。

古彤终于下楼了，她很快便瞧见了我，正要快活地冲我打招呼，却被另一个女生突然间给拉住了，说是有话要对她说。古彤向我投来一个充满歉意的眼神，便跟随那位同伴上楼去了。我开始变得如坐针毡，因为我认出那个像程咬金一样半路杀出来的女生曾是我的校友。非常不幸的是，她了解我过去所有的底细。

我试着想象她们将会如何展开对话，心急如焚。我们虽然只交谈过区区两次，但一次比一次靠近彼此，没有比这更充满希望的发展了，现在却要接受"被古彤以异样的眼光看待"的终篇。我下不了任何决心，反复考虑着应如何对古彤解释，就在这时，她下楼来了。

"你不要紧吧？我并不知道你曾经拥有这样的过去。"她的神情带着怜悯，我知道她并没有受到任何世俗偏见的影响，这说明了她具备主见与勇敢这两种极为宝贵的品质，可这份怜悯比避之唯恐不及的态度更让我难以忍受。我的眼泪险些夺眶而出：以前在苦难中我曾无数次奢望过这样发自内心的安慰，哪怕只有一句，也足以为我疗伤，可现在这种态度却居然出现在了我所暗恋的女生身上。

"不要紧，这有什么要紧呢？都是过去的事情了，老念念不忘的那才叫傻瓜呢！"逞强的我还同时饰以破碎的笑脸，"她都对你说了吧？从他们的角度看，这的确是段不光彩的过去，可我不需要怜悯！你尽管放心好了，现在我要独自冷静一会儿，失陪了。"

走到天空底下，强忍许久的泪水终于决堤了，可是望着那座逐渐浮现清晰轮廓的山峰，却多少好受了些。附近的游客们兴高采烈，我知道，一些创伤现在还痊愈不了，但也许会有那么一天，我可以内心毫无波动地谈起那段过去——被强制送进精神病医院的羞辱过去，而到那时，说不定我才能再次尝试追求一段正常且纯粹的感情。

我将来一定会后悔的吧？可是那时候我的自尊心却不允许我在古彤面前谈笑如常。一旦被烙上怜悯的印记，爱慕也将不复成其为爱慕了。

当日，我坐上大巴返回了衢城的故里，从此以后再也没有见过古彤。而我至今还会时时懊悔：当初为什么没有强大到敢于跟她豪迈地告个别呢？

旧　徒

在退休后的第五年，我再次奔赴曾经任教过的江南小城市，以应酬某届师生间的聚会。晚宴开始前，我在酒店附近信步闲逛，一幕幕似曾相识的风景画就这样走马灯似的重回眼前，令既往者在唏嘘之余难免略怀感伤。

当我走到傍河的公共篮球场外时，恰值路灯明亮，夜空深蓝，无数人影在球场上飞奔纵跃。我停下脚步，欣赏起了这与校园篮球大相径庭的街头篮球来，却无法判断那些运动健将分别处于什么年龄段。在重叠而缭乱的人影中，我突然发现了一张面孔——它已然面目全非，却还是保留着当初的某些特征。这张面孔我在许多年前曾经是如此熟悉，然而现如今的它早已失去了昔年的那份灵秀与毅定，被命运折磨得疲惫而庸常了。

回忆汹涌而至，将我的身心整个儿拖进了那段泛黄而又不失清晰准确的旧时光中……

这张面孔属于一个名字叫作韩放的学生，他曾是我十五年前担任母校初中部初一八班的班主任时的其中一员。

他的童年在乡间度过，因此笑容中有着乡野所独具的明快色调，大自然的养育则给了他淳朴、善良与不拘一格的品质；此外，书卷气不但未曾令他迂腐到去钻牛角尖，反倒是令其敏感而坚韧，矜持却又当仁不让。这是一个内核无比复杂的孩子，且永远不忍心以任何理由去伤害他人，哪怕这个理由十分正当。

这个孩子也算是与我有着千丝万缕的联系吧，可以间接地被划归为我的同乡子弟。他就读于乡下小学时期的事迹我亦有所耳闻，据说是个神童一般令人瞩目的孩子。如今，他来到这座完全陌生的城市求学，想必面对着许多需要勇于去克服的难题吧？

开学伊始，他带着拘谨的笑意，被他父亲介绍给我。我看见的是一个穿着袖口有些紧绷的白色衬衫，发型简约，眼神温柔清澈的孩子，给人以一种"这种干净或许将永不变更"的感觉。我引领他走进教室，在与其他同学熟识起来的过程中，他并不讳言自己来自农村，却对十里八乡对他的风评绝口不提，也许是觉得炫耀这种行为太过于幼稚虚荣了。而我其实更愿意相信，他这种谦逊的个性绝不仅仅是因为小小年纪就深知天高地厚。

新学期的最初那几天，他每天早上都挤小面包车来上学（那是当年这座城市昙花一现的民间公交线路），车内塞满了自己父母无暇接送的初中生们，而韩放置身于其中，怀着强烈的好奇心观察沿途所见的一切。到学校后，他会首先走进操场旁边一间孤零零的红砖房，那是我白日里休息的地方，而在这个时辰，我早已为他准备好了一份营养早点。至于我为什么非得每天绞尽脑汁地去改变早点的花样，一来是因为受他父亲所托，二来也是由于我个人私底下颇为偏爱这孩子。

韩放并没有辜负我的偏爱，在这学期初举办的语文竞赛里，他荣膺了三等奖。他在讲台上接过奖品的时候，抱着轻微的羞涩，就仿佛自己做错了什么似的。再后来，他又在期中考试中考了全班第七名。对于一个来自竞争压力要轻上许多的环境，从未逢过真正对手的农村孩子来说，这个成绩足够让你抬高对他的期许，不愿为之设定一个上限了。

随着对新环境的逐渐适应，韩放日益融入到这种紧张而快节奏的生活中去了。他在摔过无数次后学会了骑自行车，于是再也不用挤小面包车；他还结识了二三莫逆之交，常与他们高谈阔论，或者周末出游；当然，他也将面对许多充满了恶意的态度，谁都没办法做到让每个人都喜欢你；偶尔还会去学校附近的小饭馆消费一回，通过改善伙食来犒劳自己……

他就这样懵懵懂懂地过完了第一个月，似乎已经入乡随俗，成了一个像模像样的城里孩子，可是本质上，他仍是那个对追求大自然的美好"贪得无厌"的乡下孩子。

初一的新生被安排在分校就读，校园内甚至没有篮球架，只有三张乒乓球台。韩放买了一块三十五元的球拍，细心地在球拍边缘缠上了一圈胶带，并在课余时间活跃于球台两头——那个年代，任何东西都可以用上很久，一如彼时的感情。十岁的他看起来毫无体育天赋，就连踢足球时也会不小心铲翻人，所幸那个被铲翻的学生徐轶宬，此后成了他在学校里最好的朋友。

初一上半学期的班会临近了，不管有才艺还是没才艺的学生都紧锣密鼓地准备了起来。韩放找到了他的搭档——徐博文，打算和搭档联袂表演相声。他花了两天多时间来撰写相声稿子，在午休与放学后这两个时间段排演，为了保持神秘性而严守着口风。直到班会按期举行，孩子们在教室中央用课桌围成的场地内八仙过海，各显神通：有人唱歌跳舞，有人表演拿手绝活，徐轶宬甚至背起了圆周率小数点后的一百位数字……

等韩放与徐博文登场时，大家都拭目以待着，而他们就像是两个初出茅庐却不怯场的表演者，来到舞台上并对视了一眼，这才开始从容引出自己的整段节目来。列席的音乐老师甚至在我耳边低语道："他们往那里一站，活脱脱两个资深老艺术家的年少雏形嘛……"

除了中间因为忘词而稍微停顿了片刻，表演非常流畅顺利，并最终在评选中脱颖而出，获得了一等奖的荣誉。颁奖时，韩放不再如上次接过语文竞赛的奖励那般羞涩了，虽然依旧跟"志得意满"不沾边，但隐隐已经有了"受之无愧"的气魄。只是我不知道他会不会因为忘词而懊恼——他天性就爱追求完美，而且几乎到了偏执的程度。

学期转眼即将过半了，学校本部照例要组织每年一度的美食节与跳蚤市场等活动项目，而初一分校的学生亦被允许参与其中。韩放与同学们也摆设了一个跳蚤市场的摊位，我随手翻看着他们拿来出售的堆成小山那般的旧书，发现其中有一套竟是《西游记》的精装连环画版本，颇具收藏价值，于是暗怀惋惜地问道：

"这套书是谁的？"

"我的。"韩放有些费解地眨眨眼睛。

"为什么要卖掉它？"

"因为我已经有其他版本的《西游记》了呀。"他想当然地说道，给人以一种"对价值贵贱与利益盈亏毫无概念"的内在判断。

我并没有提醒他这套书有多么珍贵，一则是不想败坏他的兴致，二则我一向认为——人总要自己跌进过坑里后，才能汲取教训。我不喜欢说教，也不爱凡事瞎操心，不过在看了摆摊的全过程后，我倒是清楚了一点：韩放这个孩子脸皮忒薄，心肠也太软了。他总是生怕别人吃亏或是不高兴，因此不适合任何跟利益有涉的行当。

在城市生活逐渐向他揭开幕布的过程中，我认为，韩放并未充分展露出关于自我的方方面面，他的内涵因为茫然而失色了不少，不过惊鸿一瞥已经足够惊艳。

初一下半学期伊始，初一年级全搬到了学校本部来上学，而韩放也生平第一次离开自己的那个小家来住校。包括他在内，初一只有三个住校生，另外两个都是体育生。

在每个空气微润芬芳的春晨，韩放原本总要绕操场跑上三圈，但到后来却起床得越来越晚。当教室里早读正热火朝天之际，他往往还处在从宿舍楼赶往教学楼的半道上。他的精神越来越萎靡，还增添了两抹黑眼圈，此外更是经常在课堂上打瞌睡，以至于其他科目的老师纷纷跑来向我告状。我不清楚在他身上到底发生了什么，不过我当然不能坐视不理，于是便叫他搬到了我的宿舍来住。

韩放称呼我的老伴为"熊伯伯"，而早晚两餐都是由他的熊伯伯费心张罗的。韩放搬入宿舍的前一晚，我跟老伴为他铺设床榻，就安置在客厅的窗户底下，从那里可以眺望见学校围墙外的滔滔江流。我还在他的床头钉挂了一张世界地图，借以激发他学习的欲望，并增广他对世界的了解。

搬进来的头一晚，韩放趴在饭桌上写作业，窗外阒寂旷野下的远声一阵接一阵地传至耳边。我若无其事地问起这段时间他有什么烦恼，可是他也说不出个所以然来，仅仅说自己有些失眠。他有一种不愿诉苦抱怨的倔强，认为这些都是丢人现眼的应对方式，是种羞耻，不应被男子汉纳入字典，而正是这股子倔强在今后害苦了他。

他笑着对我说起自己那尚短的人生中有何谐趣的场面，以及班上同学的蝇头琐事。他的表达有些稚嫩，虽然彼时的他已显出精神不振的迹象，但仍给人以积极乐观的感觉。望着他伏在灯下做作业的背影，我忽然产生了一种想将他视若己出的感情，不管是不是心血来潮，但在器重与怜爱之余，我的内心的确笼罩在了近似于母性的光辉中。

晚自习结束后，韩放必须经过一条长长的林荫道才能回到教职工宿舍，有时候孤身一人，有时候则跟徐轶宬同行（他的母亲也是学校的职工）。在林荫道上偶尔能看见一两颗寂寞的星星，这是光污染在这座城市大行其道时的小小意外，我能够想象悲天悯人的他站在无人觑顾的地方仰望高不可及的夜空时的模样。有一次我随口对他提起，在深秋季节，林荫道上会堆满落叶，踩上去就跟足足铺伸开百米的鹅毛垫子似的。他的眼睛顿时熠熠生辉，喃喃地说道：

"要是到时候能亲身感受一下就好了……"

另外还有一次，老伴发现他将不爱吃的食物偷偷倒进了垃圾桶，于是我们老两口狠狠地批评了他一通。在那个整体色调绿中泛金的上午，他是那样羞愧难当，眼泪噙在眼眶边缘欲坠未坠，就好像自己犯下了连累芸芸众生的弥天大罪一般。而我清楚，他并非因为委屈才这样几近涕泪涟涟，而是认识到了自己的错误，为辜负了我们的期许而愧疚不已。

那是我第一次对他动怒，也是唯一一次。

韩放在家大发脾气的传闻传进我耳中时，我难以置信，惊诧莫名，就像听到一只兔子咬死了鬣狗那样。再后来，他的父亲到学校替他请了长假，接着便是他被送进了杭州精神病医院的消息。当我坐实了真假以后，惋惜与悲痛之情油然而生，然而期中考试将至，我暂时无暇抽身他顾。更何况作为外人，我也不方便插手学生的家事。

两个月后，韩放从精神病院给"释放"了回来，又被逼迫着继续上学了。虽然我曾组织班上的同学在他踏进课堂后鼓掌欢迎，不过这种流于表面的仪式并无法止住他江河日下的状态。韩放已经不再适合学校那种节奏紧张的生活了——我不得不承认这一点，同时还要无奈地接受这一事实。

他在学校参与的最后一次自发性活动，乃是与徐轶成、徐博文他们组成了举报学校食堂胡乱克扣伙食费的临时团队。他们积极地调查取证，却因为证据不足无果而终。然后，韩放就完全陷入整日无精打采、颓废不堪的泥淖中去了。

某个黄昏，我回空荡荡的教室内取东西，发现韩放正趴在窗台上，困惑而安静地斜望向车棚与银杏冠盖上方的蔚然晚霞，似乎从未如此毫无生机过。这个落寞的场景令我几乎不忍直视，可就在这时，楼梯口又传来了其他男生欺凌班上最为黑瘦的那个女生的嘲骂声，虽然此前我三令五申，却总不见成效。

我轻轻地叹了一口气，退出了教室，就像一名将军抛弃了战场上的伤兵那样，毕竟我需要关注的不仅仅有韩放一个学生，不过当时我却冒出了一个奇怪的想法：若不是韩放连自己的痛苦也顾不过来，他一定会将同情心投注到那个受欺凌的女生身上……

接下来的半年里，韩放反复不断地休学，而我的耐心也在这些看似永无止境的麻烦事中消磨殆尽了。刚升上初二不久，年级里举行了一场辩论比赛，徐博文在这场辩论赛中发挥得可圈可点。而我在暗处观察着他们指点江山、激扬文字的英姿，不禁为韩放感到了一种如鲠在喉的遗憾：如果他健康正常，也该是他们当中的一员吧？或许跟老搭档不相伯仲也说不定。不，我相信如果这一假设成立，他一定可以做到让我们都难以挑剔！

有一回，我问起一直在班里保护着韩放，不让他受别人欺负的徐轶戌，最近还有没有与韩放联系，这个一向坚强的小男子汉却忽然有些哽咽了起来："还有联系，但是……我已经帮不了他更多了。老师……我感觉他离我们越来越远了！"

我无言以对，长久以来一直怀有的"自己失职了"的自责感淹没了我，令我无法顺畅地呼吸……

在那之后的某天，也许并未过去多久，韩放的父亲打来一个电话，央求我帮他一个小忙。然而当他说出具体的计划时，我却感到矛盾无比，犹豫万分。韩父让我以"带韩放去旅游"为由头，将他诓骗至南京某大医院的儿童病寓住院。

韩放果然对我毫不设防，听到这个消息，他仿佛逃出了那个原本阴暗的角落，重又回到了阳光普照下。一路上他天真地问起这趟旅游的目的地，却闭口不提学校里那些老同学的近况，我知道他心底有着难以解开的疙瘩——他们朝气蓬勃的青春是他所无比羡慕的，却又永远无法再拥有的经历。而我只能回以含糊其词。

到南京路远迢迢，而韩放在颠簸中终于产生了怀疑。当小面包车驶进脑科医院后，他所投过来的眼神令我至今回想起来还犹如芒刺在背，我知道，在我们之间长久以来建立起来的信赖关系正在崩塌。他被强制扭送进住院部那扇可怕的铁门内时，最后回头望了我一眼，那既不是愤怒，也不是仇怨，而是无助！我并未觉得自己哪里做错了，但仍痛恨自己无从了解他的痛苦。

在那一刻，我仿佛看见一个孩子站在暮光式微，行将入夜的荒野中央，手里只有一根火柴。他看着它一寸一寸燃尽，直到灼痛了手指，却依然舍不得丢弃。

自那以后，时光飞快地流逝，与韩放同届的学生们都已步入了高三，正全力以赴地准备迎接高考。就在这一年的某个冬夜，学校门卫忽然打来电话，说有我昔日的学生想要来看望我。当得知了其中的一位正是韩放时，我欣然披衣下楼，拖出自行车，一路骑过幽暗的林荫道，急着赶往校门外见他。那时我已临近了执教生涯的末期，而这几年来我唯一放心不下的事情便是：韩放如今长成了何等模样？他有没有从过去的阴影当中彻底挣脱出来？

见面后，我发现他的眉骨可怕地高耸着，好像发生了严重的变形。然而我什么也没有多问，因为对于我来说，能看到他的笑容比什么都重要。我将他与他的另一个同伴带回住处，他仍旧坐在那张世界地图下面，仿佛时光半点儿都不曾改变，只有地图蒙上了灰尘，而他，还是那个挂着干净笑容的初涉世的少年。

他向我介绍起他的同伴，说这是与他有结拜之谊的三弟，这种异想天开的做派的确像是他的惯为之举。我很高兴他竟成了能给两个义弟树立榜样的大哥，他似乎不再是那个弱小得需要扶持，需要别人为他指明方向的孩子了。

"我们是一路上唱着歌过来的……"

"我没听清他在唱什么，不过我的耳朵的确比您想象的要遭罪……"他的三弟苦笑道。

他凸耸的眉骨让我不安，于是我问起了他这些年来是怎么度过的。他极艰难地思索着，似乎不愿再重温那段不堪回首的过往岁月，最后，他的神色终于雨过天晴了："很痛苦……但是应该都成为过去式了，可能这就是长大需要付出的代价吧……老师，您可能不相信呢，现在我篮球打得几乎和徐轶宸一样棒了……"

我们聊了相当久，他只字不提那些人间的险恶，歧视与伤害，他从来不愿让别人担心，因为天性如此。即使饱经人世间的磨难，他也总是首先为别人着想。临辞行前，我再次向他确认道："以后……真的可以好好生活了吗？"

"能的！"他的笑容不容置疑，然而他的不假思索却令我心怀隐忧。

那一年的高考顺利结束，六年前曾与韩放一同获得语文竞赛三等奖的那两名女生考上了北大，而韩放在什么地方呢？我不知道，却总是忍不住去想象。

而在那一届的谢师宴告毕后，我在街头再次发现了他慌张无措的身影。我刚想向他打声招呼，他却抬起手来遮住额头，急匆匆地逃走了，仿佛自己变成了一个无法以真实面目示人的怪物。我来不及追问，他便消失在了人海当中，连像流星般稍纵即逝的光辉也未留下。

从那天开始直到现在，我无法知悉自己到底添了多少根白头发，就连他的"熊伯伯"，身体也不再硬朗了。而韩放却长成了一个仍保留有当初那张娃娃脸轮廓的成年人，只是眼中璀璨的光芒业已消失，不过能再次看见他，我仍然心怀着"真好"的慨叹而由衷感谢上苍。虽然我再也不能介入他的生活，无法再对他谆谆教诲，但我还是忍不住怀念他曾经带给我的"璞玉待琢"的错觉。

我观望了一阵，便踏上了回酒店的归途。在那里，我那些幸运的学生——也是韩放的众多老同学——正在宴会上觥筹交错地叙旧。我在几乎倾巢而出的市民们中间缓缓地移步，体会到了一种美好的事物被残忍扼杀的遗憾，它似乎无可排解，但迟早会被逐渐淡忘的吧？

讨厌鬼云集的学校

1

这所高中位于自然气息浓郁的乡间，曾经似乎另有他用。校园内的绿色植物茂密得就像是野陌，建筑物表面藤蔓遍布，像是盛夏之味无孔不入的遗迹或者桃源。杨观潮第一次走进校园便喜欢上了这种节奏缓慢、风格闲适的环境，却并未意识到自己究竟有多么幸运。

他背着背包，独自穿过陌生的校园，因为没人愿意陪自己来报名，亲朋们将他视作累赘。学校里也有其他身影在走动，大多独来独往，没有交会。绿荫甬道筛漏着阳光，年少轻狂的躁动似乎唯有在此地才被驯服，蝉鸣在溽热无风的空气下振荡。杨观潮想要找到每座校园里都不可或缺的水龙头，因为涔涔而下的汗水流进双眼，刺痛了它们。

找到水龙头洗过脸与手后，杨观潮循着箭头前往报名处。途中遇见的每一个人都表情严肃，毫无新生入学的那股兴奋劲儿，就好像早已习惯了屡屡被扫地出门，或被当作垃圾踢来踢去的待遇。满园的墨绿成了无人欣赏的摆设，而青春期独有的轻佻则无人问津。

报名处只有两位老师，一男一女，都很年轻。一名女生刚填完入校表格，高傲且冷漠地立在一侧，仿佛谁都不配入眼，不配与自己交谈，后来杨观潮才知道女生的名字叫作舒漫。

"杨观潮、胡哀牢、腾项、廖松竹——你们四个住 204 室，以后可要好好相处。现在由黎老师带你们去男生宿舍楼，他会向你们交代注意事项的。"女老师笑容可掬道，男老师则起身向他们招了招手。

一路上，黎老师努力挑起话头，想要缓解男生们的紧张感，可只有腾项偶尔回应。途中仍不时撞见独来独往的学生，可有一部分已结为友伴，不知为何，杨观潮觉得他们眼中都有想要掩饰之物。这时，腾项主动引出了新话题。

"看见刚才那个女生没？自命不凡，还把对别人的轻蔑明白无误地写在了脸上。"

廖松竹似乎没在听，胡哀牢则投来惊弓之鸟似的一瞥，杨观潮为了让气氛不至于尴尬，随口说道："可能人家有自己的理由，譬如……"他耸了耸肩，"她很优秀。"

"就是这点才叫人不爽！如果她真的优秀，那就去名牌学校就读呀，到我们中间臭显摆什么！如果不让她尝点教训，她的优越感是永远不会收敛的！"

"大家都有苦衷，还是要多互相体谅。"

"就是有老师你这种人惯着她，她才变得越来越趾扈瞧不起人！"腾项初现刺头本色。

黎老师苦笑道："得给她些时间来慢慢改正，谁都没法一朝一夕就成熟。"然而腾项不愿再洗耳恭听，一个人吹着口哨走到了前头。不久，他们就看到了一栋绿树掩映的二层长楼，走进正门，头顶半被镂空的窗瓦的投影旋即笼罩了他们。

走廊里已经有其他住校生在来回走动。黎老师将钥匙分给四人，顺便交代了遇上什么问题，可以来教师宿舍找自己。住校生守则就贴在墙上，因此他没有多啰唆便去忙别的了。

进入寝室后，大家开始安置行李，并按床号分别铺被。杨观潮注意到上铺的胡哀牢正在往枕头下塞藏什么，于是促狭地问道："你不会把不该看的杂志带来学校了吧？"

"没……没有，是其他……"胡哀牢面红耳赤地支吾道。杨观潮没有追问下去，他走到窗前，对面是学校围墙完整的一角，能越过矮墙看见一家木材厂。接近正午的晴朗阳光下，几只羽毛鲜亮的丽禽低唱着飞入远处的夏木深荫。

"自己滚下去，麻溜点！"腾项凶暴的话音忽然响起，接着便是箱角磕到地面的声音。杨观潮诧异地转过头去，发现原本被安排在上铺，现在却不得不接受鸠占鹊巢的廖松竹居然毫无反抗的意愿，只是默默拾掇着被扔到地上的行李，在原本属于腾项的下铺前铺设起来。

"真是一个懦弱的男生呀！"杨观潮在心底给他贴上了这样的标签。

2

就在入学后的头晚，老师们为三十七名十七至二十岁的新生举行了一场欢迎晚会。

杨观潮一个人坐在走廊尽头的台阶上，托着下巴仰望夜空中一览无遗、纯净剔透、或薄或厚的云，想起了《彼得·潘》中孩子们趴在窗台上眺望星辉撒遍城镇的场景。灌木丛间流萤飞绕，整个校园被披上了一层如梦似幻的朦胧光纱。教室方向不断传来新生们的鬼叫、大笑甚至口哨声，看来欢迎晚会进行得并不太顺利。

身后传来鞋跟轻叩瓷砖地面的声音，杨观潮稍稍转过头去，是那日在报名处接待他们的女老师。"你在这里做什么?"她的声音细腻轻柔，但却具备直达内心的穿透力，俨然什么咄咄怪事。

"发发呆，想想过去，就这么简单。"杨观潮觉得自己的声音单薄而缺乏魅力。

"不跟同学们熟络熟络吗?"她走到杨观潮视野的平行处，便停下了脚步。

"没必要。又不是监狱，大不了主动退学或被开除呗。"

"抱着这样的念头，是无法让自己进步的。"

"老师，您贵姓?"杨观潮及时转移了即将展开的话题。

"我姓童，你们这个班的文科与艺术课都归我教。"

"哦，那可真是能者多劳呢。"杨观潮甚至不愿去掩饰脸上的嘲讽神情，"您有没有觉得我们这些问题学生面目可憎呢?"

"这是哪里话?! 在老师眼中，你们只是因为重压或者骄纵而无法正常享受到阳光的幼苗。教育的目的可不仅仅是锦上添花。"

"漂亮话谁不会说?"杨观潮"哼"的一声嘟囔道。

"如果言行不一，教出来的学生可就要有样学样咯。"童老师仰望夜空的样子让杨观潮觉得像是一尊优雅的雕塑。

童老师正要回教室帮忙去主持大局，杨观潮却忽然迟疑地问道:"喂，像我们这样的学生……到底是什么? 讨厌鬼吗?!"

"不，你们是被奇怪的眼光看待的孩子，也许只要一点点阳光，就能比其他孩子更茁壮，或者光芒四射!"童老师热忱地说道，然后沿原路返回了教室。

杨观潮如先前一般坐着，月亮被云朵遮住了须臾，复又露面，而萤火虫在这期间已换了好几种阵形。他一直坐到欢迎晚会散场，等到那些粗鄙的嘘声与下流的笑骂完全平息下来。

当他回教室观瞻新生们集体的杰作时，只看见黎老师一个人在收拾残局。混乱的场面显示出学生们极尽捣蛋之能事：桌椅东倒西歪；垃圾遍地皆是；能亮的日光灯只剩两个，照着一哄而散后的教室。杨观潮眼前仿佛浮现出那些阴郁、自私、愤世嫉俗与缺乏同情心的学生互相攻讦的画面，他本意是想安慰黎老师，可说出口的话却变了味："很挫败吧，没人领你们的情。"

黎老师却毫无沮色，淡然说道："习惯了，哪年开学不上演这么一出群魔乱舞的好戏？所以不要紧的。"

"既然知道结果，为什么还要坚持举办这种注定失败的无用晚会？"

"难道仅仅因为大概率会失败，就可以心安理得地放弃努力了吗?！即使只能影响区区一两个学生，那我们也不算白辛苦了。"斩钉截铁的语气跟白天对腾项解释时的黎老师几乎不像同一个人。

回到寝室，室友们正在各忙各的：廖松竹翻来覆去，似乎床榻烫背；胡哀牢正在画板上涂鸦着什么，不肯示人；腾项则枕肱而卧，跷着腿哼哼唧唧。杨观潮犹豫再三，终于鼓起了勇气问道："教师节快到了，你们打算送什么礼物？"

"一个魔盒。往里面装进一只黏糊糊的青蛙或者一条滑溜溜的蛇——还有比这更令人意外惊喜的礼物吗?！"腾项沾沾自喜，仿佛这是开天辟地以来最伟大的主意。

杨观潮求助似的望向另外两位室友，可这些讯号就像被吸入了黑洞，片甲不存。

3

学校后门外有一条常年汹涌的碧靛河流，是全校学生逃避课业最常去的地方，文化课则成了秩序混乱的重灾区。精神食粮没有立竿见影的效果，而有耐心的学生毕竟是极少数。

即使学生与学生之间也没有值得称道的同窗情谊，每个人都是讨厌鬼，都以自我为中心，都心怀嫉妒，巴不得别人出尽洋相。然而，杨观潮还是宁愿相信：有些种子在看不见的地方生根萌芽，终会长成别人难以想象的茁壮模样。他不是唯成败论者，所以种子最后是长成大树还是灌木，倒是无关紧要了。

而那些副课，则有些喧宾夺主。体育课上，男生竭尽所能表现自己，而女生不是花痴就是表现得冷若冰山的；美术课上，男生们打着哈欠胡乱涂鸦，女生们则用最细的笔触画出大眼睛与尖下巴的人物形象来；音乐课上，男生们在合唱中跑调乃司空见惯，女生们则陷入自我陶醉的假象……不管如何粗略观察，总能辨识出每个人的区别来，虽以爱出风头的那拨人为甚，但也包括存在感不强不起眼的学生。

随着课程的深入，即使是不受欢迎的文化课，杨观潮也能从中发现乐趣了：光影如桥下的水波一样荡漾；老师们的声音抑扬顿挫；纸飞机画出的弧线充满美感；女生后脖颈的汗毛沾着晨露般的细汗；带墨香的书页反射着凝光，随书页掀翻而流溢。而一想到放学后在河边流连的自由，自己就不再如坐针毡，仿佛此刻的坚持全都有了意义。

学校的教育方针以怀柔为主，然而不管采用何种方针，家长们都不会满意，他们总能够找到鸣不平的理由。在接送子女的时候，他们抱怨个不停，觉得全世界就该围着自己的孩子旋转。父母性格强硬的孩子唯唯诺诺，父母宠溺的则任性骄纵，可是这些都与杨观潮无关。他要在学校里寄宿一整个学年，这让他感觉自己像是一块随取随弃的抹布。

用不了多久，他便在学校里找到了一处秘密基地，非常适合午后小憩。他喜欢枕肱卧于其间，听客机轰鸣着掠过云端，任凭草尖戳挠着后背。还未到落英缤纷的季节，只有天籁哄得他昏昏欲睡，眼睑往往随着绿叶摇曳而不知不觉黏合起来。

有天午后，他就在这样的环境中做了一个梦，梦魇将他拖回到了尚未失去父亲的那段时光。他们再次站在桥头上凭栏观潮，天地间光线亮得晃眼，潮水如白色的叠嶂般磅礴压逼而来，潮涌声盖过了父子俩的说话声，他们不得不提高分贝交谈。两岸的村落战战兢兢地等待着潮退，桥墩则像扎稳马步的巨人携手抗洪，他们在巨人的粗腿上只觉得心胸大开。

可是这一幕很快便划过去，代之而来的是舆论无休止的口诛笔伐。他们指责父亲玩忽职守，没有拦阻擅自闯入危险区域的观潮者，只有杨观潮一个人目睹了真相的全过程：观潮者推开父亲，硬是冲进了危险区域，而在他被逞威的大潮给卷走时，父亲也第一时间跳入江潮救人了。自那天后，杨观潮再未见过父亲，而更令他心寒的是遇难者家属的反咬一口。

醒来时，杨观潮感到有一滴热泪从眼角滑落，流过脸庞时痒痒的。他听见一墙之隔的林子里有人说话，且无比耳熟，原来是胡哀牢与廖松竹。他们过从甚密的根本原因或许是同病相怜，反正最近这段时间，两人是焦不离孟，孟不离焦，整日厮混在一块儿。杨观潮居然有些羡慕他们，羡慕他们可以抱团取暖，甚至并肩作战。至于两人是否真的肝胆相照，则有待进一步的验证。

"你怎么会喜欢上她？你们完全是两个世界的人。"

"喜欢一个人不需要理由吧？即使被说成'癞蛤蟆想吃天鹅肉'，即使那样，我也不想让好不容易积蓄起来的勇气逃逸个精光。"

"她没有你所认为的那么优秀，而且恕我直言：她完全没可能接受你。"

"我已经懦弱了至今为止的几乎全部时光，我不想日后回忆起来就只有后悔！"

"那就祝你好运啦。如果谁要嘲讽你，我会记住那些嘴脸的。"

"你呢？腾项每天还是……"

一阵短暂的沉默——"用不着你担心。如果有一天我忍无可忍爆发了，你最好离我远点，我不确保自己会做出什么出格事来。"

"你难道在怀疑我？"飞机掠过头顶的声音盖过了胡哀牢的下半句话。两人的交谈声渐渐远去，而杨观潮试着回想下午的课程安排。他拍了拍草屑，从秘密基地往教学楼走去。这个下午是如此美好，但并不是每个人都能做到尽情享受它。

4

班上新转学来了一位女生，扎着马尾发，自我介绍时说她叫华最。

与华最初见时，杨观潮便觉得有些恍惚，仿佛他们曾订立过木石前盟。华最在人前不怎么爱笑，而杨观潮终于体会到了周幽王为何会做出"烽火戏诸侯"这样荒唐而又不负责任的蠢事来。

他们俩座位相隔的距离刚刚好，杨观潮每节课都在尽量不往华最坐的方向瞧，似乎充满了神圣的诱惑，实际上却恨不得能近水楼台先得月。

他们的首次交集是在河边某个风雨欲来的黄昏。当时岸滩上站满了前来嬉逐谈心的学生，同时也兼吹风濯足，每个人都渺小而又独特。华最站在滩石远端，半抬起头观赏乱云，杨观潮发现有个高年级男生正毫不掩饰意图地在朝她靠近。

"你在原来的学校一定是校花吧。我觉得你很有气质。"

"是'笑话'还差不多。而且你的话听起来……也太假啦！"华最得体地笑道。

"我可是非常怜香惜玉的，怎么样，要不要考虑跟我交往。"

"免了，你看起来太老了。"

华最只用区区一两句话就轻易惹恼了这个高年级男生，他恼羞成怒地伸出了禄山之爪，却被如离弦之箭一般冲来的杨观潮给打掉。比杨观潮整整高半头的他，惊讶地俯视这位毫不退让的学弟，两人暂时呈对峙状态。

"怎么？想狗熊救美呀？先掂量掂量自己的斤两吧！"

"没问题。不过请不要勉强任何人。"杨观潮暗暗积蓄着力量。

"吓？我没听错吧？你在教我做事?!"

"请不要勉强任何人！"杨观潮重复道，且越来越镇静了，"这对你也有好处。"

高年级男生冷笑着，试图用这种无形的武器恐吓对方，然而杨观潮不吃这套。他继续说道："我没什么好失去的，你就不一样了。"言下之意是，光脚不怕穿鞋的。

见学长骑虎难下，杨观潮遂给了他一个台阶下："我并不奢望做英雄，但你应该也不想被一个小卒子给打败吧？"

"小子，算你有种！"随着重要的角色愤愤而去，看客们也大失所望，仿佛这出戏没到高潮便戛然而止了。待他们散去，杨观潮才得以面对华最。他没有邀功，而华最也未道谢，两人对视了数秒，华最仅朝这个见义勇为的同班男生点了点头，便转身离开了。

杨观潮望向满川青萍，此时已风起云涌，一种难以言说的滋味在心头扩蔓。河对岸隐约有几个佝偻的灰色身影，微尘似的雨幕填充在两岸之间，第一滴雨水落在了他的额头上。

学期过半，杨观潮在偶然间听说了华最被其他女生孤立的小道消息，有那么一瞬，他的保护欲更加炽烈了。经过调查，他知道了幕后的始作俑者正是那个孤高冷傲的舒漫。

晚秋将至，学生们锐利的反抗欲望被磨钝了，转而试着融入或大或小的交际圈子。舒漫却越来越眼高于顶，像一朵拒人于千里之外的刺花；而拜她所赐，华最也成了班里的边缘人物，终日遭受排挤，形单影只，如堕冰窟。

那天放学后，杨观潮假装在河边与舒漫偶遇，并佯作随口提起："你能将她当成好朋友吗？就是新转校来的那个女生？"

他们站在天空形同紫青色瘀伤的断云下面，同时望向下降得厉害的水位。"你是说那个仗着漂亮皮囊，到处勾引男生的小狐狸精？"舒漫满脸鄙夷，仿佛她才是受伤的那个，"怎么？你也迷上了她的姿色？"

"我想，你的误会可能有些深了。"

就在杨观潮组织语言的时候，舒漫再次标志性地蹙起了眉头，说道："你也一样——粗俗、庸碌、毫无特点！"不等对方回答，她又道，"我想，谈话可以结束了。"

当晚，胡哀牢忽然从上铺倒挂下来，突兀地问道："你今天找舒漫有什么事？"

"反正不是大事。"

"如果你胆敢追求她或者欺负她，我会让你吃不了兜着走！"

杨观潮的表情僵硬了几秒，然后便翻身下床平视胡哀牢，戏谑的笑容近乎挑衅。

"没想到你们这样的胆小鬼也会争风吃醋。"腾项总是抓住一切机会埋汰自己的室友。杨观潮躺回下铺，努力不让身子发抖，他有种置身月下雪原或空寂沙漠的错觉。

5

时光无声地流逝，很快，文化课对杨观潮来说便不再是种折磨了。他逐渐理解了老师们的苦心孤诣，而且越是理解得深刻，想要报答他们的想法便越是与日俱增。黎老师与童老师会为一堂课准备好长时间，他们宿舍的台灯会一直亮到深夜。他们关心每个学生，既不因谁资质鲁钝就心存轻侮，也不因谁顽劣难教就断然否定。他们不求回报的付出撼动了许多学生的旧有观念，杨观潮知道其中就包括自己。

这个冬天开始有了一丝温度，林径间不再只有疾走的脚步声，还多了学生们兴致高昂的辩论声。"不再一味追求成绩"这一观念的确立，加上一群锐意进取的老师的潜移默化，学校的风气渐渐转为万马齐嘶、百花齐放了。

可还是有那么一天，杨观潮无故说谎请了病假，且纯粹出于想要放松身心的懒惰。爬上学校那栋废弃小楼的天台——这是他新发现的宝地，回想起童老师批准病假时的关心眼神，负罪感油然而生。

此刻，天空没有一缕云絮，但教学楼传来的朗读声却铿锵有力。他一边摆荡双腿，一边回味上次华最向自己搭话的情景。起初他以为全校师生都是一丘之貉，现在却改变了看法。

或许自己的内心深处仍对那些滥施舆论暴力的世人怀有怨憎吧，可他已不再幼稚得只想以牙还牙了。他默然坐着，仰望苍茫的寒宇，今年的第一场雪在暗沉的昼光下轻旋着落下，好似舞者。它们什么也未曾携带，单纯到只要呵上一口热气，便会幸福地融化殆尽。杨观潮知道自己索要的同样不多。

回教室的时候路过了宣传栏，杨观潮停下看了会，原来学校下周要组织各班级的学生去镇上观看电影。想象着同学们欢呼雀跃的场景，他不禁会心一笑。

某个下午，总算轮到了自己所在的班级去看电影。大家排成纵队，只在最初乱了一会，随即便依次登上了河心上方光滑狭窄的桥阶，一直走向对岸的高堤。半壁天空挂着好似嘴角弯起的残霞，另半壁却淡若轻烟，杨观潮在队伍中搜寻着华最的身影，心情迷惘而又甜蜜。河面的背阴处犹有薄冰，这与七月席卷一切的滔天巨浪是多么迥然的意境呀！

看到礼堂的尖顶前，镇民们皆对他们报以微笑，让人心底踏实。队伍鱼贯进入礼堂内，坐进被布置成适合观影的几列长条木凳。随着前面的同学一一落座，杨观潮也摸到了自己的位置，紧张地坐下，在压抑的咳嗽声与窃窃私语中闭上眼睛，想将这一刻长久凝摄在心。

电影的内容是青春期的成长，题材远谈不上新颖，却能引起少男少女的共鸣，继而诱发更深入的思考。杨观潮紧攥双手，幻想着自己的未来。它不应该只有懵懂的情愫，而理当更复杂，更坚韧，也更令自己为之骄傲！

昏暗的礼堂内，放映布上的画面不断变换，杨观潮忽然感到自己无法分辨出在场诸人的善恶与美丑了。这时，脑后传来了鸡飞狗跳般的声音，扭头望去，在一小块白色的天光下，廖松竹与腾项正头抵着头角斗。

廖松竹有种"大不了同归于尽"的气势，这让腾项始料未及，可在角斗中两人都难免狼狈。胡哀牢正翻过重重椅背来助战，而杨观潮作为 204 室唯一的局外人，却只能干着急。

童老师与黎老师费了好大劲才将三人拉开；廖松竹又是蹬腿又是吐唾沫；腾项则有些蒙，他不知道一座沉默的火山也会爆发出如此惊人的愤怒。杨观潮听见童老师痛心地劝道："廖松竹，你想让这段时期以来的努力都白费吗?！"

廖松竹总算慢慢平静了下来，但仍用一种"你再试试"的眼神瞪着腾项；胡哀牢也攥着一双拳头为好朋友压阵助威；已经没有人在看放映布了。即使在回学校的路上，杨观潮的脑海中也在反复回放着这一幕定格时的众生相。他可以容忍袖手旁观者，却无法理解火上浇油的那一撮人。

他忽然觉得自己对这座学校积累起来的好感，似乎打了个折扣。

6

在隆冬季节接近尾声时，第一个学期终于宣告结束了。住校生们将寝室搬运一空，随后便拖着行李箱去公交站点等车。就在同一时间，杨观潮则正坐于冰凌垂挂的走廊上，眺望围墙外白绿间杂的高丘，怀念捧着方便面吸溜的室友们，以及熄灯后并不持久的闲话。

食堂也已经歇业，腾项他们给自己留下了小半袋零食，黎老师则更是贴心地拿来了一个烧水壶，不过这一切仍然无法消解寂寞。上午的阳光从树冠间刺射而下，杨观潮就这样坐着胡思乱想，直到楼下传来一声呼唤，令他心脏狂跳不已："这个寒假你也留校吗？"

是华最！杨观潮仍勉力装出矜持的派头，仅仅招了招手："对啊，跳过寒假，直接等待来年开春的新学期。"

"去远足怎么样？看看陌生的风景，踏碎那些还未彻底融化的冰霜，难道不比困在这座孤园里强？！"

求之不得！杨观潮几乎就要脱口而出了，但他回答的却是"可以啊。"

他又想了想，便随身带上了抽屉里的所有硬币。只有两人参与的这次远足，恰巧碰上了一个好天气，杨观潮觉得自己似乎很久没这般身心放松过了。他听着华最断断续续的话语，仿佛在听三更半夜收音机里传出的遥远电波，抑或春日枝头如乡音般动听的百啭莺啼。

"你可曾见过蓝成这样的天空？"华最的这句话就像是一剂万灵药，同时，杨观潮觉得天空中的确有一块无形的板擦在擦呀擦呀，拭洗去了所有的尘垢，令它更加蔚蓝纯净。

"见过几次，都是在故乡度过的无忧无虑的童年时代。"

"你该不会也是因为不合群，才被送来'改造'的吧？"华最笑吟吟的，完全看不出她曾被孤立过。杨观潮忽然觉得她就像是一位善于交际却仍保有清纯气质的流行歌手。

"我是的，你却不像。"他供认不讳。

"我有道德洁癖。"

"那你在这所学校一定整日如坐针毡吧？"

"正好相反。我在这里比在别的学校自在多了，因为我可以容忍不思进取、破罐子破摔这类无害于他人的毛病，却受不了将别人的痛苦当作给养的丑恶心灵！"

"只是你没想到，在这所学校也会遇见舒漫那样优越感十足的同窗吧？"

"我并不讨厌她，真的。她只是无处宣泄某种情感，久而久之才会畸变成这样。"

杨观潮凝视华最良久，以至于华最不得不主动问道："你想说什么？"

"没什么。"其实他很想说——"你的心灵比你的外表还要美好！"

他们走在冬日的晴空底下，白昼的风景像是望不到头的盛馔，佳肴一道接一道地摆开，既满足了胃口，又充盈了力气。两人穿过几乎落尽了叶子的林间小径，幽谧中仿佛仍残留着欢声笑语；来到刀削斧凿一般的山岭脚下，夕阳像慷慨的富豪那样一掷千金；横越连鸟雀也罕少的疏落果园，春天它会在烟雨中开满淡白的梨花……他们向来不知晓，一次远足会带来恁多惊喜的收获，所幸他们知道得还不算太晚。

他们从河边野炊的陌生人手里讨得一些简单的食物果腹，又坐在马鞍状的石头上畅谈。只见枯草衰杨，涸泽瘦石，厚裳白呼，华最感慨道："不知这里春天将会变成什么样？"

天黑了，他们终于踏着清寒的月色踏上返校之旅。连续的跋涉驱赶了冷意，石头也暴露出了它们益发无动于衷的一面。烟囱下暖灯如豆，夜空中冻云如耕，而杨观潮则想对着旅伴说上一句："我的刺因为你而悉数拔除，我的倔强也因为你而通情达理——你改变了我！"

7

新学期开始没几天，校外就春水暴涨，很快上升到了膝盖的高度。浊黄的洪流裹着形形色色的杂物兜兜转转冲向下游，随着流速的快慢不同而奏出相去甚远的水声。在教学楼的顶层，能够眺见枝丫发白的野林子，着叶处伸展得极高，浅青的天空如同瓷碗底部，不挂半片素云。墙垣的接缝青苔滋生，伐木厂内堆叠的木材隐隐有被冲得松浮的迹象。

学生们沉迷于大自然的变化。相较起一成不变来，即使是变坏变糟糕，也更能掀翻他们情绪的穹顶。有些异想天开的学生用矿泉水瓶制作成舟筏，玩漂流或拉纤的游戏，捉鱼拦坝的更是不在少数。老师们尽量睁只眼闭只眼，天知道接下去他们还会倒腾出什么花样！

二月底，学校锅炉房新雇用了一位哑巴阿姨，她经常在工作之余望眼欲穿地到学生堆中寻找着什么。只有一次，杨观潮发现她的眼睛突然亮了，就在她发现舒漫低着头走过的那一刻。一开始他还不确定，直到某天华最对他提起。

"昨晚童老师来找舒漫谈心了，谈了有七八分钟。我只听见一句——'想想自己将来会不会后悔'。"

"会后悔的事情她做了何止一箩筐，不过我基本猜到童老师找她谈话的缘由了。"

他做了一个小试验，便是故意在舒漫面前说道："锅炉房的阿姨被人欺负了，那些学生将她的煤铲藏了起来，还将煤渣与柴火踢得满地都是。"

舒漫眼中闪过一丝担忧，正要放下书跑去察看，却突然意识到这很可能是场骗局，于是又换回了原来的态度："你是吃饱了撑的吗？跑来跟我说这些。"

杨观潮想起了自己的父亲，他很想对舒漫说一声"成熟点吧"，最后却还是摇摇头走开了。毕竟谁也不能代替他人做决定，尤其是向自己含辛茹苦的母亲道声谢或道个歉。

腾项被选中去参加校际运动会了，于是每晚都在寝室拼命锻炼，虽然室友们不得安生，却也少了许多麻烦。有次他乘兴夺过胡哀牢手中的画作，一边翻看一边说道："看来你小子用情挺深哪。"然后还未等主人做出回应，便又还给了他，"现在我有自己的目标需要追求，没空再跟你们玩老鹰捉小鸡的游戏了。"

在短短的一瞥中，杨观潮瞧见了大部分画稿的描摹对象，全是舒漫！

不久，胡哀牢也遇见了自己的伯乐，他将在接受专业老师一段时间的指导后去参加美术竞赛。而就在参赛的前天，他向舒漫表白了。即使隔着那么远的距离望过去，也仍能看得出胡哀牢的脱胎换骨与舒漫的刮目相看。

"挺让人感动的，对吧？"廖松竹走到杨观潮身边，略带伤感地说道。

"是啊，眼下我们四个就剩你我还没人赏识了。"

"别着急，好戏一定还在后头！"这一刻，青春的光芒似乎也照进了廖松竹的心底。

夕阳在远端的围墙外落下，杨观潮与廖松竹欣慰地看着胡哀牢与舒漫这两张剪影慢慢地靠近过来。未来并不明晰，然而即使狂风暴雨也无法强迫他们低下脑袋，投子认负。

五日后的黄昏，春水终于退去。杨观潮走在重新袒露在天空下的狼藉道路上，淤泥陷脚，树根刮腿，忆起很久以前，自己曾坐在小学的简陋教室中，凭着芳草春光与蜂蝶暖风来想象未来。有些东西说不清道不明，可偏偏就是能触动内心。

华最正坐在圆木堆顶，飘扬的马尾发令人心旌摇曳，而暮色绝美，如一首质朴的诗。

梧桐与桥与你

颜泽在高三的上半学期重新转学回了乡下，在那之前，他一直在市内的名校——二中高中部就读。当他从节奏快速而紧张的城市来到这所勉强可以算作半个故里的乡镇的高中时，早已不是那个心思单纯、笑容灿烂的质朴男孩了。

他平常寄宿在一间被腾空的教师宿舍内，而在其他同学口中则风传着这样的不实之词：一切特殊待遇完全是由于他父亲与校领导交情匪浅。没人愿意跟他深交，大家都将他视作在城市的激烈竞争中被淘汰下来的败军之将，并因此以异样的目光看待他。

那一年，汤若还是一个穿着文化衫与牛仔裤的青涩少女，微微隆起的胸脯旁边有被胸罩勒出的痕迹。很难说汤若第一眼见到颜泽是何印象，不过整个学校的人对颜泽的确不怎么欢迎，更谈不上友好。然而颜泽不在乎，他不是来与泛泛之交虚与委蛇的，而是来打发叛逆青春中的最后一年校园生活的。

为了预防早恋，高中基本是安排同性作为同桌的，颜泽也不例外。他的同桌是个颇为自恋的男生，没事就会掏出小镜子来打理一头秀发。颜泽不知道是那些追着男生满楼乱跑的假小子更有异性特征，还是这位同桌。不过论起朋友来，他的同桌可以算得上半个。

刚开学没多久，全市就开始供电紧张了，于是晚自习时隔三岔五便会切断供电，而全部住校生则会点起蜡烛来继续学习。每个班只有十余名住校生，停电时便会被赶到同一间教室集中监督。颜泽不喜欢这样的夜晚，因为会有许多陌生人离得很近，这让他感到不自在。

　　他坐在后排靠窗的位子，窗外是一排与楼顶等高的茂密水杉，平日里不但会挡住夕阳星月，更会挡住食堂石棉瓦顶每逢三餐便会冒烟的铁皮烟囱。这时候颜泽就会格外怀念在二中读书的日子：晚自习时可以望见远处一座灯火点缀的桥梁，自己总是爱将它想象成泰晤士桥或其他的名桥。而且一旦下起夜雨，那些灯光就仿佛统统来自深山驿道或茫茫海上。

　　想到此节，颜泽往往会叹上一口气，再揉揉自己劳累了一天的眼睛。

　　九月末的一个夜晚，颜泽收到了一份值得珍藏毕生的礼物。

　　礼物是在停电的夜里自己去走廊上呼吸新鲜空气时被偷偷塞进课桌抽屉里的。颜泽伸手去摸作业本，却触碰到了一尊胎质光滑的小陶偶。他以手代眼抚摩了一会儿，才分辨出那是一尊摆出投篮动作的小陶人。

　　还有一张没有信封的对折信笺，有股淡淡的馨香，是文具店里最畅销的那种。颜泽装作若无其事的样子偷瞄四下，发现一个头扎马尾、丰满的脸颊上有酒窝的女生正对着自己微笑，他记得她叫汤若。她的笑容有别于颜泽见过的任何一种神情：怀着小小的仰慕，以及初次尝试接近异性的好奇。

　　颜泽回以一笑。这是他自然而然的反应，没有瞻前顾后，也没深思熟虑。而在当晚剩下的时间里，他口干舌燥、心跳加快，仿佛有一个叫作"虚荣心"的马戏团，正在竭尽所能地取悦自己这位唯一的观众。

晚自习结束后，学生们形成人流淌泄下楼梯间。颜泽走在最后面，用语文书遮藏起小陶偶，当他走过黑板报墙的墙根下时，一个略带沙哑的异性声音叫住了他："颜泽。"

颜泽转过身去，礼貌地摆出"洗耳恭听"的姿势，等待着下文。

"我的语文书找不到了，能借你的一用吗？"汤若双眼炯炯有神地问道。

颜泽正要说"没问题"，却突然有些尴尬地怔在了原地，递出语文书也不是，继续藏住陶偶也不是。然而汤若似乎很享受就这样子看着手足无措的他，甚至还明知故问道："那个——"她指着书后的陶偶，"哪个女生送给你的吗？"

"可能她只是不小心塞错了抽屉。"颜泽将错就错道。

一阵秋夜的凉风刮过高且暗的树顶，槐花如同春日的樱花般纷纷扬扬洒落。在这个季节里，降温已是大势所趋，灯泡的昏光坚守在黑暗中，飞蛾们一批批地奔向穷途末路。同学们的说笑声俨如周杰伦说唱歌曲中芜乱纷杂的前奏，他们结伴冲向小店，想要买份夜宵充饥。

"是吗？我倒是觉得你们俩挺相像的。"汤若夺过语文书，调皮地指了指陶偶——那是今年刚开始流行的经典日漫《灌篮高手》里的角色三井寿，留着蓝色短发，投篮姿势优美。它在烧冶的过程中同样经受了鲜为人知的淬炼吧——颜泽心想。

等到两人各自走向寝室的时候，脸颊上不由得都飞起了红云。颜泽抬起头望了一眼夜空——这样的夜空在二中是绝难得见的——觉得今晚似乎跟过去有些不太一样。

颜泽将三井寿的陶偶摆在了床头，并在学校内与汤若走得略近了些。他没有对汤若提及有关于自己的任何往事，仿佛他本身有意去淡忘，却偏偏事与愿违。

他们有时候会在黄昏时分沿围墙的墙根散步，操场占地极广，只是有一大半未曾修葺。归鸟们总是投校园西面的连绵沙丘而去；暮色底下，落日斜坠到几与墙头齐平的高度；野草点缀着操场的地皮，如同得了疥癞之疾的头皮。

有天，颜泽忽然没头没脑地问汤若："学校里为什么没有梧桐树呢？"

"梧桐树？也许是因为其他树种栽种够了的缘故。"

"对我来说，一所学校完不完美，亲不亲切，首先得看有没有栽种梧桐，其次要看附近有没有桥。"

"奇怪的标准。"汤若嘟囔道，"那么再其次呢？"

"再其次就排名不分先后了，譬如要有球打，校服不要太令人羞耻，小店可以赊账，树林里可以幽会。"

"你是不是少说了哪条，再给你次机会！"汤若噘嘴气咻咻道。

"想不起来了。"颜泽故作正经。

"难道……难道你就不想有一个可以和你同甘共苦、永远跟你统一战线的女生吗？"汤若咬着下唇说道。

"女生吃得了苦吗？"颜泽表情夸张地说道，"何况我也不会让她跟着吃苦呀。"

"有什么关系！不能陪你走出低谷的人，也不配跟你登上巅峰呀。"

"别再说这么幼稚且理想主义的话了。我们哪里懂得什么爱情，只不过自以为懂得罢了。"颜泽的伤感来得那么突然，几乎叫汤若猝不及防。

两人陷入了僵持的沉默。根据经验，晚自习的铃声马上就要响起，他们开始往回走了。其间，汤若好几次想要说些什么，可最后还是放弃了。他们背朝着夕阳，今晚的教学楼依旧没有亮灯，看起来就像是由巨大的原木搭建而成。

当晚，颜泽望着前座汤若那仿佛蒙上了一层光泽的马尾发——自从他收到三井寿的陶偶后，她晚自习便一直坐在这个位置——连同被风息吹弱的烛光，回想起了许多往事，因此暗暗嗟叹，浑然不觉教室里的响动：动笔、翻书、开合抽屉、咳嗽，以及挪动凳脚的声音。

颜泽的生日快到了，知情者唯有他的同桌一人。"我是个没有什么朋友的孤独之人，不过这样也不错，我可以省下许多时间来做自己喜欢做的事。"他如此安慰自己道。

而打篮球就是他"喜欢做的事情"之一，裸土的球场上，他一个人运球、投篮、捡球，挥汗如雨，不亦乐乎。可惜同年级男生中没有谁有共同爱好，反而是高一、高二的学弟令他倍觉亲切，他们时常加入抢球的行列，像拦截一位势不可挡的战士般来防守他。

生日前日的那个早晨，风轻气新，同桌在早课结束后神秘兮兮地对颜泽说："你听说了吗？隔壁班好像有男生在追求汤若。"

"哦？"

"我亲耳听到的，还亲眼看到过。"同桌似乎天生就有倒腾八卦的资质。

"很好呀，这下总算有人要她了。"颜泽心里酸酸的，不是滋味，可还是如往常一样没有"寸土必争"的信念。

生日那天，颜泽怀着一种没有出处的向往第一个来到教室。他经过汤若的课桌边时，一封没有粘牢固的信滑出了抽屉。虽然再三告诫自己不要窥人隐私，可最后他还是抱着"看看情敌究竟是何方神圣"的想法拾起了此信。

他无论如何也没有料到，这是一封对自己充满了无穷恶意的诋毁信。信中罗列了许多他闻所未闻的罪状：他成了一个经常向老师告密的器量狭小、心理龌龊的小人；他们还捏造了他在二中读书期间的种种丑事，不堪入目；就连他的父亲，也成了与校领导相互勾结、为儿子谋私的朋比为奸之徒。全篇言之凿凿，仿佛他真的一手做过这些子虚乌有之事。

曾经如五行山一般压着颜泽的百口莫辩的冤屈感再次将他淹没，令他几乎窒息。他的心在流血，愤怒则吞噬了理智。他一拳打在窗玻璃上，割开了动脉，鲜血似霰弹般飞溅。随后进教室的同学见状急忙去报告老师，于是颜泽得以被及时送往医院救治。

途中，颜泽一言不发。他认定自己再一次被出卖了。今天本来是个快乐的日子，值得铭记，还会有人送上聊表寸心的礼物，然而现在却只有失望、愤怒与无助。他面无血色地躺在病榻上，不知道应该想念谁，他觉得自己的生命里缺少这样的角色：只要一想到便会安心；即使不说话也能很自在；在你最苦难的时候如皎月明灯。

窗外好像下起雨来了，深秋时节的黄昏细雨，浇添了心头哀愁。颜泽不清楚具体时辰，却忽然听见门外传来一个沙哑而怯生生的声音："颜泽，你在里面吗？"

是汤若！颜泽明明如此期待她的探望，现在却别扭了起来。他告诉自己，汤若一定知道这封信是谁写的，而且说不定还相信了其中的内容，光是这一点就让他感觉被背叛了。可这声询问还是像清凉的药剂注入了血管，多少治愈了部分伤痛，只不过他自己不愿承认罢了。他一声不吭地转过脸去。

汤若走近床边，如释重负道："看到你还能赌气，我就放心了。"

颜泽还是不理不睬。汤若笑着拍了拍他的肩膀："喂，真打算与全世界为敌呀?"

"无所谓，我不会受别人看法的影响。"

"难道我就会吗?!"汤若责备似的说道，"你看，我给你带来了什么——"她笑吟吟地从身后取出一张海报，在颜泽眼前摊开，像是在展示什么珍宝，"铛铛铛铛——"

原来是《灌篮高手》里自己喜欢的另外一位人物——仙道彰。颜泽的眼眶顿时湿润了，可仍然固执地不肯和解。汤若似乎想要调动起他的情绪来："店里面只剩这张了，作为生日礼物或许是寒碜了点，不过你可以将它贴在……"

颜泽竟然鬼使神差地夺过了海报，并几乎将它揉成一团，冲动地说道："随便你们怎么诋毁我，但能不能别表面一套，背后一套?!到底谁才是真正的小人?!"

汤若的眼泪也跟着决堤了，在这两败俱伤的时刻，颜泽真希望时间可以倒退上半分钟，以便收回刚才脱口而出的那句伤人话语。可他只能看着汤若摇头、后退、夺门而去，却动弹不得。

颜泽在自我厌恶的情绪中抚平海报，努力想要笑出声来，这种矛盾的情感抒发方式像是戏剧教科书内对于"表演如何逐步递进"的标准示范。

直到后来，同桌才替汤若鸣不平：那封信跟汤若毫无干系，而她也压根儿不信那类造谣中伤，还觉得它们愚蠢可笑。听到这些的颜泽，心头开始下起倾盆大雨，无一寸干涸。

供电紧张的日子仍在继续着，晚自习时，汤若不再抱着书本到颜泽的前排占座了。忍受同学们排挤的日子也在继续，那段时间，床头的三井寿陶偶成了颜泽唯一的慰藉。

又过了一周左右，轮到颜泽的那个班创作黑板报了。颜泽毛遂自荐地揽下了美术方面的任务，由于班上有类似长项者独一无二，班主任只好情非得已地答应了。

放学后，颜泽手脚肩腿并用地将抹布、板擦、彩色粉笔还有一张条凳带到了樟槐掩映的黑板报墙下。他在忙乱之余迅速而规矩地画好了"原定计划"，但黑板上还是多出来了一方空间，于是他决定"干票大的"，画上一幅令人一见之下便彻底难忘的杰作。

他变换着各种角度来作画，沉浸在"浑然忘我"的状态里，就连汗水也没空擦拭。驻足观看的同学越来越多，他们全是被颜泽的全身心投入，以及青涩却不赖的技法吸引过来的。待到大体轮廓被勾勒出来，大家不禁议论纷纷，猜测着画中人物是身边的哪位。

最末的收笔在入夜以后大功告成。来欣赏的学生们散了一拨又聚一拨，可是黑板上女生的原型却始终没有出现。等到教学楼上的日光灯亮起——已经很久不曾见过这样灯火通明的夜晚了——颜泽有些失落，然而在去食堂拿饭的时候，却遇见了在檐下等他的汤若。

"你画的是谁呀？"她的眼眶有些泛红。

"画中人理应知道。"

"现在还打算争取我的原谅吗？"汤若保持着矜持的骄傲。

"当然!"颜泽一改别扭的性格,迫不及待道,"如果我还值得被原谅。"

"五天后会举行篮球比赛,你要是能赢下来,我就考虑是否原谅你。"

"没问题!"颜泽仿佛又恢复了两年前的无畏无惧。

"好好准备吧,笨蛋。"

两人再次擦肩而过,只是这回没了疏远、猜疑还有怄气,且他们认为将永远不会有。

颜泽从来不曾像现在这样,不遗余力地投身于某件事情。当他在裸土球场上苦练,刮风下雨也好,天色昏黑也罢,只要一想起能跟汤若修复这段关系,便充满了干劲与斗志。而他并不知道的是:就在他挥汗如雨练球的时候,汤若正在三楼倚栏俯瞰着他的每一个动作。

比赛日总算到了,颜泽在场边热身时望向一窝蜂似的观众,然而"乱花迷人眼",他并未发现汤若的身影。他有些忐忑不安,不过很快就克服了这些情绪。现在正是他向汤若兑现承诺的重要关头,何况篮球本身就有让人热血沸腾的魔力。

哨声吹响,颜泽在第一个回合里控球推进,却马上就领教了对方球员如摔跤一般粗鲁的恶意犯规。此后他的每一次持球都遭遇了最严密的包夹,即使吹罚犯规也无法阻止对手肘膝并用的野蛮招呼。颜泽进的每一个球都艰难无比,而雪上加霜的是,在上半场即将结束的时候,他崴伤了右脚。

中场休息时,他没有将伤情告诉任何人,甚至没有脱鞋察看脚踝肿到了什么程度。下半场,他继续不顾伤痛狂奔在球场上,疼痛居然令他觉得过瘾,其实仔细回想一下,自打上了高中以来，自己难道不是一直顶着周围所有人的敌意与偏见举步维艰吗?!

然而，分数还是被逐渐拉开了，他豁出一切的努力看起来只是徒劳。他不断跌倒，爬起来，又跌倒，直到完场的哨声吹响。看着别班的学生欢呼着涌入球场，对手朝他做出侮辱性的手势，他并没有失去理智。他站在原地，虽然非常不甘心，虽然汗水涔涔落在尘土里，但他还是鼓了鼓掌，既是向对手表示祝贺，也是对遭遇失败的队友们的鼓励。

他孤独地走出球场，忽然有人从背后追上来拍了拍自己的肩膀，随即，那个熟悉的沙哑嗓音像兔子一样跳了出来："打得真棒！脚伤没有大碍吧?"

"可惜还是输了。"

"那有什么关系?!胜败不是最重要的，反正我是不曾见过一辈子都未尝败绩的常胜将军。别遗憾了，下次赢回来就好了！"

"那我们的口头约定呢?"

"早忘了!"

"啊?!"

"包括我们之前发生的所有不快，统统都忘记了。所以，没有什么原谅不原谅的说法，现在让我扶你去医务室吧。"汤若心疼地看着颜泽。

"没事，我自己能走。"

"答应我:今后在我一个人面前别逞强!"

汤若扶着颜泽途经校园门口的古樟树，此树眼下正逆反季节舒展开繁茂的枝叶。颜泽想起童年时自己与别的孩子打架回来，总是伤痕累累地独自走过这棵树，可是现在，却有一个女生愿意搀扶着自己，愿意将自己放在天平上比全世界更重要的那端，幸福感油然而生。

"我……好像比原来成熟了一点。"颜泽忽然难以置信地说道。

"那当然了。有我这根鞭子一直抽打着你，难道你还敢原地踏步吗?!"

"你不是鞭子，你是照亮我生命的阳光!"颜泽小声却坚定地说道。

汤若脸红到了耳根，装糊涂道："什么阳光月光的，我可没那么无私，免费为你照明。"

颜泽想告诉她，这份关心对自己来说是多么奢侈，可最终仅是笑笑，抬起头来仰望雨云密布的天空。真的好想永远留在这一刻呀，但是人必须奔赴未来，那充满了希望与凶险的未来。

当来到医务室门外时，汤若忽然问道："现在你可以将我放在梧桐与桥前面了吧?"

颜泽怔了一怔，哑然失笑："你第一，梧桐第二，桥第三，满意了吗?"

"千万别只是为了我才决意去改变，要为了你自己! 即使今后我不在你身边，你也必须'天天向上'。"

"好了好了，知道了，啰唆婆婆。"颜泽避开汤若的飞踹，一瘸一拐地跑进了医务室。

整个冬天，他们还是会像往常一样，在黄昏沿着墙根散步，周末则去镇上或城里闲逛。两人度过了许多足以铭刻在心的美好时光。

某天晚自习结束以后，两人逃出校园去公路上游荡。冬夜的天空纯净得令人心生温暖，星星组成了他们能够想象到的所有美好的形状。枝丫背衬天际的薄光，两人戴着彼此最喜欢的毛线手套，一张嘴便会有白气呼出。公路上没有一辆车子，只有校园内还亮着寥寥几盏路灯。颜泽取笑汤若冻红了的鼻尖，汤若则推他、踢他。

然而就在他们偷溜回校园的时候，却被老师守株待兔逮个正着。面对着手电筒光刺眼的直射，颜泽下意识地挡在了汤若前面，同时抬手护住眼睛。在这慌乱的时刻，他内心感受到的不是恐惧或者其他什么，而是汤若紧紧抱住自己胳膊的柔弱的双手，那是将一切托付给了自己的信赖。他的脑子里一片空白，仅有"揽过所有责任"这一个念头。

当晚，他们在办公室里接受了十多分钟的盘问，然后被勒令各回寝室。颜泽回到自己的单人寝室，想起汤若回集体宿舍后会蒙受怎样的羞辱以及伤害，便终夜耿耿。

次日的晨间集会上，校领导果然匿名批评了他们的行为。面对全校师生如燎炉炙烤一般的注视，颜泽强迫自己抬起头来。若是连他也因为承受不住这些而低下头去，那么汤若又该如何勇敢起来？

他已经记不起那天究竟是怎样度过的了，只记得在放学之前，汤若的父亲赶到了学校，暴跳如雷地教训了自己一顿。颜泽并非第一次在人前产生落泪的冲动，可他拼命表现得无所谓，既不闪躲，也不还口，杵在大庭广众前，风口浪尖上就像是一截木头。

第三天，汤若没有再来上学。他们在此后漫长的岁月中，只通过一次电话。两人在话筒两端互告平安，逞强地说着自己没事，然后便是长达两分钟的傻笑，谁也不舍得主动挂断电话。

颜泽有时候难免会这样想：也许是因为自己以前的声名太过

狼藉，才会连累汤若蒙受了那么多不必要的委屈吧？接下来的半年，他在自责与别人的冷落中四面楚歌，整日饱受如坐针毡的折磨。然而只要一想起汤若，他便打消了转学的念头。是啊，自己也该成熟了，即便没有任何人的陪伴，也得照顾好自己，扛起男子汉应担负的责任来。

十年过去了，颜泽经历了平凡人生中的许多情节，有好也有坏，但仍难以逃脱成为这个城市中奔走谋生的一员。有一天，他坐在停停驶驶的公交车上，倚靠着座位，半闭着眼睛，疲惫地望向如走马灯般切换的街巷与人群。忽然，一张曾经无比熟悉的脸跃入了眼帘：那是位普通的少妇，同样疲惫，却比自己要略满足些。

颜泽腾地跳了起来，疯了一般喊道："停车！停车！司机，停车。"

当他终于跳下车后，那个身影却早已消失进了茫茫人海。他分开一个个路人，茫然地寻找，可最后只能怅然若失地站定，抬起右手，像个少年那样揉了揉眼睛，继而苦笑着摇头。那只右手的手腕上，依旧留着当年因为冲动而烙下的伤疤。

"在这座城市里，不缺少梧桐也不缺少桥，可是再也没有与你相拥取暖的那段感情了。我失去的不单只是一份感情，还有'照顾心爱女孩余生'的全部可能。"